Robada por un jeque

Trish Morey

Bianca®

HARLEQUIN®

Editado por HARLEQUIN IBÉRICA, S.A.
Hermosilla, 21
28001 Madrid

© 2005 Trish Morey. Todos los derechos reservados.
ROBADA POR UN JEQUE, Nº 1648 - 8.2.06
Título original: Stolen by the Sheikh
Publicada originalmente por Mills & Boon®, Ltd., Londres.

I.S.B.N.: 84-671-3452-6
Depósito legal: B-51842-2005
Editor responsable: Luis Pugni
Composición: M.T. Color & Diseño, S.L.
C/. Colquide, 6 - portal 2-3º H, 28230 Las Rozas (Madrid)
Fotomecánica: PREIMPRESIÓN 2000
C/. Algorta, 33. 28019 Madrid
Impresión y encuadernación: LITOGRAFÍA ROSÉS, S.A.
C/. Energía, 11. 08850 Gavá (Barcelona)
Fecha impresion para Argentina: 7.8.06
Distribuidor exclusivo para España: LOGISTA
Distribuidor para México: CODIPLYRSA
Distribuidores para Argentina: interior, BERTRAN, S.A.C. Vélez
Sársfield, 1950. Cap. Fed./ Buenos Aires y Gran Buenos Aires,
VACCARO SÁNCHEZ y Cía, S.A.
Distribuidor para Chile: DISTRIBUIDORA ALFA, S.A.

Capítulo 1

LO SUPO sin necesidad de girarse.

El repentino rubor de su piel y el desconcertante escalofrío que le recorrió la espalda le dijeron a Sapphy Clemerger que, quienquiera que acabara de entrar en la tienda Bacelli de Milán, no era un cliente cualquiera. En un ambiente que de repente parecía cargado el instinto le advertía que, de ninguna manera, aquél era uno de los clientes habituales que entraban en la tienda cinco minutos antes de que cerraran buscando el atuendo perfecto para impresionar a sus maridos o amantes.

Sus músculos se tensaron y sus sentidos se agudizaron tanto que incluso pudo oír el silencioso ruido que hizo la puerta al cerrarse.

Luchando contra las sensaciones que recorrían su cuerpo, parpadeó para intentar borrar de su rostro la fatiga de una semana de madrugones en la que había presentado su colección anual con gran éxito. Se giró lista para dedicar una sonrisa de bienvenida, pero sus ojos sólo se encontraron con la oscuridad.

Su poder la había golpeado primero.

Como una corriente eléctrica sintió cómo el impacto se apoderaba de ella. Su presencia era poderosa, autoritaria. Vestía un jersey de cuello alto negro, pantalones vaqueros negros y unas botas también negras cosidas a mano. Incluso su engominado pelo negro azabache resplandecía a la luz de las lámparas del techo.

Pero fueron sus ojos los que, atravesando la habitación, la hicieron presa. Oscuros e inquietantes con un brillo intermitente semejante al de una estrella fugaz en el cielo nocturno, la envolvieron.

¿Era posible sentir cómo se te dilataban las pupilas? Sí, y lo que ella acababa de sentir era un indicio de ello. Pero dada la agudeza sensorial que poseía en aquel momento, no la sorprendía.

Se acercó a ella en silencio, pero en ningún momento apartó la mirada de su rostro. No había lugar a dudas de que aquel hombre no se había dejado caer por su salón por casualidad.

Había venido a verla.

Sapphy se estremeció. Lamentaba haber dejado que Carla, su asistente, se marchara a casa temprano. Aquél no era momento para estar sola, pero aun así, ella permaneció inmóvil. Todo lo que pudo hacer fue tragar saliva mientras él acortaba la distancia entre ellos.

—*Buona sera* —dijo una voz profunda y con tantas influencias que ella no fue capaz de ubicar su acento—. ¿O quizá prefieres que hablemos en inglés?

Sus labios se curvaron ligeramente a pesar de que su severo y anguloso rostro no reflejaba la más mínima calidez. Ella sintió cómo sus ojos se cerraban. Así que sabía que ella no era italiana. ¿Qué más sabría sobre ella? ¿Y por qué?

—Gracias. Hablemos mejor en inglés —al aceptar su oferta de utilizar su lengua materna su voz sonó mucho más firme de lo que ella hubiera deseado.

Después de cuatro años trabajando en Italia, lejos de su Australia natal, hablaba con fluidez el italiano pero, ante la presencia de aquel hombre, no confiaba en que pensar y hablar en la que no era su lengua materna la hicieran hablar con propiedad.

—¿En qué puedo ayudarlo?

—Supongo que eres Sapphire Clemenger, la diseñadora.

Todavía no podía reconocer su acento. Tenía toques de inglés y americano, pero también muchos otros. A pesar de que sus facciones podrían hacerle pasar por mediterráneo, no era italiano. De eso estaba segura. Además, era muy alto y muy ancho de hombros.

Y él seguía acercándose. Al hacerlo emitía oleadas de calor. Sapphy se sintió sofocada y se le secó la boca. Finalmente, incapaz de pronunciar una sola palabra, asintió a modo de respuesta,

—Lo suponía. Tenía entendido que eras muy guapa. Naturalmente, hasta ahora no tenía la menor idea de cuánto.

Ella parpadeó lentamente como si algo se estuviera tambaleando dentro de ella. ¿Cómo podían unas simples palabras afectarla tanto? Estaba acostumbrada a los elogios y atenciones de los hombres del lugar, pero aquellos halagos siempre se hacían de forma alegre y desenfadada.

Sin embargo, las palabras de aquel hombre resonaban a otro nivel. Quizá tenía algo que ver la forma en que sus ojos continuaban examinando su rostro, concentrándose en cada detalle y deteniéndose en cada parte de su cuerpo como unas ardientes antorchas.

Y todavía no sabía quién era.

–Parece ser que estoy en desventaja, *signor*...

–Llámame Khaled –dijo ofreciéndole la mano.

Ella la tomó, pero inmediatamente deseó no haberlo hecho ya que sintió cómo su tacto la hacía derretirse. En aquel momento que sus largos dedos apresaban los de ella Sapphy sentía toda su fuerza en sus carnes. Se sintió como si de alguna forma él se hiciera cargo, como si de alguna manera la hubiera poseído.

Y aquello era una locura.

Ella no pertenecía a nadie y mucho menos a aquel extraño individuo. Ni siquiera Paolo, con el que había estado saliendo intermitentemente desde hacía más de dos años, le infundaba aquella sensación de posesión.

Retiró la mano consciente de que aquel extraño la había retenido demasiado tiempo. Dio un paso hacia atrás, intentando controlar el ritmo de su respiración a medida que se movía por la tienda.

«Si no tuviera que concentrarme en permanecer de pie, quizá podría pensar con más claridad».

Ella le señaló un sillón mientras miraba de reojo a la puerta rezando para que alguien entrara a la tienda.

–Por favor –le dijo–. Dime en qué puedo ayudarlo.

Él observaba su expresión de pánico y su anhelante mirada hacia la gente que pasaba frente a la tienda. Había hecho bien en esperar hasta aquel momento para ir allí. Era tarde y probablemente ya nadie entraría a la tienda a molestarlos. Desgraciadamente, nadie iría a recatarla.

Ella se giró y lo miró. Sus grandes ojos azules ponían de relieve las preguntas. Él podía ver su vulnerabilidad y cómo estaba luchando contra ella. Podía sentir su desconfianza, su afrenta y su curiosidad.

Podía mascar su miedo.

Ella era mucho más interesante de lo que él había supuesto. Y mucho más bella. Incluso con ojeras que ponían de manifiesto su cansancio, sus ojos resplandecían llenos de vida y su pelo, rubio oscuro, caía hacia un lado dejando al descubierto la suave curvatura de su cuello.

La cara de una modelo y el cuerpo de una diosa. Paolo no podría haber escogido mejor.

Era perfecta.

—¿Qué puedo hacer por usted, *signor* Khaled? ¿Está buscando algo especial para una mujer?

Él sonrió para sus adentros.

—Podría decirse que sí. Todo el mundo en Milán habla de tus diseños. Tu desfile ha sido un gran éxito. Siendo extranjera lo has hecho muy bien para abrirte camino en una mercado tan competitivo.

—He tenido mucha suerte.

—Tienes mucho talento. De ninguna otra forma estarías ahora donde estás.

—Gracias —le dijo mientras sentía que sus mejillas se ruborizaban como si no estuviera acostumbrada a los cumplidos—. ¿Hay algo en la colección que le interese?

—Toda la colección es interesante, pero no es eso por lo que estoy aquí. Quiero que hagas un vestido.

Él vio cómo el interés agrandaba sus ojos.

—Por supuesto. No hay problema. Trabajo por encargo para muchos de mis clientes.

Mientras hablaban Khaled pudo ver, por el lenguaje gestual de su cuerpo, que por fin estaba empezando a relajarse. Ahora estaban en un territorio en el que ella era la experta. Sus hombros parecían menos rígidos y por fin su respiración estaba bajo control. Sapphy asumió que tan sólo se trataba de un cliente más. Aquello sería bastante sencillo.

—Pero no será un vestido corriente —continuó él—. Me caso dentro de cuatro semanas. Quiero que diseñes y confecciones el vestido de novia de mi prometida.

«Un vestido de novia».

Ella adoraba su trabajo, pero siempre la mayor satisfacción y el mayor reto estaba en diseñar trajes de novia, el vestido más importante para una mujer en el día más importante de su vida. Un vestido que realzara la belleza de una mujer hasta el punto de convertirla en una princesa. No había cosa que Sapphy deseara más, pero él no le estaba dando ningún margen de tiempo.

—¿Un vestido de novia en tan sólo cuatro semanas? Normalmente necesitamos tres meses para hacer algo tan especial.

—Con tu talento, no creo que eso sea un problema.

El pulso se le había acelerado por la oportunidad que él le brindaba pero, antes de aceptar el trabajo, su mente estaba ocupada sopesando las dificultades que podrían surgir.

—Gracias. Me halaga que confíe en mí para llevar a cabo este encargo. Sin embargo, aunque la oferta es tentadora, tengo otras responsabilidades y otros clientes que debo considerar antes de aceptar.

Él se levantó de la silla y se acercó a ella.

—Pero acabas de presentar tu última colección. Has terminado con ello. Diseñarás este vestido.

Ella sintió que sus ojos se agrandaban, desconcertada por su presencia física y por su audaz comentario. Hasta ahora él le había dado la impresión de que quería que diseñara el vestido de novia. ¿Podría ser que otros diseñadores hubieran rechazado el encargo? Quizá la desesperación le había llevado hasta ella.

Además, tan tentada como estaba de aceptar el proyecto de diseño de un vestido de novia, estaría loca si se comprometiera a algo que no fuera capaz de cumplir.

—Todavía no trabajo por libre. Es cierto que ahora tengo mi propia línea, pero aún trabajo para la firma Bacelli.

—Ya he hablado con Gianfranco Bacelli. Él te libera de tu compromiso.

—Ya veo –pero en realidad no entendía nada.

Se mordió los labios mientras consideraba lo que él acababa de revelarle. Aquél no era un encargo cualquiera, no si el anciano diseñador que lideraba la marca Bacelli había sido consultado al respecto. Quienquiera que fuese Khaled, era un hombre con influencias. Y obviamente, esperaba que ella aceptara su proposición.

Él dio un paso más hacia ella.

—Serás bien recompensada.

—Dejémoslo estar, ha dejado las cosas para muy tarde. Sin duda no es consciente de que trabajo acorde a los mejores estándares y eso significa que, simplemente, no es viable confeccionar un vestido como ése en tan poco tiempo disponible.

—Entonces, pon un precio.

Se echó hacia atrás, ofendida por su insinuación.

—*Signor* Khaled, no me malinterprete. No estaba tratando de asegurarme un mejor precio por mis servicios. Simplemente estaba señalando que es muy poco tiempo para completar y confeccionar un diseño que satisfaga a la novia.

–Este vestido será tu diseño. Tú eres la diseñadora.

–Pero la novia querrá señalarme lo que quiere. Quizá le gustaría venir algún día para poder hablar conmigo y juntas hacer algún boceto.

–¡No! –frunció el ceño–. Eso no será posible –se giró y anduvo hacia la ventana–. Ella conoce tus diseños. No dejaría que nadie más que tú diseñara su vestido de novia. Lo diseñarás tú misma.

Ella agitó la cabeza.

–Entonces me temo que eso hace que el trabajo sea casi imposible. Como mínimo necesito saber los gustos y preferencias de la novia. Tengo que saber qué colores le sientan mejor y qué estilos realzan su figura.

–No puedes conocerla. Al menos, no todavía.

–Pero, ¿por qué? ¿Qué novia no querría participar en el diseño de su vestido de novia?

Sus oscuros ojos se entrecerraron.

–Ella está... indispuesta. Para ella, la boda ya es suficiente reto. No debe estresarse más.

–Oh, ya veo.

La mente de Sapphy daba vueltas pensando las distintas posibilidades. ¿Cuál sería el problema? A menos que estuviera enferma para poder encargarse de la organización de la boda... Aquello también explicaría la rapidez con la que se casaban.

Su corazón se llenó de compasión. Todo encajaba. Su prometida estaba enferma, quizá seriamente enferma, y quería casarse con ella mientras pudieran. Sin duda estaba desesperado por contratar sus servicios. Sería por eso por lo que parecía estar tan enfadado con ella.

–Puedo contarte todo lo que necesitas saber –le dijo

él–. Puedo contestarte todas las preguntas. Así que ¿diseñarás el vestido?

Tragó saliva tratando de aliviar la repentina opresión que sentía en la garganta. Si eran ciertas las circunstancias bajo las cuales imaginaba que se celebraría el matrimonio, no podía negarse. No había forma de dejar plantada a una novia en aquella situación. Asimismo, Sapphy deseaba más que nada que la novia estuviera encantada con el vestido, pero sin sus aportaciones, ¿cómo podría estar segura de ello?

–Es una gran responsabilidad. Tendría que saber que la novia está satisfecha con el vestido. No quisiera desagradarla bajo ningún concepto.

–Te garantizo que le encantará –dijo de repente, girándose para mirarla de frente–. Todo lo que pide es...

Sapphy aguzó el oído para escuchar cualquier indicación sobre las preferencias de la novia.

–¿Sí?

Él sonrió. La blancura de sus dientes resaltaba contra su bronceada piel. Sus ojos brillaban bajo el resplandor de las luces.

–Todo lo que quiere es que imagines que es tu boda, que tú eres la novia y que ése es el vestido de tus sueños. Sólo entonces ella será feliz.

Sapphy parpadeó larga y resueltamente mientras sentía un hormigueo por su espalda. Un cliente le estaba haciendo el mayor de los cumplidos, dejarle decidir todo acerca del estilo del vestido, su diseño y confección. Era una oportunidad increíble para exhibir su talento. Pero aun así, había algo que no encajaba.

Y era imaginar que aquél era su vestido de novia y la imagen que, como resultado, le venía a la cabeza.

Sapphy caminaba por la alfombra que conducía hacia el altar donde un hombre la esperaba. Pero algo no era correcto. El hombre no era el correcto.

No era Paolo quien la esperaba en el altar, sino Khaled.

Sapphy se estremeció. En un esfuerzo por borrar aquellas horribles imágenes de su mente se obligó a abrir los ojos para mirar hacia la bulliciosa Via Monte Napoleone Él no significaba nada para ella. No era más que otro cliente que iba a casarse con otra mujer. Una mujer enferma, si es que las indicaciones eran correctas. Así que, ¿por qué habría pasado por su mente el pensamiento de casarse con semejante hombre? ¿Y por qué persistían aquellas imágenes?

Tenía que centrarse en la novia y en su vestido. Aquél sería su día y Sapphy haría todo lo que pudiera para hacer que fuera el día más especial de su vida.

—Aun así tendré que conocerla en algún momento —dijo retirando la mirada del tráfico, girándose hacia él—. Tendremos que hacer algunas pruebas.

—Nos ocuparemos de todo eso en Jebbai. He dispuesto un estudio para ti. Podrás empezar a trabajar tan pronto como llegues.

—Pero eso está en algún lugar del desierto. ¿Espera que vaya allí?

—Jebbai es un estado independiente. No tienes nada que temer. Estarás a salvo mientras estés a mi cuidado. Te lo garantizo.

—¿Pero por qué no puedo hacer el trabajo desde aquí? Tengo clientes que me necesitan, tengo acceso a todas las fábricas...

—Gianfranco Bacelli se ocupará de todo —sonrió—. Además, quieres conocer a la novia, ¿verdad?

Ella hizo una pausa para humedecerse los labios.

—Aún no he aceptado.

—¿No? —le preguntó como si creyera que no tenía otra opción—. Entonces tienes hasta el domingo para decidirte. Volaremos a Jebbai el lunes.

Capítulo 2

S APPHY llegó a su apartamento cansada pero, al mismo tiempo, llena de júbilo. Tras su inesperado encuentro con el *signor* Khaled sentía un cosquilleo por todo su cuerpo y su mente estaba abrumada por la incertidumbre.

La proposición había surgido cuando menos se lo esperaba pero, dado que ya habían terminado todos los desfiles para presentar su última colección, la fecha era realmente oportuna. Sin embargo, el tiempo estaba muy ajustado para diseñar y confeccionar algo especial en tan sólo cuatro semanas.

Si es que acordaba ir a Jebbai.

«Jebbai».

Simplemente el nombre le evocaba imágenes exóticas de interminables extensiones de arena dorada y palmeras. Pero, ¿qué era lo que realmente sabía sobre aquel estado árabe independiente aparte de que había conseguido su fortuna por sus reservas de petróleo?

Revisó su pequeña pila de correo sin encontrar nada lo suficientemente persuasivo como para apartarla de sus pensamientos, así que dejó las cartas y salió al balcón.

El proyecto era tentador, el emplazamiento atrayente, pero había algo totalmente inquietante sobre ese hombre, algo intangible que parecía querer apresarla.

No era su imagen oscura y sensual, aunque eso ya tenía explicación. Podía ver la influencia árabe en sus rasgos y en su porte, incluso en el brillo dorado de su piel. Era como si él estuviera hecho para el desierto.

En circunstancias normales su apariencia podría haber sido suficiente para que se diera cuenta, pero la de él era una apariencia totalmente perturbadora. Lo que más le agitaba era su inquietante presencia y su actitud despreciativa.

¿Por qué estaría enfadado con ella? A menos que estuviera desesperado por obtener los servicios de un diseñador a tiempo para la boda, su negativa le habría contrariado. No, pensándolo otra vez, parecía malhumorado incluso antes de entrar a la tienda.

Exigente y malhumorado.

¿Realmente quería volar con él hacia un estado desierto? ¿Quería verse atrapada con él en un lugar tan pequeño como un avión? Él había hecho subir la temperatura de la tienda y abrasado el aire. Aunque el avión fuera un 747, se verían en apuros para conseguir que hubiera suficiente oxígeno para los dos.

Por mucho que estuviera tentada por aceptar el encargo, por la oportunidad de ir al desierto y diseñar un vestido de novia como nunca había hecho ningún otro, la idea de pasar otro momento en compañía del *signor* Khaled no la entusiasmaba en absoluto.

Sapphy rodeó su cuerpo con los brazos. Empezaba a hacer frío, así que volvió dentro cerrando las puertas del balcón tras ella. Con el rabillo del ojo pudo ver una lucecilla intermitente. Había un mensaje en el contestador automático. Quizá Paolo había llamado...

Apretó el botón para escuchar el mensaje, pero fue la voz de Gianfranco la que inundó la habitación.

—Te va a ir a ver un nuevo cliente. Será una buena oportunidad para tu carrera y para la firma Bacelli. Espero que aceptes el encargo.

El contestador pitó al acabar el mensaje. Ahora ya no había ninguna duda. Las palabras de Gianfranco dejaban claro lo que invariablemente esperaba. Así que, ¿en qué situación se encontraba ahora?

Probablemente, en un avión rumbo a Jebbai el próximo lunes. Aquello le recordó a lo que no quería enfrentarse. Sapphy tembló. No viajaría sola. El *signor* Khaled estaría en el avión con ella.

Deambuló por todo el salón recuperando la pila de correo, sujetándola firme en sus manos para obligarse a volver a la realidad.

¿Qué demonios le pasaba? Era como si tuviera que pasar tiempo con él una vez llegaran a Jebbai. Obviamente, él era una persona lo suficientemente rica como para contratar a uno de los diseñadores de las firmas más prestigiosas de Milán y le proporcionaría un taller donde poder llevar a cabo su tarea. Claramente, él quería que ella confeccionara el vestido de novia lo antes posible para poder casarse con su prometida. Sin duda, durante todo ese tiempo, él tendría otros asuntos de los que ocuparse.

Era muy probable que pudiera terminar el vestido a tiempo. Cuatro semanas era poco tiempo pero, liberada de la carga de trabajo de los otros clientes, podría trabajar en el vestido a tiempo completo.

¿Y acaso no se había sentido atraída por la idea de visitar el desierto? Quizá una visita a Jebbai era justo lo que necesitaba para infundir nuevas ideas a sus diseños.

Podía imaginarse ya la luz del desierto. El sol brillaría quizá con más fuerza que en Australia, pero quería experimentar aquel calor, quería ver cómo sus rayos abrasaban la roja arena del desierto. Los colores en Jebbai serían sin duda más intensos, los tejidos más puros, sedosos y de exuberantes bordados.

También habría diferentes perfumes, texturas y sensaciones. Estaría loca si perdiera la oportunidad de disfrutar de aquella experiencia.

Sapphy miró alrededor de su modesto y solitario apartamento. No había nada que la retuviera allí. Incluso Paolo estaba aún en los Estados Unidos trabajando en un complejo juicio internacional que, por lo que parecía, podía retenerlo allí durante meses.

Mientras tanto ella podía explorar una nueva parte del mundo. Serían casi como unas vacaciones.

A mitad del proceso de abrir el correo, alguien llamó a la puerta. Como acto reflejo sintió una sacudida en todo su interior.

«!Signor Khaled!»

Pero no podía ser él. Ni siquiera sabía dónde vivía aunque, por lo que había visto hasta la fecha, una minucia como ésa no le hubiera hecho detenerse en su camino.

Con el corazón en un puño, Sapphy se dirigió hacia la puerta temiendo toparse con la persona que, desde su encuentro, había dominado su pensamiento. Abrió la puerta cautelosamente. En cuanto lo hizo los brazos del hombre que esperaba en el otro lado la estrecharon contra él.

—¡Sapphy, *bella*!

—¿Paolo? —el temor se convirtió en sorpresa cuando se sintió abrazada por Paolo quien la recibía con un beso—. No esperaba verte.

Paolo la miró con curiosidad.

–¿Qué pasa? ¿Es que no te alegras de verme?

Ella se rió. Se sintió aliviada en los brazos de aquel guapo italiano. Ella lo abrazó también.

–Por supuesto que sí. Te he echado tanto de menos... Es sólo que no me esperaba esta sorpresa. Vamos.

Él la siguió hacia el interior del apartamento mientras ella le dirigía un aluvión de preguntas.

–¿Cuándo has regresado? ¿Cuánto tiempo te quedarás? ¿Ha terminado el caso?

–Basta –le dijo con una sonrisa, agarrándola de la mano mientras aceptaba una copa de vino–. Se ha levantado la sesión mientras la defensa se prepara para presentar nuevas pruebas. No tengo mucho tiempo. Sólo era una buena oportunidad de hacerte una visita ya que me perdí tu desfile. He oído que fue un gran éxito.

Ella lo miró y tragó saliva. Acababa de disgustarla. Él no había estado en su desfile. No había estado en la noche más importante de su carrera. Sapphy sabía que no había tenido ocasión de hacerlo, pero una parte de ella sabía que hubo un tiempo en su relación en la que él habría movido cielo y tierra para poder estar allí.

–Después de seis semanas sin verte me alegro mucho de que estés aquí –le dijo sinceramente acercándose hacia él para oler su familiar colonia–. Últimamente no hemos tenido mucho tiempo para estar juntos.

Sapphy bebió de su copa y, notando lo cansada que estaba, supo que necesitaba algo de comida para contrarrestar el vino o pronto se quedaría dormida.

–¿Tienes hambre? ¿Quieres que vayamos a cenar a algún sitio?

–No –dijo él rápidamente. Después le dio un achuchón en los hombros–. Ha sido un día largo y mañana, antes de regresar a Estados Unidos, tengo que ir a visitar a mi familia. Así que, ¿por qué no cenamos aquí y disfrutamos de una velada tranquila? ¿Qué te parece?

Sapphy asintió y se acurrucó en la curva de su brazo. Estaba tan contenta de verlo otra vez...

Incluso aunque no tuviera jet lag, Sapphy esperaba que hubiera dado esa respuesta. En las semanas previas a su partida a Nueva York, parecía que a todos los lugares a los que iban juntos los *paparazzi*, ansiosos por encontrar un nexo entre el famoso abogado y la diseñadora, les habían seguido. Ella había perdido la cuenta del número de artículos que la nombraban como la inminente *signora* Mancini.

A ella los artículos no la molestaban mucho, pero obviamente tenían el efecto opuesto en Paolo. Cuando le preguntó bromeando a Paolo si había pillado la indirecta, su reacción fue apartarse de la vida pública y casi de su lado al mismo tiempo. Empezaron a verse cada vez con menos frecuencia hasta que, finalmente, Paolo anunció que se marchaba a Nueva York a llevar un caso.

Pero ahora estaba aquí. Sapphy dejó su copa y respiró profundo, dejando que la tensión del día desapareciera para poder relajarse junto a él.

–¿Has tenido un día difícil? –preguntó Paolo.

Ella consideró la respuesta. Aquel adjetivo le traía a la mente la inesperada visita a la tienda de Khaled.

–Um. Ha sido un día muy largo e interesante. De hecho, es una gran suerte que hayas venido este fin de semana. Parece que voy a estar fuera unas cuantas semanas para trabajar en un encargo para un nuevo cliente.

–Suena muy bien.

–Gianfranco me está presionando. Dice que será bueno para mi carrera y, por supuesto, para la firma Bacelli. Voy a diseñar un traje de novia. Estaré fuera cuatro semanas.

–¿Adónde vas?

–Al desierto. A un sitio llamado Jebbai.

Sapphy oyó resoplar a Paolo. Apoyada sobre él sintió cómo sus músculos se tensaban tanto que parecía una roca.

–Sapphy –le dijo con una voz seria y ronca que, inmediatamente, la puso en alerta–. ¿Cómo se llama tu nuevo cliente?

Ella se rió nerviosamente.

–¿Por qué? ¿Qué sucede?

–¡Dímelo!

Sapphy dejó de reírse y tragó saliva.

–Se llama Khaled. Pero, ¿por qué quieres saber su nombre? ¿Acaso lo conoces?

Casi no había terminado de decir aquello cuando Paolo la apartó de su hombro y se levantó para dar vueltas por la habitación como un loco.

–¡Khaled! Después de todo este tiempo. Lo sabía. Sabía que algo iba mal.

–¿Qué era lo que sabías? ¿De qué estás hablando?

–Ha sido una suerte que haya llegado a tiempo. No puedes marcharte.

–Paolo, ¿de qué demonios estás hablando?

–Simplemente, no puedes irte.

–Pero Gianfranco espera que acepte este encargo. No puedo decepcionarle.

–Dile que estás enferma. Dile que tu madre está enferma. Cuéntale cualquier cosa, pero no vayas a Jebbai.

–Esto no tiene ningún sentido. Dame una buena razón por la que debiera rechazar el trabajo. Más que eso, explícame por qué esperas que mienta para librarme de ello.

–Porque tu nuevo cliente no es lo que parece. Lo conozco.

–¿Qué? ¿Quieres decir que el *signor* Khaled es un criminal?

–No existe tal *signor* Khaled. ¿Es que no te ha dicho su nombre completo?

–¿Su nombre completo? Yo...

Él gruñó.

–Tu *signor* Khaled no es otro que el jeque Khaled Al-Ateeq, el soberano de Jebbai.

–¿Un jeque?

Sapphy asimiló aquella revelación con interés, buscándole significado a lo que Paolo obviamente consideraba una gran noticia. Ciertamente tenía sentido. Toda su aura irradiaba poder. Pero aun así, no llegaba a ver por qué su identidad podría cambiar algo. Después de todo, proteger el título de una persona no era un crimen y, ciertamente, él no había hecho ningún intento de ocultar el suyo.

–¿Así que es un jeque? Eso probablemente explica por qué Gianfranco quiere asegurarse de que acepte el trabajo. ¿Pero es que acaso cambia algo? Lo único que sé es que va a casarse y me ha contratado para diseñar el vestido de novia de su prometida. Y tú no me has dado ni una sola buena razón por la que no deba hacerlo.

–Escúchame –dijo Paolo poniéndole las manos sobre los hombros–. Pase lo que pase no puedes confiar en ese hombre. No tengo ni idea de lo que está planeando pero dudo mucho que vaya a celebrarse una boda.

Sapphy tembló. Su tono la había asustado mucho más que sus palabras. Intentó cubrir su ansiedad con una carcajada, pero sonó frágil y falsa.

—Eso es ridículo. Entonces, ¿por qué molestarse en contratar un diseñador?

—Para hacer que vayas allí.

Esta vez no pudo esconder el temor que la hizo estremecer.

—Me estás asustando, Paolo. Y no entiendo por qué. ¿Qué es lo que te hace pensar esas cosas? ¿Cómo lo sabes?

—Simplemente, lo sé.

—No, eso no es suficiente. Si vas a asustarme con tus historias tendrás que demostrar que son verdaderas. ¿Por qué no debería ir? ¿Qué es lo que tienes contra ese jeque?

Él se giró hacia ella apretando los puños.

—No puedo contártelo. Sólo puedo decirte que es el hombre más despiadado que jamás he conocido y sé que nada lo detendrá para conseguir lo que quiere.

En aquel instante los ojos de su cliente le vinieron a la mente, oscuros e implacables como si la hubieran atravesado durante su acalorado encuentro Sí, no había duda de que era despiadado, pero también podía serlo Paolo y la mitad de sus colegas. Uno no llega a aparecer en los ranking de abogacía internacionales sin serlo.

Sapphy se giró hacia él protestando.

—No lo entiendo. Si te sientes así hacia ese hombre, ¿por qué no me lo habías mencionado nunca?

—Lo que sucedió fue hace muchos años. Antes de conocerte.

–Entonces quizá haya cambiado. Cualquier diferencia que podáis haber tenido en el pasado probablemente ya no existe ahora.

Paolo agitó la cabeza.

–No. Tú no lo conoces tan bien como yo.

–Y tú no sabes lo que haré allí. Hay una novia. Me reuniré con ella tan pronto como lleguemos a Jebbai.

Sapphy sabía que no se estaba ciñendo a la verdad pero, con el humor que tenía Paolo, no había forma de decirle que Khaled había evitado que conociera a la novia. Lo utilizaría para apoyar sus argumentos para convencerla de no ir.

Y Sapphy quería ir. Había buenas oportunidades de negocio por las que debería ir. Además, después de todo, Paolo tampoco estaría en casa esperándola mientras ella estaba fuera.

–Entonces, ¿estás segura de que ella quiere casarse con ese hombre?

–¡Por amor de Dios! ¿Qué estás sugiriendo? Estamos en el siglo XXI. Resulta que necesitan casarse rápidamente porque la novia está enferma –añadió para parar las acusaciones de Paolo–. Es muy romántico, ¿no crees?

Él la miró sin decir nada aunque la agitación de su pecho hablaba por sí solo.

–Mira –le dijo suavemente acercándose a él y posando su mano sobre su antebrazo–. Quienquiera que sea ese jeque Khaled y cualesquiera que fueran los problemas que hayas tenido con él en el pasado, lo más probable es que no tenga ni idea de que te conozco. Simplemente quiere encargarme un vestido. Sólo voy a estar fuera cuatro semanas en las que tú no estarás aquí. Así que no creo que vayas a extrañarme mucho.

–Sabes que no tengo opción. Tengo que volver a Nueva York.

–Y yo tengo que ir a Jebbai.

–No lo hagas.

–¿Que no haga qué? ¿Tomar mis propias decisiones? Es mi carrera. Ésta es mi pasión. Sabes que diseñar vestidos de novia me gusta más que ninguna otra cosa. Es una magnífica oportunidad para mí y no puedo permitirme perderla. No en base a los secretos de un hombre de negocios.

–No puedes ir.

–Lo siento, Paolo, pero escúchate. Tus argumentos y acusaciones se basan en el rencor. Te angustias por un mal aparentemente cometido hace tiempo que probablemente nadie, salvo tú, recuerda ahora.

–¡No permitiré que te marches!

–No depende de ti. No eres mi marido. Incluso si lo fueras, no podrías decirme lo que debo hacer.

–¿Aún no me has perdonado por no haberte propuesto matrimonio?

–Paolo –le susurró suspirando–. Por favor, trata de entenderme. No estoy enfadada contigo. Simplemente no entiendo por qué todo cambió entre nosotros cuando los medios de comunicación asumieron que éramos noticia. Una sola mención de matrimonio y, de repente, pareces encontrar razones para que nos separemos.

Paolo se acercó a ella, deslizando una mano por su cuello.

–Sabes que me preocupo por ti.

–Una vez pensé que me amabas. Ahora, no sé qué pensar.

Él retiró la mano para pasársela por el pelo.

–Lo sé. Las cosas no han ido muy bien durante un tiempo pero si lo que dices es verdad y Khaled va a casarse, ¿por qué no hablamos de todo esto más tranquilamente después de la boda?

Shappy inclinó la cabeza estudiando el rostro de Paolo en busca de alguna pista de lo que estaba pasando por su mente. ¿Qué era lo que le estaba ofreciendo? ¿Por qué la boda de un jeque del desierto marcaría una diferencia en su relación?

–¿Por qué no hablamos sobre ello ahora?

–Porque no podemos. Tienes que confiar en mí. Sólo tienes que confiar en mí lo bastante como para no ir a Jebbai –le dijo mirándola a los ojos–. Sabes que significas mucho para mí.

–Está bien –dijo ella tomando aire mientras se giraba para mirar por la ventana–. Tú también me importas y agradezco tu consejo, pero me marcho. El próximo lunes parto hacia Jebbai.

Capítulo 3

ELLA ESTABA esperando en el aeropuerto. Un solo vistazo a través de las lunas tintadas de la limusina fue suficiente para armarse de valor e ignorar las advertencias de Paolo. De pie, al lado del avión, Khaled parecía más alto. Incluso más que en la tienda. Sus oscuros ojos estaban fijos en el coche que se acercaba.

¿Por qué se encontraba allí? ¿Y si Paolo tenía razón? ¿Y si Khaled era tan peligroso como Paolo había sugerido? ¿Acaso tendría que lamentar haberle desafiado?

De hecho, ya lamentaba su discusión. Paolo se había marchado poco después. Ni siquiera se quedó a cenar. La dejó sola toda la noche y no volvió a saber de él en todo el fin de semana. Sin duda, ya estaría de vuelta en Estados Unidos.

Sentía mucho que hubieran terminado de aquella manera. Ella nunca lo había desafiado tan abiertamente, pero él tampoco había intentado nunca prohibirle hacer algo y menos sin tener una razón. Si hubiera tenido una base sólida en la que apoyar sus objeciones, ella no habría tenido el menor reparo en prestarle más atención.

Pero no. Paolo se había equivocado y tendría que admitirlo cuando regresara dentro de cuatro semanas.

Tal y como las cosas habían quedado entre ellos, no sería muy probable que anduviera alrededor para darle la bienvenida independientemente de su imprecisa oferta de intentar retomar su relación. Incluso si lo hacían, las cosas serían muy diferentes entre ellos. Si se hubiera quedado a pasar la noche habría sido un error. Ahora Sapphy no estaba segura de lo que sentía por Paolo, pero sí estaba segura de que no era el amor para siempre al que una vez pensó se dirigía su relación. Las cosas habían cambiado entre ellos en los últimos meses y no para bien. Un cambio de escenario podría darle la oportunidad de aclarar sus sentimientos.

El conductor paró al lado del avión privado dejándola aún más confusa. ¿Por qué diablos había imaginado que volarían a Jebbai en un avión comercial? Naturalmente, lo pensó cuando aún no sabía que él era un jeque. Ahora sabía que podía tener su propio avión y una flota entera de ellos.

Cuando la puerta se abrió el interior de la limusina se inundó de la luz del día, el rugir de los motores y el olor de alto octanaje del combustible. Fue entonces cuando Sapphy se dio cuenta de que él estaba allí, ofreciéndole su mano.

–*Signora* Clemenger, estoy tan contento de que hayas aceptado mi encargo.

A pesar del ruido de los motores, su refinada y cálida voz se abrió paso hasta ella de una forma que le erizaba los sentidos.

Salió del coche para ser recibida por un viento que alborotaba su pelo y su confianza en sí misma. Sus negros ojos brillaron en los de ella con un grado de satisfacción totalmente evidente.

Ella se estremeció. Él no tenía por qué mostrarse

petulante hacia su conformidad. Después de todo, solamente era un trabajo.

–¿Lo había dudado en algún momento, jeque Khaled Al-Ateeq?

–Veo que has descubierto mi pequeño secreto.

–Eso parece, pero dudo mucho que los haya descubierto todos.

Él se rió inclinando la cabeza hacia atrás. Eso fue algo que la pilló totalmente por sorpresa. Se reía como si estuviera encantado. A Sapphy le gustaba la manera en que sonaba su risa. Incluso le gustaba cómo él se veía mientras reía. Llevaba un jersey de punto fino que marcaba su torso sin llegar a ceñirlo de color azul claro. Color que contrastaba con su piel color aceituna, especialmente donde el cuello en forma de pico revelaba un tentador trozo de su pecho. También llevaba unos pantalones negros que acentuaban su firme abdomen y sus largas piernas.

No había duda. Iba a ser un novio impresionante. Sapphy hizo algunas notas mentales para su diseño. Si no lograba hacer algo realmente espectacular para la novia, el novio le robaría todo el protagonismo.

Él inclinó la cabeza hacia ella percatándose de su franca evaluación haciendo que Sapphy deseara que sus ojos hubieran encontrado mejor pasatiempo mientras él se reía. Pero ella resistió la tentación de apartar la mirada. Por el contrario, mantuvo sus ojos fijos en él. Khaled podría ser guapísimo, pero ella no era una adolescente que se sintiera avergonzada porque un hombre la pillara mirándolo. Después de todo, era su cliente. No era que ella estuviera interesada en él para sí misma.

–Vamos –dijo por fin con una sonrisa aún remanente en sus ojos mientras la acompañaba a subir al avión–. Nos ocuparemos de las formalidades dentro.

Sapphy echó un último vistazo a su alrededor para despedirse de la familiar cordillera montañosa más allá de los hangares de la zona norte del aeropuerto de Malpensa en Milán. Mientras subía los escalones hacia el avión, su vida y su trabajo junto a Gianfranco Bacelli le parecían distantes. Corría por sus venas una sensación de excitación que ni la proximidad del jeque podría disipar.

A Khaled le gustaba lo que Sapphy llevaba puesto. Le gustaba cómo el suave tejido de color rosa claro de su vestido contrastaba con el azul de sus ojos y su pelo rubio oscuro. Su estilo era femenino sin ser recargado. Pero lo que más le gustaba era la forma en que modelaba su figura y ponía de relieve la redondez de su trasero mientras él subía las escaleras tras ella.

Mientras lo hacía, su limpia fragancia y una pizca de perfume, ligero y veraniego, refrescaron el ambiente. Sapphy desprendía un olor fresco y jugoso sin rastro del miedo que había proyectado cuando él le había ofrecido el encargo. A pesar de ello aún había algo, ¿quizá sería recelo? Ciertamente su comentario al saludarlo no le había parecido, en ningún caso, un desafío.

Así que ella sospechaba que había algo más que no había podido averiguar mirándola a los ojos. Pero sí había descubierto algo. La mujer tenía coraje. Mucho mejor. No había nada que le gustara más que un reto.

Los ojos de él la siguieron mientras subía al avión. Hacía mucho tiempo que no había estado con una mujer. Demasiado. Khaled podía sentir cómo el dolor crecía al verla subir y ver el balanceo de sus caderas marcado por su cintura de avispa. Había sido mucho, mucho tiempo.

Pero podría esperar cuatro semanas más por ella.

Merecería la pena.

Y ella sería suya.

El Gulfstream V despegó suavemente. Avanzaba con la eficiencia que reflejaba la opulencia de su interior. Sapphy se había acomodado en un sillón de piel mientras hacía los primeros bocetos del vestido de novia. Sabía que ya nunca podría concebir viajar en avión de la misma manera.

La cabina había sido diseñada para garantizar el confort de los pasajeros. Los pocos asientos eran grandes y lujosos y en la parte posterior habían dispuesto una oficina con ordenador y fax además de otras habitaciones. Espacio, velocidad y lujo, el jeque Khaled obviamente viajaba con estilo.

Hasta entonces había sido un anfitrión perfecto. Había despachado las formalidades con aplomo, la había hecho acomodarse para el despegue y después se había excusado para retirarse hacia la cabina para hablar con el piloto. Mientras tanto, las atentas azafatas se aseguraban de proporcionarle todo lo que necesitara.

Si esto era un anticipo de cómo serían las cosas en Jebbai, Sapphy no tenía nada que tener del jeque Khaled. Como ella misma pensaba, él tendría muchas otras cosas de las que ocuparse y no necesitaría verlo casi nunca.

La puerta de la cabina de mando se abrió. Los ojos de Sapphy se vieron forzados a mirar para ver salir de allí a Khaled de forma pausada. Sus ojos se encontraban con los de ella. Su respiración se volvió irregular al ver que algo abrasador, hambriento y real pasaba por los ojos de él...

Algo que desapareció mientras Khaled se acercaba a ella. Sapphy volvió a dirigir la mirada a sus bocetos, dibujando líneas al azar sabiendo que la repentina explosión de fuego interno que había experimentado se habría puesto de manifiesto en su rostro.

Así no podía relajarse.

Entonces fue cuando sintió su mano sobre el hombro. El lápiz temblaba entre sus dedos.

—Precioso —dijo lo suficientemente cerca de su oído ya que se había inclinado para mirar los bocetos.

Sapphy podía sentir el calor de su aliento en la mejilla. Estaba tan cerca que no había forma de que él no oyera el fuerte latir de su corazón. No se atrevía a mirar a los lados. Estaba muy cerca, demasiado cerca.

Se humedeció los labios tratando de centrarse en los bocetos.

—Son simplemente unas cuantas ideas que he querido plasmar en papel. Me preguntaba si tienes idea del estilo que prefiere tu prometida. Ni siquiera sé todavía sus medidas así que quizá algunos de ellos no sean apropiados.

Él permaneció en silencio unos segundos durante los cuales su mano permanecía sobre el hombro de ella. Su aliento serpenteaba contra su piel. Segundos que le parecían eternos e interminables.

—Me gusta éste —dijo por fin, señalando con su mano un vestido de estilo princesa—. ¿Qué te parece?

Desde su perspectiva, Sapphy sabía que se había girado y que ahora la estaba mirando esperando su respuesta. Ella tomó aire, se humedeció los labios y asintió. Aquel diseño en particular era su favorito de entre la media docena que había expuesto sobre la mesa. Era elegante, deslumbrante por su sencillez y, a pesar de ello, lo suficientemente regio para una princesa.

–Si crees que le sentará bien –le respondió girando la cabeza hacia él mientras aún evitaba mirarlo a la cara.

–Oh, sí –dijo en voz baja y ronca–. Creo que será perfecto.

Sapphy alzó los ojos y los posó sobre los de él. La boca se le quedó seca.

–Simplemente perfecto.

Estaba cerca. Demasiado cerca. Tan cerca que podía saborear su aliento en el de ella. Tan cerca que podría verse reflejada en sus ojos. Tan cerca que empezaba a cuestionarse si las advertencias de Paolo no eran tan disparatadas. Aquél no era un hombre común. Después de todo, ¿se habría equivocado al aceptar ir a Jebbai?

Además, ¿por qué parecía bloquearse cuando debería estar haciendo algo por remediarlo? Si no se equivocaba Khaled se estaba acercando a ella incluso más...

«¡Esto no está sucediendo!» Sacudió la cabeza y se inclinó hacia delante recogiendo los papeles de la mesa en un pobre intento de querer organizarlos.

–¡Genial! Si te gusta, seguiré trabajando en ese diseño. Tan pronto como tenga las medidas podremos progresar realmente.

Sabía que estaba parloteando, pero al menos mantenía su boca ocupada. Ahora mismo era lo único que la importaba. La forma en que él le había mirado los labios... ¿Seguro que no había intentado besarla? Después de todo, era un hombre a punto de casarse.

Debía habérselo imaginado. Las palabras de Paolo la habían envenenado. ¿Acaso se sentía mareada por la altitud?

Sapphy era consciente de que él permanecía allí, a su lado, pero por fin le quitó la mano del hombro. Era extraño pero, había estado allí tanto tiempo que ahora, al quitarla sentía frío.

—Esto se merece un brindis —dijo haciéndole un gesto a una de las azafatas.

Khaled se sentó en una de las sillas al lado de la suya como si nada hubiera pasado mientras la azafata traía dos copas y una cubitera con hielo que contenía una botella helada de vino espumoso. Sapphy reconoció la marca al instante.

—¿Vino australiano?

Él inclinó ligeramente la cabeza.

—En tu honor. Pensé que te gustaría probar algo procedente de tu país natal ahora que te llevo lejos incluso de tu cuidad adoptiva.

Sapphy se sintió conmovida por aquel gesto. Había supuesto que, por el lujo del avión, él sólo bebería Don Perignon. Elegir un vino australiano era algo que ella nunca hubiera imaginado. Además, lo había hecho para que ella se sintiera como en casa.

Khaled sirvió el vino y le entregó una copa.

—Propongo un brindis por el vestido que será tan impresionante como la mujer que va a diseñarlo.

Alzó su copa frente a ella con los ojos medio cerrados, sonriéndole a propósito antes de acercarse la copa a los labios. Sus ojos nunca se apartaban de ella, incluso cuando su barbilla se alzó para beber, sus ojos permanecieron fijos en ella, oscuros y resueltos.

Sapphy tragó saliva antes de tomar un sorbo tratando de ordenar los sentimientos que le habían colmado de nuevo de incertidumbre. Quizá era hora de recordarle que también había otra mujer que participaría en la boda. Una mujer de la que, ahora que lo pensaba, él casi nunca hablaba.

—Gracias —dijo ella suavemente—. Si me lo permites, me gustaría proponer un brindis por la mujer que llevará el vestido porque sin ella, el vestido no vale nada. Por tu prometida.

Sapphy bebió un sorbo satisfecha de haber dejado las cosas claras para que él viera su relación desde otra perspectiva. Independientemente de que antes hubiera intentado besarla o no, al menos ella le dejaba claro que no olvidaría que él estaba a punto de casarse con otra mujer.

Pero, mirándolo por encima del borde de su copa, se dio cuenta de que sus palabras no le habían afectado lo más mínimo. Si acaso, habían contribuido a incrementar la anchura de su sonrisa y la expresión triunfal de sus ojos.

—Absolutamente. Brindemos por la mujer que será mi esposa. Por mi prometida.

Sonriendo aún, Khaled alzó de nuevo su copa, manteniendo la mirada firme sobre ella. Fue entonces cuando Sapphy se dio cuenta de que se estaba olvidando de algo.

Algo había sucedido. Oh, sí. Él había reconocido a su prometida sin dudarlo un momento. Pero había algo más, algo enigmático que ella no podía precisar. Algo que la hacía sospechar.

Mecánicamente se llevó la copa a los labios y saboreó por primera vez el vino. Su apreciación quedaba en un segundo plano tras las maquinaciones que ocupaban su mente. Sapphy no quería dar crédito a las advertencias de Paolo, pero había algo en él que la perturbaba profundamente.

Las palabras de Paolo la habían hecho volverse muy desconfiada hasta el punto que, la más mínima inflexión en la voz de Khaled, le hacía pensar lo peor.

El jeque Khaled era sin duda un gran anfitrión. Sapphy podía relajarse y disfrutar de la experiencia. De esa manera podría confirmarle a Paolo que sus temores eran infundados.

Una azafata se acercó y le dijo a Khaled algo al oído.

—Te ruego que me perdones —le dijo mientras dejaba a un lado su copa—, pero debo ocuparme de algo urgentemente. Por favor, discúlpame.

Sapphy dirigió la mirada hacia el despacho situado en la parte trasera del avión donde dos oficiales uniformados se habían reunido alrededor del monitor.

—¿Es algo importante? —preguntó ella.

—Un simple asunto sin importancia. Nada de lo que debas preocuparte —le aseguró antes de reunirse con ellos.

¿De dónde habían salido aquellos oficiales? Sapphy no recordaba haberlos visto antes en el avión pero, sin duda, tenía sentido que un jeque volara con su propio cuerpo de seguridad.

Cualquiera que fuera aquel asunto sin importancia, desde luego les llevó tiempo. Y emoción. De vez en cuando se oía cómo alzaban la voz y daban instrucciones a través del constante ruido de los motores. Los tres hombres estaban inmersos en una discusión entre ellos y alguien al otro lado de la línea telefónica. Sapphy sentía tanta curiosidad que le resultaba casi imposible volver al trabajo.

Además también agradecía poder disfrutar de algún tiempo sin la compañía de Khaled, sus oscuros y desafiantes ojos y su expresión ilegible.

Por un ligero cambio en el avión supo que estaban descendiendo. Miró por la ventanilla y vio que estaban sobrevolando el litoral de lo que, suponía, sería el Mediterráneo en contraste con la blanca línea costera y la enorme extensión amarillo rojizo que se prolongaba hacia el interior.

Sapphy se giró y vio que Khaled se sentaba en el asiento al lado del suyo.

—No tardaremos mucho en llegar —le dijo.

—¿Va todo bien? —le preguntó echando un vistazo a la parte trasera del avión, de la que, los dos oficiales habían desaparecido otra vez.

—Ahora, sí —respondió sin comprometerse.

No tardaron mucho en aterrizar en el aeropuerto de Jebbai el cual, según Khaled le había explicado, se encontraba a muy poca distancia de la capital. Sapphy salió del avión para sentir el calor seco del atardecer en Jebbai. Se detuvo unos instantes frente a las escaleras. Aquello era tan diferente de Milán... No había montañas que rodearan el aeropuerto. Por el contrario, la tierra a su alrededor era plana y se extendía en todas direcciones en una sucesión de dunas doradas que se perdían en el horizonte. Sólo una franja de betún, la autopista que conducía a la capital, rompía aquel paisaje.

Estaba en medio de la nada.

Nunca una frase había sido más acertada. Tragó saliva y tomó aire.

Nunca había estado tan sola.

La mano de Khaled se deslizó por uno de sus hombros como queriendo reconfortarla.

—Bienvenida a tu nuevo hogar —le dijo.

Sapphy estaba en mitad de la escalera y hasta un momento después no se dio cuenta de lo que él le acababa de decir.

Se dirigieron hacia la limusina que les estaba esperando mientras empezaba a oscurecer. Permanecieron en silencio durante un rato en el que Sapphy miraba por la ventana para disfrutar de la vista, admirando las dunas y las formaciones rocosas que hacían que el paisaje fuera impresionante. Ni siquiera la presencia de Khaled, que estaba sentado a su lado, podía disipar su entusiasmo. En aquel momento su mente estaba rebosante de ideas, colores, patrones y texturas. El paisaje era como una bocanada de aire fresco.

—¿Qué te parece mi país?

—Es bonito, muy bonito.

—Nunca subestimes al desierto. Es duro, peligroso e implacable.

Ella lo miró, sorprendida por sus palabras.

—Por supuesto pero, ¿no es ese peligro lo que da a las verdes colinas y valles, ese toque exótico? Allí la tierra es exuberante y fértil, bella en sí misma, suave y segura mientras que este lugar es colorido, dramático y magnífico, lo que va mano a mano con el peligro. Incluso —se humedeció los labios mirando por la ventana mientras elegía las palabras adecuadas— casi tiene una dimensión eterna, como si estuviera esperando que algo sucediera...

Sapphy se dio media vuelta buscando la mejor forma de terminar la frase, pero al hacerlo se quedó sin respiración y un escalofrío recorrió todo su cuerpo.

Los ojos de él la habían atrapado en una mirada abrasadora que la había llegado hasta el alma. Fuera lo que fuere lo que tenía intención de decir, había sido calcinado por el calor.

Su calor.

Él se acercó a ella, alzando una mano con la que la agarró de la mandíbula. Sapphy se resistió a que la tocara, pero sus dedos la sujetaban fuertemente, abrasando la piel de su barbilla y su cuello.

—Tus ojos resplandecen cuando hablas de tales cosas. Reflejan la luz como las caras de una piedra preciosa. Eligieron para ti un nombre muy apropiado.

Ella tragó saliva en un intento de lubricar su garganta.

—Esos preciosos ojos... Dime, ¿es su belleza como un verde paisaje, exuberante y fértil o es su peligrosa magnificencia lo que brilla dentro de ellos? Me pregunto qué será.

Sapphy agitó la cabeza lo poco que pudo mientras con la lengua intentaba humedecerse los labios.

—No lo sé —dijo alzando la mano hasta su antebrazo—. Nunca lo he pensado.

Quizá podría deshacerse de él. Fue entonces cuando posó la mano en su brazo. La dureza de sus músculos era evidente a través del tejido de su jersey. Su brazo estaba moldeado como si fuera de acero. No había manera de deshacerse de ese hombre.

Khaled giró la cabeza hacia un lado, esbozando una leve sonrisa como si le divirtieran sus intentos de escapar de él. Finalmente relajó el brazo.

—Aun así, tu prosa revela que eres muy perceptiva. Ves en el desierto cualidades que muchos otros no ven. Me cuesta creer que no tengas el mismo talento cuando se trata de personas.

Sapphy pensó de inmediato que sería mejor que no le preguntara en qué categoría lo clasificaba.

«Alto, moreno y peligroso».

–Realmente no creo que eso sea relevante –murmuró recobrando el aliento, cerrando los ojos por un momento y preguntándose si él habría sido capaz de escuchar su acelerado pulso–. Y preferiría que no me tocaras.

Él arqueó las cejas de una manera que hacía mostrar su asombro por lo que le acababa de decir, pero aun así se encogió de hombros y la soltó.

–Como desees.

Sapphy apartó la barbilla aliviada, pero fue algo pasajero ya que su enorme mano continuó deslizándose suavemente por la línea de su garganta, haciéndola arder en llamas. Sus dedos recorrieron el escote de su vestido hasta la curvatura del cuello antes de que, por fin, retirara la mano.

Intentó recuperar el aliento a medida que una sensación de desnudez se apoderaba de ella. Fue una sensación tan electrizante que sus pechos se excitaron.

Sapphy no quería que él la tocase, no quería que estuviera cerca de ella así que, ¿por qué sus sentidos continuaban vacilando? ¿Por qué sus pechos seguían endureciéndose ahora que había retirado la mano? Mirar a través de la ventanilla no le ofrecía ninguna respuesta, pero no se podía arriesgar a mirar hacia el interior del coche, al menos no hasta que su pulso estuviera bajo control. Una vez llegaran a palacio podría mantenerse alejada de Khaled. Él era demasiado imprevisible, demasiado persuasivo. Y muy, muy peligroso.

Aun así una buena parte de aquel peligro provenía

de ella misma. Era imposible negar que se sentía atraída por él. Su presencia física era suficiente para que toda ella se estremeciera.

Para ella, su tacto era algo más.

Simplemente tendría que mantenerse lejos de su alcance.

Algo a lo lejos llamó su atención. En la penumbra, podía divisar edificios, pequeñas viviendas que daban paso a edificios más altos con balcones entre la débil sombra de las palmeras ubicadas contra las paredes. Las cúpulas de las mezquitas y los minaretes rompían la predominante horizontalidad hasta que, llegando al centro de la ciudad, los rascacielos invirtieron el sentido hacia lo vertical. Había mucha gente reunida en las calles.

Sapphy estaba a punto de preguntarle a Khaled si estaban en Hebra cuando, de repente, su mundo estalló.

Capítulo 4

EL COCHE se vio sacudido por el ruido y la fuerza de la explosión mientras el resplandor de unas luces rojas y blancas convirtieron el interior del coche en el objetivo de las instantáneas. Sapphy chilló y saltó por encima de la división que había entre ellos arrojándose a los brazos de Khaled, escondiendo la cabeza bajo su pecho mientras el bombardeo caía sobre ellos.

Posada sobre su pecho oía que el latir de su corazón era constante y tranquilo. Allí, entre los brazos con los que él la había envuelto, se sentía más segura y protegida.

Más colores iluminaron el cielo: verde, azul... y la ovación de los espectadores llenaba el ambiente. Los niños chillaban, pero no por temor, sino de alegría.

«!Fuegos artificiales!», pensó un minuto después de haberse lanzado contra su pecho. Se había asustado de unos estúpidos fuegos artificiales.

¡Y mira adónde la habían llevado! Prácticamente estaba sentada en su regazo.

Retiró la cabeza del reconfortante latido de su corazón y la seguridad de su pecho tratando de separarse de él sin apenas tocarlo. Si tan sólo él relajara los brazos...

—Me pones muy difícil no tocarte –le dijo con cierto

toque de humor que no había estado presente en su voz hasta ahora–, si insistes en arrojarte a mí de esa forma.

–Yo pensé... Quiero decir...

Se sentía tan estúpida al no ser capaz de pronunciar palabra... Ella le empujó para poder soltarse del círculo que habían formado sus brazos.

–Por favor, suéltame.

–¿Y si te asustas otra vez? Quizá deberías relajarte y disfrutar de los fuegos artificiales –sugirió Khaled.

–¿Qué es lo qué está pasando?

–Mi pueblo le da la bienvenida a su jeque.

–Estás bromeando. ¿Hacen esto cada vez que regresas?

Él le dedicó una leve sonrisa que le recordó al más cremoso de los cafés.

–La gente está entusiasmada con la boda y su nueva reina. Éste es el comienzo de las celebraciones que tendrán lugar en Jebbai durante un mes.

–Entonces creo –dijo haciendo palanca contra sus brazos– que no es buena idea que tu pueblo te vea en semejante situación con la diseñadora del vestido de tu prometida.

–Yo no me preocuparía mucho –dijo liberándola para que pudiera ocupar su asiento–. Mi gente sabe perfectamente quién eres.

Ella lo miró bruscamente. De nuevo, estaba hablando en clave. Ella no quería entrar en ese juego, así que permaneció en silencio mientras recorrían el centro de la ciudad asombrada por el contraste de lo viejo y lo nuevo, de las antiguas mezquitas y los modernos rascacielos. Hebra lo tenía todo.

Finalmente llegaron ante unas enormes puertas de hierro y madera que se cerraron tras ellos. El coche entró en un gran patio. Un pequeño comité de bienvenida les estaba esperando.

Khaled le apretó la mano suavemente.

—Bienvenida a mi hogar —le dijo antes de que se abrieran las puertas y la ayudara a bajar del coche.

Al salir, Sapphy pudo ver el patio adoquinado frente al palacio que, durante cuatro semanas, sería su residencia. Era espléndido incluso de noche. Sin duda a la luz del día sería aún más espectacular con aquellas paredes incrustadas de nácar y carey que le daban una textura y apariencia suntuosas.

La mano de Khaled le presionaba ligeramente la espalda para guiarla hacia el comité de bienvenida. Un hombre alto de rostro enjuto, barba grisácea y ojos que mantenían una gran semejanza a los de Khaled, se acercó a saludarlos.

—Saleem —dijo Khaled abrazando al hombre—. Permíteme que te presente a la famosa diseñadora Sapphire Clemenger de la firma Bacelli de Milán. Sapphy, éste es mi primo Saleem.

Saleem tomó su mano inclinándose ante ella antes de alzar la mirada. El repentino brillo de sus ojos era frío cual arañas subiendo por su espalda.

—Bienvenida a Jebbai —le dijo intentado esbozar una sonrisa.

Sapphy nunca había experimentado un recibimiento menos cordial, pero trató de arreglárselas para sonreír dando las gracias al resto de las personas que le fueron presentadas. Finalmente, Khaled le presentó a una joven de aspecto tímido.

—Ésta es Azizah —le dijo mientras la joven le hacía una reverencia—. Ella será tu doncella.

Sapphy volvió a sonreír mientras tomaba la mano

de la joven. Esta vez su sonrisa fue mucho más genuina.

—¿Así que vas a ayudarme con el vestido?

—No —le interrumpió Khaled antes de que la chica pudiera contestar—. Tendrás diez ayudantes a tu servicio para confeccionar el vestido. Estarán aquí mañana por la mañana para que les des instrucciones. Azizah es tu asistente personal. Ella hará cualquier cosa que necesites.

—No es necesario —protestó ella—. No necesito una plantilla de trabajadores para ayudarme a confeccionar un único vestido.

—Sólo tienes cuatro semanas. Recuerda que fuiste tú quien pensaba que no era suficiente tiempo. Así que tendrás ayuda. Ahora déjame que te enseñe tus aposentos.

Con la mano apoyada en su espalda la guió hacia los escalones que conducían a la entrada en forma de arco de herradura.

—Seguramente Azizah podrá enseñarle sus dependencias. Tenemos cuestiones de estado que discutir —dijo Saleem con un marcado acento inglés.

Khaled se giró para mirar a su primo.

—Pueden esperar cinco minutos. Le enseñaré a la señorita Clemenger sus dependencias y después me reuniré contigo en la biblioteca.

Sapphy temblaba mientras él la guiaba hacia el interior del palacio.

—¿Tienes frío? —le preguntó, sorprendida de que se hubiera dado cuenta.

—No.

—Entonces, ¿qué te pasa? Dímelo —insistió cuando veía que no contestaba—. Ahora eres mi responsabilidad.

—Probablemente no tenga importancia, pero es que tu primo Saleem... Tengo la impresión de que no le gusto.

—Tendrá que acostumbrarse a ti.

—¿Eso crees? ¿En tan sólo un mes?

Khaled la fulminó con la mirada mientras la llevaba a uno de los pilares de mármol de la recepción.

—Si no le gusto ahora, no creo que las cosas vayan a cambiar mucho en tan sólo un mes.

—Será mejor que no ofendas a Saleem. Es parte de la familia. Aquí las cosas son muy diferentes de cómo son en Milán o incluso Australia.

Sapphy abrió la boca para quejarse de que Saleem parecía enojado con ella sin motivo aparente puesto que ella no había hecho nada, pero prefirió mantenerse en silencio. ¿De qué serviría? Khaled tenía razón. Las cosas eran distintas allí. Sería mucho más fácil si no se sintiera como una intrusa, pero Saleem le había dejado bastante claro que no le agradaba su presencia.

Pero eran solamente cuatro semanas y quizá menos si lograba terminar el vestido antes. Cuanto antes se pusiera a confeccionar el vestido, antes podría regresar a Milán.

Después de atravesar pasillos y pasillos, Khaled finalmente le mostró una sala grande y espaciosa.

—Éste es tu estudio —le dijo señalando hacia el lujoso escritorio equipado con papel y todo tipo de material de oficina—. Y éste —dijo mostrándole la habitación contigua— es tu taller. Espero que encuentres todo lo que necesitas sino, sólo tienes que pedírmelo.

Sapphy le seguía con la mirada atónita. La habitación era enorme, el doble de grande que su apartamento de Milán. Había mesas de trabajo dispuestas a intervalos, muchas de ellas con máquinas de coser industriales. Rollos de telas se amontonaban en las paredes, seda, raso, brocado y encaje de todos los colores imaginables. Tarros de cuentas, lentejuelas, perlas y botones se apilaban en las estanterías. Sapphy había visto talleres de costura mucho menos equipados que ése.

–Es increíble. ¿Cómo lo has sabido? –le preguntó con los ojos aún llenos de asombro mientras trataba de asimilarlo todo.

–Gianfranco me dijo lo que necesitarías. Ha sido muy sencillo reunirlo todo.

–No –dijo ella mirándolo a los ojos–. ¿Cómo sabías que vendría? No podías estar seguro de ello hasta hoy mismo.

Algo se fundió en sus profundos ojos mientras, con tan sólo tres zancadas, deshizo la distancia que los separaba. De repente se encontró alzando el cuello hacia él. Ahora Khaled estaba frente a ella. Un músculo de su mandíbula se endureció al elevar la mano hacia el rostro de ella. Sapphy se estremeció por un momento. No quería que él la agarrara como lo había hecho antes en el coche. Sin embargo esta vez, mientras deslizaba las yemas de sus dedos por su rostro, su tacto era ligero como el de una pluma.

–Estaba seguro. Sabía que vendrías.

La voz de Khaled era profunda y ronca. Y eso era algo que la hacía temblar. Sapphy intentó tomar aire, pero le parecía que el ambiente estaba cargado de pura sexualidad masculina. Khaled deslizó la yema de su pulgar por los labios de Sapphy de manera que pudo saborear el sabor salado que desprendía su piel y aquel calor que le hacía perder el control.

Su mente estaba confusa. ¿Cómo había adivinado que iría a Jebbai si tan siquiera ella lo había sabido hasta el último momento? ¿Cómo podía haber estado tan seguro?

¿Y cómo era que con tan sólo una mirada suya pudiera hacer que se derritiera?

Los dedos de Khaled elevaron su barbilla de forma que Sapphy no tenía forma de evitar su abrasadora mirada ni de esquivar sus carnosos labios, ligeramente separados, sin que ella imaginara lo que podría sentir si se posaran sobre ella.

—Lo que no sabía era lo perfecta que serías —dijo Khaled abrazándola.

Sapphy leyó aquellas últimas palabras en sus labios mientras su boca descendía sobre la suya. En contraste al hombre que la retenía, sus labios eran suaves y cálidos. Parecía tan fuerte, firme, desafiante y al mismo tiempo sus besos eran tan dulces y tiernos que mientras la estrechaba entre sus brazos parecía exprimirla el alma. El poder estaba allí, acechando en la superficie, pero había mucho más, muchos matices y texturas que experimentar: la suavidad de sus labios, el mordisqueo de sus dientes, la aspereza de su mentón...

Sapphy sintió que su termostato interior empezaba a arder cuando su lengua capturó la suya, explorando, manipulando... Sintió cómo Khaled deslizaba las manos por sus hombros, detrás de su cuello, por su espalda de forma totalmente persuasiva invitándola a acercarse más a él mientras Khaled la presionaba contra su pecho.

Después se separó de ella y Sapphy se quedó allí parpadeando, tambaleándose de tal forma que tuvo que posar una mano en el escritorio para poder mantenerse firme. Estaba avergonzada por lo fácil que le había resultado manipularla y robarle aquel beso. ¡Qué estreno tan profesional para su primer día de trabajo!

–Eso ha sido un error –susurró con una voz inusualmente grave mientras se cubría con la mano los labios tan terriblemente sensibles que acababa de besar.

–Tenemos que dejarlo –dijo esbozando una leve sonrisa–. Saleem me está esperando.

–¡No! Ha sido un error besarme. Vas a casarte y yo tengo... Tengo novio. Esto no está bien.

–Pues no parecías tener problema en olvidarte de tu novio en ese momento. ¿O es que tienes la costumbre de olvidarte de él cuando te conviene?

–¡Por supuesto que no! –insistió ella.

Sapphy nunca le había sido infiel a Paolo. Nunca hasta ahora que su relación parecía estar en un punto muerto en el que deberían querer superar sus diferencias. Aunque aquello no era toda la verdad. Ella nunca había pensado en otro hombre hasta que Khaled, tan lleno de testosterona y virilidad, había aparecido en escena.

–Aunque realmente tú sí pareces olvidar con gran destreza que pronto tendrás una esposa.

Se colocó detrás de ella y cuando Sapphy se dio la vuelta, se sorprendió al ver que tenía un brazo rodeándola, atrapándola contra la mesa de trabajo.

–No lo olvido –le dijo acercándose más a ella con una voz ronca en la que se percibía cierta ira–. Y debes saber que estoy deseándolo.

Khaled dejó caer los brazos y se alejó de ella, dejándola sin aliento y mareada intentado encontrar sentido a las palabras que Khaled había dicho.

–Debo reunirme con Saleem. Después cenaremos juntos. Azizah te mostrará el camino. Aún queda una habitación —dijo alzando un brazo para señalar a la puerta de enfrente—. ¿Quieres que te la enseñe?

—¿Qué hay en ella?

—Es tu dormitorio.

Sapphy tragó saliva, notando cómo se sonrojaba.

—No, gracias. Puedo apañármelas sola.

Mucho después de que se hubiera marchado, Sapphy aún podía recordar la divertida expresión de su cara por su remilgada respuesta.

La cena fue muy aburrida. Saleem la ignoró la mayor parte del tiempo. Sólo se dirigía a Khaled, quien se esforzaba por adaptarse a la situación. Tampoco era que ella estuviera muy interesada en Khaled. Sí era cierto que quería preguntarle acerca de su familia y la historia de Jebbai, pero aún estaba demasiado agitada por el episodio que había tenido lugar esa tarde en el taller. La última cosa que quería era darle esperanzas. Era más fácil interesarse por la comida. Trató de centrarse en el despliegue de los distintos platos y degustarlos hasta que llegara una hora prudente en la que poder excusarse y marcharse a la cama.

Pero sus pensamientos estaban en otro sitio. Había sido capaz de tirar por la ventana su relación con Paolo estando frente a Khaled, una práctica defensa para contener sus avances, pero se había encasquillado en la palabra novio como si pronunciarla le costara trabajo. ¿Por qué no le había molestado la insinuación de que los problemas que surgieron durante su discusión eran más profundos de lo que había pensado? ¿Por qué le resultaba tan difícil ahora pensar que Paolo era su novio?

Paolo le había prometido que hablarían después de que ella regresara. Tendría que aferrarse a ese pensamiento. Sin embargo, a un nivel más profundo e instintivo, Sapphy sospechaba que su relación estaba lejos de poder solucionarla.

Su mente estaba totalmente confundida por los acontecimientos de los últimos días, así que se permitió el lujo de tomarse una pequeña taza de fuerte y dulce café antes de excusarse. Se levantó esperando hacer una silenciosa huida.

—Sapphire, ¿no te marcharás ya, verdad?

—Lo siento, Khaled —contestó tratando de ignorar la mirada de Saleem—. Ha sido un día muy largo y mañana quiero empezar a trabajar temprano.

—Por supuesto. Debería haberme dado cuenta. ¿Hay algo más que necesites?

—Sólo alguna idea de cuándo podré reunirme con tu prometida. Estaría bien poder hablar con ella sobre el diseño antes de que el proceso esté más avanzado.

Saleem murmuró algo en árabe a lo que Khaled respondió brevemente en inglés.

—No.

Ante su respuesta los orificios nasales de Saleem se ensancharon y se levantó murmurando algunas palabras más en dirección a su primo mientras se marchaba sin volver a mirar a Sapphy.

—¿He dicho algo malo? —le preguntó recordando la advertencia de Khaled de no ofender a su primo.

Khaled se encogió de hombros.

—Saleem está preocupado, como lo estamos todos, por el bienestar de la novia. Ahora no es un buen momento. Cuando esté disponible, te lo haré saber de inmediato.

–¿Está en el palacio?

–Oh, sí –le dijo con ojos centelleantes–. Ella ya está aquí, pero aún no está preparada para todo el ajetreo de la boda. Es demasiado temprano. Ya te diré cuándo.

–¿Pero será pronto?

Él asintió.

–Sí. Será muy pronto.

Tendría que serlo. Ella le dio las buenas noches y giró para marcharse. Tenía que comenzar con el vestido cuanto antes y de la mejor forma posible. Dentro de muy toco tiempo tendría que hacer alguna prueba y dejar tiempo disponible para hacer los últimos arreglos.

–Oh, una cosa más.

–¿Sí? –dijo ella mirándolo por encima del hombro.

Todo invitado en el palacio recibe un regalo.

–No es necesario –dijo sacudiendo la cabeza. Yo estoy aquí por trabajo.

–Sí lo es. Aun así eres mi invitada. Como regalo recibirás el vestido tradicional de Jebbai. ¿O es que acaso quieres ofender a los mejores diseñadores de Hebra? Están muy orgullosos de poder diseñar algo para ti, una famosa diseñadora de la capital de la moda italiana.

–No. Por supuesto que no quisiera ofenderles. Gracias.

–Bien. Haremos que alguien te tome medidas mañana por la mañana. Buenas noches.

Capítulo 5

DURANTE los siguientes días Sapphy se volcó en su trabajo. Organizó a sus empleados, planificó las tareas y puso a trabajar inmediatamente a los que pudo. Nunca antes había tenido tantos empleados a sus órdenes por lo que aquello le parecía un lujo aunque, por otro lado, también era todo un reto coordinar y mantener a toda esa gente ocupada.

Pero todos eran excelentes. Sin duda Khaled le había proporcionado los mejores modistos y costureras. Incluso las dificultades lingüísticas que esperaba encontrar, no se habían producido.

Y aunque no se le había permitido reunirse con la novia, al menos le habían proporcionado sus medidas de tal forma que había podido confeccionar un patrón con materiales de inferior calidad para hacer una prueba del vestido. Ahora, justo una semana después de su llegada a Jebbai, el vestido empezaba a tomar forma.

Igual lo hacía su vida, que comenzaba a ajustarse a cierta rutina. Cada mañana desayunaba en su dormitorio mientras planificaba la agenda del día. Después trabajaba hasta las cuatro o cinco de la tarde dependiendo de cómo fuera progresando el día. Al mediodía, mientras sus empleados tomaban un descanso para comer, ella inspeccionaba el trabajo, que era casi siempre impecable, y se aseguraba de que todo progresaba adecuadamente.

Azizah era quien le hacía saber cuándo estaba preparada la cena. Como desde su primera noche en Jebbai, se reunía para cenar con Khaled y Saleem. Khaled le preguntaba sobre su salud, requería un informe sobre el vestido y ella le respondía a todo lo que él quería saber.

Sapphy aún era reacia a abrirse y hablar abiertamente ante Saleem. De alguna forma no le hacía sentirse cómoda saber que él lo sabía todo acerca de ella. Además no le agradaba en absoluto su conversación así que durante la mayor parte del tiempo dejaba que ambos hablaran de sus cosas hasta que, después del café, se excusaba y se marchaba ante la gélida mirada de Saleem y la lánguida mirada de Khaled.

No era nada agradable, pero se estaba acostumbrando a esa rutina y, en cierta forma, estaba aprendiendo a no sentirse intimidada por su presencia.

Sin embargo, esa noche todo fue diferente. Al llegar la hora de la cena Sapphy echó un vistazo alrededor del comedor, pero no percibió miradas de aversión hacia ella. Khaled estaba sentado solo alrededor de los cojines.

—Ven —le dijo haciéndole una seña para que lo acompañara.

—¿Y Saleem?

—Está fuera. Me temo que esta noche estaremos solos —dijo sirviéndole un vaso de té.

Khaled le ofreció el vaso, pero lo mantuvo en su mano incluso cuando ella se había acercado a agarrarlo.

Los ojos de Sapphy se toparon con los de él y vio

cómo unas pequeñas arrugas enmarcaban su mirada. Khaled se estaba riendo de ella.

–¡Qué suerte la mía! –dijo ella agarrando por fin el vaso. En aquel momento parecía que Sapphy prefería el resentimiento de Saleem a las burlas de Khaled–. Dime –le dijo con la intención de retomar la iniciativa y borrar de su rostro aquella expresión petulante–. ¿Cómo está tu prometida?

Con el café llegó el momento que Sapphy aprovechaba para escapar.

–¿Tienes prisa por irte? –preguntó él.

–En absoluto –mintió cuando lo único que quería era salir huyendo.

Después de las burlas de Khaled la cena había sido un poco tensa y, en más de una ocasión, Sapphy le había pillado observándola, examinándola. Pero, ¿por qué?

–Entonces ven –le dijo levantándose de los cojines y sujetándola de la mano–. Quiero mostrarte algo.

–¿Adónde me llevas? –preguntó mientras la conducía hacia una parte del palacio en la que nunca había estado.

Khaled la condujo a través de un laberinto de pasillos y escaleras del cual, estaba segura, jamás podría encontrar el camino de vuelta.

–Ya lo verás –le dijo por fin cuando llegaron ante una ornamentada entrada. Sapphy lo siguió y juntos entraron en otro mundo.

Estaban rodeados de exuberante vegetación ligeramente iluminada por antorchas escondidas alrededor de helechos, palmeras y parras. La fragancia de las flores perfumaba el ambiente de forma dulce y suave. Se encontraban en un amplio jardín en medio del palacio. Sin embargo, el follaje era tan frondoso en algunas zonas que la hacía pensar que se encontraba alejada de la civilización. De algún lugar que no alcanzaba ver provenía el sonido del fluir del agua mientras el canto de aves exóticas les proporcionaban compañía.

—Es el jardín más bonito que jamás he visto.

Khaled se acercó a su lado y tomó de uno de los árboles una naranja que le entregó a Sapphy solemnemente.

—Las mejores naranjas a ambos lados del Tigris —le dijo antes de agarrar otra para sí, observándola en sus manos mientras hablaba.

—Éste era el lugar favorito de mi madre. Mi padre lo mandó construir para ella como regalo de bodas.

Ella lo miró. Era la primera vez que se refería a sus padres. Aparte de Saleem, no sabía nada acerca de su familia. Sapphy acarició su antebrazo suavemente.

—Háblame de ellos.

Incluso en la penumbra, Sapphy pudo ver el oscuro brillo de sus ojos y sentir la tensión en su brazo. Por un momento pensó que no respondería. Entonces, suspiró profundamente y empezó a caminar en compañía de ella.

—Mi madre era francesa. Fue una mujer muy guapa. Una modelo que terminó convirtiéndose en una afamada actriz. Mi padre la vio en la pantalla y se enamoró de ella a primera vista. Se marchó a París para cortejarla y la trajo de vuelta para convertirla en su esposa.

Una madre francesa. Un padre árabe. Sin duda su educación se había llevado a cabo en algún lugar de Europa. De ahí su mezcla de acentos.

–¿Qué pasó con la carrera cinematográfica de tu madre? ¿Continuó rodando películas?

–No después de casarse con mi padre.

–¿Lo dejó todo? ¿Abandonó el estrellato y su carrera para convertirse en la mujer de un jeque?

–¿Acaso te sorprende? Mi padre era un hombre muy guapo y persuasivo. Además la quería mucho.

–¿Pero qué hay de lo que ella quería? Puede que los tiempos fueran distintos entonces, pero imagino que ella tendría algo que decir en todo aquello.

–Ella no era una prisionera. Tenía mucho tiempo libre. Pero se casó con mi padre y fueron muy felices juntos. Muy felices.

Sapphy seguía el ritmo de sus pasos a lo largo de las losas sintiendo cómo la magia del jardín le calaba el alma. Era un lugar tan bonito y había tanta paz en él... A pesar de ello, ¿era eso suficiente para hacer que alguien abandonara su anterior vida?

–Debió quererlo mucho –dijo ella por fin. Él asintió en silencio, aparentemente perdido en sus propios pensamientos.

Pero a pesar de todo el romanticismo de la historia, claramente, no tenía un final feliz. Sapphy podía verlo en la tensión de sus labios y en el aire que crepitaba alrededor de él.

–¿Qué les sucedió?

–Una avalancha los mató. Se suponía que debían estar en Londres, pero hubo un repentino cambio de planes. Al final terminaron yendo a los Alpes.

–Es terrible –dijo ella–. Lo siento –Sapphy sabía que aquel comentario era totalmente inadecuado, pero no había nada más que pudiera ofrecerle.

–Deberían haber estado en Londres –afirmó alzando el volumen de su voz–. Si hubieran estado en Londres nunca hubieran sido arrastrados por la avalancha y no habrían muerto.

Su vehemencia la hizo presagiar que, por alguna razón, Khaled obviamente se sentía responsable por el cambio de planes de sus padres.

–No debes culparte por ello –le dijo ella.

Sus ojos arrojaron contra ella una ráfaga de furia. La severa expresión de su cara se acentuaba a la suave luz de las antorchas.

–En eso te equivocas. No es a mí a quien culpo.

Se dio media vuelta y se marchó dejando caer en el suelo su naranja. Sapphy la recogió viendo cómo Khaled había dejado la marca de sus uñas sobre la piel de la naranja, perforando su superficie hasta el punto de sacarle el jugo.

Había sido un error llevarla allí. En vez de hacer que se sintiera más a gusto a su lado, Khaled había conseguido que renaciera su odio por él. Pero, a su debido tiempo él se tomaría su venganza. Ahora ya la sentía tan cerca que casi podía saborearla. Y sería mucho más dulce de lo que jamás hubiera imaginado.

El vestido casi estaba terminado. Iba a ser magnífico. Sin duda, el vestido de novia más bonito que Sapphy había diseñado. Incluso el vestido de novia color champán que había confeccionado hacía dos años para la boda de se hermana Opal en Sidney no podía compararse con éste.

Ahora todo lo que necesitaba era una prueba para ajustar finalmente las costuras, el largo y dar algún que otro retoque. Lo único que Khaled tenía que hacer era acceder a que se reuniera con la novia durante una hora en vez de frustrar continuamente sus intentos de quedar con ella con excusas y aplazamientos.

Desde aquella extraña noche en el jardín, Khaled casi no había vuelto a hablar con ella. Por algún motivo Sapphy había hecho que Khaled reviviera sus emociones hasta el punto de que, por alguna extraña e inexplicable razón, parecía pensar que ella era responsable de la muerte de sus padres.

Pero aquello era una locura. Sapphy se había criado en el otro lado del mundo. Ella nunca tuvo nada que ver con la familia real de Jebbai. Aquello no tenía ningún sentido.

Sapphy intentó apartar aquellos pensamientos de su mente mientras, sentada en su escritorio, intentaba escribir algunas postales a la hora de comer. Había dejado que sus empleados se marcharan pronto a casa ya que, hasta que Khaled concertara la prueba, no había nada más que ellos pudieran hacer. Ya había escrito algunas postales para su familia, pero aún le quedaba una última postal que no sabía cómo empezar.

¿Qué le diría a Paolo?

Su teléfono móvil no funcionaba en aquellas tierras, algo de lo que en cierta forma se alegraba. Quería que fuera Paolo quien se pusiera en contacto con ella, pero hasta entonces él no había hecho ningún intento. No habían hablado desde su última discusión en Milán y, por algún motivo, el «hace buen tiempo y te echo mucho de menos» no resultaban convincentes. ¿Por qué no se le ocurría nada que escribir?

Había una parte de ella que quería reparar el daño y llegar a una reconciliación pero, por otra parte, aún estaba enfadada con él. Paolo había intentado amedrentarla con sus catastróficas predicciones sobre lo que pasaría en Jebbai para evitar que se marchara sin presentar la más mínima evidencia que confirmara sus afirmaciones.

Sin duda la fuerza de Khaled era un factor a tener en cuenta. Ciertamente tenía problemas con la trágica muerte de sus padres pero, ¿acaso no era normal?

Fuera lo que fuera seguramente sería más fácil escribir aquella postal si intentaba recordar a Paolo pero, cuando intentaba hacerlo, su mente sólo tenía la imagen de la sombra de un hombre alto de ojos negros, perturbador, lleno de magnetismo, enérgico y compulsivo. ¿Por qué le resultaba tan difícil obtener una imagen de Paolo? ¿Acaso era tan difícil conseguir olvidar a Khaled?

Alguien llamó a la puerta, interrumpiendo sus pensamientos.

—Adelante —dijo sin mirar quién era, suponiendo que sería Azizah.

—¿Te interrumpo?

Sapphy giró la cabeza hacia la puerta y tembló. Era Khaled. Él no había estado en sus aposentos desde el día en que llegó. De alguna manera las dimensiones de la gran habitación se veían reducidas por su presencia. Khaled caminó hacia el escritorio, abalanzándose sobre la postal con la que ella jugaba. No había podido continuar escribiendo más allá del *Querido Paolo*. Nunca se había dirigido a Paolo por su nombre, así que no sabía cómo reaccionaría Khaled al ver que la postal iba dirigida a él. ¿Recordaría Khaled las diferencias que existían entre ambos tan clara y vehementemente como lo hacía Paolo?

—¿Echas de menos a tu novio?

A Sapphy se le heló la sangre.

—¿Quién ha dicho que sea mi novio?

Khaled arqueó las cejas.

—Buena pregunta. Quizá sería más adecuado decir amante.

Sapphy apretó los puños mientras agarraba con fuerza el lapicero.

—No he terminado de escribir la postal.

—Al contrario. Ni siquiera has empezado. ¿No tienes nada que contarle después de tanto tiempo?

Sapphy alzó la barbilla. No iba a discutir su relación con Paolo con nadie y mucho menos con Khaled.

—El vestido está casi terminado —dijo intentando cambiar de tema—. ¿Cuándo vas a acceder a mi petición de concertar una prueba con la novia?

Khaled dejó la postal sobre el escritorio.

—Ella sabe lo que estás haciendo así que no hay ninguna prisa.

—Al contrario. Tenemos que darnos prisa. Sólo quedan dos semanas para la boda. Si pudiera terminar el vestido ahora podría volver a casa cuanto antes. Sólo necesito hacerle una prueba a la novia y mi trabajo estará casi terminado.

Khaled se lanzó hacia el escritorio y extendió los brazos hacia ella de forma que su cara estaba frente a la de ella.

—¿Tanta prisa tienes por regresar junto a tu amante? ¿Por qué entonces no ha intentado contactar contigo en todo el tiempo que llevas aquí?

—¿Cómo sabes que no lo ha hecho?

—¿Lo ha hecho? —la desafió él.

Sapphy se negó a evitar su mirada. Fuera cual fuera su juego, ella no entraría en él.

–El vestido está casi listo –repitió ella–. ¿Cuándo podré hacer la prueba?

–Enséñamelo –dijo él.

Sapphy agradeció la oportunidad de poder levantarse del escritorio para poder aliviar un poco la tensión del momento. Se dirigió hacia el taller para buscar el vestido que había confeccionado con las medidas que le habían proporcionado. Sintió un gran orgullo al verlo. Junto al equipo que Khaled había reunido para ayudarla, había convertido el boceto para la prueba en un vestido digno de una princesa.

–Aquí está. ¿Cuándo tendré la prueba?

–Cuando yo lo diga.

–¡Yo soy la diseñadora y digo que ahora es necesario hacer una prueba!

–La novia no está lista.

–Eso es una locura. Si tu novia no puede apañárselas para acudir a una prueba, ¿cómo puedes estar seguro de que se presentará a la boda?

–Estará allí.

–¿Eso crees? Debe estar terriblemente enferma para que haya tanto secretismo y no pueda participar en los preparativos de la boda ni aparecer para la prueba del vestido. Aun así, tú no actúas como el futuro esposo de una mujer enferma. Algo no encaja. Ella no está enferma, ¿verdad?

–Yo nunca dije que estuviera enferma.

–Me hiciste creer que lo estaba –aquello fue una acusación.

Él se encogió de hombros.

–Lo que decides creer o no solamente depende de ti.

–Pero entonces, ¿por qué otra razón quisiera ser tan

invisible? ¿Qué otra razón puede haber para que no quiera participar en los preparativos de su boda? Empiezo a cuestionarme si realmente existe una novia. Eso explicaría por qué no está saltando de alegría por reunirse en el altar contigo. Llevo aquí dos semanas y no la he visto. Ni siquiera nadie habla de ella. Me pregunto si tiene nombre porque tú tampoco lo has mencionado nunca. No hay novia, boda, ni ninguna otra razón por la que yo deba permanecer aquí. Aun así, no consigo entender...

—¡Sí existe una novia!

—¿Oh? Quizá Paolo tenía razón. Debería haberle escuchado. Ya me advirtió Paolo que podría pasar algo así. Incluso aunque exista una novia puede que no quiera casarse contigo por voluntad propia. ¿Me estoy acercando a la verdad? —continuó ella—. ¿Es eso por lo que estás tan preocupado? ¿Por tener que arrastrar a la novia hasta el altar porque la obligan a casarse contigo? ¿Es eso por lo que no le permites tener una prueba? ¿Porque la pobre chica no puede soportar la idea de ver el vestido que lucirá el día de su boda? ¿Porque no puede soportar la idea de casarse contigo?

Khaled se giró hacia ella hasta alcanzarla con los ojos llenos de furia y la boca tensa. Sus manos apresaron los brazos de ella como si fueran garras de acero.

—¿Crees que Paolo lo sabe todo? Obviamente no o tú no estarías aquí.

—¿Qué quieres decir?

—¿Realmente quieres conocer a mi prometida? ¿De verdad deseas tanto concertar esa prueba?

Sapphy tragó saliva saboreando su furia en la lengua, arremolinándose entre el calor que despedía su proximidad. Incluso enfurecido, Sapphy percibía cómo su salvaje sexualidad se apoderaba de ella. Incluso lleno de temor, su cuerpo reaccionaba haciendo que sus pechos se tensaran y sus muslos se ablandaran y latieran en su interior.

Luchaba por concentrarse en sus palabras ahora que sus labios estaban tan cerca de ella. Demasiado cerca. Sapphy podía perderse en su calor, perderse en su fuerza.

Él podría hacer que sucediera y ella sería incapaz de pararlo.

Si es que acaso Sapphy quisiera pararlo, porque ni siquiera intentaría hacerlo.

–¿Y bien? –preguntó Khaled haciéndola volver a la realidad–. ¿Quieres tener tu prueba?

Sapphy tomó aire, pero el ambiente estaba demasiado bajo en oxígeno y demasiado concentrado con su esencia. Aun así intentó olvidar lo mucho que la afectaba.

–Todo lo que necesito es que se pruebe el vestido tan sólo una vez. Eso es todo. Con eso estaré contenta.

Khaled se burló de ella.

–¿Entonces estarás contenta?

–Sólo una prueba. No es pedir demasiado ¿verdad?

–De acuerdo –dijo él soltándola mientras se separaba de ella y sonreía.

Sólo había dado dos pasos cuando volvió hacia atrás. La cólera de sus ojos había sido sustituida por algo más audaz, por atrevimiento.

–Tú ganas. Tendrás tu prueba.

«Por fin».

Sapphy dejó escapar un suspiro. Por fin podría hacer la prueba que tanto había pedido. Podría entonces completar el vestido y subir en el próximo avión que la sacara de allí. Sin embargo, no sería muy pronto.

–Entonces, ¿cuándo? ¿Cuándo puedes concertar la cita?

–Ahora mismo.

No había forma de que ella pudiera perder aquella oportunidad.

–Justo a tiempo. Será mejor que lleve el vestido allá donde ella esté.

–No es necesario. Podemos hacerlo aquí mismo.

–¿Qué quieres decir? ¿Vas a traerla aquí?

–No –dijo él con los ojos resplandecientes de victoria–. Querías conseguir una prueba con la novia y la tendrás.

–Pero no entiendo...

–Así que póntelo.

–¿Qué?

–¡Ponte el vestido!

Capítulo 6

NO! –el miedo se apoderó de ella–. Esto debe ser una broma pesada.

A modo de respuesta, Khaled arqueó las cejas esbozando una escueta sonrisa que no mostraba ni el menor ápice de humor. Él dio un paso hacia ella.

–Serás una novia preciosa.

Sapphy agitó la cabeza, echándose hacia atrás mientras mantenía la mirada fija en los ojos de él deseando mantener la distancia en tanto que su mente luchaba por comprender.

Pero él se acercaba aún más.

–Simplemente intentas asustarme porque insistí en conseguir una prueba. Estás intentando que me eche para atrás.

Sapphy sintió el escritorio detrás de ella. Se agarró a él con fuerza, aliviada por haber encontrado algo sólido en lo que poder sustentarse.

–¿Vas a probártelo?

–No. Por supuesto que no.

Khaled se detuvo a tan sólo unos pasos de ella, mirándola mientras ella esperaba el momento en que él la alcanzara y la tocara abrasándola nuevamente con sus manos.

Aquello era una locura. Lo que él decía no tenía sentido pero, aun así, imaginar que pudiera tocarla amenazaba con hacerle perder la razón. Lo que necesitaba ahora era pensar con claridad para no sucumbir a sus ataques.

—Fuiste tú quien insistió en realizar una prueba.

—No es mi vestido.

—¿Ah, no? ¿Entonces de quién crees que fueron las medidas que te proporcionaron? Ese vestido ha sido confeccionado para que se ajuste a ti como un guante. Está hecho para ti.

—¿Qué? —preguntó cuando se dio cuenta de todo. Nada más llegar allí, en su primera mañana en Jebbai le tomaron medidas—. Me engañaste. Me dijiste que era para hacerme un regalo. Me mentiste.

Él negó con la cabeza.

—Yo no te mentí. El atuendo tradicional de Jebbai se ha confeccionado para ti a medida. Simplemente no te dije toda la verdad.

—Esto es una locura. Yo no soy tu novia. Y no seré tu esposa. No puedes obligarme a eso.

—No necesito hacerlo. Lo harás por voluntad propia.

Sapphy se rió, pero la fragilidad de su sonrisa puso de manifiesto su nerviosismo.

—Ahora te estás engañando a ti mismo. ¿Por qué diablos haría yo algo así?

—Porque —dijo él deslizando una mano alrededor del cuello de ella mientras la otra iba en busca de su cintura para poder estrecharla contra él—, me quieres.

Ella intentó combatir su fuerza con las manos para evitar que la agarrara con la facilidad que deseaba.

—En tus sueños.

—Así es. En mis sueños también ocurre —le susurró al oído de forma que su le aliento acariciaba la piel haciéndola estremecer—. Sueño contigo en mi cama, debajo de mí, encima de mí, retozando conmigo. Sueño contigo de todas las maneras y con el brillo de tus azules ojos cuando llegas al clímax en mis brazos.

Se le hizo un nudo en la garganta mientras sus labios le acariciaban la piel por debajo de las orejas. Aquellas imágenes pasaban a cámara lenta por su mente.

Entonces, no sólo era ella.

La atracción que ella sentía por él, el impulso, el magnetismo... Si lo que Khaled decía era cierto, aquello era recíproco. Él también sentía esa pasión, ese deseo.

El corte y confección pareció perder importancia. Sapphy se vio arrastrada a entrar en contacto con él desde el pecho hasta los muslos. Para la protección que le proporcionaban, casi hubiera sido mejor no haber llevado ropa. Como prueba de su propia atracción, su excitación se erguía fuerte y dura contra el vientre de ella haciendo crecer el deseo en Sapphy. Movida más por la pasión que por el sentido común, Sapphy se retorció involuntariamente contra él.

Mientras Khaled inclinaba la cabeza para perderse en la boca de ella murmuró algo en árabe. Algo primario y gutural, un leve bramido que ponía de manifiesto sus propios deseos. Al entrar en contacto con sus labios Sapphy se sintió inundada por una ráfaga de calor. Su boca era embriagadora. ¿Cómo podía besarla de una forma tan sensual y cautivadora?

La necesidad de cumplir su dulce solicitud era casi irresistible y la urgencia por ofrecerle su boca y florecer bajo la suya era incontenible. Sapphy saboreó la intensidad de su fuerza, de su poder, de la eterna arena del desierto y sabía tan bien... Él la hacía sentirse tan bien que su cuerpo se estaba preparando para recibir algo más. Toda ella deseaba más.

Pero aquello no estaba bien.

Él se equivocaba.

Se equivocaba con ella. Sapphy no cometería el error de su vida accediendo a semejante avalancha sensual.

¿Cómo podía ella creer algo de lo que él decía o hacía? Ese hombre la había llevado a Jebbai con falsas pretensiones. Khaled era un hombre que la había llevado allí argumentando su boda con otra mujer sólo para intentar hacer que ella se convirtiera en su esposa.

Aquel hombre había perdido el contacto con la realidad y ella no iba a formar parte de su mundo ilusorio.

Sapphy inclinó la cabeza hacia atrás, liberándose del brazo que le rodeaba el cuello mientras le empujaba de los hombros hacia atrás.

—No —respiró Sapphy mientras su boca intentaba esquivar los besos de él—. Déjame marchar.

Khaled le sujetó las manos con las suyas, apoyando sus antebrazos en su pecho.

—Me quieres. No intentes negarlo.

—No, no te quiero —insistió ella con voz desafiante aunque sabía que no estaba diciendo la verdad—. ¿Por qué debería? Tengo novio.

Él sonrió de manera burlona. Aquello era la última cosa que Sapphy hubiera esperado, pero su fría reacción a sus palabras apaciguó su lucha.

—Ah, claro, Paolo —en el estado inmóvil en el que ella se encontraba, él aprovechó para juntar sus muñecas. Con la otra mano que le quedaba libre dibujó una suave línea desde la frente a la barbilla de ella—. Los periódicos sugerían que él era algo más que tu novio. ¿No habéis hablado nunca de matrimonio?

A Sapphy se le heló la sangre incluso cuando sus dedos parecían estar abrasando su alma. ¿Cómo sabría él eso? ¿Durante cuánto tiempo la habría estado observando?

–Muy bien. Sí, es mi prometido. Si voy a casarme con alguien prefiero que sea con él.

De repente, Khaled soltó una gran carcajada como si de verdad se estuviera divirtiendo con todo aquello.

–Entonces, dime. ¿Crees que Paolo vendrá a rescatarte? ¿Crees que sería capaz de casarse contigo sólo para salvarte de mí? ¿Es tu amante ese tipo de héroe?

–Por supuesto que se casaría conmigo –mantuvo ella mientras seguía atrapada entre sus brazos, segura de que Paolo nunca la dejaría sufrir la humillación de tener que casarse con alguien a la fuerza y menos con alguien como el jeque Khaled–. Y lo hará tan pronto como salga de este lugar.

Sapphy alzó la barbilla en actitud desafiante. Aquello no era precisamente cierto, pero Khaled no lo sabía y Paolo había dicho que hablarían de sus diferencias a su regreso. Pero si aquello le hacía entrar en razón, mejor que mejor.

Él se detuvo y frunció el ceño. Había una expresión inefable en sus negros ojos.

–¿Lo quieres tanto como para creerte eso? –le preguntó mientras sus oscuros ojos buscaban los de ella.

La repentina dulzura del tono de su voz la pilló por sorpresa. ¿Acaso le importaba lo que sintiera por Paolo?

–Yo... Por supuesto.

Khaled no esperó a que ella terminara su frase. La liberó soltando los brazos de su cuerpo, alejándose ofendido.

–Paolo no se casará contigo –dijo suavemente.

Sapphy no estaba segura de haberle oído bien.

–¿Perdón?

–No se casará contigo –dijo esta vez más alto para que no hubiera dudas.

–Tú no puedes saberlo –lo acusó ella con voz firme.

Sin embargo, su mente no dejaba de pensar cómo podría él saberlo. ¿Cómo podía estar tan seguro? No había forma de que Khaled supiera algo como eso.

Pero sus ojos le decían que lo sabía.

Sonidos de alarma retumbaban en su cabeza.

–¿De qué va todo esto? –preguntó tratando de atar los cabos entre las crueles intenciones de Khaled de casarse con ella y el profundo resentimiento de Paolo. Sapphy no sabía lo que era, pero estaba segura de que debía haber alguna relación–. ¿Pero por qué yo? ¿Por qué me has elegido a mí para ser tu esposa?

Khaled se encogió de hombros.

–Vi una fotografía tuya. He oído sobre tu reputación. Todo lo que he aprendido de ti me fascina. Tenía que conocerte. Y cuando te conocí en la tienda supe que eras la mujer perfecta para mí.

–Eso es demasiado bonito para ser verdad.

–¿Por qué? ¿Acaso no crees en el amor a primera vista? A mi padre le sucedió. ¿Por qué no podría suce-derme a mí lo mismo?

–Porque, a diferencia de tu madre, yo sí tengo no-vio. Y no estoy buscando marido.

–Paolo no se casará contigo porque no puede.

Algo dentro de ella se rompió en mil pedazos. Ya había escuchado bastante. Sapphy agitó las manos en el aire por la exasperación. Ya estaba harta de sus jue-gos psicológicos. Ahora que Khaled la había liberado tenía mejores cosas que hacer como, por ejemplo, hacer la maleta.

—No tengo por qué escuchar todo esto. No sé lo que crees que sabes, pero realmente no me importa. Me marcho.

Sapphy se giró hacia la puerta cuando sus palabras la siguieron tan afiladas como una daga.

—¿Acaso no me has oído? Paolo no puede casarse contigo.

—No te estoy escuchando —le dijo agitando la cabeza mientras llegaba a la puerta del taller—. No me interesa.

Sapphy dio un tremendo portazo mientras pensaba que debería haber aprovechado mejor sus energías dándole un bofetón a aquel arrogante jeque. Sin embargo, no oyó el portazo que le habría gustado. Ella se giró gruñendo por la frustración al verlo justo detrás de ella bloqueando la puerta.

—¿No quieres saber por qué?

Sapphy se tapó las orejas con las manos mientras se encaminaba hacia el dormitorio.

—No. No quiero oír lo que crees que sabes. ¿No lo entiendes? Sólo quiero salir de aquí. Sólo quiero alejarme de ti.

—Entonces debería importarte porque es obvio que, para ser alguien que aparentemente está enamorado de ti, no ha sido muy sincero contigo.

Aquello llamó la atención de Sapphy. Se giró en medio del pasillo con la maleta en la mano.

—Oh, viniendo de ti, eso es muy considerado —tiró la maleta abierta al suelo y empezó a descolgar las prendas de sus perchas mientras las lágrimas empezaban a brotar de sus ojos—. ¿Qué sabrás tú de sinceridad? Tú que me has mentido desde el primer día.

–Pero nunca fingí estar enamorado de ti.

Sus frenéticos movimientos se apaciguaron y su furia interior pareció calmarse.

–¡Estás loco! –dijo descolgando la última de sus blusas–. Debes estarlo para creer que permanecería aquí para ser tu esposa. No quiero tu cariño y, ciertamente, no te quiero como marido.

Sapphy recogió algunos artículos más de las estanterías antes de pasar por su lado hacia el baño para reunir sus artículos de aseo.

–¿Adónde crees que vas?

–¿Adónde crees? Regreso a casa. Y después me casaré con Paolo.

Sapphy lo empujó para poder pasar sin saber cómo iba a conseguir llegar al aeropuerto ni cuánto tendría que esperar hasta el próximo vuelo que la llevara a casa. Sin embargo, estaba decidida a marcharse.

–Supongo que eso será después de que le den el divorcio.

Ella continuó andando casi sin inmutarse.

–¿Era ésa la carta que tenías escondida? –dijo sin necesidad de alzar la voz porque sabía que seguía lo suficientemente cerca de ella para poder oírla–. Me temo que te confundes de Paolo. Mi prometido nunca ha estado casado.

–¡Oh! ¿Nunca compartió ese pequeño secreto contigo?

–Al contrario. No tiene nada que esconder. Como acabo de decirte, debes estar confundiéndote de Paolo.

–¿Paolo Eduardo Mancini? Se casó un veinticinco de marzo en París con una estudiante inglesa llamada Helene Elizabeth Grainger. De eso hace ya doce años.

Me resulta divertido que nunca se lo haya dicho a su amante, a su prometida.

Muy bien. ¿Y qué si no se estaba confundiendo de persona? Sapphy se mordió los labios y se obligó a proseguir a lo largo del pasillo. De ninguna manera iba a mostrarle que le estaba haciendo daño. Aquello no podía ser verdad. Simplemente no podía ser cierto.

Aunque podía explicar por qué Paolo había sido siempre tan reservado...

«!No!»

Ella confiaba en Paolo. No tenía razón para dudar de él mientras que tenía muchas razones para desconfiar de Khaled.

—Me temo que tendrás que hacerlo mejor la próxima vez —le dijo mirando hacia atrás haciendo una señal con su mano a modo de despedida mientras seguía andando.

—Entonces quizá te gustaría ver el vídeo de la boda. ¿O quizá las fotos? Tengo una gran colección.

«¿Vídeo, fotografías?» Esta vez sus pasos se tambaleaban mientras el aire se evaporaba en sus pulmones.

—¿Por qué debería creerte?

Sapphy no se giró. Lo más probable es que no fuera cierto pero si lo era, ¿por qué Paolo no se lo había dicho?

«En todo este tiempo».

En todo este tiempo que habían estado saliendo juntos nunca, ni siquiera una vez, había hecho el intento de confesarle que estaba casado o que tuviera una mujer. ¿Por qué demonios no habría querido admitir algo así? ¡Maldita sea! ¡Debería habérselo dicho!

—Al final no se trata de lo que uno crea sino de lo que es verdad. Tu prometido lleva casado doce años.

Ella mantuvo los ojos cerrados mientras inclinaba la cabeza hacia su pecho.

–Entonces quiero llamarlo –dijo antes de inspirar hondo y volverse hacia Khaled–. ¡Ahora!

Cinco minutos más tarde Sapphy estaba ante el teléfono en el despacho de Khaled apretando el auricular fuertemente con sus dedos, esperando a que el teléfono sonara en un apartamento en algún lugar de Nueva York. Estaba tan nerviosa y sus músculos tan rígidos que ni siquiera podía sentarse.

Tenía que permanecer en pie mientras esperaba que alguien contestara a su llamada al otro lado del mundo y todo ello frente a la mirada del arrogante gobernador de Jebbai que yacía recostado en unos de los sillones de cuero que había frente a ella.

Obviamente él no parecía tener problemas en relajarse y eso sólo contribuía a su nerviosismo. Khaled debía estar muy seguro de que lo que decía era verdad.

Sapphy se dio media vuelta para darle la espalda. Miró su reloj. ¿Qué hora sería en Nueva York? Sería por la noche, así que debería estar en casa. Sapphy tenía que descubrir la verdad ahora o no sabría qué hacer.

Finalmente Paolo descolgó el teléfono.

–¿Diga? –sonó su voz somnolienta.

Algo le oprimía el corazón mientras luchaba por mantener los ojos cerrados que amenazaban con producir lágrimas.

Reconoció la voz de quien la había hecho feliz entre sus brazos diciéndola lo bonita que era y todo lo que significaba para él.

Pero ahora no era amor lo que Sapphy sentía, sino un pánico gélido que se apoderaba de ella desde su interior y que estaba acabando con sus últimas esperanzas.

—¿Quién es?

—Paolo —dijo ella con la voz rota.

—Sapphy, *bella*. ¿Eres tú? ¿Qué sucede? ¿Ha ocurrido algo?

Aquel término que él utilizaba con tanta frecuencia había dejado de ser eficaz con ella. Si Khaled tenía razón, ella nunca había sido su amada. Alguien mucho antes que ella había ocupado ese lugar.

—¿Sapphy? ¿Todavía estás en Jebbai? ¿Qué ha hecho Khaled?

En el tono de su voz también podía percibirse el miedo, la alarma. ¿Era aquélla la reacción normal de una persona a quien una llamada le despierta en medio de la noche para recibir noticias devastadoras o era su reacción una señal de un temor más profundo?

Sapphy tragó saliva.

—No pasa nada —mintió sintiendo cómo su mundo se desplomaba a su alrededor—. Sólo dime una cosa —dijo dudando consciente de que aquel momento estaba a punto de cambiar su vida y toda su percepción de la vida y del amor y la enseñaría lo que es la traición.

Aquel momento marcaba el comienzo de su nueva vida.

—¿Es cierto que estás casado? ¿Tienes esposa?

Por respuesta sólo obtuvo silencio, un maldito silencio que acabó con todas sus esperanzas.

—Entonces es cierto —dijo sollozando—. Deberías habérmelo dicho.

—Sapphy, escúchame. No podía decírtelo...

A pesar de que su silencio hubiera puesto de relieve la verdad, sus palabras confirmaron los hechos.

—No tengo nada más que decirte —dijo con una voz fría como el hielo—. Adiós, Paolo.

—Sapphy, escúchame...

Colgó el auricular.

—Adiós, Paolo —susurró, temblando con los brazos entrelazados en su pecho como aferrándose a sí misma por la pérdida que acababa de sufrir.

De repente unos fuertes brazos la rodearon. Por un momento Sapphy quiso resistirse. ¿Qué era todo aquello? ¿El victorioso bárbaro proclamando su victoria? Pero ahora ella no sentía nada más que su calor, su compasión y, en cierta manera, la comprensión así que ella se acurrucó entre ellos agradeciendo el consuelo y el confort que le ofrecían.

—Ya está —susurró él a través de sus cabellos.

Sus labios le acariciaban el pelo llenándola de besos. La calidez de su tacto y el compás de su corazón le hacían recuperar el aliento y la paz.

Fue entonces cuando se dio cuenta.

Sapphy se dio cuenta de que su vida no había cambiado al descubrir la verdad sobre Paolo, había cambiado en el instante en que Khaled apareció en su tienda de Milán. Él había sido el catalizador, el culpable de haber puesto su vida patas arriba.

Cuando Khaled la había besado por primera vez en el taller, él la había obligado a enfrentarse a la ambivalencia de sentimientos hacia Paolo. Ella jamás había podido traicionar a nadie a quien amara arrojándose a los brazos de otro hombre. Ahora había sido Khaled quien había confirmado que su relación había sido una farsa desde el principio.

Cualesquiera que fueran sus motivos, ella no tenía por qué agradecérselo. Ahora tenía que recuperar el control de su vida.

Sapphy intentó separarse de sus brazos consciente de su renuencia a querer liberarla. Antes de que la soltara, bajó la cabeza para limpiarse las lágrimas para que Khaled no pudiera verlas.

—Siento que hayas tenido que enterarte de esta forma.

—¿Ah, sí? ¿Lo sientes? Pues a mí me ha parecido que has disfrutado restregándome la evidencia en la cara.

—Ya era hora de que supieras la verdad.

—¿Por qué? De todas formas, ¿qué tiene eso que ver contigo? ¿Crees que estaría tan destrozada por la noticia que aceptaría tu plan de casarme contigo? Acabo de librarme de un hombre mentiroso. ¿Por qué diablos debería arrojarme a los brazos de otro?

La mandíbula de Khaled se tensó.

—Nunca me compares con Paolo —susurró con tono amenazador.

—¿Por qué demonios no debería hacerlo? ¿Por qué haces esto? Paolo me dijo que ambos estuvisteis enfrentados hace años. Le dije que estaba loco, que probablemente nadie se acordaba ya de eso. Pero tú sí, ¿no es cierto? Te importa tanto que te envenena la sangre. Dime, ¿qué fue lo que te hizo? ¿Por qué lo odias tanto?

La cólera se apoderó de su rostro.

—Estás disgustada —dijo él intentando controlar su furia.

—Naturalmente que estoy disgustada. Y lo estaré hasta que consiga salir de este lugar. No tienes que hacerte pasar por un bárbaro puesto que la mayor parte del tiempo pareces ser un hombre civilizado. No es necesario que actúes como un déspota. Si realmente me respetas y te importo lo más mínimo, tienes que respetar mi voluntad. Déjame marchar. Tengo que irme.

Khaled la miró con el ceño fruncido. La profundidad de sus oscuros ojos giraba arremolinada. ¿Acaso estaba renunciando al deseo de convertirla en su mujer? ¿Se estaría dando cuenta de que ya le había hecho demasiado daño?

—No puedo dejarte marchar.

La cólera estalló dentro de ella.

—Entonces me marcharé sin tu consentimiento. Encontraré alguna forma de llegar hasta el aeropuerto y me iré de cualquier forma. No permaneceré aquí ni un minuto más.

Sapphy se dirigió hacia la maleta que había dejado al lado de la puerta y la agarró del asa.

—No vas a ninguna parte.

—No voy a quedarme aquí. Definitivamente, no voy a casarme contigo.

—Veo que sigues diciéndolo, pero eso no cambia nada. No puedes marcharte de Jebbai ahora.

—No puedes retenerme aquí. Quiero irme a casa.

—Pero no hoy –dijo él–. No al menos en las próximas veinticuatro horas.

—Tengo que salir de aquí –le dijo ella, medio exigiéndole, medio suplicándole.

—No tienes otra opción –concluyó él con tono frío e imperioso–. El aeropuerto está cerrado.

Capítulo 7

ESTÁS mintiendo. No es más que otro patético intento de retenerme aquí, pero no funcionará. Me marcho.

—Desgraciadamente, es verdad. Insurgentes desde la cuidad vecina de Jamalbad están suscitando problemas en la frontera. Ésta es la segunda vez en tan sólo unas semanas. La primera fue cuando veníamos de camino desde Milán. Parece ser que alguien piensa que mis ausencias son el momento perfecto para armar jaleo.

—Lo recuerdo —dijo ella—. Pero a pesar del peligro me trajiste aquí.

—Nunca te habría traído aquí si hubiera sabido que era algo serio. Mis guardias pensaron que tenían el problema controlado, pero parece ser que se olvidaron de los cabecillas que siguen ahí fuera dando problemas. Hemos cerrado el aeropuerto como medida preventiva.

—¿Durante un día entero?

Khaled se encogió de hombros.

—Es mejor ser prudente. Quizá sea por menos tiempo.

Sapphy miró con arrepentimiento a la maleta y soltó el asa. Khaled le había dicho que allí estaría segura y ahora ni siquiera podía marcharse de allí cuando ella quería.

Y cómo lo quería.

Quería estar lo más lejos posible de aquel gobernador del desierto. Su vida anterior nunca había sido
tranquila. La industria de la moda era una locura pero,
comparado con los sentimientos y emociones que estaba experimentando allí, aquello era pan comido.

Sapphy no quería permanecer cerca de Khaled. Si
sus métodos para llevarla hasta allí habían sido lo suficientemente sutiles, la declaración que había hecho
afirmando que ella se entregaría a él voluntariamente,
la había asustado aún más.

Khaled se estaba engañando a sí mismo. No es que
no quisiera ver cómo su teoría resultaba no ser cierta,
lo que no deseaba era permanecer allí expuesta a la
atracción y el magnetismo al que él la inducía.

No podía confiar en que pudiera resistirse.

–Lo siento –dijo él–. Pero te prometo que estarás a
salvo. Eso es por lo que vine a verte hoy. Quería que te
enteraras por mí y que supieras que nos estamos haciendo cargo del problema para que Jebbai recupere
pronto su anterior vida pacífica.

–¿Y qué hay de mi anterior vida pacífica? –dijo
ella–. ¿Cuándo podré yo recuperarla?

Sapphy parecía tan frágil en ese momento... Sus
ojos azules estaban vidriosos por la vulnerabilidad y la
derrota. Khaled sintió en su interior la angustia que
verla así le producía. Ella era capaz de producir aquellos sentimientos en él. Le conmovía de una forma que
jamás nadie había conseguido. ¿Por qué otra razón se
habría arriesgado a revelarle su plan tan pronto? Su
constante acoso y sus insistentes exigencias lo habían
conseguido. Nadie le había desafiado de la forma en
que ella lo había hecho. Pero había sido la forma en

que ella había querido volver con su infiel novio lo que le había obligado a confesarle la verdad.

Khaled le había revelado su intención de tomarla como esposa mucho antes de lo planeado y, al hacerlo, había puesto en peligro todo su plan.

Pero quizá era mejor de esa forma. Quizá ahora podría asegurarse una mejor recompensa.

Él ya había calibrado la repercusión de la venganza sobre su enemigo. Podía oler el miedo a través de la línea telefónica como el calor de los altos hornos en un día de verano en Jebbai. A medio mundo de distancia, Paolo sabría lo que él estaba haciendo y asumiría la culpa como una carga de la que nunca sería capaz de deshacerse. Paolo tendría que soportar el dolor por siempre.

¿Y en cuanto a Sapphire? Su angustia por la traición de su prometido era palpable. Él había sentido su desesperanza como si le hubieran clavado un cuchillo en las costillas, conmoviéndole profundamente e instintivamente de forma que ansiaba poder reconfortarla.

Khaled había pensado que quitarle la mujer al hombre que odiaba sería tan fácil como robar una de sus posesiones, pero esta mujer no era una pertenencia suya, no era una propiedad inanimada. Ella era cálida, humana y receptiva.

Y él la quería.

Él quería sentir más de aquella receptividad, sentir su cuerpo mezclarse y fusionarse con el suyo hasta que ella formara parte de él, hasta que fueran parte el uno del otro.

Y él la quería ahora.

Ahora que ella parecía estar tan perdida y sola su necesidad por poseerla y aliviar su dolor era primordial. Quería borrar de su mente cualquier rastro de Paolo y estampar en ella su sello propio.

Fue entonces cuando él se acercó a ella. Sapphy permanecía con las manos cruzadas frente a ella como una chiquilla que no sabe cuál será su próximo paso en el mundo y hacia dónde la llevará. Si él tuviera algo que decir al respecto sin duda su próximo paso sería permanecer junto a él, pero esta vez la decisión dependía de ella.

Esta vez ella tendría la última palabra.

Él no la tomaría por la fuerza. No la obligaría. Ella se entregaría a él por voluntad propia.

Entonces su victoria sobre Paolo sería completa.

Khaled alzó la barbilla de Sapphy con una mano mientras miraba aquellos ojos azules que evitaban alzar la vista y mirarlo de frente. La humedad de sus ojos hacía que sus pestañas fueran más espesas y oscuras.

—Te llevaré al aeropuerto cuando vuelva a estar abierto y sea seguro. Seré yo mismo quien te lleve hasta allí.

—¿Me dejarás marchar?

—Si eso es lo que quieres...

Los ojos de Sapphy se llenaron de expectativas y Khaled decidió aceptar el reto. Ahora tendría que ser él quien cambiara aquellas expectativas antes de que llegara el momento en que ella debiera marcharse.

—Si eso es lo que realmente quieres.

—Por supuesto que es lo que realmente quiero.

—Entonces eso es lo que sucederá. Tenemos un trato.

—¿Cómo sé que puedo confiar en ti?

—Te doy mi palabra de honor —sonrió al ver su expresión escéptica—. Aunque entiendo que puedas no estar de acuerdo. Quizá tengas razón. Quizá debamos cerrar nuestro trato de alguna forma. Podemos darnos un apretón de manos o sellarlo de alguna otra forma mucho más satisfactoria.

Khaled vio el pánico reflejado en sus ojos mientras ella intentaba huir hacia atrás.

—Sólo un beso —le prometió Khaled—. No será más que eso.

Con una sola mano Khaled la arrastró hacia él, inclinándose hacia ella hasta que su boca se apoderó de la de ella. Sintió cómo ella se estremecía cuando sus labios se fusionaron con los suyos y oyó cómo suspiraba mientras la besaba como si ella supiera que no tenía otra opción.

Y en realidad no la tenía. Así que ya podía ir acostumbrándose.

Su lengua deambuló por los labios de ella saboreándola, examinándola, embriagándola y en el preciso instante en que tuvo la más mínima sospecha de que ella estaba empezando a responder, Khaled paró de besarla, soltándola al mismo tiempo.

Sapphy abrió los ojos. Sus mejillas estaban igual de sonrosadas que sus carnosos labios.

Por ahora era suficiente.

Khaled podría haber seguido, pero entonces no podría haberse controlado. Todo lo que quería era perderse dentro de ella. Y a su debido tiempo, lo haría. Khaled borraría de su mente todo lo relacionado con Paolo, incluso el último recuerdo de su pasión y su traición. Sería como si él nunca la hubiera poseído. Pero no sería entonces. No todavía.

Él no la forzaría. Khaled haría que ella se entregara a él voluntariamente.

—Así que, ¿tenemos un trato?

Sapphy se tambaleó consciente de que otra vez él la había hecho olvidarse de quién era e incluso de que quería escapar de allí. ¿Cómo podía hacerlo? ¿Y por qué se sentía tan estafada ahora que él había parado de besarla?

—Claro —dijo con voz frágil por lo que decidió intentarlo otra vez para parecer más resuelta—. Por supuesto —repitió afirmando también con la cabeza para dar más énfasis—. Me llevarás al aeropuerto en cuanto vuelva a estar abierto.

Khaled la miró medio sonriendo.

—Si eso es lo que realmente quieres.

—Oh —dijo ella—. Claro que quiero.

«Eso creo».

Sapphy bajó la mirada para que él no tuviera oportunidad de ver su confusión interna y se retiró para recoger su maleta. Se dirigió hacia su habitación, donde esperaba poder olvidarse de toda aquella incertidumbre.

—Sólo una cosa más —dijo él antes de que llegara a la puerta—. Debo asistir a una reunión con las tribus del desierto esta noche. Pasaré la noche fuera. Me marcharé un poco más tarde.

La sorpresa se mezcló con el alivio y a la vez con la decepción. No lo volvería a ver hasta que regresara para llevarla al aeropuerto. Todo el tiempo que pasarían juntos antes de que se marchara sería, como mucho, un trayecto en limusina.

—Dadas las circunstancias, ¿crees que es seguro viajar fuera de Hebra?

Khaled arqueó una ceja.

—¿Ahora te preocupas por mi seguridad? Me sorprendes. Hace tan sólo un momento habría pensado que disfrutarías viendo que mi cuerpo servía como carroña.

Sapphy parpadeó y apretó los labios.

—Lo que me preocupa es la pobre gente que arrastrarás contigo en esa excursión al desierto. Es su seguridad lo que me preocupa.

—Por supuesto. Pero es algo totalmente seguro. Me dirijo al extremo opuesto del país.

—También pensabas que todo era seguro cuando me trajiste aquí. Tu valoración del riesgo deja mucho que desear.

—Te aseguro que he calculado el riesgo y estoy deseando correrlo.

El calor inundó todos sus sentidos. Sapphy ya conocía de sobra sus juegos de palabras y dobles sentidos por lo que era consciente de que aquellas palabras iban dirigidas a ella.

Pero él no tenía otra opción. En un día, dos a lo sumo, ella se habría marchado. Ahora no había otra oportunidad de que ella sucumbiera a sus encantos. Su propia evaluación de los riesgos le hacía pensar que regresaría a casa sana y salva.

—En ese caso espero que no te lleves una decepción.

—¿Cómo podría verme decepcionado si tú vendrás conmigo?

Capítulo 8

NO. No creo que sea una buena idea.

—¿Por qué no? No has visto nada de mi país. Has estado demasiado tiempo encerrada en el taller. Será una ocasión perfecta para explorar el terreno antes de volver a casa.

—¿Ir contigo al desierto cuando hace tan sólo unos minutos me estabas diciendo que querías que me convirtiera en tu mujer? Debes pensar que estoy loca o que soy tonta. Lo único que quiero es volver a casa.

—Y te irás a casa si así lo deseas. Te he dado mi palabra.

—Me trajiste aquí bajo falsas pretensiones. Me has mentido todo el tiempo. Me hiciste creer en una novia que era una mera fantasía. Como comprenderás, no confío mucho en tu palabra.

Él la miró sorprendido.

—Yo no te describí como una mera fantasía. Además pensaba que habíamos cerrado un trato.

—Ése es tu concepto de cerrar un trato, no el mío.

—Ya veo. ¿Crees que deberíamos cerrarlo con algo más?

El calor se apoderó de su cuerpo.

«Algo más».

Las imágenes que evocaban sus palabras excitaban

sus órganos imaginando cómo su sudorosa piel se deslizaría por la suya, su boca ardiente y apasionada contra su pecho...

Sapphy se obligó a borrar las imágenes de su mente para que no pudieran traicionarla más que lo que ya lo habían hecho sus pezones.

—No esperes que me acueste contigo sólo para poder salir del país.

—No lo hago —dijo agachándose para agarrar la maleta—. Cuando duermas conmigo espero que sea por razones mucho más básicas. Naturalmente, si es que llegaras a dormir conmigo...

Su corrección no la tranquilizó.

—Preferiría quedarme en el palacio.

—No. Eres mi responsabilidad. No sabré si te encuentras a salvo a menos que te lleve conmigo.

—Seguro que aquí estaré a salvo. Has dicho que hay rebeldes e insurgentes ahí afuera. ¿Por qué crees que no estaré bien aquí?

—Porque el palacio es mi hogar. Dudo mucho que lo hicieran pero, si alguien fuese tras de mí, éste es el primer lugar al que acudirían. No te dejaré aquí sola.

—Tengo a Azizah.

—Y Saleem.

—¿Saleem no irá contigo?

—Él debe permanecer aquí para ocuparse de otros asuntos.

—Oh.

Que Saleem se quedara en el palacio cambiaba las cosas totalmente.

—¿Sigue sin gustarte?

—No lo sé. Es sólo que me hace sentir incómoda, inquieta.

–Saleem es mi primo. No deberías sentirte de esa forma.

–Lo sé. Pero hay algo que no me deja confiar en él.

–¿De la misma forma que no confías en mí?

«En absoluto. No tiene nada que ver».

La pregunta de Khaled produjo una simple respuesta que sólo complicó aún más sus sentimientos. Su desconfianza y aversión por Saleem eran totales. Saleem la hacía encogerse y le ponía la piel de gallina. Simplemente no quería estar a su lado. Sin embargo, la desconfianza que sentía hacia Khaled era totalmente diferente. Sapphy dudaba cuáles eran los motivos pero sin duda, de lo que más desconfiaba era de sí misma, de su cuerpo. Su cuerpo que se arrojaba hacia él cuando su mente lo ahuyentaba. Era su cuerpo quien lo deseaba.

Y no podía confiar en denegárselo. Quizá si permanecía en el palacio con Saleem... Aquella opción parecía mucho menos peligrosa.

Khaled no esperó a que respondiera.

–Entonces no permitiré que te quedes. Vendrás conmigo.

El pánico se apoderó de ella.

–Pero...

–Sapphire, solamente será una noche. ¿Qué crees que puede pasar en tan sólo una noche?

En menos de dos horas salieron de la ciudad con dirección al desierto. Sapphy viajaba en el primer Range Rover con Khaled al volante. Media docena de empleados los seguían de cerca. Moldeada por el incesante viento, les rodeaba la arena rojiza de las dunas. Ella permanecía al lado de Khaled mientras él conducía, evitando hablar para escuchar lo que el paisaje tenía que decirle.

Sapphy no podía lamentar haber ido hasta allí. A pesar de todo lo que había ocurrido había aprendido mucho visitando Jebbai, experimentando la vida palaciega en Hebra y paseando por los coloridos zocos junto con Azizah. Incluso en el jardín de su madre en el palacio había experimentado sensaciones más allá de lo físico que habían enriquecido su percepción de aquel país.

¿Y Khaled? Sapphy se giró para mirarlo. Su perfil era majestuoso como el país que gobernaba, y sus facciones tan acentuadas como las líneas que el viento marcaba en la arena. Con las mangas de la camisa enrolladas hasta los codos, sus brazos controlaban el volante con fuerza y maestría a través del irregular territorio.

Él la miró, percatándose de cómo ella lo observaba.

—Estás muy callada. ¿Estás cansada del viaje?

—En absoluto —respondió sinceramente.

Khaled tenía razón. Había estado demasiado concentrada con el vestido de novia y casi no había salido del taller. En muchos sentidos era excitante salir del palacio y de la ciudad.

—Jebbai es mucho más grande de lo que parece en los mapas.

—Es cierto que somos uno de los estados independientes más pequeños, pero el desierto hace que el territorio parezca más grande. Hay mucho más que ver al sur en términos de civilización, donde se encuentran los campos de petróleo. Aquí todo está desierto a no ser por alguna que otra tribu nómada.

–Bueno, al menos ahora se dispone de cuatro por cuatro para llegar hasta estos lugares. Imagínate si tuvieras que hacerlo en camello.

–¿Lo dices por experiencia o simplemente lo supones?

–Naturalmente he montado en camello muchas veces.

Khaled no se creía ni una palabra de lo que decía.

–De veras. Hay montones de camellos en el interior de Australia. Hasta el siglo XVIII se usaron como transporte. Desde entonces los que quedaron viven en libertad, son salvajes. Ahora sólo se usan para espectáculos o para dar paseos a los niños por la playa. Es una alternativa a los paseos en pony. Nuestra niñera solía llevarnos a la playa cada año para montar en camello junto con mis hermanas. A Opal, mi hermana mayor, le gustaban más los ponys pero a Rubi, mi hermana gemela, y yo preferíamos los camellos.

–Estoy impresionado. Eres una mujer polifacética.

–Muy bien. Puedes reírte cuanto quieras, pero era bien divertido.

–¿Quién dice que me estoy riendo? –dijo él seriamente–. Uno nunca sabe cuándo va presentarse la oportunidad de montar en camello.

–Claro –dijo ella.

Khaled parecía una persona distinta cuando podían conversar sobre temas triviales y él dejaba de lado su resentimiento.

Él le ofreció una botella de agua de la que Sapphy tomó un sorbo.

–¿Cuánto queda?

–Pararemos pronto.

–¿Ya casi estamos?

—Espera —dijo con una inesperada sonrisa en sus labios que la puso sobre aviso—. Creo que te va a encantar esto.

No tardó mucho en descubrir a qué se refería.

Los vehículos estacionaron unos junto a otros bajo un cobertizo y los hombres empezaron a descargar el equipaje y las provisiones.

—Quizá quieras aprovechar para refrescarte un poco —sugirió Khaled—. Deberías ponerte esto para protegerte del sol y de la arena.

—¿Por qué tengo que ponerme esto ahora? —preguntó ella.

—El viaje no ha terminado.

—¿Qué quieres decir?

Khaled señaló a algo tras ella.

—Míralo tú misma.

—¡Camellos! —gritó ella.

Sapphy se dirigió hacia ellos y acarició el hocico del primer camello.

—No estabas bromeando —dijo Khaled apareciendo de repente a su lado, posando su mano en la parte inferior de su espalda—. Realmente no temes a los camellos. No creo que haya mucha gente que les gusten.

—Los camellos tienen muy mala prensa —dijo tratando de ignorar la presión de su mano.

Apenas la estaba tocando, pero todos sus sentidos parecían centralizarse en aquel punto de contacto, la calidez de su roce... Tenía que hacer un tremendo esfuerzo para no alejarse del tema.

—Pero he aprendido —continuó ella humedeciéndose los labios—, que una vez que los conoces un poco, se han ganado su reputación de manera injusta.

—¿Ah, sí? ¿Y crees que esa observación puede tener

cierto paralelismo con la especie humana? ¿Crees que hay personas a quienes le han atribuido injustamente cierta reputación?

Tenía que estar bromeando. Ella guardó silencio por un instante, observándolo detenidamente y preguntándose si iba a quitar alguna vez la mano de su espalda.

–Hasta la fecha tus acciones van más allá de tu reputación, jeque Khaled.

–¿Y crees que eso me hace estar más allá de la salvación?

–¿Comparado con los camellos? Digamos que tú estás en una posición mucho menos ventajosa.

Khaled inclinó la cabeza hacia atrás riéndose a carcajadas. A ella le encantaba el sonido de su risa, le gustaba el efecto que provocaba en sus facciones y la sensación de afecto que causaba en ella. A Sapphy le gustaba verlo así. Parecía menos autocrático, más humano.

Si las cosas fueran diferentes...

¿En qué demonios estaba pensando? Las cosas no eran diferentes. Aquel hombre la había arrastrado hasta un reino del desierto con la intención de hacerla su esposa. Sapphy estaba contenta de que las cosas no fueran diferentes. Ahora no había forma de que él pudiera gustarle.

Así que, ¿por qué tendría que acompañarlo? Pasado mañana eso ya no sería un problema. Ella se habría marchado muy lejos.

Sapphy sintió cómo él posaba sobre ella su mirada ardiente y expectante. Ella la evitó deliberadamente centrando su atención sobre los camellos.

–¿Cuál es el mío?

—A este camello, pareces gustarle. Creo que elegiremos éste.

«Imposible». Aquello era obviamente una montura para una sola persona. Si tenía que compartirla con él, tendría que sentarse literalmente en su regazo, rozándose contra él y sintiendo su cuerpo contra el suyo durante todo el trayecto. Ella tragó saliva.

—Querrás decir que éste es para mí.

Su boca esbozó una leve sonrisa.

—Nos falta un camello. Tendrás que compartirlo conmigo.

—¿No puedes conseguir otro?

Khaled miró hacia el cielo.

—Es demasiado tarde. Debemos marcharnos ahora o se nos hará de noche.

—Pero no cabemos... No hay espacio en el que poder sentarme. No es justo para el camello.

—El camello podrá soportar un poco más de peso. Y por el resto, no te preocupes. Yo me encargo de eso.

De repente deseó haberse quedado en el palacio. Incluso los modales de Saleem le parecían menos amenazadores que la idea de tener que hacer el trayecto en los brazos de Khaled.

—Puedo quedarme aquí y esperar a que regreséis.

—¿Y perderte una experiencia inolvidable? Reunirte con una de las pocas tribus beduinas que quedan es algo que jamás perdonarías perderte.

¿Estaba siendo obtuso o es que le estaba tomando el pelo? No estaba preocupada por perderse aquella experiencia ¿No se daba cuenta o acaso lo sabía muy bien?

—Muy bien. Vayamos entonces.

—Agárrate fuerte —le advirtió cuando el camello se puso de pie mientras él la sujetaba entre sus brazos.

Los cinco camellos se pusieron en marcha con Khaled al frente. El movimiento del camello le era familiar, pero sentir el contacto del cuerpo de él con el de ella no lo era. Sapphy se había acomodado en un espacio entre sus muslos, aprisionada contra su pecho, con la cabeza cerca de su hombro, sintiendo la fricción a cada paso.

No había manera de mantener la distancia. Si no quería caerse tenía que aferrarse a él y agarrarse fuerte.

—¿No estás cómoda? Quizá deberías intentar relajarte.

¿Relajarse?

—¿Por qué no hemos continuado con los coches? Pensaba que con los coches y los helicópteros los camellos eran algo del pasado.

—Aquí todavía les damos uso. Se avecina un terreno muy escarpado. Podríamos conducir hasta allí, pero los camellos toman una ruta mucho más directa y nos ahorran horas de viaje.

El paisaje se hizo mucho más rocoso. La arena dejó paso a las piedras. Sapphy fue consciente de que estaban subiendo gradualmente y que no podrían haber llegado hasta allí con los coches.

Los movimientos del camello se volvieron menos rítmicos a medida que ascendían hacia una colección de tiendas agolpadas a forma de campamento. El polvo de un día de viaje se había filtrado en su piel y estaba segura de que el olor a camello también lo había hecho. Ahora ya no tendría que esperar mucho.

Unos chiquillos morenos vestidos con largas túnicas y pies descalzos corrieron hacia ellos. Un adolescente de mirada inteligente y genuina sonrisa se acercó a recibir a los camellos.

—Majeed —dijo Khaled abrazando al chico.

—Muy buenas, jeque Khaled —le respondió el chico—. ¿Ha venido mi profesor?

—Por supuesto, Majeed. ¿Acaso no te lo prometí?

Un momento después vio cómo el muchacho se alejaba con uno de sus acompañantes. Quería preguntarle a Khaled sobre el intercambio puesto que creía que sus acompañantes eran guardias, pero los chiquillos la rodeaban agarrándola de las manos y charlaban con ella sin cesar.

—Supongo que querrás asearte —le sugirió Khaled mientras alborotaba los cabellos de los chiquillos, liberándola de la muchedumbre—. Te enseñaré tu tienda. Tu maleta ya está allí.

Khaled se giró hacia los niños y rápidamente les dijo algo en su lengua. Sin perder un minuto, todos se marcharon hacia sus tiendas.

—¿Qué les has dicho?

—Les he dicho que avisen a sus madres de que el doctor las verá enseguida.

—¿Ha venido con nosotros un médico? Pensé que esos hombres eran guardias.

—Sí. Tenemos un guardia entre nosotros. Los guardias no sirven de mucho para ayudar a mi gente. Ellos necesitan ayuda práctica si quieren mantener su estilo de vida durante el mayor tiempo posible. Necesitan asistencia médica. Para ellos viajar a la cuidad y obtener esos cuidados es todo un lujo.

—¿Es por eso que has traído un profesor?

Khaled asintió.

–Exacto. Majeed es muy inteligente. Necesita nuevos retos para aprender nuevas técnicas.

–¿No puede asistir a la escuela en Hebra?

–Claro, pero entonces, ¿cómo podría ayudar a su familia? A su debido tiempo irá a la universidad. Para entonces sus hermanos ya serán mayores. Ahora su padre lo necesita. De esta forma puede estudiar y ayudar a su familia al mismo tiempo.

–Comprendo –dijo ella aunque no era verdad.

Aquélla era una faceta oculta de Khaled. Sapphy estaba acostumbrada a su rudeza, a su autoridad, a ver cómo actuaba con furia sin pensar en los sentimientos de los demás.

Pero aquél era un hombre diferente. Un líder para su pueblo. Alguien que les garantizaba su existencia y el estilo de vida al que habían estado acostumbrados desde la antigüedad.

¿Cómo podía ser alguien tan generoso hacia la gente y actuar tan irracionalmente con ella? No tenía sentido. Ningún sentido.

A través de una nube de polvo vio emerger de las tiendas a un grupo de mujeres con largos vestidos que ondeaban bajo la brisa. Muchas de ellas llevaban bebés en sus brazos y otras cuantas niños pequeños caminando tras ellas. Todas se reunieron en una tienda donde el doctor pasaría consulta.

–Después de ti –dijo Khaled.

Sapphy no se había percatado de que estaba abriendo la tienda para que ella pasara. Entró dentro. Le llevó un poco de tiempo acostumbrar los ojos a la luz del interior, pero su primera reacción fue dar un grito ahogado. El interior de la tienda no tenía nada que ver con el exterior. Aquello era el sueño de cualquier mujer. Era pura magia.

—¿Crees que estarás cómoda aquí?

—Oh, sí. Es preciosa.

Khaled deslizó la mano por el hombro de ella mientras su otra mano alzó su barbilla.

—Pero nada es tan bello como tú.

Sapphy se quedó sin aliento mientras su rostro deambulaba por el suyo. Su piel brillaba bajo la luz de las velas. Khaled parecía el príncipe de aquel sueño.

Todo podría haber sido un sueño.

Excepto porque ella no ocupaba ningún lugar en aquella historia. Ella ya había elegido su camino. Se marcharía de Jebbai para regresar a Milán. Poco después recordaría todo aquello como un sueño.

—Ahora relájate un poco —le dijo en voz baja—. Las mujeres te ayudarán. Tengo que discutir algunos asuntos con los hombres. Después cenaremos juntos.

¿Las mujeres? Sapphy miró a su alrededor y vio dos mujeres cerca de la cama deshaciendo su equipaje. De las manos de aquellas mujeres colgaban prendas de color azul y dorado que no le resultaban nada familiares. Sapphy frunció el ceño.

—Ésa no es mi maleta. No puede ser.

—Ya verás como sí —respondió él.

—Pero nada de esto es mío.

Las mujeres se hicieron a un lado mientras ella esparcía la ropa. Aquello parecía suyo, pero no le pertenecía. Aun así, bajo toda aquella pila de prendas se encontraba su bolsa de aseo. Aquello no tenía sentido. Y de repente, lo tuvo.

La sangre se le heló en las venas. Aquél era el tipo

de cosa que podía esperar de alguien que había intentado frustrar todos sus movimientos. Sapphy se giró incapaz de contener la creciente hostilidad dentro de ella.

—¿Qué has hecho con mi ropa?

Capítulo 9

CON TAN sólo un gesto Khaled hizo que las mujeres se retiraran.

–¿No te gusta tu nueva vestimenta?

–Éstas no son mis cosas. ¿Qué has hecho con la ropa que empaqué?

–Te prometí un regalo. Los vestidos han sido confeccionados por las mejores costureras de Hebra. No me negarás que son preciosos.

–Quiero mi ropa.

–Tu ropa no es apropiada para el desierto. Esto no es Milán, Sidney o Hebra. ¿Es que no vas a probártela para ver lo bien que te sienta?

–¿Por qué demonios debería hacerlo?

–Porque no tienes otra opción. No tienes otra cosa que ponerte –dijo con un brillo triunfal en sus ojos.

–Entonces llevaré lo que tengo puesto ahora.

–Tú decides si quieres ofender a nuestros anfitriones o no.

Sapphy no quería reconocerlo, pero sabía que él tenía razón. Desde el momento que habían llegado al campamento había estado deseando asearse, quitarse el polvo de un largo día de viaje y ponerse ropa limpia.

–No tienes por qué preocuparte –dijo él como si estuviera leyendo su pensamiento–. No habrá ninguna diferencia entre lo que planeabas llevar y lo que lucirás, puesto que nadie lo verá. Las mujeres te proporcionarán una *abaya* e *hijab*, una capa y un pañuelo para cubrir tus ropas y tu cabeza y también un *burka* para tapar tu rostro dado que es la costumbre de estas tribus. Todo lo que la gente verá de ti serán tus ojos. Ya ves, no tienes nada por lo que disgustarte.

—En ese caso —dijo ella por fin—. Parece ser que no tengo otra opción.

—No, no la tienes.

Y después Khaled se marchó, dejándola sola a punto de estallar por el resentimiento.

Durante toda la noche Khaled se sintió fascinado por los ojos azules de Sapphy. Toda la noche él había estado deseando poner fin a la interminable conversación y a los prolongados cafés para poder estar a solas con ella.

Incluso tapada de pies a cabeza, estaba impresionante. No había manera de que, a pesar de llevar la ropa tradicional, Sapphy pudiera pasar desapercibida.

Todo el mundo podía ver cómo sus claros y cálidos ojos azules brillaban a través del *burka*. Aquellos ojos azules tenían el poder de atravesarlo, pero también el anticipo de lo que había debajo de aquella *abaya*, le aturdía el pensamiento. Khaled quería despojarla de esa capa para encontrar a la mujer, para explorar sus curvas ocultas.

Y ahora que sus anfitriones habían dado por concluida la velada, podría por fin tener su oportunidad.

Sapphy agarró los laterales de su *abaya* evitando mirarlo directamente mientras Khaled la acompañaba a su tienda. Había refrescado bastante, pero ella no parecía tener frío. No después de cómo Khaled la había hecho sentir durante la cena.

Aquella noche parecía más que nunca ser un jeque. Por primera vez había prescindido del atuendo que utilizaba para hacer negocios en Hebra y lucía el traje tradicional de la región. Con aquella fina camisa blanca, el turbante y aquellas largas vestiduras de color negro sujetas con un cinturón trenzado de color dorado, Khaled parecía más que nunca un príncipe del desierto.

Sapphy se había percatado de la forma en que él la había estado mirando durante toda la noche, posando sus ojos fijamente sobre ella. Hubo veces en las que ella no había podido evitar su mirada y se había sentido cautivada por la autoridad de sus rasgos, el poder de sus ojos y el potente mensaje que contenían.

Khaled la quería.

Ahora estaba seguro de ello. Lo había intuido antes a través de la urgencia en sus labios, en sus besos, pero aquello nunca había tenido el sentido que tenía ahora mientras avanzaban silenciosamente hacia la tienda. A pesar de que sabía que ella se marchaba, él la quería.

Bajo sus largas vestimentas una multitud de sensaciones se apoderaban de ella. La seda se deslizaba por su piel con cada movimiento, el cinturón metálico vibraba sobre sus caderas y pequeños cascabeles resonaban en sus tobillos. Sapphy se sentía tremendamente femenina, exquisitamente sensual y más sexy que nunca.

¿Eran las ropas que permanecían ocultas bajo la *abaya* o era la forma en que Khaled la miraba lo que le hacía sentir un cosquilleo por toda su piel que le proporcionaba una ráfaga de calor húmedo?

Daba igual. Sapphy tuvo que reconocer que no podía negarlo por más tiempo. Ella también lo quería.

Aquello no tenía sentido. Iba a marcharse muy pronto. Volvería al mundo de la moda en Milán, dejando el desierto tras ella. Tendría lo que tanto quería. ¿O no? Huiría hacia la libertad mientras que Khaled significaba lo opuesto. Khaled la retendría allí para siempre. A pesar de que sus locos planes de matrimonio se habían visto frustrados sabía que él la poseería si ella se lo permitía. ¿Por qué soñaba entonces con formar parte de él?

Pero aquello no era su imaginación. Lo que ella deseaba era real.

Llegaron juntos a la tienda. Él pasó detrás de ella mientras el peso de su necesidad amenazaba con desbordarla más allá de lo racional. De repente, Sapphy se dio cuenta de que no quería darle las buenas noches. Quería prolongar aquel momento, en aquel lugar bajo la tenue luz de la lujosa *haima* beduina.

Khaled posó una mano sobre su hombro, haciendo que ella se girase hacia él.

—¿Sabes que tienes los ojos más expresivos que jamás he visto?

Elevando su otra mano hasta el *burka*, acarició su mejilla a través del tejido.

—¿No te importa llevar esto? Debe parecerte muy incómodo.

—Está bien —dijo ella con voz grave y sombría—. Es la costumbre aquí. No me importa llevarlo.

—Bien. Ahora ya no hay necesidad de ello —dijo quitándole el velo y dejándolo caer al suelo.

Automáticamente deslizó la mano por el suave cabello negro de Khaled de forma nerviosa y expectante.

—La capa también —dijo con voz profunda—. Si lo deseas...

Sapphy dudó por un instante. Sólo era una capa exterior pero al quitársela, ¿qué le estaba dando a entender? Los vestidos de seda que llevaba debajo apenas constituían una barrera entre ellos. Pero entonces, por la forma en que su corazón palpitaba y su excitación crecía, pensó que quizá ya era hora de quitar las barreras.

Sus dedos buscaron a tientas los cierres de la capa que iban desde el cuello a la cintura, desabrochándolos uno a uno. Una vez hubo terminado, sus manos temblaban ante la incertidumbre de dónde acudir. Khaled le puso las manos sobre los hombros separando el vestido y deslizándolo suavemente por sus hombros hasta dejarlo caer al suelo y dejarla totalmente expuesta ante su mirada.

Sapphy contuvo el aliento.

Aliento que él contenía a su vez. Sabía que bajo la *abaya* austera y sin forma que las costureras habían confeccionado se encontraba una silueta femenina que le agradaría, pero sus ideas preconcebidas no le habían preparado para aquello.

Ella era una diosa.

La falda azul que la ceñía las caderas y las hebras de hilo dorado que formaban el tejido resplandecían con cada uno de sus pequeños movimientos haciendo de la sombra de sus piernas, una tentadora promesa. Más tejido dorado rodeaba sus pechos acentuando sus curvas y dejando al aire la desnudez de su vientre.

Quizá no le había hecho mucha gracia que intercambiaran su ropa, pero ahora ya no parecía tan enfadada con él. Khaled había intentado cortar los grilletes de su vida anterior para que pudiera disfrutar plenamente de la vida del desierto sin que la vestimenta occidental resultara una barrera.

Y, para ser honestos, también había algo de interés propio en ello. Hacía mucho tiempo que Khaled quería verla luciendo otro que no fuera su atuendo normal.

Ahora que lo había hecho, estaba seguro de que nunca se sentiría satisfecho. Ella era un deleite para los ojos. Su cuerpo reaccionó ante ello de la única manera posible. En su interior, el deseo y la necesidad de poseerla eran apremiantes.

Cuando vio que él no se movía, Sapphy alzó la mirada por un instante. No estaba decepcionada. Reconoció el ardiente e intenso deseo en la profundidad de sus negros ojos. Su mandíbula estaba rígida como si estuviera intentado mantenerse bajo control.

Todo el cuerpo de Sapphy se estremeció erizándole toda la piel, haciendo que sus pechos se tensaran y sus pezones se endurecieran.

Fue entonces cuando él inclinó su boca hacia la suya y los sentimientos se intensificaron, se magnificaron mientras Khaled le traspasaba su urgencia a ella.

Sapphy saboreó café, el desierto y todo el poder y la pasión que residían en Khaled mientras sus labios se apoderaban de ella y su lengua la exploraba en profundidad.

Khaled la rodeó con los brazos para estrecharla fuertemente contra él.

La excitación se apoderó de su interior, latiendo imperiosamente entre sus muslos. Sus manos se habían enredado en la maraña de capas que constituía su atuendo. Pero ella no quería palpar sus ropas sino su firme y musculoso cuerpo junto al suyo.

A medida que se acercaban más el uno al otro, Sapphy podía sentir su fuerza, sentir el poder de su excitación mientras él la presionaba contra su erección.

Khaled sacudió la cabeza hacia atrás, aflojando los brazos mientras ella lo miraba, confusa y empezando a echar de menos su calor.

—Sapphire —dijo con voz ronca y respiración entrecortada.

Y de repente ella recordó esas otras veces en las que él la había besado y se había marchado, dejándola aturdida, resentida y lo que era peor, con ganas de más. Pero ahora sabía que, de ninguna manera, volvería a hacerle eso otra vez. No podría soportarlo.

Aquélla era probablemente su última noche en Jebbai. Su última noche con Khaled. Su última oportunidad para satisfacer el insensato deseo que la acechaba cada vez que él estaba cerca.

Pronto estaría de vuelta en Milán, sola en su apartamento sin nadie para consolarla y nada que le aliviara por el arrepentimiento de haber dejado escapar lo que podía haber tenido.

Así que esta vez sería diferente. Esta vez él no iba a dejarla fría. Esta vez tendría que terminar lo que él bien había empezado.

Sapphy lo rodeó con sus brazos por el cuello y le atrajo hacia ella.

—Khaled —le susurró al oído dándole suaves besos a lo largo de la garganta y presionando sus pechos contra su torso—. Hazme el amor.

Capítulo 10

EL PARECIÓ dudar por un momento, casi como si no creyera lo que había oído. Pero aquello fue tan sólo un instante.

Después sus ojos irradiaron fuego mientras pronunció algo gutural en voz baja. Palabras imperceptibles para ella, pero que dejaban sus intenciones claras. Khaled la estrechó entre sus brazos y la levantó para llevarla a la cama en tan sólo tres zancadas.

Allí la recostó entre suaves telares y mullidos cojines. Él se arrodilló a su lado. Su pecho se levantaba poderosamente por su agitada respiración mientras la devoraba con los ojos.

—Magnífica —dijo él mientras ella se derretía ante sus palabras.

Después él se quitó su capa. Sus hombros eran anchos, sus músculos bien definidos y su piel de un dorado suavemente satinado. Ella alargó la mano para tocarlo, abriendo bien los dedos para disfrutar el tacto de su moldeado abdomen, anticipando lo que permanecía escondido bajo aquellos pantalones blancos de algodón que era lo único que lo cubría en ese momento. Los dedos de ella llegaron hasta la cinturilla, deslizándose dentro.

Khaled inspiró hondo mientras una de sus manos atrapaba las suyas. Lo que ella veía en sus ojos era un deseo salvaje y apremiante que hacía crecer aún más su propia excitación. Apoyó un brazo sobre la cama para poder colocarse encima de ella, situando su pierna entre las de ella a medida que la besaba una y otra vez.

Entonces fue cuando ella se perdió en sus besos, en su tacto y el calor se apoderó de ella. Había tantas sensaciones, tantas que asimilar, que no podía pensar en nada mientras él exploraba su cuerpo. Su cuerpo ardía allá donde la tocara, pero aquello la hacía sentir tan bien...

Sus manos acariciaban sus pechos mientras su boca se deslizaba por su cuello hasta que, finalmente, sus labios también llegaron allí. Incluso a través del ligero tejido su aliento abrasador mantenía firmes sus pezones entre sus dientes.

Él se movió de repente para despojarla de su top y exponer sus pechos al aire. El aire fresco se mezcló con su ardiente mirada. Khaled produjo un sonido parecido a un rugido, grave y profundo, antes de hundir su cabeza primero sobre un pezón, lamiéndolo y succionándolo suavemente antes de volcar su atención en el otro.

Aquello era una tortura. Sapphy no dejaba de mover la cabeza de un lado a otro. Era una exquisita tortura pero aun así, no era suficiente.

Khaled deslizó las manos a lo largo de sus muslos a través de las capas de seda de su falda a medida que intentaba quitar esa prenda de su camino.

Sapphy sentía cómo la excitación se había apoderado de todo su cuerpo y cómo su deseo por él se había centrado en un único punto.

Ella sentía cómo se derretía, cómo los fluidos bañaban su interior a medida que él le acariciaba los muslos, cerca, cada vez más cerca de aquel punto hasta que por fin la acarició allí, haciendo que su cuerpo se arquease por completo. Su tacto era sensual, erótico, suave y ella sentía cómo todo su ser le respondía cediendo, abriéndose a él.

Aun así, aquello no era suficiente.

—Khaled —le rogó entrelazando los dedos en su cabello, queriendo poner fin a su espera—. Por favor.

Khaled alzó la cabeza desde su pecho y la miró con unos ojos que se consumían por la pasión, una pasión tan fuerte que Sapphy se quedó asombrada.

—Nada me daría más placer —dijo poniéndose de rodillas para quitarse los pantalones de algodón.

Los ojos de Sapphy siguieron sus movimientos fascinada por la belleza de sus formas e incapaz de apartar la mirada de su torneado torso, su abdomen y, ahora, allí abajo donde los pantalones de algodón ya no ocultaban nada.

Khaled también estaba completamente desnudo. Ahora todas sus expectativas estaban dando paso al temor.

Él era magnifico.

Ella tragó saliva. De repente se sentía menos segura de sí misma. Sin embargo él no le dejó oportunidad para reconsiderar nada puesto que se abalanzó sobre ella para besarla, dejándola claro que fuera cuales fueran sus preocupaciones, él no tenía ninguna.

Sapphy volvió a dejarse llevar por sus besos mientras, con tan sólo unos cuantos hábiles movimientos, él la había despojado de su falda de forma que sus piernas ahora estaban desnudas.

Muslo contra muslo. Pecho contra pecho. Piel contra piel. Ambos retozaron juntos en la cama dejando las barreras aparte. Ahora no había nada que pudiera pararles. Sapphy estaba feliz. Quería que él estuviera dentro de ella, que formara parte de ella para que ambos fueran sólo uno.

Khaled se separó de ella por un momento. Sapphy sintió frío. Pronto se dio cuenta de lo que él estaba haciendo y agradeció su gesto. Aquello significaba que pronto, muy pronto, pondrían fin a aquella agonía.

Él le sujetó el rostro con las manos besándola dulcemente en los ojos, en las mejillas, en la barbilla, queriendo prolongar el suspense que les llevaba hacia lo inevitable.

«Inevitable».

Desde el preciso instante en que Khaled entró en la tienda Bacelli, aquel momento había sido inevitable. Desde el primer momento la atracción entre ellos había sido aparente y desde entonces había ido creciendo a pesar de todo lo que ella había hecho para protegerse de él.

Aquel momento era su destino, su sino.

Khaled volvió a besarla otra vez antes de apoyarse sobre los codos para colocarse encima de ella. Sapphy vio cómo en su frente brillaba el sudor.

Sintió su peso sobre ella al posicionarse en la entrada, probando, sondeando. Instintivamente ella levantó las caderas para facilitarle la tarea y hacer que pudiera estar más cerca, más dentro de ella.

Y entonces allí estaba él. La embistió con toda su fuerza llevando sus caderas hacia ella, inclinando la cabeza hacia atrás y arqueando la espalda triunfalmente contra ella.

El tiempo se paró. Ella era incapaz de respirar, de pensar y de cualquier otra cosa que no fuera la deliciosa sensación que estaba experimentado al sentirse colmada por él.

Fue entonces cuando él empezó a moverse dentro de ella y una nueva oleada de sensaciones entraron en juego. Suavemente retrocedía sólo para volver a colmarla una y otra vez. Con cada embestida, con cada nueva oleada, las sensaciones se disparaban y el placer crecía y crecía.

Ella podía sentir su tensión en sus brazos, podía sentir su lucha por mantener el control y sentía cómo su placer se reflejaba en el suyo, acelerando el ritmo hasta que sus embestidas amenazaban con extasiarla.

Fue entonces cuando se dejaron llevar por un estallido de placer violento y primario que les dejó exhaustos y sudorosos.

Ya era suficiente.

A pesar de que todavía era de noche, para ella aquél era un día nuevo. Aún era Sapphy Clemenger, pero a otro nivel se sentía una extraña incluso para sí misma.

Ella lo miró. Él estaba recostado en su hombro con los ojos cerrados. Respiraba tranquilamente sobre su pecho. Su cuerpo era majestuoso aun en reposo.

Él la había cambiado.

Nunca antes Sapphy había experimentado tal pasión, tal deseo y nunca antes, ni siquiera en sus sueños más salvajes, habría imaginado que hacer el amor pudiera ser tan alucinante y espectacular. No era que hubiese sido malo anteriormente sino que, mirándolo ahora desde esta nueva perspectiva, parecía que siempre le hubiera faltado algún ingrediente vital para hacerla disfrutar al máximo.

Si aquella noche no le deparaba nada más, al menos tendría unos gratos recuerdos para hacerle compañía durante las solitarias noches de su apartamento de Milán.

«Milán».

Tomó aire. Estaría allí en menos de dos días suponiendo que el aeropuerto volviera a abrirse según lo planeado. Toda su ansia por huir de Khaled y regresar a Italia había hecho que la ciudad en sí perdiera su atractivo. Por alguna razón no se veía de nuevo inmersa en su trabajo. Incluso el alocado mundo de la moda parecería aburrido en comparación con su visita a Jebbai y su enigmático gobernante.

Quizá antes debería tomarse un descanso e ir a Australia para visitar a sus hermanas, a Pearl y a su sobrina recién nacida. Hablaría con Gianfranco tan pronto como llegara a Milán.

Khaled abrió los ojos. Sapphy se dio cuenta de que lo había estado contemplando todo el tiempo. Él sonrió alargando una mano para acariciar su mejilla y apartar de ella unos cuantos mechones de pelo sueltos.

—Pareces pensativa.

Ella apartó la mirada. Khaled sabía que tenía dudas acerca de regresar o no a Milán.

—Estaba pensando en mi familia.

Él se acercó más a ella. La besó en el cuello.

—Nunca me has hablado de ella excepto cuando me contaste que ibas a montar a camello con tus hermanas. Háblame de ella.

—Hace mucho que no los veo.

—¿No tenéis relación?

—Solíamos tener más.

—¿Qué fue lo que cambió las cosas?

Sapphy inspiró profundamente y se giró hacia la almohada.

–Oh, no es nada malo. Simplemente mi madre regresó...

Khaled se mantuvo en silencio durante unos segundos.

–Entonces, no lo entiendo.

Sapphy volvió a girarse hacia él.

–Creíamos que había muerto cuando mi hermana Ruby y yo teníamos cuatro años, pero resulta que había estado viviendo en el exilio durante todo ese tiempo. Mi padre la desterró de nuestro pensamiento.

–¿Cómo la encontrasteis?

–El marido de Opal, Domenic, le siguió la pista hasta Inglaterra. Él la trajo de vuelta a Australia. Ahora vive allí, en el hotel familiar que regenta Opal. Mi padre murió hace un par de años. Cuando éramos pequeñas él siempre estaba muy ocupado y nosotras tres crecimos al cuidado de una niñera. Pero Opal es nuestra hermana mayor. Ella cuidó de nosotras mejor que nadie.

–¿No te llevas bien con tu madre?

–Oh, no. No me malinterpretes. Pearl es encantadora. Simplemente es muy duro hacerte a la idea de que tienes madre después de estar años creyendo que estaba muerta. Nada es lo mismo desde que ella ha vuelto. Opal tiene una niña pequeña, Ellie, y Pearl y ella tienen muy buena relación. Ruby trabaja en Broome y eso está muy lejos.

–Ya veo –dijo Khaled besándola dulcemente en la frente–. Has ganado una madre, pero parece que has perdido a tus hermanas.

Ella parpadeó contra la calidez de su piel, sorprendida de que la entendiera tan bien.

–Sí, eso es exactamente lo que siento. Aún me cuesta aceptarla como madre. Hace mucho tiempo que se marchó y ahora ni siquiera reconozco a mis hermanas. ¿Tiene sentido?

–Claro que lo tiene. Nunca es fácil perder a la gente que uno ama.

Ella casi gimió de dolor en voz alta al darse cuenta. Ahora sentía pena por ella misma y por la pérdida de Khaled. Él perdió a sus padres en circunstancias trágicas. Probablemente daría cualquier cosa porque su madre estuviera viva y ella estaba actuando como si el regreso de su madre le hubiera arruinado la vida.

–Khaled –le dijo levantándose levemente para poder verlo–. Lo siento. No lo he pensado.

No era culpa suya. Él miró aquellos preocupados ojos azules mientras su mano le acariciaba el pelo. En aquel instante supo que, a pesar de las posibles asociaciones, aquello no tenía nada que ver con ella. Era Paolo a quien culpaba. Sería Paolo quien pagaría. Ahora ya estaría sufriendo haciendo conjeturas sobre todas las posibles formas en que Khaled podría aprovecharse de la que, un día, fue su prometida.

Khaled se permitió una sonrisa. Casi le resultaba divertido. ¿Cómo se sentiría Paolo al descubrir que no había necesitado forzarla? Había sido Sapphy quien le había pedido que le hiciera el amor. ¿Cómo se sentiría al descubrir que ella no era una prisionera? Ella había decidido quedarse en Jebbai por voluntad propia.

Sin duda sería una gran ironía para Paolo.

Pero por otro lado tampoco le importaba lo que Paolo pensara. Ahora Sapphire estaba con él. Era su esencia lo que podía oler en su piel y su cuerpo el que la estrechaba.

–Ha debido ser horrible para ti –dijo ella mientras sus palabras caían sobre él como dulces caricias.

Él tomó aire. Ella era demasiado especial para cualquier otra persona. Podría estar escuchándola durante horas y observar la forma en que sus redondos pechos se erguían contra su torso por siempre. Ahora sólo pensaba en algo que le resultara aún más satisfactorio.

–No fue nada fácil –dijo sintiendo cómo su erección crecía ante la urgencia de satisfacer su deseo. Khaled le dio la vuelta, disfrutando de su pequeño grito de sorpresa–. Pero ahora estoy mucho mejor.

Entonces Khaled le hizo el amor lentamente, deliberadamente, tomándose su tiempo, explorando su cuerpo. Esta vez fue incluso mejor que la primera, más dulce y, a pesar de ello, más apasionada. Ella era todo lo que él había pensado que sería como amante e incluso más.

Y sólo cuando finalmente ambos cayeron rendidos y vio en los ojos de ella un brillo azul que les consumió a los dos, Khaled se quedó dormido junto a ella.

El tintineo de los cascabeles de las cabras la despertó recordándola dónde estaba. Una vez despierta fue el calor del cuerpo del hombre que yacía a su lado, las sábanas enmarañadas y el olor a almizcle de su actividad sexual lo que corroboró lo que había pasado.

Sapphy se apoyó sobre un codo y se paró a contemplarlo. Khaled yacía boca abajo con la cabeza a un lado y los brazos sobre la almohada. Los restos de una de las sábanas se enrollaban alrededor de sus muslos de forma que su espalda quedaba expuesta desde sus bien torneados hombros hasta la cintura y su espléndido trasero. Sapphy tomó aire.

¿Cómo lo hacía? ¿Cómo podía ser tan sexy incluso estando dormido?

El recuerdo de sus actividades nocturnas inundó su mente dibujando una sonrisa en su boca. Su piel se estremecía ante el calor y el recuerdo, sus músculos se quejaban por las maniobras seductoras de Khaled.

Sus músculos no tardarían en recuperarse. En un día o dos volverían a la normalidad, pero no ocurriría lo mismo con ella. Jamás podría olvidar aquella noche. Después de aquello la normalidad sería tremendamente aburrida.

¿Cómo sería poder disfrutar de Khaled cada noche? ¿Compartir con él el deseo y la pasión noche tras noche y después levantarse cada mañana a su lado? ¿Cómo sería aquello?

Ella había rechazado la oportunidad de descubrirlo.

Si hubiera aceptado convertirse en su esposa habría tenido a Khaled en su cama todas las noches, todas las mañanas, de todas las formas...

Había tenido la oportunidad y la había rechazado. Sapphy suspiró y volvió a echarse sobre la almohada, mirando al techo de la tienda. Había hecho lo correcto. Habría sido una locura acceder a los insensatos planes de matrimonio de Khaled. Jamás habría accedido a un matrimonio concertado. No había tenido más remedio que rechazar su proposición. Cualquier persona en su sano juicio lo habría hecho.

Con aquel físico tan espectacular podría haber elegido a cualquier mujer para ser su esposa. ¿Qué le había hecho escogerla a ella?

Nada de aquello tenía sentido. Había hecho lo correcto. Estaba segura de ello, a pesar del sexo. Incluso aunque nunca se cansara de hacer el amor de la forma en que lo habían hecho aquella noche, el sexo no lo era todo. ¿Desde cuándo la compatibilidad en la cama constituía una base sólida para el matrimonio? Después de todo, ellos no estaban enamorados.

Sin duda, Sapphy lo echaría mucho de menos cuando regresara a Milán. Echaría de menos su mirada furtiva y su magnetismo. Incluso extrañaría sus duelos verbales.

Había veces en que incluso le gustaba. Pero eso no era lo mismo que amor.

Tomando impulso se echó encima de él, que aún tenía apoyado el rostro sobre la almohada. Sujetándose el pelo con una mano, inclinó la cabeza y lo besó.

Khaled abrió los ojos y sonrió, dejando escapar un leve rugido mientras uno de sus brazos la rodeaba.

—Gracias —dijo él.

Ella le sonrió.

—Ha sido todo un placer.

—También lo ha sido para mí. Eres tan bella. No puedo entender cómo un hombre puede elegir a otra en tu lugar.

Sapphy se puso tensa. No había vuelto a acordarse de Paolo y aquél no era el momento más adecuado para hacerlo. No era que se sintiera culpable, pero tampoco es que tuvieran una relación como para hacerla creer que había traicionado a Paolo por dormir con Khaled. De hecho, su última conversación telefónica había puesto fin a su relación.

Pero aun así no quería pensar en Paolo cuando estaba en los brazos de otro hombre. La decepción que se había llevado con Paolo había sido demasiado dolorosa. No quería que nadie se lo recordara ahora.

«Dime que has disfrutado haciéndome el amor, dime que ha valido la pena. Pero no me recuerdes que hubo alguien que creía que no lo valía».

Khaled maldijo para sus adentros. ¿En qué estaba pensando? Había conseguido que ella lo quisiera. La había hecho suya. La victoria sobre Paolo era para su satisfacción propia. Nunca debería haber mencionado su nombre. No cuando ella aún lamentaba el fin de su relación.

Khaled se incorporó, estrechándola entre sus brazos y besándola en las mejillas.

—Lo lamento. He sido muy estúpido al decir eso. Pero hay algo que nunca lamentaré.

El parpadeo de sus pestañas y la leve separación de sus labios al suspirar fue su única respuesta.

—Nunca lamentaré el hecho de que estés aquí, en mis brazos, en mi cama. Jamás lo lamentaré. No mientras viva. Creo que nunca tendré suficiente de ti.

Sapphy tomó aire profundamente haciendo que su pecho se elevara de una forma que llamó la atención de Khaled. No podía resistirse. Dejó caer su boca sobre el pezón más cercano lamiéndolo lánguidamente con la lengua hasta que, casi inmediatamente, obtuvo como recompensa un grito ahogado de placer de ella mientras el pezón se endurecía entre sus labios. Entonces Khaled alzó la cabeza. Ella temblaba entre sus brazos mientras se acercaba al otro pezón.

—Pruébalo —le invitó ella.

La capital bullía al atardecer presa de la multitud y del tráfico a medida que se acercaban al palacio. Ella permanecía sentada tranquilamente en el Range Rover.

Para su gusto, el viaje de vuelta había resultado muy apresurado y el maldito invento del motor de combustión interno la había dejado sentada en su lujoso asiento de cuero lejos del alcance de Khaled.

El viaje en camello desde el campamento hasta los coches había resultado mejor. Cada parte de su cuerpo estaba sensible, pero los dolores eran el vivo recuerdo de su noche de pasión. Sapphy se relajó contra el cuerpo de él, encontrando la forma de acercarse aún más a él presionado su rostro contra su pecho, inhalando su fragancia a hombre.

Incluso después de una noche y una mañana de pasión, ella aún ardía en deseos por él. No podía evitarlo. Khaled era peligrosamente adictivo. Después de aquello y el viaje en camello por las dunas del desierto, más adicta a él se había vuelto.

Iba a ser una despedida más difícil de lo que había imaginado. Sorprendentemente más dolorosa puesto que el día anterior ella le había pedido que la llevara al aeropuerto para marcharse del país lo antes posible. Entonces había estado tan segura... tan segura de querer escapar de él a la primera oportunidad que tuviera.

Entonces, ¿por qué ahora tenía dudas? ¿Por qué tan sólo veinticuatro horas después la idea de ir al aeropuerto le resultaba tan poco convincente?

¿Qué era lo que había cambiado aparte de que habían hecho el amor en una tienda entre la arena del desierto?

¿Acaso era aquello algo más que sexo?

«!De ninguna manera!»

Entre ellos sólo había sexo. Sólo se trataba de atracción física.

Entonces, ¿por qué marcharse de Jebbai y alejarse de Khaled parecía partirle el alma? ¿Por qué cuanto más se acercaba al momento de la despedida se sentía más y más incómoda? Ciertamente, no tenía nada que ver con que él le hubiera proporcionado el mejor sexo que ella hubiera experimentado jamás.

—¿Qué sucede? ¿Qué es lo que va mal?—preguntó Khaled desde el asiento del conductor.

—¿Qué quieres decir con eso? —preguntó ella consciente de repente de que había estado moviendo la cabeza hacia ambos lados.

—No pareces estar contenta. ¿Te habría gustado estar más tiempo en el desierto?

—Oh, no —mintió ella. Su voz era agitada—. Ha sido un viaje muy interesante, pero es un alivio estar al fin de vuelta.

Su voz se ahogó en la última palabra, pero aun así se las apañó para sonreír. Sin embargo, los ojos de Khaled se ensombrecieron.

Finalmente Khaled volvió a dirigir la mirada al frente. Sapphy sintió cómo su sonrisa se rompía en mil pedazos. ¿Por cuánto tiempo podría ocultarlo? El reflejo de sus ojos negros le había confirmado que lo que temía era verdad.

«Maldita sea».

Sabía que aquello sucedería si se quedaba. Sabía que estaba en peligro de caer bajo el influjo y el magnetismo de Khaled si no escapaba de allí.

Y así había sucedido.

Aquello no tenía nada que ver con el sexo.

Nunca había tenido nada que ver con el sexo.

Sapphy se había enamorado de Khaled.

Capítulo 11

TENÍA que salir de allí. Ahora más que nunca. Ya no podía confiar en sus sentimientos y ni siquiera estaba segura de estar pensando lúcidamente. Había perdido el control de su vida y necesitaba tomarse algún tiempo para recuperarlo.

Lejos de la influencia de Khaled y su poderoso hechizo podría ser más objetiva y razonable. Tomarse un descanso junto a su familia en Australia pondría entre ellos la distancia necesaria. Tenía que retomar la relación con su madre y sus hermanas antes de considerar mudarse. Gianfranco tenía que concederle el permiso. Simplemente tenía que hacerlo.

Pero el primer paso era salir de Jebbai.

Estaba tranquila cuando Khaled detuvo el coche frente al palacio. Prefería no hablar hasta que él se hubiera deshecho de los sirvientes y la acompañara hasta su habitación llevándole la maleta.

—Ya estás de vuelta. Sana y salva. Como te prometí —dijo abriendo la puerta del estudio poniendo la maleta en el suelo—. ¿Dónde está Azizah? Debería estar aquí.

—Quizá no esperaba que regresáramos tan pronto —dijo ella deseando que se marchara, deseando que se quedara, deseando que todo se terminara.

Sapphy miró su reloj añadiendo mentalmente seis horas. Pensaba que quizá todavía sería posible programar un vuelo de vuelta a Milán si la alerta de seguridad había finalizado.

Comparado con eso realmente no le parecía importante donde estuviera Azizah. No iba a necesitar su ayuda para hacer la maleta.

Pero Sapphy no podía contener por más tiempo la pregunta que asediaba su pensamiento.

—¿Hay noticias del aeropuerto? ¿Está de nuevo abierto?

Él se puso tenso.

—¿Es una pregunta sin más o tienes verdadero interés en saberlo?

Sapphy tragó saliva ¿Cómo fingía no saber por qué le importaba?

—¿Por qué lo preguntas? ¿Acaso eso cambiaría la respuesta?

—Quiero saberlo. ¿Por qué te preocupa si el aeropuerto está abierto o cerrado?

—Porque dijiste que me llevarías. ¿Recuerdas? Prometiste llevarme al aeropuerto para tomar un vuelo hacia Milán tan pronto como abriese.

Por respuesta sólo obtuvo silencio. Una increíble burbuja de silencio que después estalló.

—¿Todavía piensas marcharte?

La incredulidad hizo que sus palabras se convirtieran en acusación.

—Por supuesto. Te dije que quería marcharme. Me dijiste que tú mismo me llevarías al aeropuerto. Me lo prometiste.

Khaled dio dos pasos hacia ella.

—Pero eso fue antes de...

—¿Antes de qué? —preguntó ella—. ¿Antes de anoche? ¿Crees que lo que sucedió anoche cambia algo?

Él arqueó las cejas.

—¿No es así?

—Fue sexo, Khaled —dijo ella—. La gente lo hace constantemente y después si te he visto no me acuerdo. Fin de la historia —dijo encogiéndose de hombros y girando la cabeza antes de que él pudiera ver la mentira en sus ojos, antes de que pudiera ver que aquellas palabras le rompían el corazón. No podía dejarle ver lo que significaba para ella, no cuando era tan vulnerable y estaba tan desesperada por escapar de él.

—¿Sexo? ¿Para ti sólo fue eso? Yo pensé todo el tiempo que estábamos haciendo el amor.

—Llámalo como quieras —dijo de forma más agitada de lo que deseaba—. Prometiste llevarme al aeropuerto. Y espero que cumplas tu promesa.

Khaled deslizó una mano por el pelo de ella.

—No quiero que te vayas.

Ella cerró los ojos intentando contener las lágrimas.

—Ya hemos hablado de esto.

—No, no lo hemos hecho.

—Khaled...

—¡No! —gritó él—. Cuando te hice esa promesa pensé que te dejaría salir de mi vida si eso era lo que querías. Así lo creía realmente, pero pensé que nunca llegaríamos a eso. Pensé que podría hacer que cambiaras de idea y decidieras quedarte conmigo en Jebbai.

Ella sonrió, pero el sonido de su risa era frágil y quebradizo.

—¿Creías que pasar una noche contigo me haría cambiar de idea? Debes pensar que eres algo así como un semental árabe.

Los ojos de Khaled brillaron peligrosamente y su

mandíbula se tensó. Sapphy retrocedió, temiendo haber ido demasiado lejos.

—Escúchame. Nunca nadie se ha sentido tan bien en mi cama. Nadie jamás se ha derretido de manera tan ardiente entre mis brazos. Ese preciso momento cuando los dos nos convertimos en uno... No puedes fingir no haberlo sentido. Sé que tú también lo sentiste. No puedes negarlo.

No debería quedar oxígeno en la habitación. ¿Por qué si no le resultaba tan difícil respirar y pensar?

—Khaled, yo...

—No quiero que te vayas, Sapphire. A pesar de que la pasada noche no significara nada para ti, cambió el mundo entero para mí. Desde anoche sé que nunca podré vivir sin ti. La última cosa que quiero en este mundo es llevarte al aeropuerto y no volver a verte nunca. No puedo perderte ahora. Quiero que te quedes aquí conmigo y te conviertas en mi esposa.

—No —protestó ella agitando la cabeza mientras trataba de apartar la mano de él de su brazo—. Eso es una locura. Eso es exactamente por lo que me trajiste aquí. ¿Por qué tendría ahora que ser diferente?

Su otra mano le acarició la mejilla. Ella se resistió pero su mano permaneció allí, cálida contra su rostro. La cara de él apenas estaba a unos centímetros de la suya y sus ojos irradiaban una dulzura que jamás antes había visto en ellos.

—Anoche, cuando estaba en el desierto en aquella tienda junto a ti, me sucedió algo. Descubrí algo trascendental de lo que debía haberme dado cuenta hace mucho tiempo.

Sapphy tenía miedo de parpadear, de respirar, miedo de que el sonido de su corazón ahogara sus palabras.

–*Zafeerah* –la forma en que pronunció su nombre le llegó al alma. Parecía que la estaba adorando–. Yo no soy muy bueno mostrando mis sentimientos pero, ¿acaso no puedes sentirlo? Te quiero.

El pulso de Sapphy se aceleró. «¿La quería?» ¿Cómo era posible después de todo lo que había sucedido?

–No me crees –dijo él–, pero debes. Supe que te amaba desde el primer momento en que te vi en la tienda. Me ha llevado todo este tiempo ver la verdad de lo que era evidente. Te quiero. Y por eso no puedo soportar la idea de que te marches. Quiero que te quedes y estés a mi lado para siempre. Te estoy pidiendo que te cases conmigo.

La boca de él se inclinó sobre la suya. Sapphy sintió el calor de sus labios llenos de promesas y expectativas moviéndose sobre los suyos.

Sapphy sintió cómo su decisión de marcharse perdía fuerza. Todo estaba cambiado demasiado y demasiado deprisa. Cada vez se sentía menos segura de sí misma. Su corazón estaba feliz por la revelación de Khaled, pero al mismo tiempo tenía la cabeza hecha un lío.

Antes de que Khaled le anunciara aquello ella ya no podía pensar con lucidez ¿Cómo demonios iba a hacerlo ahora?

Ella empezó a agitar la cabeza.

–No lo sé.

–Por favor –le imploró él–. Piénsalo.

Khaled se mostraba tan diferente ahora. Aquél era un hombre acostumbrado a obtener lo que quería. Todo lo que tenía que hacer era un gesto con su mano y la gente acudía corriendo. Aun así ahora le estaba rogando que lo pensara.

Sapphy veía que aquello le estaba costando mucho. Veía el dolor y la incertidumbre en sus rasgos. Aquélla era la otra cara de Khaled. Una cara mucho más vulnerable y humana que la que había visto hasta ahora.

Quizá le estaba diciendo la verdad. Quizá la amaba. ¿Pero cómo podría ella estar segura? Después de todos los secretos y las verdades a medias aquello era mucho que suponer.

—Piénsalo —repitió consciente del desconcierto de Sapphy—. Ahora te dejo. Tómate tu tiempo. Llámame por el interfono cuando te hayas decidido. El aeropuerto vuelve a estar abierto. Tengo mi avión a la espera. Si quieres marcharte puedes hacerlo inmediatamente. Por el contrario, si decides quedarte...

Ella asintió.

—Gracias —dijo ella reconociendo lo inadecuado de la palabra después de semejante conversación.

Él sonrió y la besó en la frente. Después se giró y se marchó, cerrando la puerta suavemente tras él.

Parecía que habían pasado años desde que se había marchado del taller, pero realmente sólo había sido un día. Azizah no había aparecido aún, así que no tenía oportunidad de distraerse charlando con ella. En lugar de eso, merodeó entre las mesas de trabajo y máquinas de coser mientras sus pensamientos giraban en torno al impacto de la declaración sorpresa de Khaled.

Él la quería.

Ella lo quería.

Él quería casarse con ella.

Ella quería escapar de él.

«¿O no?»

Su razón para marcharse era mantenerse a salvo, protegerse de la influencia de Khaled. Pero, ¿de qué se estaría protegiendo si ya estaba enamorada de él? ¿Qué más podría arriesgar cuando lo único que su cuerpo quería era estar cerca del suyo?

¿Sería tan malo quedarse y casarse con él? ¿Tenerlo como compañero en la cama y fuera de ella por el resto de sus días? ¿No sería preferible dar la espalda a su amor y vivir sin él sola y llena de arrepentimiento por lo que podría haber sido?

Todavía le resultaba muy difícil pensar, pero quizá así es como debería ser. Las decisiones deben tomarse con la cabeza, no con el corazón. ¿Qué era lo que ella podría perder haciendo lo que su corazón instintivamente le decía que era correcto?

En la esquina de la habitación seguía colgado el vestido de novia que la había llevado hasta Jebbai. Incluso en medio de su agitación verlo le dibujó una sonrisa en la cara.

Si había logrado algo en Jebbai había sido confeccionar ese vestido de novia. Era precioso, el vestido de novia más bonito que jamás había visto y el más bonito que probablemente jamás confeccionara. El diseño era exquisito y el trabajo, gracias a la habilidad y dedicación de sus ayudantes, excelente.

Y todavía podría ser suyo...

Un escalofrío le recorrió toda la espalda ante la posibilidad. Mordiéndose los labios retiró cuidadosamente la capa protectora dejando al descubierto el esplendor del vestido.

Ciertamente había sido confeccionado con sus medidas, pero no se había hecho ninguna prueba y la prueba de cualquier prenda debía hacerse sobre la persona para la que se había confeccionado el diseño. ¿Habría transformado bien todos aquellos materiales y tejidos en un vestido espectacular para una mujer real? Aún cabía la posibilidad de que se marchara de Jebbai y nunca lo averiguara.

Sólo había una manera de descubrirlo.

El vestido se deslizó suavemente sobre su piel después de que se hubiera quitado la blusa y los chinos que había llevado durante el viaje de vuelta. El vestido pesaba más de lo que parecía a simple vista, pero el peso se compensaba con la caída de la tela desde las caderas. Abrochó cuantos botones de perlas pudo pensando que sería mucho más fácil tener a alguien que la ayudara, pero al mismo tiempo se sintió aliviada de estar sola para que nadie pudiera contemplar aquella locura.

Había un espejo de cuerpo entero y zapatos de tacón en el armario.

De repente, mientras traspasaba la puerta de su despacho, vio un sobre apoyado contra el teléfono. No lo había visto al llegar ni cuando había estado hablando con Khaled. Ahora que el ángulo era distinto, no había forma de que pudiera pasar desapercibido.

¿Quién la habría escrito allí? A menos que fuera Gianfranco... Era más propio de él mandarle un fax. Curiosa, agarró el sobre de camino al vestidor.

Sapphy se encogió de hombros y, al pasar, lanzó la carta sobre la cama. El sobre podría esperar. Primero tenía que ponerse unos zapatos de tacón. Buscó en el armario y sacó los tacones más altos que encontró. Eran unas sandalias muy coloridas que no pegaban con el vestido para nada, pero le darían la altura extra que necesitaba para lucir aquel vestido.

Se puso las sandalias. Estaba impaciente por mirarse al espejo. Intentó hacerse un moño y, tomando aire, se giró frente al espejo.

«!Oh, guau!»

Estaba sensacional.

El vestido le quedaba como un guante. Moldeaba su figura de forma exquisita y elegante. Inmediatamente parecía más alta, más regia. Estaba fantástica. Incluso probándoselo de aquella forma apresurada, sin maquillaje y sin peinar, el vestido era soberbio.

Más que eso. Estaba hecho para ella.

Sapphy volvió a morderse los labios. Le sentaba de maravilla. Era tan perfecto como lo había sido hacer el amor con Khaled en el desierto. Era como si ambos estuvieran destinados para ella.

Quizá aquella boda también era algo predestinado. Quizá estaba escrito en las estrellas. Todo lo que tenía que hacer era decir sí. ¿Habría sentido Khaled lo mismo? ¿Sería eso por lo que él había organizado su plan para atraerla a su reino y ganar su corazón?

Sapphy estalló en carcajadas. No podía contener por más tiempo su euforia.

Unos días atrás no lo hubiera creído posible. No habría cabido la posibilidad de que ella contemplara la idea de matrimonio a pesar de la creciente atracción entre ellos. Pero el día anterior no sabía nada del amor que sentía por ella y tampoco tenía idea de su propio amor hacia él.

Volvió a mirarse en el espejo, permitiéndose una valoración final. Nunca se había visto como una princesa de cuento de hadas, pero sin duda parecía una con ese vestido. Lo único que le faltaba era el velo, un ramo de flores y un guapo príncipe.

Aunque para conseguir una de esas tres cosas sólo tenía que hacer una llamada.

Todo lo que tenía que hacer era agarrar el teléfono.

Y entonces allí estaría él. No tendría necesidad de decírselo. Una sola mirada al vestido de novia y Khaled tendría su respuesta.

Sapphy tomó el teléfono que había cerca de la cama y marcó.

Capítulo 12

SALEEM le dijo que, en diez minutos, Khaled se reuniría con ella. Mientras tanto, parecía bastante más preocupado por saber si Azizah había aparecido ya o no.

Abatida y nerviosa empezó a deambular por la habitación esperando que algo la distrajera de sus pensamientos. Ahora que se había decidido, la última cosa que quería era más tiempo para pensar.

Sus ojos se posaron sobre la carta que había tirado a la cama y la recogió. Le serviría de distracción al menos por un momento. La abrió y desdobló las hojas de papel mientras volvía al estudio para esperar a Khaled. Reconoció la caligrafía al instante. La carta era de Paolo.

Sapphy no sabía si alegrarse o sentirse triste. Era la primera carta que recibía de él en todo el tiempo que llevaba en Jebbai. ¿Por qué le escribiría ahora? ¿Acaso quería reparar el daño que le había hecho?

Querida Sapphy,

Soy consciente de que en este momento no querrás saber nada de mí, pero no puedo dejar las cosas así después de nuestra última conversación. Aunque pueda parecerte melodramático aún temo por tu bienestar mientras estés en Jebbai.

Sé que te debo disculpas. Quisiera poder explicártelo todo. Siempre lamentaré no haber sido yo quien te contara lo de mi matrimonio. Temo que la promesa que hice de mantener en secreto mi matrimonio con Helene haya destruido la oportunidad de mantener entre nosotros una amistad en el futuro. Pero, ¿cómo podría habértelo dicho? Tenía tanto miedo de perderte... Quería encontrar la manera de contártelo aunque temía que después me odiaras por ello.

Ahora más que nunca, independientemente de lo que pienses de mí, debes saber la verdad.

Las circunstancias de nuestro matrimonio fueron poco convencionales, por así decirlo. Pero lo más importante es que me casé con una mujer a quien su familia había prometido con otro hombre en contra de su voluntad. Por esa razón él juró que algún día se vengaría de mí arrebatándome cualquier mujer con quien yo tuviera intención de casarme. Es por esto, sobre todo, por lo que temo por tu seguridad.

Aquel hombre era Khaled.

«¿Khaled? ¿Venganza?»

Sapphy comenzó a sentir escalofríos por el impacto de las palabras de Paolo. Sin el menor cuidado de arrugar el vestido, se dejó caer en el sillón.

Así que Paolo se había casado con la prometida de Khaled. Sin duda alguna por eso tenía tanto interés en relevar el secreto de Paolo.

Pero según lo que él daba a entender Khaled la había elegido por su relación con Paolo. Eso era una locura. Ellos nunca habían estado comprometidos oficialmente. A no ser que se hubiera creído las especulaciones de las revistas de cotilleo que relaciona-

ban al prestigioso abogado Paolo Mancini y la diseñadora de moda Sapphy Clemerger...

¿Era eso por lo que ella estaba allí? ¿La había con-
vencido Khaled para ir hasta allí con la promesa de un
falso encargo solamente para apartarla de Paolo? Todo
aquello le parecía increíble. No podía ser cierto.

Pero si lo era, entonces aquel comentario que hizo
en aquella ocasión afirmando que se había enamorado
de ella a través de una fotografía tendría sentido.

Sapphy continuó leyendo. Paolo se había casado
con Helene para salvarla de un matrimonio concertado
con Khaled. El matrimonio sólo sería válido hasta que
Khaled encontrara una nueva esposa. Entonces el ca-
samiento podría anularse y ambos serían libres para
continuar sus vidas y mantener relaciones con las personas que eligieran. Ninguno de ellos esperaba que
doce años después Khaled aún estuviera esperando a
llevar a cabo su venganza contra ellos.

¿Qué tipo de sentimientos haría que alguien actuara
de esa manera?

Sin duda Paolo tenía miedo al compromiso y sin duda
había evitado hablar sobre planes de futuro entre ellos.
Pero no tenía otra opción. Las lágrimas de Sapphy cayeron sobre la carta. Paolo había hecho un gran sacrificio
por una amiga. Sacrificio que le había impedido durante
doce años disfrutar plenamente de su vida amorosa.

Sapphy parpadeó intentó eliminar las lágrimas
para que sus ojos no estuvieran borrosos y poder seguir leyendo.

*Sapphy, bella. Quizá esté equivocado. Quizá el he-
cho de que Khaled te contara lo de mi matrimonio evidencia que ya ha olvidado el pasado. Ojalá sea eso.*

Sé que las cosas no funcionaban entre nosotros y espero que puedas empezar a entender algunas de las razones por las cuales me era tan difícil ser sincero contigo. Pero debes saber que me importas mucho y me preocupo de ti, Sapphy. Así que por favor, te ruego que tengas mucho cuidado con Khaled y no te fíes de él. Tiene una cuenta pendiente conmigo y sé que nada le detendrá en su propósito de saldarla.

Después de leer la carta se sintió vacía. Tenía el corazón roto. Se quitó los zapatos de tacón y empezó a darles patadas antes de releer la carta y echarse en el sillón.

Khaled no la había contado aquello con el propósito del perdón. Había utilizado aquella información como arma contra Paolo.

Sapphy dejó caer la carta sobre su regazo y se acurrucó en el sillón. Respiraba de forma agitada y sollozaba en silencio incapaz de producir un sonido. Se encontraba totalmente vacía en su interior.

Nada. No sentía nada excepto rabia. Khaled había estado jugando con ella. Pero ya no volvería a hacerlo. De repente apretó los puños e impulsada por una ráfaga de energía se levantó del sillón dejando caer la carta al suelo.

Tenía que quitarse el vestido. El vestido estaba destinado a una mujer que se casara con el hombre de sus sueños. Sapphy se había estado engañando a sí misma creyendo que ella podría ser esa mujer. Su sueño se había convertido en una pesadilla.

Sus manos sólo habían alcanzado a desabrochar los primeros botones de perlas cuando alguien llamó a la puerta.

Sapphy se giró. Vio que la puerta estaba abierta. Khaled estaba allí.

—He venido tan pronto como...

Al verla se quedó sin palabras. Tenía puesto el vestido. El pulso se aceleró en las venas de Khaled disparando en él el calor y el orgullo. Pronto Sapphy sería suya.

—Preciosa. Simplemente impresionante. La novia más bella que he visto nunca.

Sapphy intentó contener las lágrimas alzando la barbilla y frotándose las mejillas con la palma de las manos. Fue entonces cuando él se fijó en sus ojos grandes y brillantes como si hubiera estado llorando.

—¿De veras lo crees? —dijo mirando al vestido—. Estaba pensando en él como el atuendo perfecto para salir corriendo.

—¿Qué quieres decir?

Sapphy posó los ojos en él.

—¿Cuándo ibas a decírmelo?

—¿Decirte qué?

—¿Ibas a soltármelo antes de verme caminar por el altar o ibas a esperar a que nos casáramos? ¿O es que acaso lo estabas reservando para nuestra luna de miel?

—¿Te importaría decirme de qué estás hablando?

—Ha debido de ser todo un desafío encontrar nuevas formas de retenerme aquí. Sin duda hoy jugaste tu mejor baza al decirme que me querías. Sí. Ha estado muy bien. ¿Qué era lo próximo que ibas a intentar si eso no hubiera llegado a funcionarte?

Khaled suspiró apoyándose en los hombros de Sapphy.

—¿Qué ha pasado? —dijo él.

—Oh, ya lo veo —dijo ella estremeciéndose mientras miraba a las manos de él—. Tenías planeado retenerme físicamente. Bien pensado. Seguramente hay una mazmorra en el sótano del palacio en que podría ser retenida durante el tiempo que quisieras.

Khaled maldijo mientras retiraba las manos de sus hombros, caminando hasta el escritorio donde tomó aire antes de mirarla de frente.

—Algo ha pasado —dijo él—. ¿Vas a contármelo o vas a tenerme aquí escuchando todas tus reprimendas?

Sapphy hizo un gesto con la mano en dirección a la carta.

—Paolo me ha escrito. La historia de tu venganza contra él ha sido una revelación muy interesante.

Los ojos de Sapphy resplandecían de un gélido azul y su barbilla estaba tensa y desafiante. Khaled se sintió fatal. Aquélla no era la manera en que debía haberlo descubierto.

Khaled recogió la carta y la leyó por encima.

—La verdadera razón por la que me trajiste aquí fue simplemente el poder satisfacer tu deseo de venganza.

—No ha sido así exactamente —replicó él aunque sabía que así había sido, al menos al principio.

—¿Ah, no? ¿Entonces cómo ha sido? Estoy segura de que no vas a decirme que te encontraste conmigo por casualidad, sin saber nada de mi relación con Paolo. !Oh! —dijo ella inclinando la cabeza hacia atrás—. Soy tan estúpida. No puedo creer que me haya llevado tanto tiempo darme cuenta. Lo planeaste todo desde el principio. ¡Qué bien te vino que fuera diseñadora! Eso te facilitaba el trabajo de hacerme venir hasta aquí. Lo único que tenías que hacer era pagarle lo suficiente a Gianfranco para que me presionara a aceptar el trabajo. Una vez aquí, no tenías intención de dejarme marchar.

Khaled tomó aire.

—¡No! Aunque sí es cierto que tengo que saldar una cuenta pendiente con Paolo.

—Y apartarme de él era parte de la venganza.

—¿Por qué debería él estar a tu lado? No te merece. Sí, al principio todo lo que quería era vengarme. Pero eso fue antes de conocerte. Entonces supe que él no era lo suficientemente bueno para ti. Tú te mereces alguien mejor.

—¿Y se supone que tú eres mejor? Yo te creí, ¿sabes? Me puse de tu lado cuando Paolo me rogó que no viniera a Jebbai. De hecho sentía pena porque tu prometida estuviera tan enferma y no pudiera ocuparse de los preparativos de la boda. Aun así me estuviste utilizando todo el tiempo. Me utilizaste para alejarme de él.

—Quizá fuera así al principio —admitió él—. Pero no todo el tiempo. Es cierto que quería vengarme, pero una vez te conocí supe que no eras una de las pertenencias de Paolo que yo debía poseer. Te quería para mí por la mujer que eres. Tenía que tenerte en cuerpo y alma.

Ella se cruzó de brazos. Su cara reflejaba su incredulidad.

—Háblame de Helene. ¿Qué era lo que la hacía tan especial como para no poder soportar que otra persona la poseyera?

Khaled apretó los dientes, tensando su mandíbula. Esperaba que le hiciera esa pregunta, pero no le resultaba fácil encontrar la respuesta.

—Ella era joven y guapa, una estudiante universitaria muy inteligente. Nuestros padres apoyaban el matrimonio porque habría consolidado las relaciones entre un conjunto de empresas petrolíferas y una nación productora. Habría sido un buen matrimonio.

—¿La amabas?

Ésa sí que era una pregunta difícil. Khaled creía estar seguro de haberla amado algún día pero ahora, después de conocer a Sapphire y la forma en que ella le hacía sentir quizá sólo hubiera sido una fase de enamoramiento.

Él se encogió de hombros.

—Apenas tenía veinte años.

—Eso no responde a mi pregunta.

—Entonces, no —dijo él suspirando—. No la amaba. Pero la quería. Habría sido un buen matrimonio para ambos y beneficioso para nuestras familias e intereses. Pero no pudo ser.

—Porque Paolo llegó primero.

—Se metió en algo que no tenía nada que ver con él. Debería haberse mantenido al margen y por lo que me hizo juré que le arrebataría algo para hacerle pagar, sufrir y darse cuenta del daño que me había hecho.

—¡Él la salvó! Hizo mucho más de lo que haría cualquier amigo. Rescató a una pobre chica asustada de un matrimonio que habría arruinado su vida. ¿Aun así no ves que fue algo heroico? Después le perseguiste durante años simplemente porque te arrebató a la mujer que tú ni siquiera querías. ¿No crees que ya es hora de dejarlo?

—¿Crees que todo esto sólo tiene que ver con haber perdido a Helene?

—¿Acaso no es así? Estoy segura de que tu orgullo se sintió herido al saber que alguien fue más listo y rápido que tú. Estoy segura de que nunca perdonarás a Paolo.

Khaled dio un puñetazo contra el escritorio. Se hizo daño en la mano, pero no era nada comparado con el odio que sentía hacia la persona que le había arrebatado tanto.

—Ahí es donde te equivocas. Puedo perdonarle por haberme quitado a Helene. Incluso puedo vivir con la burla que me hizo, si así es como tú lo ves. Pero nunca podré perdonarle por lo que les hizo a mis padres.

—¿Tus padres? ¿De qué estás hablando? —dijo ella frunciendo el ceño.

—El día en que deberíamos haber estado celebrando mi boda con Helene en Londres, ese mismo día, ellos eran arrollados por una avalancha de nieve en las montañas de Suiza.

Capítulo 13

SAPPHY se llevó las manos a la boca.

—El presunto día de mi boda —continuó él—. Al parecer no fue un día de júbilo para nadie. Las autoridades tardaron tres semanas en recuperar sus cuerpos y los de sus dos acompañantes. Tres semanas en las que no supe si estaban vivos o muertos. Tres semanas de infierno.

Sapphy se acercó a él y le puso la mano sobre el hombro.

—Khaled, lo siento mucho.

—¿Lo sientes? Quizá entonces puedas entender ahora por qué hice lo que hice. Mis padres estaban en Londres encargándose de los preparativos de la boda, pero dos días antes la novia decidió casarse con otra persona. Mi madre estaba consternada y mi padre avergonzado. No había razón por la que debieran quedarse en Londres en medio de aquel caos. Ellos ya no podían solucionar nada. Así que mi padre llevó a mi madre a su lugar de vacaciones favorito con el objetivo de alegrarla un poco, sólo que...

Ella le apretó el brazo.

—Khaled, no sé qué decir. Lo que sucedió fue algo horrible, pero tienes que darte cuenta de que fue un accidente. No puedes culpar a Paolo.

—¿No puedo? Sus muertes fueron consecuencia directa de sus acciones. No me arrebató sólo a mi novia. Me arrebató a mis padres. También podría haberse matado él.

Khaled se alejó. No quería que nadie lo tocase.

Sapphy tenía el corazón roto, pero su rabia se había atenuado para mostrarle su simpatía a Khaled. Estaba claro que la muerte de sus padres había sido un duro golpe para él. El joven príncipe había perdido su juventud y la oportunidad de convertirse en adulto antes de verse obligado a asumir el control del emirato.

Sin duda, había pensado mucho en las circunstancias que rodearon la muerte de sus padres. Sin duda, había pensado mucho en cómo lograr una compensación por ello. Paolo, obviamente, era su objetivo.

Pero sus palabras y la profundidad de sus sentimientos eran algo asombroso.

—Khaled —dijo ella—. Tus padres murieron en trágicas circunstancias, pero no dejes que eso te arruine la vida. No dejes que te consuma. ¿No crees que tus padres habrían preferido que continuaras con tu vida en vez de obsesionarte con las circunstancias de su muerte?

—Tú no lo entiendes.

—Entiendo que fue el destino quien apartó a tus padres de ti. Si no hubiera sido aquel día, habría sido cualquier otro. ¿Qué habría pasado si el matrimonio se hubiera celebrado tal y como estaba planeado y hubieran muerto en un accidente de camino a la boda? ¿A quién habrías culpado entonces? ¿A la novia por haberse casado contigo?

—Eso no tiene sentido.

—Tampoco lo tiene el perseguir a alguien hasta el fin del mundo por algo sobre lo que no tenía control

—Khaled abrió la boca para protestar pero ella continuó—. Sí, él estropeó tus planes de boda pero, ¿no ves que él no envió a tus padres a las montañas? Fue elección suya ir allí. Ellos eligieron ir a las montañas, no Paolo. No puedes culparle por lo que sucedió después.

—¿Acaso no culpas a tu madre por lo que ha sucedido entre tú y tus hermanas?

Aquellas palabras la pillaron por sorpresa.

—No es lo mismo.

—¿Ah, no? Vuelve de entre los muertos y ahora compites con ellas por el afecto de tus hermanas. Además, tampoco te gusta. De hecho, parece que te sienta mal que siga viva. Es irónico, ¿no crees? Yo daría lo que fuera porque mi madre estuviera viva y tú harías lo mismo porque la tuya permaneciera «muerta».

—¡Khaled! Lo que has dicho es horrible.

Eso no era cierto. No podía ser cierto. Claro que Sapphy quería que las cosas fueran como habían sido siempre, pero eso no era lo mismo.

Khaled respiró profundamente y echó la cabeza hacia atrás.

Estaba harto. Estaba abatido. Sentía que le habían hecho puré las entrañas. Ya no le quedaba nada. Ya no tenía forma de convencerla de que se quedara ni palabras que poder decirle. Sapphy había tomado por incierta su declaración de amor. ¿Por qué iba ahora a cambiar de opinión y creerlo de repente?

—Lo siento. Nunca debí haber dicho eso —suspiró Khaled profundamente con el cansancio de alguien que ha estado odiando durante mucho tiempo—. Creo que será mejor que te lleve al aeropuerto. ¿Necesitas ayuda para hacer la maleta?

Ella lo miró. Estaba pálida e inmóvil.

–No tienes nada que temer. No haré nada para impedir que te vayas esta noche. Lo dispondré todo para que el avión y la tripulación estén listos. Mandaremos que alguien recoja tu equipaje digamos en ¿media hora?

Sapphy asintió. Después Khaled se dirigió hacia la salida, cerrando los ojos tras cerrar la puerta, reconociendo que había perdido la batalla de hacer de ella su esposa para siempre.

Ambos permanecieron en silencio de camino al aeropuerto. Sapphy se sentía aliviada por ello porque, de cualquier forma, dudaba haber podido hablar.

Khaled estaba sentado a su lado, pero le parecía que estaba a un mundo de distancia. Estaba feliz de que se hubiera rendido. No más mentiras, no más promesas ni súplicas. No más declaraciones de amor. Había pensado que él trataría de convencerla de que al menos estaba enamorado de ella, de que aún había una oportunidad para ambos, una oportunidad de un futuro en común. Sapphy había puesto sus esperanzas en ello. Incluso deseaba que se hicieran realidad.

Pero en ella no había más que un vacío que crecía más y más. Ahora estaba segura de que también eso había sido mentira.

Al menos la había dejado marcharse. Ahora podría regresar a Milán. Ahora sería libre.

Sapphy contemplaba la tierra que rodeaba al aeropuerto, las dunas y las palmeras. Le dolía el corazón por tener que separarse de ella. Había una parte de ella que siempre permanecería allí, en aquel lugar del desierto junto al jeque Khaled de piel dorada. Con el hombre a quien ya nunca podría decir que lo amaba.

Pasaron a través de los controles de seguridad del aeropuerto. Después pasaron por la puerta de embarque y llegaron a la pista de aterrizaje donde el piloto estaba calentando motores.

Las manos de Khaled rodearon las suyas. Por fin había llegado el momento de decir adiós.

Ella lo miró de frente. Su rostro tenía una expresión tensa y su mirada era tortuosa. Sapphy quería besarlo en los ojos para poder borrar su dolor.

—Prométeme algo —dijo ella.

Su mandíbula se relajó lo suficiente para permitirle hablar.

—¿Prometerte qué?

—Olvídate de Paolo. Olvídate de lo que pasó hace tanto tiempo. Piensa en el futuro como tus padres hubieran querido que hicieras. ¿Lo harás?

—Ya veremos —dijo haciendo un esfuerzo.

Ella sonrió. Al menos ya era algo.

—Gracias.

—¿Qué planes tienes? —preguntó él—. ¿Vas a quedarte en Milán?

—No lo sé. Creo que primero iré a Australia. Necesito hacer una visita a mi familia. Tenías razón. He culpado a mi madre por lo que ha sucedido entre mis hermanas y yo. Me has hecho darme cuenta de que soy muy afortunada al tenerla. Voy a visitarla y conocerla realmente para arreglar las cosas entre nosotras.

Khaled sonrió.

—Me alegro mucho pero, ¿y tu trabajo?

Ella se encogió de hombros.

—Quizá sea hora de establecerme por mi cuenta. Gianfranco ha sido un profesor maravilloso, pero me gustaría montar mi propio negocio en algún sitio...

Lo dejó ahí. No hacía falta decirle el tipo de tienda que sería. Ninguno de ellos necesitaba recordar la forma en que se habían conocido en su tienda de Milán.

—Espero que te salga bien —dijo él.

—Gracias.

Un oficial se acercó a Khaled para decirle algo al oído. Él asintió y suspiró mientras el oficial se marchaba.

—Llegó la hora de irme —dijo con un nudo en la garganta.

Él asintió.

—Llegó la hora.

—Bueno. Entonces adiós.

Khaled la miró a los ojos y Sapphy pudo ver cómo las emociones se arremolinaban en los suyos. También le vio mover la boca como si estuviera a punto de decir algo. Por un momento tuvo la impresión de que iba a decirle otra vez que la quería, pero entonces él apretó los labios y todo lo que dijo fue:

—Lo siento.

Khaled le soltó las manos y se acercó para besarla en la mejilla. Era la última vez que Sapphy sentiría su aliento contra su piel y la cálida sensualidad de sus labios. Después retiró los labios y, sin mirar atrás, se metió en el coche.

Sapphy tembló. El nitrógeno líquido habría sido más cálido que su despedida. Fríamente se giró y se dispuso a subir las escaleras intentando contener las lágrimas que amenazaban con desbordarla.

Al entrar al avión una azafata la condujo hasta su sitio. Sapphy intentó devolverle la sonrisa, pero su rostro no respondía. Estaba totalmente petrificada.

Se puso a mirar por la ventana para poder ver el coche de Khaled esperando poder verlo por última vez. Pero el coche se dirigía ya hacia los controles de seguridad. De todas formas las lunas tintadas tampoco la habrían permitido verlo. Ni siquiera iba a esperar a que el avión despegara. Khaled probablemente ya se había olvidado de ella.

Los motores del avión empezaron a rugir y las puertas se cerraron. Mientras el avión giraba vio cómo el coche de Khaled desaparecía a través de las puertas del control de seguridad.

Sapphy se recostó en su asiento.

¿Merecía la pena ser libre cuando estaba dejando atrás su corazón? ¿Cuál era el objetivo de ser libre cuando había perdido lo que más quería?

Entonces fue cuando lo vio venir. Casi rozando el tejado de los hangares del aeropuerto vio que un helicóptero se aproximaba peligrosamente. Pero, después de todo, aquello era un aeropuerto y bien podría estar a punto de aterrizar.

Sapphy perdió el interés durante un instante hasta que de nuevo su cerebro registró el peligro. No estaba aterrizando. Se estaba acercando hacia ellos y había alguien colgado de la puerta del helicóptero. Alguien que agarraba algo.

«¡Un arma!»

Sapphy gritó a medida que el helicóptero se acercaba.

La voz del piloto estalló a través del interfono.

—¡Todo el mundo al suelo!

Sapphy no tuvo tiempo de asustarse. Todo sucedió muy rápido. No había casi terminado de desabrocharse el cinturón de seguridad cuando fue arrojada contra el suelo por un guardia de seguridad. Le estaba cortando la respiración, pero no importaba. Estaban disparando al avión haciendo agujeros en el fuselaje y golpeando sobre la tapicería y accesorios que había a su alrededor. Algo de cristal estalló sobre ellos, siendo el guardia de seguridad el más afectado por los restos de cristal.

El guardia le susurró algo en inglés.

—Permanezca quieta. El helicóptero se está retirando.

Cuando él se levantó, Sapphy pudo sentir cómo podía respirar de nuevo.

De repente su pensamiento se centró ante una nueva posibilidad. El helicóptero no se movía en la misma dirección por la que había venido. Debía haber encontrado un objetivo más atractivo.

—¡Khaled! —gritó Sapphy poniéndose en pie, consciente de que su coche sería un objetivo fácil desde el cielo.

El humo empezó a llenar la cabina. Sapphy vio cómo se abrían las puertas detrás de ella. Estaban desplegando rampas de evacuación. Las sirenas de los vehículos de rescate sonaban por la pista de aterrizaje mientras llegaban hasta ellos. Podían salir de allí, pero lo único que ella quería era poder ver hacia dónde había ido el helicóptero.

Intentó acercarse a una ventanilla, pero alguien la agarró de la mano. Era el guardia de seguridad que la había protegido antes salvándole la vida. Ahora conducía a Sapphy hacia la salida de emergencia. Ella siguió sus instrucciones para salir del avión y llegó a tierra firme donde los servicios de emergencia se hicieron cargo de ella.

Fue entonces cuando lo escuchó.

Hubo un fuerte estallido que sólo podría ser el resultado de una explosión. El sonido provenía de la autopista. Sapphy se giró y vio cómo una columna de humo se elevaba por encima de la arena del desierto.

–¡El coche de Khaled!

Sapphy estaba presa del pánico. Aquello significaría que Khaled estaba muerto.

No podía ser posible. Era imposible. Y más cuando ella no había tenido la oportunidad de decirle lo que él significaba para ella. No cuando no había tenido oportunidad de decirle que lo amaba.

Ahora no importaba lo que él había pensado de ella. No importaban que la hubiera mentido y que la amara o no. Ahora tenía derecho a saber que ella lo amaba.

Sapphy debería habérselo dicho mucho antes.

Sapphy se dejó guiar hasta una ambulancia. Alguien le puso una gasa sobre la frente. Ella se echó hacia atrás. Sapphy miró a la gasa extrañada. La sangre bien podría ser suya, pero no sentía ningún dolor salvo por lo que podría haberle ocurrido a Khaled.

¿Por qué se estaban molestado con ella? ¿Por qué no lo estaban buscando a él? ¿Acaso no lo habían escuchado? ¿No lo sabían?

La ambulancia se alejó del avión.

–¿Adónde me llevan? –preguntó esperando que alguien hablara inglés.

–Hebra –dijo la persona que sostenía la gasa sobre su frente–. Hospital.

–Pero, ¿qué hay de Khaled? Su coche...

Los hombres se miraron los unos a los otros intercambiando miradas que destrozaron su corazón. ¿Sabían algo o simplemente estaban asustados como ella por no saber nada?

Llegaron al perímetro de las puertas de seguridad. La ambulancia se detuvo. Sapphy miró a su alrededor, preguntándose por el retraso. Había un coche bloqueando su paso intentando entrar en la pista de aterrizaje. Un coche negro. Un coche negro con dos ruedas reventadas, la pintura rozada y las ventanas hechas añicos.

«¡El coche de Khaled!»

Fue entonces cuando vio cómo la puerta se abría y Khaled salía del coche corriendo hacia la ambulancia.

–¿*Zafeerah?* –gritó él mientras uno de los hombres le señalaba la puerta trasera.

Antes de que Sapphy tuviera oportunidad de levantarse de la camilla las puertas traseras se abrieron y Khaled entró para estar a su lado y tomarla entre sus brazos mientras la ambulancia les llevaba lejos de allí.

Khaled tenía la cara llena de mugre con partículas del parabrisas esparcidas en el pelo, pero estaba vivo.

–Sapphire. Me alivia tanto verte otra vez –le dijo acariciándole el rostro–. Estás herida.

–No es nada. Tu guardia me salvó la vida. No creo que sea necesario ir al hospital.

–Ha sido una experiencia traumática. Debes ser atendida correctamente.

Fue entonces cuando empezó a sentir los temblores. Temblores por el impacto, por el miedo de poder haber perdido a Khaled y por el alivio que había sentido al descubrir que estaba vivo. Él la sostenía fuerte meciéndola, tranquilizándola.

–Tenía tanto miedo... Cuando oí al helicóptero disparar sobre el avión, me horroricé. Pero estás a salvo –dijo estrechándola aún más fuerte, hundiendo su rostro en su cabello–. No puedo creerlo.

–Yo también escuché la explosión –dijo enredando los dedos entre los botones de su camisa–. Y yo... Tuve tanto miedo.

–El helicóptero logró acercarse mucho a nosotros pero entonces ya era tarde. Los guardias del aeropuerto lo derribaron con un mortero. Estalló en medio de la carretera.

Ella tragó saliva. Habían estado muy cerca. Sapphy mantenía los ojos cerrados intentando borrar aquellas imágenes de su mente. Ahora ya no importaba nada. No con Khaled vivo a su lado abrazándola.

–Vi al piloto –dijo él–. La reconocí.

–¿La reconociste? ¿Quién era?

–Azizah.

Sapphy gritó incapaz de asimilar que su dócil doncella fuera capaz de cometer actos de terrorismo.

–No puedo creerlo. Era tan dulce, tan servicial.

Khaled respiró profundamente asintiendo con la cabeza.

–Saleem empezó a sospechar de ella y quiso que la despidiera porque temía por tu seguridad, pero yo no lo escuché. Provenía de una buena familia con un largo pasado de lealtad hacia nosotros. No puedo creer que haya sido capaz de traicionarnos. Cuando descubrimos la verdad, ya había huido.

–¿Pero por qué? ¿Qué tenía contra ti?

–Sus padres eran los asesores más cercanos de mis padres. Murieron junto a ellos. Azizah tenía sólo cinco años. Lo único que pudimos hacer fue pasar una pensión a sus familiares para que la criaran. Parece ser que nunca me perdonó por lo que le sucedió a su familia.

Él la abrazó aún más fuerte.

—No puedo creer que te dejara al cuidado de una mujer tan peligrosa. ¿Podrás perdonarme?

Ella se estremeció, preguntándose hasta dónde podrían llegar los tentáculos de la venganza. Había que poner fin a tanto dolor, a tanta angustia. De alguna manera, tenía que romperse aquel ciclo.

—Lo siento de veras.

—¿Todavía quieres que me marche? —le preguntó con voz temblorosa.

—¿Qué quieres decir? Ahora vamos directos al hospital.

—Me refiero a después. La última vez que me dijiste que lo sentías me dejaste en un avión y te marchaste —tragó saliva, intentando reunir fuerzas para relevarle la verdad y seguir adelante. Sabía que ya no tenía otra opción—. Porque si eso es lo que todavía quieres podré vivir con ello, pero hay algo que debo decirte antes.

Khaled frunció el ceño. Su mirada ponía de manifiesto su incertidumbre.

—Pensé que querías marcharte. Creí que no podías esperar más a librarte de mí.

—Fue cierto en una ocasión, pero no por la razón que crees.

—Entonces, ¿por qué?

—Porque tenía miedo de la forma en que me hacías sentir. Desde el principio me sentí atraída hacia ti. Incluso cuando sabía que no debía. Aun cuando sabía que ibas a casarte con otra mujer. Sabía que si me quedaba mucho tiempo no querría marcharme. Sabía que cuanto más me quedara más te conocería y más peligro corría de enamorarme de ti.

El silencio se hizo entre ambos.

—¿Y? —dijo él finalmente.

Khaled parecía impaciente. ¿Realmente le importaba lo que tenía que decirle? ¿Acaso cambiaría algo?

–Y sucedió. Yo no quería. Incluso intenté luchar contra ello. Pero no dio resultado. No había nada que pudiera hacer para remediarlo. Cuando atacaron el avión y temí por tu vida supe que me había equivocado al no decírtelo.

–Espera –dijo él poniéndole un dedo en los labios–. Respira hondo. ¿Qué es lo que deberías haberme dicho?

Sapphy parpadeó y tomó aire para armarse de valor para continuar.

–Que te amo, Khaled. En algún momento, en medio de todo lo que ha sucedido, me enamoré de ti.

–¿Te enamoraste de mí?

Ella asintió.

–Mi orgullo no me permitía decírtelo. Estaba aún demasiado enfadada por todo lo que había pasado. Pero el orgullo y la rabia son emociones inútiles cuando hay tanto en juego. Después del ataque y temer por tu vida pensé, que si sobrevivías, tenía que contarte la verdad. Tenía que ser sincera contigo.

–Pero no lo entiendo. ¿Qué quieres decir con que nunca te amé? Te dije que te quería. Lo sabías.

Ella lo miró fijamente.

–Pensé que sólo me lo decías para evitar que me marchara.

–No. Te lo dije porque te quiero.

–Pero eso fue antes de leer la carta de Paolo. Nunca volviste a decírmelo después de nuestra discusión. Fue entonces cuando dijiste que me llevarías al aeropuerto. Nunca volviste a mencionarlo. Me hiciste pensar que era otra treta, otra táctica para retenerme aquí.

–No era otra treta –le dijo sonriendo–. Pero puedo entender que lo pensaras. Nunca he tratado a nadie tan mal como te he tratado a ti.

Sapphy abrió la boca para protestar. Había razones por las que había actuado de aquella forma y ahora ella lo sabía, pero dos dedos sobre sus labios la hicieron callar.

–No puedo pedirte que me perdones, sería demasiado. Planeé fríamente alejarte de un hombre para hacerte mía.

–No, Khaled. No.

–Por favor, déjame que te explique. Necesito contártelo. Si es que puedes soportar oírlo.

Sapphy se mordió los labios. Ella le había dicho que lo quería y él le había confirmado que la quería. No estaba segura de querer oír nada más, pero asintió de todas formas. No debía haber más secretos. Tal y como ella había necesitado contarle su verdad, también necesitaba escuchar la de él.

–Al principio mi intención era alejarte de Paolo, eso es cierto. Había visto fotos. Sabía que eras atractiva y tenías éxito, pero no tenía la menor duda de que podría doblegarte a mi voluntad y hacer que siguieras mi plan. Un mes sería todo el tiempo que necesitaría.

Khaled inspiró hondo.

–Pero mi plan estuvo en peligro desde el preciso instante en que te conocí. Empecé a quererte desde el principio y no simplemente porque pertenecieras a otra persona. Era como si algo entre nosotros, un mecanismo invisible, se tensara más y más cuando estábamos juntos.

–Yo también lo sentía. No podía sacarte de mi cabeza incluso cuando estaba diseñando el vestido de novia para otra mujer, para otra novia.

—¿Tú también? Naturalmente, lo sospechaba. Pero aun así la manera en que te he tratado es inexcusable. Es una gran ironía que la mujer que me había propuesto robarle a otro hombre finalmente me haya robado el corazón.

Él suspiró.

—Me hiciste poner en peligro mi plan diciéndotelo dos semanas antes.

—¿Yo hice eso?

Él asintió.

—Créetelo. Me pinchaste y me acosaste por negarme a concederte una prueba. Me volviste tan loco con tus exigencias que quise desconcertarte —sonrió él—. Y lo hice.

—Pensé que estabas loco —dijo ella.

—Podría decirse que sí. Estaba loco por ti. Cuando dijiste que regresabas a casa para estar junto a Paolo, enloquecí más aún. ¿Cómo podías preferirle a él? Si el aeropuerto no hubiera estado cerrado ayer habría dejado que te marcharas a casa a pesar de lo afectada que parecías por su traición excepto que...

Khaled hizo una pausa. Sapphy estaba expectante.

—¿Excepto qué?

—Excepto que, incluso cuando... —su voz parecía tensarse—. Incluso cuando mi ansia de venganza era tan fuerte. Pensé que si venías a mí por voluntad propia la venganza sobre Paolo sería aún más dulce.

Fue entonces cuando sus pensamientos retrocedieron hasta la tienda en el desierto. Ella había sido quien había dado el paso para que hicieran el amor. Ella fue quien tomó la decisión. Ella podría haberle hecho abandonar la tienda pero no, Sapphy fue quien tomó la decisión de dar aquel paso fundamental para su relación.

–Lo sé. Te he tratado fatal.

–Tengo algo más que decirte –dijo ella rodeándole con sus brazos por el cuello–. Paolo y yo no íbamos a casarnos. No entonces ni creo que tampoco en un futuro.

–Pero...

–Lo sé. Las revistas vendieron que nuestra historia de amor acabaría en boda y hacia eso pensé que nos dirigíamos durante algún tiempo. Paolo nunca me pidió en matrimonio ni me contó que ya estuviera casado. Siempre será un buen amigo, pero nunca llegó a ser el hombre de mi vida.

Khaled la miró extrañado.

–¿Así que, después de todo mi plan, no le he robado la novia a Paolo?

Sapphy negó con la cabeza.

–No. ¿Quieres decir que necesitas robarle la novia a alguien para satisfacer tu sed de venganza?

–No –dijo esbozando una amplia sonrisa–. Al final he logrado algo mucho mejor que la venganza. Te he conseguido a ti.

–Oh, te quiero, Khaled –dijo ella acercándose a él–. Te quiero más de lo que puedes creer.

–¿Me quieres? ¿Después de todo lo que ha pasado?

Sapphy asintió aliviada de que por fin la verdad hubiera salido a la luz.

–Las cosas serán diferentes a partir de ahora. No hablaremos más de venganza ni de castigos. El pasado está enterrado. Desde ahora será el amor el que gobierne nuestro futuro.

–Oh, sí –dijo él–. Amor por ti, mi querida Sapphire. Amor entre los dos.

Khaled puso fin al beso que siguió a continuación.

Lo había hecho repentinamente, dejándola confusa por su reacción. Sapphy lo miró fijamente y vio que sus negros ojos brillaban de emoción.

—Si te quedas no será necesario que dejes de trabajar. Dijiste que querías montar tu propia tienda. ¿Podrías considerar la idea de montar una aquí, en Hebra?

Sapphy tomó aire. No lo había pensado. ¿Por qué no? Ya era hora de que se estableciera por su cuenta. No había nada que la atara a Milán. Por lo que había aprendido, Hebra era una ciudad próspera y sus mujeres tan orgullosas y tan modernas como las de París o Milán.

Ella asintió. La emoción se apoderaba de ella al pensar en el stock de tejidos que aún tenía en el taller del palacio y las excelentes costureras que sabía, estaban disponibles. Organizarlo todo no resultaría muy difícil.

Sapphy sonrió y siguió asintiendo con la cabeza.

—Sí. Podría funcionar.

—¡Lo sabía! Entonces así será. Tendrás tu propia tienda y tus diseños serán famosos en todo el mundo.

—No necesito el reconocimiento internacional mientras tenga amor —dijo mientras los labios de él se acercaban a los suyos.

—Naturalmente tienes mi amor, mi corazón y mi alma para siempre.

La felicidad inundó sus cuerpos mientras los labios de Khaled se fundían suavemente con los de ella besándola lentamente, lánguidamente en señal de confirmación y celebración de su amor. Finalmente, Khaled echó la cabeza hacia atrás.

—Después de todo lo que ha sucedido me pregunto, aunque sé que es muy pronto para hacerlo, si me concederás el honor de convertirte en mi esposa.

–No es pronto en absoluto –contestó ella incapaz de contener la alegría en su voz–. Así que, ¿por qué no continúas y me lo pides?

Khaled sonrió. Sus ojos brillaban.

–Cásate conmigo, Sapphire. Hazme el hombre más feliz y más afortunado del mundo aceptando ser mi esposa.

–Sí –dijo ella–. Me casaré contigo.

Sapphy no paraba de reírse. De su risa brotaba amor y felicidad. Ambos se fundieron en un beso.

–Después de todo, ya tengo el vestido perfecto.

* * * * *

Podrás conocer la historia de Paolo en el Bianca del próximo mes de Trish Morey titulado:
DIVORCIO POR AMOR

Bianca®

Unidos para siempre en el amor... y la venganza

En cuanto vio a la impresionante modelo Tara Peters, Angelo Gordon supo que acabaría en la cama con ella. Su inocente belleza no era lo único que le atraía de ella... también quería vengarse.

Pero Tara no era una conquista tan fácil. Cuando ella lo rechazó, Angelo se dio cuenta de que para conseguir tenerla tendría que cambiar de plan... ¿Y qué mejor estrategia que el matrimonio?

La mujer de su enemigo
Lucy Monroe

La mujer de su enemigo

Lucy Monroe

Early Greece

Oswyn Murray was born in 1937 and educated at Marlborough College and Exeter College, Oxford. He was Junior Research Fellow of Saint Edmund Hall, Oxford (1962-7) and Senior Research Fellow in the Classical Tradition at the Warburg Institute, London (1967–8). Since 1968 he has been Fellow and Tutor in Ancient History at Balliol College, Oxford.

FONTANA HISTORY OF THE ANCIENT WORLD

Published

Early Rome and the Etruscans R. M. Ogilvie
The Roman Republic Michael Crawford
Democracy and Classical Greece J. K. Davies

Forthcoming

The Roman Empire Colin Wells
The Hellenistic World F. W. Walbank

Oswyn Murray

EARLY GREECE

Fontana Paperbacks

For
J.A.H.M.
O.M.
A.E.M.

First published by Fontana Paperbacks 1980
Copyright © Oswyn Murray 1980

Made and printed in Great Britain by
William Collins Sons & Co Ltd, Glasgow

A hardback edition of this book is published by
Harvester Press by arrangement with Fontana

The cover illustration shows a detail from the Chigi
vase, mid seventh century BC, in the Villa Giulia
Museum, Rome (photo Max Hirmer Verlag)

Contents

Introduction to the
Fontana History of the Ancient World

No justification is needed for a new history of the ancient world; modern scholarship and new discoveries have changed our picture in important ways, and it is time for the results to be made available to the general reader. But the Fontana History of the Ancient World attempts not only to present an up-to-date account. In the study of the distant past, the chief difficulties are the comparative lack of evidence and the special problems of interpreting it; this in turn makes it both possible and desirable for the more important evidence to be presented to the reader and discussed, so that he may see for himself the methods used in reconstructing the past, and judge for himself their success.

The series aims, therefore, to give an outline account of each period that it deals with and, at the same time, to present as much as possible of the evidence for that account. Selected documents with discussions of them are integrated into the narrative, and often form the basis of it; when interpretations are controversial the arguments are presented to the reader. In addition, each volume has a general survey of the types of evidence available for each period and ends with detailed suggestions for further reading. The series will, it is hoped, equip the reader to follow up his own interests and enthusiasms, having gained some understanding of the limits within which the historian must work.

Oswyn Murray
Fellow and Tutor in Ancient History,
Balliol College, Oxford
General Editor

Plates

Maps

The Spelling of Greek Names

The traditional spelling of Greek names follows Latin rather than Greek practice; recently some scholars and translators have tried with more or less consistency to render Greek names according to their original spelling. In the interests of clarity we have adopted a compromise: generally geographical places and names of extant authors appear in their conventional Latinized form, other names in Greek spelling; but where this would lead to confusion we have not hesitated to be inconsistent. Apart from variations in the endings of names, the main equivalences are that Latin *C* represents Greek *K*, and the dipthongs Latin *æ* represents Greek *ai*. Where the difference in spelling is substantial, both forms are given in the index.

Preface

This book would have been very different if it had been written at the time of its conception, ten years ago. The difference is due not to myself, but to the work of the archaeologists whose publications I cite: in early Greek history no historian can be unaware of his debt to those who work in the field. If my approach is new, it is because I have tried to emphasize three aspects. Firstly, the role of concepts in history: man lives in his imagination, and his history is the history of ideas. Secondly, the unity of the eastern Mediterranean, and the importance of communication in fostering that unity. Thirdly, the significance of social customs for the understanding of all aspects of history. But it is no longer necessary to justify a book which spends as much space on the drinking habits and the sexual customs of the Greeks as on their political history; since Tolstoy, we have known that the breaking of the wave is the product of forces far out in the ocean of time.

My thanks are due to those who have read and commented on different chapters of the manuscript: Antony Andrewes, Paul Cartledge, John Davies, Penny Murray, Martin Ostwald, Mervyn Popham, Christiane Sourvinou-Inwood – and most of all, for his encouragement in unorthodoxy, to Russell Meiggs. Then to my skilled typist, Mary Bugge. Lastly, to those members of Fontana Paperbacks who have watched over the beginnings, the middle and the achievement of this series: Michael Turnbull (with whom the idea was first formulated), Bob Woodings, Colin Murray, and Helen Fraser – a succession of publishers whose enthusiasm and patience have carried the project through to completion.

1 Myth, History and Archaeology

Until a century ago historians accepted the distinction first made in a slightly different form by the Greeks themselves, between legendary Greece and historical Greece. It was not of course an absolute distinction; the Greek legends about the age of heroes, and in particular the poems of Homer, were thought by many to be a distorted reflection of a real past, from which it might in principle be possible to discover what had actually happened, even if no reconstruction had yet won general acceptance. What was needed was a basis of solid fact against which to determine both the time-scale and the comparative reality of the events related in heroic myth.

This basis has been provided by archaeology. From 1870 to 1890 Heinrich Schliemann, a German merchant who left school at the age of fourteen and taught himself Greek in order to read Homer, excavated at Troy, at Mycenae, and at other sites in mainland Greece, in order to prove the reality of Homer's Trojan War and the world of the Greek heroes. He discovered a great bronze age palace culture, centred on 'Agamemnon's palace' at Mycenae; later archaeologists have added other palace sites in central and southern Greece, and have defined the limits of Mycenean influence as far as the Greek islands and Asia Minor. The age of heroes reflected the existence of a lost culture, which had lasted from about 1600 BC until the destruction of the main palace sites around 1200.

The excavations of Sir Arthur Evans at Knossos in Crete from 1900 onwards revealed a still earlier non-Greek palace culture, with its zenith from about 2200 to 1450 BC; it was named Minoan, after the legendary king of Crete, the first lawgiver in Greece and judge in the underworld. The influence of Minoan civilization explained the rise of a palace culture in the comparatively backward area of mainland Greece; from about 1450 the Myceneans seem indeed to have taken control of Knossos itself. Thus the origins of the earliest civilizations in the land of Greece and the existence of a historical core to the Greek legends about the heroic age were established. But whereas Minoan culture was definitely non-Greek, the status of Mycenean culture was uncertain, until in 1952 a young English architect, Michael Ventris, deciphered the tablets from the destruction levels at Pylos on the mainland and at Mycenean Knossos. The syllabic script known as Linear B had been developed from the earlier still undeciphered Minoan Linear A; but the language it was used to record was shown by Ventris to be Greek, of a form closest to the most archaic elements in Greek previously known. For the first time it was shown that the history of Mycenean culture is both geographically and ethnically part of the history of Greece.

But this world of Mycenae is separate from the world of classical Greek civilization, both as a subject of study, in the way in which its history can be reconstructed, and also in reality. The Mycenean written records consist of lists of equipment and provisions stored in the palace, and relate to the particular year of destruction (the clay tablets survive only because they were accidentally baked in the fires which burnt the palaces). Moreover the limitations of the script make it unlikely that it was used for any other purpose: Mycenean culture was not properly literate. Thus the culture of the Mycenean world has to be reconstructed almost entirely from archaeology, in terms of its material remains. For if Greek myths have been vindicated as containing a historical basis by the discoveries of archaeology, they still cannot be used to supplement archaeology to any great extent. The studies of psychology, comparative mythology and anthropology, by men such as Freud, Malinowski and Lévi-Strauss, have as a common factor the basic assumption (which is surely correct) that myth is not history, but rather a means of ordering human experience related primarily to the preoccupations of the age that produces or preserves it: the social and psychological attitudes expressed in Greek myths about gods and heroes are those of the successive generations who shaped and reshaped them, from Homer and Hesiod onwards; and the hypothesis that the nature of Mycenean society could be reconstructed from myth or heroic poetry has been shown to be untenable, by the disparity between the evidence on social institutions provided by archaeology and the Linear B tablets, and that implied in the Greek legends.

The detailed reconstruction of the Mycenean world therefore rests on archaeology, and must in general be confined to its material culture; in this sense, to use a conventional distinction, it belongs to prehistory rather than to history. In contrast, the Greek world from the eighth century onwards is a fully historical world, in which the evidence of archaeology can be combined with the expression of the thoughts and feelings of contemporary individuals, to produce a comparatively detailed account, not only of what men did, but of why they did it, and of the pressures and limitations on their actions. The reason for this difference is the advent of literacy: rather than contrast prehistory with history, we should perhaps talk of the difference between our knowledge of non-literate and literate societies.

Again, in reality the civilization of Mycenae is fundamentally different from that of later Greece. It is an example of a phenomenon found elsewhere, when a warrior people falls under the influence of a more advanced civilization: the barbarian kingdoms of the early Byzantine world, such as the Ostrogoths in north Italy or the Vandals in north Africa, or later in the Middle Ages the Normans, offer obvious parallels. The world which influenced Mycenae was the world of Knossos, itself on the fringes of an area where the centralized palace economy and the oriental despotisms of Mesopotamia and Egypt had already flourished for some two thousand years. Mycenean civilization is linked far more to these cultures than to later developments in Greece.

The period from 1250 to 1150 was one of widespread destruction in the eastern Mediterranean. The Hittite Empire in Asia Minor collapsed about 1200; the resulting pressures caused movements of population which seriously disturbed Syria and Palestine, and which are recorded in Egyptian history in attempted invasions of Egypt itself by 'the Peoples of the Sea', who may have included groups of Achaeans or Mycenean Greeks in flight. In the Mycenean world itself, the destruction of Troy found in level VIIa, between 1250 and 1200, is generally agreed to be the historical basis of the Homeric Trojan War, and to represent the last major effort of the Myceneans. At almost the same time there are clear signs of preparations against attack in the settlements of the Greek Peloponnese. Then around 1200, Mycenae, Pylos and other centres were burned; and the surviving remnants of Mycenean culture were again attacked around 1150. The whole military and political

15

organization of the palace economy disappeared, with its attendant skills in the fine arts and writing; most sites were deserted or only partially occupied; some were even given over to the dead. This was accompanied by emigration to outlying areas of the Mycenean world such as Cyprus, and widespread depopulation on the mainland. The archaeological evidence of a certain continuity in the debased style of sub-Mycenean pottery serves to demonstrate the level to which material culture had sunk.

The result of the collapse of Mycenean culture was a dark age, lasting for some three hundred years. Discontinuity with the past was virtually complete: later Greeks were unaware of almost all the important aspects of the world that they portrayed in heroic poetry, such as its social organization, its material culture and its system of writing. Even the Dark Age itself dropped out of sight. In his sketch of early Greece in book 1 of his history, Thucydides saw a gradual but continuous advance from the world of the Homeric heroes to his own day. Records of the past such as genealogies reached back only as far as about 900: in dim awareness of the resulting gap between their world and that of the heroes, the Greeks resorted to adding spurious names to the lists, and reckoning the average length of a generation at forty years instead of the more correct thirty years.

The Greek world from the eighth century onwards is a product, not of Mycenae, but of the Dark Age. Its darkness is the darkness of a primitive society with little material culture, and consequently one which has left little trace for the archaeologist. But in order to understand the society which emerged, it is necessary to know something of the preceding centuries. Three types of evidence can be used to reconstruct the outlines of Dark Age history.

The first is once again legend. These legends of course have to be treated with caution, in this case not only because folk tradition becomes distorted to fit the interests of later generations, but also because the sources from which we can reconstruct the legends are themselves scattered and very late, and have often been reworked and expanded to suit literary or quasi-historical needs: there is a great danger of reconstructing an account of the legends far more complete or systematic than ever actually existed in early Greece. Yet two events are recorded in the legends which seem to have some importance for history. The first is the explanation of the origins of the Dorians.

In historical times the Dorians were distinguished from other Greeks primarily by their dialect, but also by certain common social customs: for instance, each Dorian state was divided into three tribes, always with the same names; and there are a number of primitive institutions which can be found in widely separated Dorian communities, such as Sparta and Crete. The Dorians were unknown to the Homeric account of heroic Greece; yet later they occupied most of what had once been the centre of Mycenean power, the Peloponnese, and in certain areas such as Argos and Sparta ruled over a serf population of non-Dorian Greeks. Legend explained that they had arrived only recently; the sons of the semi-divine hero, Herakles, had been exiled from Mycenae, and later returned with the Dorians to claim their inheritance. The legend of the 'return of the sons of Herakles' is a charter myth, explaining by what right a people apparently unknown to the heroic world had inherited the land of the Mycenean Greeks and enslaved some part of its population. How much historical truth this legend also contains must be decided in relation to evidence of a different type.

A second group of legends concerns an expansion of the Greeks across the Aegean to the coast of Asia Minor to form another cultural and linguistic block, that of the Ionian Greeks. The stories are complicated, involving the foundations of individual cities, but the centre of departure is for the most part Athens: groups of refugees passed through Athens on their way to find new homes.

Thucydides describes how the victors from Troy had a hard homecoming to a land no longer fit for heroes, and the migrations that followed:

Even after the Trojan war there were still migrations and colonizing movements, so that lack of peace inhibited development. The long delays in the return of the Greeks from Troy caused much disturbance, and there was a great deal of political trouble in the cities: those driven into exile founded cities ... Eighty years after the Trojan war the Dorians with the sons of Herakles made themselves masters of the Peloponnese. It was with difficulty and over a long period that peace returned and Greece became power-

17

ful; when the migrations were over, she sent out colonies, the Athenians to Ionia and many of the islands, and the Peloponnesians to most of Italy and Sicily and some parts of the rest of Greece. All these places were founded after the Trojan war.

(Thucydides 1.12)

There are obvious weaknesses in this account. Thucydides had no knowledge of the extent of cultural collapse in the Dark Age, largely because he had little conception of the power and wealth of Mycenean Greece. He writes of political troubles in terms appropriate to the revolutionary activity of his own day; he equates the Ionian migration with the later and more organized colonizations of southern Italy and Sicily, discussed in chapter 7. The reason for these limitations is clear enough: Thucydides is performing the same operation as a modern historian, attempting to construct a historical narrative out of myth and heroic poetry by applying the standards of explanation accepted in his own day. And in the legends and folk memory available to him, he could see much the same general pattern as we can.

The legends of the migration period find some confirmation in the distribution of dialects in historical Greece. The Greek language itself belongs to the Indo-European family; it seems to have entered Greece shortly before 2000, when the archaeological evidence suggests the arrival of a new culture; these new peoples will be the later Mycenean Greeks. Evidence of an earlier non-Indo-European language can be found in the survival of certain place names (for instance those ending in -nthos and -assos), which are those of known centres of culture in the third millennium; the extent to which the language spoken by the newcomers was transformed by contact with this earlier language is uncertain. But at least by the Mycenean period the language of the Linear B tablets was recognizably Greek.

In classical times Greek was split into various dialects, more or less closely interrelated. The Doric dialect was spoken in the southern and eastern Peloponnese, that is in what had once been the Mycenean heartland, Laconia and the Argolid (and perhaps Messenia). From there it had spread across the southern group of Aegean islands to Crete, Rhodes and the south-west coast of Asia Minor. The Ionic dialect was spoken in Attica, Euboea, the central islands of the Cyclades, and the central coast of Asia Minor. Further north in Asia Minor, the Lesbian (Aeolic) dialect is related to those spoken in Thessaly and Boeotia, though the language of these two areas is also connected to the north-western dialects spoken in Aetolia, Achaea and Elis. Finally in two remote and separate enclaves, the mountains of Arcadia and the distant island of Cyprus, an archaic form of Greek survived, known as Arcado-Cypriot.

This distribution obviously relates at least in part to the legends of the migrations in the Dark Age. The Arcado-Cypriot dialect seems closest to Mycenean Greek, and Ionic can be seen as a development from a common original; the distribution of Ionic clearly reflects the same events as the legends of the Ionian migration; and, given the continuity in Cyprus between Mycenean and classical times, it is reasonable to see Arcado-Cypriot as evidence for the survival of Mycenean Greek enclaves in remote and inaccessible areas. It has usually also been held that the relation between Doric and north-west Greek and their distribution support the legends of the post-Mycenean invasions from the north-west into the Peloponnese. In many ways that still seems the most reasonable hypothesis; but it is of course conceivable that some part of this dialect pattern goes back earlier, to the time of the first entry of the Greeks; and it is clear that many of the differences between the dialects are the result of divergent development after the various groups had reached their final homes.

The third type of evidence is archaeological; its contribution is more ambiguous. Strictly it is not even clear whether Troy VIIa or the Mycenean palaces fell first; and there is no archaeological evidence of who destroyed either culture. The sub-Mycenean period is one of extreme poverty and deprivation; its most striking characteristic is the absence of evidence, which points to extensive depopulation: there is no positive sign of the influx of a new people. The only major change that can be detected is in burial habits – the abandonment of communal burials and large chamber tombs for a return to the older practice of individual burial in cist tombs, and the gradual spread of cremation in place of inhumation. About a century after the final collapse of Mycenean culture occur the first signs of a reawakening. Renewed contact between Athens and Cyprus, the area of the Greek world which offers most archaeological continuity with the Mycenean past, brought from southern Asia Minor a major new technological advance, iron smelting; from about 1050 iron began to replace bronze as the metal in everyday use. About the same time in Athens a new style of pottery began to emerge, of considerably higher quality than before – Proto-Geometric (from about 1050 to 900), decorated with simple repeated geometric patterns and broad bands of dark and light. Again it is to this period, from about 1050 to 950, that the Ionian movement across the Aegean Sea from Athens to the coast of Asia Minor can be dated on the evidence of a number of excavated sites.

From the archaeological evidence the Ionian migration and the importance of Athens in it are confirmed. But the earlier period is very obscure. The change in burial customs might indicate the arrival of a new people, the Dorians; but it could be explained as merely a reversion to older habits (the more spectacular forms of Mycenean burial were bound to disappear anyway), and burial customs are not always evidence for population change: the Roman empire saw a total change from cremation to burial during the first three centuries AD, for no reason that anyone has yet been able to discern. Some archaeologists have therefore preferred not to believe in a Dorian invasion, and to claim that the different groups in mainland Greece had been present since the beginning of Mycenean culture: the palaces were destroyed either by passing raiders, like the later Viking harassment of Celtic and Anglo-Saxon culture, or by local uprisings of a subject people. But despite the existence of some cultural continuity after the fall of the palaces, it is the general impression of discontinuity, the desertion of old settlements for new, and the instances of the use of old settlements for burial, which suggests most strongly the influx of a new population. And if any weight is to be given to legend, though they cannot be shown to have destroyed Mycenean culture, it would seem likely that it was the mysterious Dorians who benefited from the vacuum created. Other ages have known the same phenomenon, a people without culture leaving no sign of their coming but desolation, and a world that has to be created anew.

2   Sources

Societies without writing are dependent on the human memory for the transmission of knowledge of the past and of information in the present. Mnemonic devices, the use of recurrent story patterns and folk-tale motifs and repetitive phraseology serve also an aesthetic purpose, to produce a pleasing effect on the audience; it is for such reasons that the rhythmic patterns of poetic metre are widespread among primitive peoples. Those who achieve special skill in composing metrically will acquire special status as the spokesmen of the community, in their dual functions of preserving the past and interpreting the present. The earliest surviving literary evidence for the history of Greece is poetic; the advent of writing in the eighth century changed the position only slowly: it takes generations for the poet to lose his inherited status, and it was not until the middle of the sixth century that prose literature began to develop.

The *aoidos* or singer of epic was a professional oral poet, composing and reciting from a stock of traditional material. His theme was the exploits of the heroes of a distant past, the end of the Mycenean period; there seems to have been no attempt to reach back earlier, or to compose poems on more recent events. This oral epic flourished solely or primarily in Ionia, and its nature can best be illustrated from the linguistic peculiarities it exhibits. The dialect of epic is artificial: to an Ionic base have been added numerous borrowings from Aeolic and other east Greek dialects, to create a language whose forms are especially adapted to the flowing hexameter metre. The oral poet doubtless relied on memory to repeat with variations already existing poems, but he also needed to be able to compose as he sang. Apart from the repetition of descriptions of material objects or recurring scenes such as feasts, debates, battles or the sunrise, he acquired a whole vocabulary of formulae – metrical units adapted to particular positions in the hexameter line. As a result of the work of Milman Parry

21

on the similarities between Homeric poetry and the practices of the surviving tradition of Serbo-Croatian oral epic, the principles of Homeric oral composition are now much better understood. Apart from more complex metrical formulae, names and nouns have different adjectives attached to them, whose function is not primarily to add to the sense, but to accompany the noun in particular metrical positions and in different grammatical cases; the economy of the system is such that each noun seldom has more than one epithet giving a particular metrical value.

The Greek oral epic poet was thus considerably limited by the tradition in which he worked. He was singing of a legendary past of which he knew little, in a language which encouraged the survival of descriptive elements long after they had ceased to exist in the real world, with limited scope for innovation. On the other hand he was a creative artist, composing as he sang, and living in a world with its own institutions, social customs and values; he must have used these extensively in his attempt to recreate a long lost heroic world. Indeed studies of oral literature in other cultures have noted that one of the main functions of traditional elements is to increase the scope for creativity : the purpose of the formulaic language of Greek epic is to facilitate composition, not repetition. There is therefore nothing strange in the view that a great individual artist can stand at the end of an oral epic tradition, relying on the achievements of his predecessors but transforming their art. The *Iliad* and the *Odyssey*, attributed to Homer, are literary masterpieces, far surpassing all comparable material from Greek or other cultures.

It may not be certain whether Homer is one man or two, or a proper name for a generic class of professional singers; and it may be disputed at what point in the oral epic tradition the intervention of a great poet is most likely. The second epic poet of Greece is a more distinct personality. Hesiod composed around 700, and may well be a contemporary or within a generation of Homer; he is the first poet to name himself. At the start of the *Theogony* he describes how the Muses came to him on Mount Helicon as he was tending his sheep; they gave him the laurel staff of the *aoidos* and breathed a sacred voice into him. It is part of his consciousness of possessing an autonomous artistic personality outside the tradition of oral poetry that his other main work, the *Works and Days*, is conceived of as an address to his brother Perses on a real occasion, a dispute between the two over the division of their father's land. Hesiod does not therefore seem to belong to an oral epic tradition in the same sense as Homer: his call to poetry was like the call of a contemporary Old Testament prophet. His father, unsuccessful as a sea trader, had emigrated from the town of Cyme in Aeolic Asia Minor to establish himself as a farmer on marginal land at Ascra in Boeotia: neither area is known to have possessed a native epic tradition.

Certainly Hesiod saw himself as a Homeric *aoidos*, and even describes how the only time he ever sailed across the sea was the few miles to Chalcis in Euboea, to take part in a contest at the funeral games of Amphidamas; he won a tripod which he dedicated to the Muses at the place where he had been granted his original vision: the occasion was a typical oral epic contest. But his technique is not the technique of an oral poet working within a fixed tradition. The dialect, metre and vocabulary are learned from epic, but they are used with a freedom and an awkwardness which suggest that Hesiod only half understood the skills of oral composition: this is partly because he lacked a set of formulae suitable to his subject matter, and partly because much of this subject matter, in the *Works and Days* at least, had to be reworked from the simpler speech rhythms of popular sayings. His fundamental originality explains the stiffness, inferior quality and line by line composition, which is so different from the easy flow of Homeric epic: it may well be that, rather than composing orally, Hesiod used writing in composition, and learnt his poems by heart for recitation. The clear signs of eastern influence in Hesiod's poetry (ch. 6) also distinguish him from the Homeric tradition.

The evidence of inscriptions on pottery shows that the alphabet was used as a natural medium for recording quite trivial occasional poetry by the late eighth century: there is nothing implausible in the view that epic poets were also recording their compositions in writing by then, and even using the new skill to help them in composition. Poetry continued to be an important vehicle for public expression in the seventh and sixth centuries, but it was influenced in various ways by literacy: these ways are all related to the function of writing in preserving accurately the work of particular poets. References in Homer show that other types of poetry, songs of celebration, wedding songs, victory songs and dirges, already existed alongside epic; but there seems to have been no guild of professional singers to ensure their survival. With writing, various types of poetry emerged to establish separate identities; the existence of the different traditions from now on encouraged continuous development; writing also allowed the recording of more complex rhythms, and could almost function as a musical notation. After Hesiod, the concept of the poet as an individual was paramount: poems were known to be by a certain author, and this in turn will have affected the subject matter and tone of poetry towards the expression of personal emotions. With few exceptions lyric poetry did not survive the end of the ancient world: the fragments that remain are preserved in quotation by classical authors or have been found in the papyri from Graeco-Roman Egypt; the last fifty years have increased our knowledge of lyric poetry enormously.

The earliest of the lyric poets, Archilochos (about 680–40), exemplifies many of these trends. The illegitimate son of an aristocrat on Paros, he went to Thasos when his father led a colony there, and spent most of his life as a soldier until he was killed in battle. His poetry, whose language is often Homeric but whose metres are both popular and epic, is concerned with his personal circumstances – warfare, life in a frontier community, drink, love and sex, and abuse of his enemies: his most recently discovered poem, the longest fragment yet known, about the seduction of his girl-friend's younger sister, was published in 1974. True lyric poetry, solo songs for the lyre, is represented by Alkaios (born about 620) and Sappho (born about 610), both from Lesbos and both members of aristocratic families. Alkaios was involved in political struggles against popular leaders: his political attitudes, exile, travels and descriptions of military life are typical; Sappho offers an unusual view of female society.

More important for the social function of poetry are the didactic poets. Kallinos of Ephesus in the early seventh century and Mimnermos of Smyrna about 600 encouraged their fellow citizens in struggles against the nomadic Cimmerian invaders from south Russia and the advancing power of Lydia. Tyrtaios towards the end of the seventh century did the same for the Spartans fighting against their Messenian neighbours, and also praised the social ethic of the new mass armies of heavy armed troops and their ideal of government, *eunomia* (good order). His poetic influence on Solon of Athens was great. Solon was appointed chief magistrate of Athens in 594 to solve serious economic and social unrest; his early fragments attack the injustices of Athenian society in a way that shows the use of poetry as political weapon; later he defended his reforms against extremists on both sides in the same way. The poetry attributed to Theognis of Megara (about 540) describes the dissatisfaction of an aristocrat at the influx of new wealth and the breakdown of traditional values, and also portrays upperclass homosexuality. In contrast, Xenophanes left Colophon in Asia Minor as a young man because of the Persian conquest in 545, and spent the rest of his life in the western colonies; he wrote on philosophical and scientific problems, and also attacked the contemporary emphasis on athletics and military virtues.

Choral lyric was usually performed at religious festivals or other great occasions by trained choirs of men or girls singing and dancing to instrumental accompaniment, often antiphonically. Alkman was a younger contemporary of Tyrtaios, and his hymns offer an interesting contrast to the impression of Sparta as a military society. Simonides of Ceos (about 556–468) was court poet of the Athenian tyrant Hipparchos, and later commemorated the dead and the victors of the Persian Wars. Finally the greatest of the choral lyric poets, Pindar, in the fifth century, wrote for the Greek aristocrats and rulers who competed at the international games.

Lyric poetry presents a complex and varied picture of the world of early Greece: though its purpose was never overtly historical (there is no tradition of historical epic or descriptive panegyric), the poet's role was still central; and so satisfactory for public expression were the varied poetic forms that they may well have delayed the appearance of a prose literature. Men of course spoke in prose, but they composed in verse. Composition in prose is related to a new need, that of precise and critical analysis; and it is a product of the Ionian enlightenment. The effort to formulate a critical scientific theory of matter, which began in Miletus with Thales in the early sixth century, led to the first known Greek work in prose, Anaximandros' book on nature of about 550. Anaximandros attempted to explain both the underlying structure of the physical world and its development down to the creation of man – it was the substitution of science for myth. He was also the first Greek geographer and astronomer: the work contained the earliest known maps of the earth and the heavens, which were accompanied by a 'description of the earth' and a discussion of the stars and their movements.

Philosophers continued the scientific interests of Anaximandros; but it is another Milesian who carried his interest in human geography further, and so initiated the analysis of human societies. Hekataios, a prominent statesman around 500, also published a map and wrote a 'description of the earth', of which many short fragments survive in later authors. His concern was not with scientific theory, but with accurate geographical description. He himself had travelled at least in Asia and Egypt, and the detailed information given in the fragments suggests an ethnographic description of the Mediterranean world based on personal observation and the reports of other travellers. A second work by Hekataios discussed the heroic myths and the genealogies of those families who claimed descent from gods or heroes – as did Hekataios himself in the sixteenth generation. It seems to have been not merely a retelling of the hero myths, but a critical attempt to rationalize them and, if not produce history from them, at least make them portray a relatively normal human world. The critical approach of his book is emphasized in the first sentence:

Hekataios the Milesian speaks thus: I write these things as they seem to me; for the stories of the Greeks are many and absurd in my opinion.

(F.G.H. 1 frag. 1)

Hekataios saw the importance of travel and personal observation for the understanding of the human world; he may also be responsible for removing the gods from history by his curious and misguided attempt to remove them from mythology. Other early writers of prose are more shadowy figures. There were men who compiled mythological books without Hekataios' critical attitude. And since antiquity there has been controversy as to whether there were any true historians before Herodotus; the evidence is unreliable, and even if the four dim Ionians in question did write before Herodotus, they had no influence on him, for they compiled a type of local history very different from his broad conception.

For the ancient world Herodotus was 'the father of history', and that judgement must stand. But he had also the reputation of being a liar, and the generally unfavourable opinion of his reliability lasted until the sixteenth century, when the accounts of travellers and missionaries from such areas as South America, Turkey and the far east revealed that tall stories about other cultures were not necessarily false. Since the nineteenth century accurate knowledge of the main civilizations about which Herodotus wrote, Egypt, Assyria, Babylon and Persia, has accumulated; and in the present age, when the difficulties in studying primitive societies and the problems of writing about their past are better appreciated, we can begin to understand the real achievement of Herodotus.

He was born in 484, between the two Persian invasions, at Halicarnassus in southern Asia Minor; he lived through the establishment of Athenian imperial power and died some time after 430, during the first ten years of the great Peloponnesian War between Athens and Sparta. His family was literary and aristocratic; he was brought up in exile on Samos; he travelled extensively in the Greek world, as far as Sicily and south Italy, north Africa, the Black Sea and south Russia; he visited Sardis in Lydia, and Phoenicia; he travelled up the Nile as far as Elephantinē and down the Euphrates as far as Babylon, and probably also went to the Persian capital of Susa. Well known as a literary figure in fifth century Athens, he finally became a citizen of the Athenian colony of Thurii in south Italy (founded in 444/3), where he died.

The scope of Herodotus' book is described in its first sentence:

This is the account of the investigation of Herodotus of Halicarnassus, undertaken so that the achievements of men should not be obliterated by time and the great and marvellous works performed by both Greeks and barbarians should not be without fame, both other things and the reasons why they fought one another.

(Herodotus I. 1)

The Greek word *historiē* translated by 'investigation' is the word which has entered the European languages as 'history'; Herodotus uses it elsewhere to describe his enquiries, and it is connected with the Greek root 'to know', usually in the sense of knowing by personal observation, for instance as the witness in a lawsuit. Herodotus' work is a series of descriptions of the various peoples of the Mediterranean and the near east arranged around the theme of the wars between Greeks and Persians: within this basic structure the digressions, or separate 'accounts' or 'stories' (which Herodotus calls *logoi*), are geographical, ethnographic and historical, ranging over the known world as far as its mysterious fringes and the encircling ocean. The modern word 'historian' scarcely covers all these activities; contemporaries used a vaguer term when they called him a '*logos*-maker' or '*logos*-writer'. Thucydides was thinking of Herodotus when he claimed that his own readers should trust his conclusions, rather than 'what the poets have composed about events in exaggeration, or what *logos*-writers have collected together, which is rather aimed at pleasing the ear than at the truth'. And he makes the proud statement:

The lack of invention in this narrative may seem less pleasing to the ear, but it will be enough if it is useful to those who wish to grasp clearly the past and the future, which, given human nature, will see these or similar events happening sometime again. This work is designed as a possession for all time rather than a display piece for instant listening.
(Thucydides 1. 21–2)

In these criticisms, and particularly the last, Thucydides seems to agree with later evidence in seeing Herodotus as a professional lecturer, giving his 'stories' or *logoi* in public as 'display pieces for instant listening'; the final collection of these 'stories' in the present structured narrative was almost certainly published by 425, when Herodotus' account of the causes of the Persian War was parodied by the comic poet Aristophanes. Herodotus may well in fact have begun like other contemporary literary figures, by lecturing on his travels and researches, and have only later arranged these lectures around the theme of the Persian Wars; but it is possible that he may have had his general theme in mind from the start.

Two literary influences on Herodotus are obvious. He owed

much to Hekataios, whom he had certainly read, and whom he attacked both in his account of Egypt and as a map maker (Herodotus 2.143, 4.31): the early parts of the work must often cover the same ground in greater depth. Herodotus is also rightly described by a later Greek critic as 'most Homeric'; Homer lies behind the conception of the whole enterprise as a war between Greeks and barbarians, and its declared intent to preserve 'the great deeds of men' (one of the acknowledged functions of epic poetry); the complex construction and digressive technique of Herodotus is similar to that of Homer, as are many of the more imaginative elements in the work.

Very few of Herodotus' sources of information were written: details of the provinces of the Persian empire and its tribute, and of the organization of the Persian invasion force, may ultimately come from official Persian documents; and there are passing references to poetry and literature. But in general Herodotus was excluded from knowledge of the extensive literary and documentary evidence of the near east by his ignorance of foreign languages. As he himself makes clear, his work was based primarily on two types of evidence – what he had seen and what he had heard; it is a systematic and serious attempt to record oral traditions about the past. His practice was in each place to seek out 'the men with knowledge', usually priests or officials, and record their account with the minimum of comment. Only occasionally will he give variant traditions, and these have usually in fact been gathered by chance from different places; when he does this, he seldom declares which version he believes to be correct.

It is obvious that such a method left Herodotus largely at the mercy of his informants, who might be frivolous, ill-informed or biased. From Thucydides onwards Herodotus has been attacked as unscientific; but modern oral historians in fact hold that each tradition should be recorded separately: the contamination of two or more traditions produces an account which it is impossible to check or interpret, and which is an artificial invention of the modern anthropologist, not a true oral tradition.

All oral tradition consists of a chain of testimonies; in general the effective range for reasonably detailed knowledge of the past is about two hundred years: it is very noticeable that Herodotus' information is both qualitatively and quantitatively better for the period from the mid seventh century onwards.

29

The historical worth of oral tradition is also related, not so much to the number of steps in the chain of testimonies, as to the purpose behind the recording of the tradition, the milieu in which it was remembered, and the cultural influences which may have affected its literary structure. The past is remembered not so much for its own sake as for its relevance to the present interests of a particular group; and each group imposes its characteristic deformation on the oral tradition.

In mainland Greece much of Herodotus' information came from the great aristocratic families in each city: aristocratic tradition is of course especially liable to political distortion. For instance the Spartan aristocratic account played down the reforms of the age of Tyrtaios, and later the importance of their greatest king, Kleomenes; the Corinthian aristocracy travestied the history of their tyranny; the Athenian aristocratic family of the Alkmeonidai protested overmuch their anti-Persian stance and claimed the credit for the overthrow of the tyranny, minimizing the role of other families and popular support; Macedonian royal sources claimed that they had been secretly pro-Greek during the Persian Wars. There are many other examples.

Another group of traditions is very different. Here the great religious shrine of Delphi is of central importance: the Delphic tradition is not usually political; it is rather popular and moralizing. Often the stories are clearly related to particular monuments or offerings at the shrine (which is how we can detect their origin); and they centre round particular benefactors like Croesus king of Lydia. The obvious presence of folk-tale motifs might suggest the professional story-teller; but the clearest tendency is to impart a moral dimension to the past. Events are preserved in a framework in which the hero moves from prosperity to over-confidence and a divinely sanctioned reversal of fortune. This is no aristocratic ethic; it belongs to the priests of a shrine closely identified with a co-operative ethic, who engraved over the doors of their temple the two mottoes, 'Know yourself', and 'Nothing too much'.

The traditions of the eastern Greeks are far closer in form to the Delphic stories than to the aristocratic traditions of the mainland. For here too there is very little evidence of deformation due to particular political groups; yet even in quite recent history there are clear signs of recurrent patterns, folk motifs, and distortion for moral purposes. Thus the story of the tyranny of Polykrates of Samos as late as the second half of the sixth century could be transformed into a folk-tale, and the account of the Ionian revolt in the early fifth century contains many popular elements. At first sight this is surprising, for Herodotus was closer to events in the Greek east than on the mainland; he had for instance spent his youth on Samos only a generation after the death of Polykrates, and must have known many of those who fought in the great revolt; yet his east Greek history is in fact less reliable than his history of the mainland.

This curious characteristic of the east Greek tradition is related to the overall pattern of his work: it too is a moral story, of the pride of Persia, symbolized in the arrogance of Xerxes and humbled by the Greeks. Once more the gods punish those whose prosperity passes human limits; and the framework in which this happens is a framework designed to recall to the listener the steps by which the gods achieve their ends – the deeds of pride, the warnings disregarded, the dreams misinterpreted and false ones sent to deceive. This overall pattern has been imposed by Herodotus on his material, and its consonance with the pattern of east Greek stories suggests an interesting conclusion. Behind the preservation of the past in Ionia lies a moralizing tradition of story-telling found in mainland Greece only at Delphi, a tradition of which Herodotus is himself a representative: just as the Homeric poems are the culmination of the activity of generations of professional bards, so Herodotus the *logos*-writer has 'collected together' (to use Thucydides' description) the results of an oral prose tradition, of folk stories told perhaps by professional or semi-professional '*logos*-makers' in Delphi and the cities of Ionia. And he himself is the last and greatest of these *logos*-makers, weaving together the stories with all the skill of a traditional artist into a prose epic, whose form mirrors the form of its components. That this form is traditional and not of his own making is shown by its absence from the mainland Greek tradition: if he had been deliberately and consciously imposing a new pattern, he would surely have made this material conform to it; yet the comparative absence of moralizing folk-tale motifs in the stories of obvious mainland folk heroes like Kleomenes, Themistokles and others is remarkable.

Herodotus' Athenian contemporaries scarcely understood the Ionian tradition within which he worked: they found his methods and his attitudes curiously old-fashioned. Aristophanes in his comedy the *Acharnians* (lines 509–39) produced a brilliant and unfair parody of Herodotus' conception of the causes of the Persian Wars; Thucydides' whole methodology was based on a rejection of the techniques of Herodotus: he failed to see the nature of Herodotus' achievement because he was writing a very different type of history – contemporary history.

Within the realm of observation Herodotus was faced with the same problem as modern ethnographers and anthropologists. We may describe alien cultures in terms of some model, whether it is a typological or 'historical' model, or a theory of the fundamental structure of all human societies; or we may less consciously describe a society in relation to our own. Herodotus attempted the latter, and his descriptions are often unbalanced by a search for comparisons and contrasts. He notices especially the similarities and the oppositions between Greeks and barbarians; he also (and here perhaps the entertainer is most apparent) has a keen eye for marvels and strange customs. Such an attitude can produce an unbalanced picture, as when he says 'the Egyptians in most of their manners and customs exactly reverse the ordinary practices of mankind' (Herodotus 2.35); but it is a less insidious fault than the imposition of a single conceptual scheme on the manifold variety of human societies. Herodotus remains not only the first practitioner of oral history, but also a model for a type of history whose importance is greater today than ever before.

Thucydides' history of the Peloponnesian War, composed in Athens and in exile during and just after the war (432–04), contains a number of digressions on past history, which are mostly designed to correct or expose the mistakes of his predecessors and contemporaries; even when they show little sympathy for the problems of discovering about the past, they are written with care, using either rigorous argument or documentary evidence. In particular the first twenty-one chapters of book 1 are an attempt to demonstrate the type of historical generalization that can safely be made about the past; they represent a minimalist attitude to what can be known, and an implicit rejection of Herodotus' attempt at more detailed history.

Thucydides pointed out many of the weaknesses of past history composed from oral tradition, but he failed to offer any serious alternative; it was his contemporaries who made the next major advance, by turning from general history to local history. A later critic described them:

> These men made similar choices about the selection of their subjects, and their powers were not so very different from one another, some of them writing histories about the Greeks and some about the barbarians, and not linking all these to one another but dividing them according to peoples and cities, and writing about them separately, all keeping to one and the same aim: whatever oral traditions were preserved locally among peoples or cities, and whatever documents were stored in holy places or archives, to bring these to the common notice of everyone just as they were received, neither adding to them nor subtracting from them.
> (Dionysius of Halicarnassus, *On Thucydides* 5)

Whatever the aim of such writers, this is a somewhat favourable account of their actual achievement; still the discovery of local archives added a new dimension to the history of the past in at least one respect. The records surviving in local archives were primarily of chronological interest – lists of priests, victors at the games, and annual magistrates.

About the end of the fifth century the sophist and antiquarian lecturer Hippias of Elis published the Olympic victor list, which took chronology back to 776 in a four-year cycle: his system of Olympiad dating became standard for later historians. Another writer, Hellanikos of Lesbos, published a whole series of local histories in the late fifth century, whose character can be seen from two examples. *The Priestesses of Hera at Argos* was based on the records of the famous temple of Hera, which it apparently used to provide a general chronological framework for early Greek history: presumably the Argive records preserved not only the names of priestesses but also the length of office of each of them, and perhaps even some major historical events during their terms. Hellanikos' other important work was a local history of Attica. It was almost certainly arranged round the list of annual magistrates going back to 683/2, of which a number of fragments on stone have been found in the Athenian *agora*. The fact that this complete list was publicly inscribed for the first time in the 420s, and not added to, suggests that it had probably been discovered by Hellanikos during his researches and brought by him to the attention of the Athenian people as an important historical document.

None of these works survive, but they were used by later authors, and in the case of Athens at least their characteristics are reasonably clear. They are marked by antiquarian interest in myth and origins, and by the importance they give to chronology; authors were often from priestly families (Kleidemos) or politicians (Androtion) or both (Philochoros). The influence of earlier local historians can be seen most clearly in Aristotle's *Constitution of Athens*, a work which was discovered almost complete on a papyrus from Egypt in 1890. It is the only survivor of 158 constitutions of Greek states written by Aristotle and his pupils in the late fourth century, as part of his collection of evidence for the study of political science. The portion that survives is roughly eighty pages long, and consists of two sections, the first giving a constitutional history of Athens down to 404, the second describing the actual offices and working of the constitution at the time of writing. The historical part contains much material on political and institutional history, often distorted by later political prejudice; it must however be said that some of the political analyses are so crass and some of the documents so blatantly forged that many modern scholars have wanted to believe the work was compiled by a rather unintelligent pupil of Aristotle.

Later writers occasionally add information, which is of value only in so far as it derives from a trustworthy source. The most important of these authors are the Augustan geographer Strabo, Pausanias, the compiler of an antiquarian guide to Greece in the second century AD, and the essayist and biographer Plutarch (roughly AD 50–120), whose lives of Lykourgos, Solon and Themistokles reflect a late and imaginative tradition. Diodorus' *Historical Library* (written in Rome before about 30 BC) preserves in its history of early Greece a précis of parts of the general history of the fourth century writer Ephoros, a rhetorical work largely derivative on Herodotus for this period.

The earliest inscriptions of more than a few words are in verse, but writing was quickly and widely used to record almost anything; for the period from the beginning of Greek writing down to the Persian Wars well over 5000 inscriptions are known, most of them of course very short. They are found in those types of material that can survive, bronze, lead, and especially pottery and stone; we should not forget the many documents that once existed on wood, parchment, wax tablets and papyrus. Some of the more important documents will be used as evidence later; these are mostly religious or commemorative (tombstones or dedications at shrines), or political (laws and treaties). The earliest surviving law is late seventh century, but the practice of putting up laws in public on stone or wood was common by the period of the Persian Wars.

The Mediterranean has been a hunting ground for European archaeologists for a century. The most useless site is the one which is still inhabited: Thebes, Chalcis, Greek Marseilles and early Syracuse are virtually unknown. The Athenian *agora* is only partly excavated because its true extent was miscalculated when the expropriations of owners by the government were carried out; more successful was the physical transplantation of the village of Delphi to a pleasanter and archaeologically barren site, against the wishes of the inhabitants and at French government expense (the French had won the right to excavate by removing the duty on Greek currants). Many sites in Asia Minor especially are disappointing because there was extensive rebuilding there in Hellenistic and Roman times: Delos and Cyrene are other examples. Particularly fruitful are sites that have been abandoned or sparsely occupied, with or without violent destruction (for instance Smyrna, the shrine of Perachora on the Isthmus of Corinth, Paestum); but the sacking and rebuilding of a city can also preserve – the survival of late archaic art is due largely to the sack of Athens by the Persians in 480 and the Periklean rebuilding, which caused the temple sculptures of Peisistratid Athens to be buried in the new foundations soon after they were carved. Excavations have been conducted at most of the obvious sites, the centres of archaic culture – Sparta, Aegina, Olympia, Athens, Samos, the Argolid, the Sicilian colonies; some less obvious sites turn out to be particularly rewarding because of their position – for instance Al Mina in north Syria or Naucratis in Egypt. Fringe areas such as the Scythian royal tombs or Celtic Gaul often provide important evidence because of their different burial customs : the cemeteries and other sites of Etruria have yielded so much Greek pottery that the eighteenth century thought Greek vases were Etruscan (Josiah Wedgwood called his pottery factory Etruria); there are few Greek museums whose collections can rival those of the great Italian Etruscan museums.

In relating different sites to each other and archaeological evidence in general to other types of evidence, the primary need is for an adequate chronological framework. For archaic Greece this is provided by pottery. In contrast to other artefacts pottery is of comparatively little value even when decorated, breakable, and when broken both useless and indestructible; in early Greece, painted pottery was a major art form whose styles varied from city to city and changed continually, so that it is comparatively easy to work out a relative chronology within each style. The styles of many areas were not widely distributed; Laconian pottery for instance is virtually confined to Sparta and its colony Tarentum; the various east Greek potteries are often difficult to distinguish, and their places of origin and chronological relationships are not yet fully determined. Such local styles are of limited interest in recording the presence of Greeks from a particular area in a particular place. Two cities, however, successively captured a wider market for their pottery: it is these styles, found all over the Mediterranean, which provide a relative chronology for archaeological sites in general, which can then be tied to absolute dates through known fixed points. Thus the dates of foundation of the Sicilian colonies given by Thucydides fix the beginnings of the early proto-Corinthian style; the sack of Athens in 480 offers another fixed point at the end of the archaic age, and there are a number of such fixes in between.

The pottery of Corinth was the first to achieve widespread circulation, helped of course by the city's position as the starting point of the route to the west. Contact with the near east and the import of textiles and metalwork brought various decorative motifs to Greek art, and especially an interest in the realistic portrayal of animal and vegetable life: this orientalizing style appears in Corinthian pottery first about 725, when the late Geometric style gives way to early proto-Corinthian. The invention of the Black Figure technique of painting came within a generation (middle proto-Corinthian, c. 700–650); in this the figures are painted in black silhouette and details are then engraved on the figures before firing.

Corinthian pottery was the only ware widely exported for about a century; in the sixth century it was superseded by

Athenian. Attic Black Figure began under the influence of Corinth (610–550), but quickly won pre-eminence, and in its mature phase (c. 570–25) reached an artistic perfection which has made it famous ever since. By about 530 a new technique of painting had been invented in Athens, the Red Figure technique, in which it is the background which is painted black, and the details of the figures are drawn in by brush. So individual are the styles of the different Black Figure and Red Figure artists that the same methods can be applied to distinguishing their hands as have been applied to Renaissance and later painters: the work of Sir John Beazley has resulted in the more or less certain identification of the work of over a thousand artists, and their classification both chronologically and into schools. Quite apart from our knowledge of painted pottery as an art form, this has given a chronological precision unknown in any other area of archaeology.

In more general terms the contribution of archaeology to the study of early Greek history is enormously greater than for most periods of history. It has explained many aspects of the origins and growth of Greek culture, its interdependence and local variations, the external influences on it and the means by which they arrived. It has illuminated the patterns of trade and colonization, and the major advances in warfare which lie at the basis of Greek geographical expansion and the diffusion of political power to a widening circle. Archaeology of course has obvious limitations, in that it can only offer partial insight into the less material aspects of life – religion, politics, culture and ideas; but it is more important to point out the areas where it still has more to contribute. Archaeologists have tended to concentrate on change rather than on continuity, and to direct their attention to certain areas of culture whose relative importance is not obvious. Thus we still know more about town centres than about towns, and about towns than about the countryside, or about weapons than about agricultural implements. Despite the fact that Greek archaeology has stood as a model for other periods for so long, much remains to be done; and what is done will illuminate especially those areas about which literary and epigraphic sources are comparatively silent. The light thrown on the Dark Age in recent years is an outstanding example of what can be achieved.

About the late eighth century, with Homer and Hesiod, literary
evidence becomes available to supplement the findings of
archaeology. But whereas Hesiod describes a real world contemporary with himself, it is obvious from the character of
the Greek oral epic tradition that there are difficulties in using
the Homeric poems for history. In some respects Homeric
society is clearly an artificial literary creation. It is a natural
tendency of all heroic epic to exaggerate the social status and
behaviour of everyone involved, so that characters appear
generally to belong to the highest social class and to possess
great wealth and extraordinary abilities, in implicit contrast
with the inequalities and squalor of the present age. Equally
it is agreed that there are some minor elements in the Homeric
poems from almost every period; the presence or absence of
isolated phenomena cannot therefore be held to count for or
against any particular date. This rule can be given a general
negative extension, for the oral epic tradition consciously or
unconsciously excludes whole areas of experience as irrelevant,
or as known to be later than the heroic age: thus all signs of
the coming of the Dorians and the Ionian migration are absent, as are many aspects of the poet's own period. In general,
omissions, however large, carry little weight for the argument.

Nevertheless I would argue that there is a historical basis
to the society described in Homer, in the poet's retrojection of
the institutions of his own day. Archaeological evidence suggests this. Though the poems show a number of Mycenean
survivals, the Linear B tablets have revealed a society wholly
different from that portrayed in Homer; equally the scanty
evidence from the early Dark Age is incompatible with the
material culture of the Homeric poems. Only in the later Dark
Age do the archaeological and literary evidence begin to coincide over a wide range of phenomena. To take examples which
have been used in the controversy, the emphasis on Phoenicians
as traders points most probably to a period between 900 and

700, as does the typical display of wealth through the storage and giving away of bronze cauldrons and tripods. The architecture of the Homeric house finds its closest parallels in the same period. Homeric burials are by cremation, which points away from the Mycenean inhumation to the later Dark Age and onwards, though the actual funerary rites owe much to poetic invention, which in turn affected contemporary practices. The earliest and most striking instances have been found at Salamis in Cyprus, whose rulers, in close contact with Euboea and possessed of great wealth as vassals of Assyria, were practising complicated 'Homeric' funeral rites from the second half of the eighth century. On the mainland offerings of almost the same date found inserted into Mycenean tombs suggest that epic had created a new interest in the heroic past which itself influenced the development of hero cult.

Admittedly some central aspects of Homeric society have been thought to show a basic confusion. In descriptions of fighting, for instance, the chariot, which disappeared as a weapon of war at the end of the Mycenean period, is still an essential item of the aristocrat's equipment; but the epic tradition no longer understood its military use. Instead it has become a transport vehicle taking the heroes from place to place on the battlefield, and standing idly by as they dismount and fight on foot: occasionally it even takes on the attributes of a horse and performs feats such as jumping ditches. This seems to be a combination of a Mycenean weapon with the tactics of the aristocratic mounted infantry of the late Dark Age. Again the Homeric warrior fights with a jumble of weapons from different periods: he can even start off to battle with a pair of throwing spears and end up fighting with a single thrusting one. The metal used for weapons is almost invariably bronze, but for agricultural and industrial tools it is iron – a combination unknown in the real world, where the replacement of bronze by iron came first in the military sphere. Such examples do not however prove the artificiality of Homeric society. The elements all seem to belong to real societies: it is only their combination which is artificial; and when the different elements can be dated, they show a tendency to fall into two categories, dim reflections of Mycenean practices and a clearer portrayal of the late Dark Age world.

More general considerations reinforce this conclusion. The process of continual recreation which is implied by an oral epic tradition means that the factual basis of epic is little different from that implied in any oral tradition: the focus is sharpest on contemporary phenomena, but the existence of fixed linguistic rhythms and conventional descriptions leads back into the past; and since the poet is consciously recreating the past, he will discard the obviously contemporary and preserve what he knows to be older elements. The reality of the resulting society must be tested by using comparative evidence from other cultures to show how compatible the different institutions described by Homer are, and whether the overall nature of the society resembles that of other known primitive societies. Finally there is a clear line of development from the institutions described in Homer to those which existed in later Greece.

The differences in the way Homer and Hesiod portray society are not then to be explained chronologically: Homer's society is of course idealized, and reaches back in time through the generations of his predecessors; Hesiod's is fully contemporary. And the towns of Ionia which produced Homer were in many respects more sophisticated, more secure and more conservative than the social tensions of the peasant communities in Boeotia. But also Homer describes society from above, from the aristocratic point of view, whereas Hesiod's vision is that of the lower orders, unable to envisage change but obsessed with the petty injustices of the social system and the realities of peasant farming. It is for this reason that I have not distinguished sharply the evidence of Homer and Hesiod, but have used them to create a composite picture of society at the end of the Dark Age. Given the different characteristics of the two types of epic it is however obvious that inferences drawn from Hesiod are more certain than inferences from heroic epic.

The subject matter of Homeric epic is the activities of the great, and it is their social environment which is portrayed most clearly. The word *basileus*, which is the normal title of the Homeric hero, in later Greek came to mean king; but in the Linear B tablets the king himself is called by a title which survives in certain passages of Homer, *wanax*: somewhere much lower in the hierarchy at local level is a group of people called by a name which is clearly the later Greek *basileus*; presumably when the palace economy disappeared, it was these men who were left as the leaders in their communities. In

Homer and Hesiod the word *basileus* is in fact often used in a way which is much closer to the idea of a nobility, a class of aristocrats, one of whom may of course hold an ill-defined and perhaps uneasy position of supremacy within the community. Agamemnon at Troy is the highest *basileus* among a group of equals whose powers and attributes are not essentially different from his. When Odysseus visits the ideal land of Phaeacia he meets many *basilēes* feasting in the house of Alcinous and Alcinous himself says, 'twelve honoured *basilēes* rule as leaders over the people, and I am the thirteenth' (*Odyssey* 8. 390–1). The *basilēes* to whom Hesiod appeals for justice are a group of nobles. Monarchy probably ceased to be a widespread phenomenon in Greece at the beginning of the Dark Age: once again Homer's ambivalence is due to the combination of Mycenean reminiscence with later society.

The *basilēes* of early Greece are a group of hereditary nobles largely independent of each other and separated from the rest of the community by their style of life as much as by their wealth, prerogatives or power. Each stands at the head of a group which can be viewed in two different ways: in terms of hereditary descent, as his *genos* or family, and in terms of its economic counterpart, the *oikos* (household or estate).

The Homeric family is not a particularly extended group. It comprises essentially the head of the house, his wife and his adult sons with their wives and offspring, together with other members of the immediate family. On his death the property is divided equally by lot among his sons, who then set up separate households; male children by slave women mostly have some status, though a lower one than sons of the wife: at one point Odysseus claims to be a bastard from Crete; his father treated him the same as his other children, but when he died the estate was shared among these, while he received only a house and little else (*Odyssey* 14.202ff). The basic Greek word for a man's land is *klēros*, what he has inherited by lot; his dearest possessions which he will not leave and for which he will fight are his family, his *oikos* and his *klēros* (*Iliad* 15.498; *Odyssey* 14.64). It is the details of the division by lot of their father's estate which Hesiod and his brother are quarrelling about (*Works and Days* 37), and Hesiod proclaims, work hard 'that you may buy the *klēros* of others, not another yours' (341). Beyond the immediate kin, the *genos* seems to have little significance; genealogies are not important and seldom

41

go back beyond the third generation. Names for more distant kin are few, though kinship by marriage has a special term, as do certain members of the mother's family. A man may expect help from his father-in-law or son-in-law as from his friends (*Odyssey* 8.581ff; Hesiod, *Works and Days* 345). But in general it is the immediate family which counts: blood-money for killing a man is described as due to his brother or father (*Iliad* 9.632f), not to any wider group; and when Odysseus kills the suitors, the father of one takes up the blood-feud with the words 'it brings great shame for future men to hear if we do not take vengeance for the deaths of our sons and brothers' (*Odyssey* 24.433ff). Curiously it is only killing within the family which involves a wider group of relatives or supporters (*Iliad* 2.661ff; *Odyssey* 15.272ff). It is somewhat misleading therefore to translate *genos* as clan rather than family.

The patriarchal nature of the family is shown not only by the rules of inheritance. Marriages are arranged by the heads of the *genos*, often for reasons of political friendship; the bride comes from the same social class, but is not necessarily related or even from the same area. Achilles says that if he returns from Troy, his father Peleus will himself seek a wife for him; 'for there are many Achahean women in Hellas and Phthia, daughters of nobles who defend their citadels, one of whom I shall make my beloved bride if I wish' (*Iliad* 9.394ff). The arranging of the marriage seems to involve both the giving of bridegifts (for which there is a special word, *hedna*) by the family of the bridegroom to that of the bride, and the provision of a dowry for the bride by her relatives. It has been suggested that these practices are incompatible, and represent two different historical layers in Homer; but they are in fact found together in other societies. The purpose of the dowry is to endow the future household; the bridegift has a different aim, which is neither to purchase the bride nor to initiate a gift-exchange involving the bride: it is rather to impress the bride's family with the wealth and status of the bridegroom's family. This is shown by the competition for a particularly desirable bride: Penelope complains to her suitors, 'this has not been established in the past as the right way for suitors to behave, who wish to woo a noble lady and the daughter of a rich man, and compete with one another; but they themselves bring oxen and fat sheep as a feast for the friends of the bride, and they give splendid gifts: they do not eat another's livelihood

42

without repayment' (*Odyssey* 18.275ff). The gifts of such suitors are not conditional on winning the bride's hand: the losers lose all, so that there is here no exchange agreed, merely a contest in giving. The bride joins the bridegroom's *genos*: when Telemachus arrives at Menelaus' palace, a double wedding feast is in progress: his (bastard) son is bringing home a bride; and his daughter, long ago promised by Menelaus to Achilles' (bastard) son, is leaving home (*Odyssey* 4.1ff). The submergence of the wife in the new family of her father-in-law is shown by the survival in the *Iliad* of a kinship term found also in other Indo-European languages, *e(i)nater*, for the relationship between the wives of brothers, who would normally have lived together in the same household. The greatest tragedy is the premature death of the head, leaving his sons too young to assert their rights; this is what Andromache fears for her son in Troy, now Hector is dead (*Iliad* 22.484ff), and it is this struggle which Telemachus faces on Ithaca as his father's prolonged absence makes it more and more likely that he has died.

Lower down the social scale marriage was a more practical affair, closely related to inheritance. Hesiod regards women as a curse sent by Zeus, 'a great pain for mortals, living with men, sharing not in dread poverty but in prosperity', like drones in the hive, but necessary in order to avoid the worse fate of others sharing the inheritance (*Theogony* 590–612). A man will marry at thirty a virgin in her fifth year from puberty (*Works and Days* 695ff; rather old: 14–16 was later the common age of marriage for girls), and he will have only one son if possible; though if one lives long enough there are compensations in more (376ff). Despite the strength of certain incest tabus shown in myth, endogamy, marriage within a relatively restricted circle of relations, was the rule in Greece, and served to preserve existing patterns of ownership: in classical Athens an heiress could legally be claimed in marriage by her father's closest male relative, beginning with her uncle; the procedure involved a herald publicly inviting claimants to come forward.

Many of these differences between the aristocracy and the ordinary citizen survived. Throughout the archaic period marriage outside the community was common between aristocrats, and contributed considerably to their political power and to the development of relations between cities; when in the mid fifth century Athens passed a law that citizens must in future be of Athenian parentage on both sides, this was a popular, anti-aristocratic move; the proposer, Perikles, like other Athenian aristocrats, would have found many earlier members of his family debarred from citizenship by such a rule.

A similar tension between aristocracy and peasantry perhaps explains the development in the status of women in early Greece. Hesiod reflects the general attitude then and later; but, though the portraits of Penelope and Nausicaa are idealized, Homer suggests that there was a time when women of the aristocracy had a high social status and considerable freedom : they could move freely without escorts, discuss on equal terms with their husbands, and might even be present at the banquets in the great hall. They were responsible for a large part of the household's economic activities, weaving, grinding corn, and the supervision of the women slaves and the storechamber. In later Greek society respectable women were largely confined to their quarters, and took little part in male social activities at home or in public. This change in status is probably related to the movement from an estate-centred life to a city-centred one : the urbanization of Greek culture in most communities saw the increasing exclusion of women from important activities such as athletics, politics, drinking parties and intellectual discussion; these characteristically group male activities resulted also in the growth in most areas of that typically aristocratic Greek phenomenon, male homosexuality – though in the *Symposium* (182a) Plato mentions Ionia as an exception. Apart perhaps from Achilles and Patroclus and Zeus and Ganymede, Homer portrays early Greek society as markedly heterosexual. Marriage customs seem to show a similar shift; the bridegifts so prominent in Homer disappear, and in classical Greece only the dowry is known. In other words women had once been valuable social assets in an age when family and marriage alliances were more important; in the developed city-state they were no longer at a premium.

Around the immediate family lay the *oikos*. The early Greek *basileus* worked his estate with the help of slaves and occasional hired labour. The status of hired labourer (*thēs*) is the worst on earth : 'spare me your praise of death', says Achilles to Odysseus in the underworld. 'I would rather be on earth and hire myself to a landless man with little for himself to live on, than rule over all the corpses of the dead' (*Odyssey*

44

11.488ff). The life of a labourer is scarcely different from that of a beggar, for both are free men who have lost their position in society as completely as they can, and are dependent on the charity of another – only the beggar is preserved from starvation by the protection of Zeus; as an insult one of Penelope's suitors offers the beggar Odysseus a job on an upland farm in return for food and clothing (*Odyssey* 18.357ff). This attitude to wage labour as private misfortune and public disgrace was widely prevalent later, and had a profound effect in shaping the economy's dependence on slave labour: casual labour or skilled labour were acceptable types of employment, but free men would not willingly put themselves in the power of another by hiring themselves out on a regular basis. By contrast the slave had a value and a recognized position in society; nor was he responsible for his own misfortune. 'But at least I shall be master of my own house and of the slaves whom great Odysseus captured for me', says Telemachus (*Odyssey* 1.397ff): in raiding and warfare it was traditional to kill the males of any captured city and enslave the women and children; kidnapping, piracy and trade were also sources of supply: the faithful swineherd Eumaeus tells how his city was not sacked, nor was he captured while tending the flocks: he was the son of a noble, stolen by Phoenician traders with the help of his Phoenician nurse (herself captured by Taphian pirates) and sold to Odysseus' father, who had brought him up with his youngest child (*Odyssey* 15.352ff). For such reasons women were relatively common as household slaves; men were few, reared from childhood and highly valued: they were put in charge of farms and allowed families of their own.

The basic source of wealth in ancient Greece was agriculture, which changes slowly if at all. Barley, because of its hardiness, was always the chief crop in Greece; wheat was a secondary cereal. The widespread use of linen for clothing and ropes shows that flax was also grown. The scenes portrayed on the shield of Achilles include ploughing, reaping and the vintage (*Iliad* 18.541–72); Hesiod's description of the farmer's year largely concerns the same activities (*Works and Days* 383–617): ploughing and sowing must begin when the Pleiades set and the cranes pass overhead (October), at the start of the rainy season: this was the hardest work of the year, for the plough was a light wooden one tipped with iron, which merely scratched the surface without turning it, and had to be forced into the earth by the ploughman as he drove the oxen. Hesiod recommends two ploughs ready in case one splits, and a strong forty-year-old man; on the shield of Achilles the fallow is ploughed three times, and each man is given a drink as he reaches the end of the furrow; Odysseus watches the setting sun 'as when a man longs for his supper, for whom all day two dark oxen have dragged the jointed plough through the fallow, and welcome to him the sunlight sinks, so that he may leave for his supper; and his knees shake as he goes' (*Odyssey* 13.31ff).

Autumn and winter are the times for cutting wood for tools: keep away from the talkers round the fire in the smithy. With the rising of Arcturus (February-March) work begins again; the vines must be pruned before the swallow returns: when snails begin to climb the plants (May) it is time to start the harvest; the rising of Orion (July) signals the winnowing and storing of the corn. High summer is the only time that Hesiod recommends for resting, in the shade by a spring with wine and food – until the vintage when Orion and the Dog Star are in the centre of the sky (September).

Apart from these staple crops, various types of green vegetable and bean were cultivated, and fruit in orchards: outside the house of Alcinous there is a large orchard with pears, pomegranates, apples, figs and olives, together with a vegetable garden and two springs for irrigation (*Odyssey* 7.112ff). One fruit mentioned had not yet obtained the central importance it possessed later – the olive. Olive oil was already used in washing (like soap), but not yet apparently for lighting and cooking: the main hall was lit with braziers and torches, not oil lamps, and they cooked with animal fat. It seems that there was no specialized cultivation of the olive: this had to wait for a change in habits of consumption, and the growth of a trade in staple commodities between different areas; for the concentration on olive oil in Attica from the sixth century onwards presupposes both a more than local market and the ability to organize corn imports.

Another characteristic of early Greek agriculture has caused controversy since ancient times. Classical Greece was largely a cereal-eating culture, deriving its proteins from beans (the ancient equivalent of a vegetarian, the Pythagorean, abstained from them), fish, and dairy produce from goats and sheep. Meat was eaten mainly at festivals, after the animals had been sacrificed to the gods and their entrails burned as offerings. But ancient scholars noted that the Homeric heroes were largely meat-eating. Moreover wealth was measured in head of cattle: slaves, armour, tripods, ransoms, women are valued at so many cattle, and the general adjectives for wealth often refer to livestock. Eumaeus describes his master's wealth: 'twelve herds of cattle on the mainland, as many flocks of sheep, as many droves of pigs, as many wandering herds of goats, that strangers graze and his own herdsmen' (that is, hired and slave labour: *Odyssey* 14.100ff). In contrast, though Hesiod himself had his vision while tending sheep on Mt Helicon and could think of nothing better than tender veal or goat to go with his cheese and wine in the summer heat, he gives no instructions about animal husbandry: mules and oxen were beasts of burden, sheep and goats produced wool and milk products, but they were sidelines in the main business of agriculture. Horses were outside his interests, for they were few and belonged to aristocrats, to be used only in sport and warfare.

This clearly reflects a basic shift of emphasis in Greek agriculture away from animal husbandry, but the problem is how to date it. The Linear B tablets show that the Mycenean kings possessed large herds; and some scholars have seen the transition as occurring early in the Dark Age. But it seems more likely that it is a later phenomenon almost contemporary with Hesiod. Populations in movement tend to be pastoral rather than crop-growing; the animal bones found by tombs show that meat continued to be widely available for the funeral feast throughout the Geometric period, and there are many terracotta figurines of domestic animals dedicated at early sanctuaries. But animals are wasteful in land-use. As the population began to grow, and men like Hesiod's father moved into the uplands, animal husbandry gradually gave way to arable farming, until only the mountains were left for sheep and goats. It will have been the aristocrats who had the lands to keep to the old style longest; and it may also be that in Asia Minor pastures could be extended into the hinterland, in a way not possible in Greece and the islands. Homer and Hesiod between them record the transition.

The physical shape of the noble's house provides the key to the relationship between production of wealth and its use to establish the social status of the *basileus*. Stripped of its heroic embellishments (so much easier to build in words than with the primitive technology of early Greece), it consists essentially of a courtyard, stables, perhaps a porch where guests might sleep, private chambers for storing wealth and weapons and for women's quarters, and the great hall or *megaron* – a long room with seats round the walls and a central hearth. The master of the house may have his own private chamber, as Odysseus did, or he may sleep in the hall.

Archaeological evidence relates primarily to town settlements, and so to ordinary housing; but even these single room dwellings provide analogies to the wall seats and central hearths of the aristocracy, as if either the larger had grown from the smaller or peasants were imitating the nobility. The comparative absence of larger and more complex houses has worried archaeologists, and led many to try to relate the Homeric house across the Dark Age to the Mycenean palace. But such worries may be unfounded, for it seems that many of the nobles did not live in the towns; so that the fact that their houses have not been found is not surprising, for the countryside of Anatolia and even mainland Greece has been little explored. Essentially the *oikos*-economy is estate-centred and suggests a period when aristocrats lived separately from the community. The transition to city life was part of the same development whose effects have been seen in the social position of women and in agriculture. In these respects Asia Minor may well have been more conservative than mainland Greece, until the disturbances from the seventh century onwards, with the Cimmerian invasion and the attacks of Lydia, drove the Ionian Greeks into their coastal cities. Even then it seems that in some areas fortified farmsteads preserved a little of the old style of life.

Not all *basilēes* lived in the country: Alcinous' house for instance is within the city walls (*Odyssey* 6 and 7). And two archaeological finds give reality and proportion to the poetic descriptions. At Zagora on Andros a housing complex of the late eighth century seems to belong together as a unit: it is prominently placed in the middle of the settlement near an open space and the site of a later temple. The main room in the complex is square and about 8 metres across, with a central hearth and benches along three walls. The eighth century settlement at Emporio on Chios is even more interesting. A primitive defence wall, which can hardly have been more than 2 metres high, ran round the hilltop, enclosing about 6 acres; the only two buildings within it were a later seventh century temple and, built into the wall and contemporary with it, a *megaron* hall 18 metres long, with three central columns and a porch supported by two more columns. Below the walls lay a village of perhaps 500 inhabitants; the larger houses were of the same *megaron* type with central columns and hearth, others had stone benches against the walls. Here perhaps is the roughly fortified residence of a local *basileus*, a refuge for his herds and for those living outside it, who must have regarded the owner of the main *megaron* as their leader. It was in such dim and smoke-filled halls as those of Zagora and Emporio that the poems of Homer were originally sung.

Early Greek society was not feudal: there was no class owing obligations to an aristocracy in return for land, and no general serf population separate from the slaves, who were always recruited from outside the community. The various scattered forms of obligated servitude found later in Dorian communities like Sparta and Argos, or colonial cities like Syracuse, or in the static population of Athens, are not individual survivals of a general phenomenon, but special developments conditioned by the history of each area. Generally early Greece was a land of free peasantry, in which the distinction between aristocracy and people (*dēmos*) was a question of birth and life style, unencumbered by complex social structures.

In the absence of permanent ties of allegiance, despite the hereditary nature of the aristocracy, the establishment of personal status (*timē*) created a competitive society: status was important because activities such as warfare, raiding and piracy required the ability to attract supporters from outside the *genos*. It is for this reason that feasting and the entertainment of male companions (*hetairoi*) was an essential activity for the man of influence; it was this function of achieving rank by feasts of merit which the great hall served, and towards which the surplus production of the *oikos* was largely directed. For *hetairoi* seem to have been attracted by such displays of personal generosity, by the reputation of the leader and by ties of guest-friendship (*xenia*), more often than through marriage or blood connection.

Those who feasted in the great hall were men of the same class as their host. So Alcinous entertains the *basilēes* of Phaeacia, and Agamemnon the leaders of his contingents before Troy; even the suitors in Odysseus' house are a band of aristocratic *hetairoi* merely outstaying their welcome. The feasting is reciprocal; the ghost of Odysseus' mother in the underworld gives him news of Telemachus, who still 'feasts at equal feasts', 'for all invite him' (*Odyssey* 11.185f): Telemachus himself tells the suitors 'leave my halls and prepare other feasts, eating your own belongings, going in turn from house to house' (*Odyssey* 2.139f). Architecture and the activity of feasting are interwoven in Odysseus' recognition of his own house: 'Eumaeus, this must surely be the fine house of Odysseus: it would be easy to recognize and pick out even among many. There are buildings on buildings, and the court is well finished with a wall and cornice, and the double gates are well protected: no man could force it. And I see many men are feasting within, for the smell of fat is there and the lyre sounds, which the gods have made as companion to the feast' (*Odyssey* 17.264ff). The emphasis laid on descriptions of feasting in the Homeric poems is no mere literary convention: it corresponds to a central feature in the life-style of the aristocracy. For Hesiod on the other hand the feast has a very different significance: everyone brings their own contributions to a communal meal (*Works and Days* 722f).

Two other characteristics of Homeric society helped to create the network of obligations which sustained the power of the nobility – the institution of guest-friendship and the role of the gift within it. Beyond his immediate geographical neighbourhood, the *basileus* could expect to be welcomed on his travels by men of the same class as himself: with them he would establish, or find already established by his ancestors, that relationship between guest and host (both called *xenos*, the word for a stranger) which was especially sacrosanct, under the protection of Zeus Xenios: this was one of the epithets of Zeus related to his general role as guardian of those outside the community – guests, suppliants and beggars.

The stranger travelled empty-handed, but he was given not only board and lodging: everywhere he called he received also gifts (*xeneia*); indeed it is clear that this was the main purpose and profit of peaceful travel. Menelaus and Helen travelled in order to amass great wealth and came home from Egypt bringing rich gifts from their hosts (*Odyssey* 4.78ff); Menelaus suggests to Telemachus that they should make a journey together through Greece, 'nor will anyone just send us away, but he will give us one thing to take, some well-made bronze tripod or cauldron or pair of mules or a gold cup' (*Odyssey* 15.82ff). Such gifts were due under all circumstances as a matter of honour, even for a one night stand: 'there they stayed the night, and he gave them *xeneia*' (*Odyssey* 3.490). Odysseus had typically turned the custom to his own profit and was even prepared to ask for his due: he would have been back home long ago if he had not been keen to 'collect wealth through travelling over many lands, for Odysseus knows about gain above all other men'; 'he is bringing much good treasure, *acquired by asking among people*' — 'enough to keep a man and his heirs to the tenth generation' (*Odyssey* 19.268ff).

Though Homer must exaggerate their worth, he shows that these gifts were always of luxury items, and particularly of metalwork, drawn from the treasures of the household — copper, gold, silver, fine fabrics and wines, cauldrons, mixing bowls, tripods, decorated armour and swords. They may have been given before: Menelaus presents Telemachus with a mixing bowl which he had received from the king of Sidon (*Odyssey* 15.113ff). If the thing got out of hand, one could perhaps recoup one's outlay by a levy among the people, as Alcinous suggests (*Odyssey* 13.14f). As with marriage gifts there is not usually a direct exchange involved: in the first instance it is an expression of competitive generosity. The immediate return is the pleasure of news and stories; but there is the creation of a link for the future: 'choose a good present and the return will be worthy' (*Odyssey* 1.318ff); 'you gave those gifts in vain though you gave thousands: for if you had come to the land of Ithaca while he was alive he would have sent you away with good return for your presents and a worthy *xeneia*, as is right when someone begins it' (*Odyssey* 24.284). An old guest-friend of Priam ransoms one of his sons (*Iliad* 21.42). There is the great scene when Glaucus and Diomedes meet in battle and establish their lineage: 'then you are a guest-friend of mine of old through my father', for their fathers had met long ago and gifts had been exchanged. The two heroes agree not to fight, and cement their ancestral friendship by an exchange of armour in which Zeus took away Glaucus' wits, for he accepted bronze for gold (*Iliad* 6.119ff: this is the only passage where direct gift exchange is mentioned). A breach of the rules of guest-friendship was indeed the main cause of the Trojan war: for Paris stole Helen from Menelaus on such a visit, and Troy is therefore doomed.

Though they may resemble primitive commercial transactions in the element of immediate or ultimate return expected, such gift relations are really a quite different mode even of regulating exchange in the societies and areas where they operate, as Marcel Mauss has shown. In the Homeric world their purpose is not primarily related to profit or even ultimate benefit, but (like bridegifts and the feasting of peers) to the acquisition of honour, and the creation of a network of obligations.

The relationships thus established both enhanced the standing of the *basileus* within the community, and created a band of *hetairoi* who might be called on to enable him to engage in the traditional activities of cattle raiding and piracy. The first of these must have caused considerable trouble, since the private action of a group could easily lead to public reaction from aggrieved neighbours. The dangers of the situation are well brought out in the story told by Nestor of his reprisal raid against the men of Elis, which seems initially to have been a private family venture. But the spoils were publicly distributed to any of the Pylian nobility who had a claim against the men of Elis, with the fortunate result that, when the entire Elean forces attacked, there was enough support in Pylos for a full scale battle to ensue (*Iliad* 11.670ff). It is not surprising that these land raids seem normally to have been somewhat minor and clandestine affairs, and are mainly referred to as phenomena of the past.

Sea-raiding was different. As Thucydides says,

> In early times the Greeks and the barbarians of the mainland coasts and islands, as they began to voyage abroad on ships more, turned to raiding, led by men of power for the sake of their own profit and the support of the poor; they would attack and plunder the towns which were unwalled or composed of isolated settlements; they made most of their living from this, having no sense of shame in the profession, but rather glorying in it.

(Thucydides 1.5)

He goes on to note that in Homer the questions traditionally asked of new arrivals are 'Strangers, who are you? From whence do you sail the watery wastes? Is it for trade, or do you wander at random like raiders over the sea, who voyage risking their lives and bringing harm to foreigners?' (Odyssey 3.71ff and elsewhere). Raiding was carried on in long boats with up to fifty oars (pentekonters), single banked, and a primitive sail for running before the wind. They were rowed by the fighting men, who would beach the ship by a settlement and rely on surprise for success. It seems to have been carried on primarily against foreigners, not Greeks: the aims were cattle, women slaves and other booty; the chief danger was in delay, allowing the natives to call in help and counterattack. The activity was normally regarded as honourable; only Eumaeus the swineherd, as a representative of a lower class and a different morality, has his doubts: 'the blessed gods do not love evil deeds, but honour justice and uprightness in men: when fierce and hostile men go against a foreign land and Zeus gives them booty, and they have filled their ships and departed for home, even in the hearts of these men falls mighty fear of divine vengeance' (Odyssey 14.83ff). Odysseus is more realistic, cursing his belly 'which gives much evil to men, for whose sake benched ships are rigged out to bring harm to enemies over the waste sea' (Odyssey 17.286ff). Booty was shared among the participants according to their standing: the 'share of booty' (geras) of a man is also his 'share of honour'.

Though primarily and perhaps originally related to the interests of the aristocracy, the way in which these warrior bands might benefit the community is clear. Odysseus spins a long story about his imaginary life in Crete, which shows this. After the account of his upbringing mentioned above (p. 40), he describes how, in spite of his dubious birth and poverty, he had married a wife from a landed family because of his prowess. Nine times he led a fleet against foreigners, and became rich and respected; so that when the expedition set off to Troy, public opinion forced him to be one of the leaders. The expedition it seems was a public venture. When he returned he went back to sea-raiding on his own account: he found it easy enough to fill nine ships. The companions feasted for six days and then set off for Egypt. There the expedition came to grief as a result of delay, and the troubles of its imaginary leader began (Odyssey 14.199ff).

There are other indications that the poet envisaged the expedition to Troy as a public one: a public fine is mentioned for those who refused to go (Iliad 13.669ff), and the feasting was at public not private expense: 'dear leaders and captains of the Argives, who drink at public cost with the sons of Atreus, Agamemnon and Menelaus, and each command your bands' (Iliad 17.248ff; compare 4.342ff). Institutionalized warfare was an area where the community had an interest in the maintenance of its aristocracy and their fighting bands; the warrior might even be given a special grant of land by the people, a *temenos* (the word survives from Mycenean Greek, though its meaning may have changed): 'Glaucus, why are we two especially honoured, with seats of honour and meat and full cups, in Lycia, and everyone looks on us as gods, and we possess a great *temenos* by the banks of the Xanthus, fair orchards and wheat-bearing fields? Now we must stand with the first of the Lycians and face fiery battle, so that the Lycians in their thick breastplates may say "Our nobles that rule in Lycia are great men, they eat fat sheep and drink the best honey-sweet wine. But they are powerful men, for they fight with the first of the Lycians"' (Iliad 12.310ff).

Homeric descriptions of fighting are confused; but, combining them with the archaeological evidence from grave goods, it seems that warfare in the late Dark Age was heavily dependent on the individual champion and his companions, who constituted almost a warrior class. Only they had the resources to acquire the metal for their equipment: the rest of the community seems to have been lightly armed with primitive weapons, and to have done little more than watch the duels of the nobility. They were armed with bronze cuirass, greaves and helmet, and shields in a variety of shapes, held from a central grip and made from leather or bronze plates. The primary offensive weapons were iron swords and two or more spears, which could be thrown and used for thrusting. If it is right to interpret the anachronistic chariots as horses, it would seem that the warriors rode to battle with a mounted squire, but fought on foot: the development of a true cavalry is later.

Oral epic created a heroic past for a particular group in society and glorified its values; since the Homeric poems established themselves as the bible of the Greeks, the ethic they portray had a permanent influence on Greek morality. It is essentially a competitive ethic, expressed in the words of Glaucus, 'always to be best and pre-eminent over others, and not to shame the seed of my fathers' (Iliad 6.208f). The moral vocabulary concerns principally success or skill: a good man is good at something, at fighting or counsel; the word *aretē* is closer to 'excellence' than 'virtue'. It is a public attribute measured by the amount of honour (*timē*) given by others to a man; and *timē* itself had a physical expression in the *geras* or share of booty due to him. It was also an individualistic ethic: a man's *timē* was his own concern, even the gods cared little for any *timē* but their own; the chief exception to this self-regarding ethic was the duty to help a friend.

It has been described as a shame culture rather than a guilt culture: the sanctions protecting morality were not internal to a man but external, in the sense of shame (*aidōs*) that a man must feel at losing status before his peers: so public penalties were in terms of loss of property, for property was one aspect of honour. The gods have little to do with this morality, except in the sense that they largely conform to it. Only Zeus in a general way has some concern with the triumph of right, or at least the preservation of certain basic rules like those of guest-friendship. It is typical of such a culture that internal states of conflict are little recognized, and that admissions of fault or failure are hard to make, for they involve public loss of face: Homeric heroes do not deny responsibility for their actions, but they often also claim that an external divine force was responsible, and see no incompatibility. In fact the whole language of psychic phenomena is reified and externalized: mental states are identical with their physical symptoms, and head, lungs, belly and knees are thought of as the seats of the emotions.

This aristocratic style of life had its roots in a distant past of nomadic warrior bands, and never wholly disappeared in Greece. Its continuity can be illustrated from the history of the Greek word *phratra*, which is cognate with the almost universal Indo-European kinship term for brother (German *Bruder*, Celtic *brathir*, Latin *frater*, French *frère*). In Greek the word is not used of blood relationship; it rather designates a 'brotherhood', a social group. It is used twice in Homer: 'divide your men by tribes (*phylai*), by phratries, Agamemnon, so that phratry may help phratry and tribes tribes' (*Iliad* 2.362f; see also 9.63). The tribes were originally military divisions, the phratries presumably also – the old word perhaps for the bands of *hetairoi*. They seem to have been widespread as a political division smaller than the tribe. The power of the aristocratic *genos* in many cities down to the Persian Wars was dependent on the continuity of these political and social groupings around the *genos*; the names of the Bacchiadai and Kypselidai of Corinth or the Philaidai, Alkmeonidai and Peisistratidai of Athens, with their characteristic suffixes, claim descent from an often quite recent ancestor as a *genos*: but these aristocratic families clearly had far wider traditional support. In Athens for instance at least until Kleisthenes the phratries were a major political force; and each phratry seems to have been dominated by one or two noble families (see below p. 255). And long after they lost their political role the phratries continued as cult groups and social clubs.

Other less tangible attitudes survived. The moral code was one; the importance of drinking clubs another. The philosophic or literary symposium of Plato and others was one descendant, as were the rowdy *hetaireiai* or aristocratic clubs; these could be organized to influence court cases and elections and even used to overthrow the government of Athens through street murders in 411 BC. And the prevalence of cases of drunken assault (*hybris*) by young aristocrats in the legal literature of the fourth century shows that the suitors were never really taught to behave.

A third continuity is the place of the gift or benefit in social relationships. The Christian notion of charity, giving without expectation of return (except in heaven) comes through Judaism from the ancient near east, a world of such gross inequalities that giving served merely to emphasize the gap between classes and the merits of the powerful in the eyes of God. In the more equal societies of Greece and Rome giving is for a return, and establishes a social relationship between giver and recipient in which one is temporarily or permanently under an obligation to the other.

4 The End of the Dark Age: the Community

Beyond the aristocratic world of the *oikos* lay the community as a whole, which in Homer is presupposed or glimpsed occasionally on the outskirts of the main action, but in Hesiod takes the central position. The chief social division is that between aristocracy and the people (*dēmos*), who are primarily the free peasantry, though there is no sign that the landless *thēs* was excluded from any rights. In contrast the craftsman or *dēmiourgos* ('public worker') held an ambiguous position. He was often an outsider, travelling from community to community; Eumaeus claims such men are welcome as *xenoi*, and lists them: the seer, the healer of pains, the worker in wood, the inspired singer (*Odyssey* 17.382ff). The class also surely includes metal workers; heralds, who seem to have been public officials, were *dēmiourgoi* of a rather different sort. The presence of outsiders among the craftsmen is one reason for their ambiguous status; another is the fact that they possessed skills which were highly valued by the aristocracy, without being aristocratic: an artist was in some sense both divinely inspired and less than mortal. This ambivalence is reflected in myth: the gods both give and take away. Blindness is a common motif: insight replaces outsight when Apollo blinds his prophets. Demodocus was 'the favourite bard whom the Muse loved especially, and gave him both good and evil; she took away his eyes but gave him sweet song' (*Odyssey* 8.62ff). Rightly or wrongly Demodocus was seen as Homer.

The mythic prototypes of human skills are themselves physically marred. The blacksmith is important enough to have a god, but in social terms he is lame like his god, Hephaistos: 'From the anvil he rose limping, a huge bulk, and his thin legs moved under him ... with a sponge he wiped his face and hands, and his sturdy neck and hairy chest' (*Iliad* 18.410ff). To the other gods he is a figure of fun: 'unquenchable laughter filled the blessed gods when they saw Hephaistos bustling through the house' (*Iliad* 1.599f); even his marriage to Aphrodite is a marriage of opposites, which leads to the delightful folk-tale of Aphrodite and Ares, love and war, caught in adultery by his golden net (*Odyssey* 8.266ff). In contrast the goddess who presides over the women's work of weaving, Athene, was normal; for that activity was fully integrated into the home, not a skilled craft. In Hesiod, Prometheus, the embodiment of forethought, stole fire from heaven for man, and so created technology; in retaliation Zeus created woman (*Theogony* 535ff; *Works and Days* 42ff). Such attitudes to the craftsman and his skills in myth reflect the early ambivalence of his social status; in the case of manual skills this attitude persisted: Greece was a society which never came to terms with technology.

The basic forms of Greek political organization remained the same throughout the history of the city-state, and are already present in Homer; it was the powers apportioned to the different elements and the criteria for membership which varied in different periods. In early Greece an assembly of all adult male members of the community (the *agora* or gathering) was subordinate to the *boulē* (council) of the elders, which seems to consist of the heads of the noble families, the *basilēes*. The existence of an executive or magistracy, whether elective or hereditary, is obscured by the memories of Mycenean kingship in Homer; but slightly later evidence shows many varied forms, principally that of the annual magistrate or board of magistrates, whose powers were effectively limited by the existence of the elders in council, and the fact that the magistrates themselves were young men who only entered the council through holding such offices.

Debate within the council or before the people was the basis of decision-making, though there was no formal voting procedure. The traditional pair of activities of the *basileus* is warfare and debate, which are of equal importance. Odysseus is 'the best in good counsel and mighty in war' (*Iliad* 2.273); Achilles claims, 'I am the best of all the bronze-clad Achaeans in war, even though others are better in assembly' (*Iliad* 18.105f); of Hector and his *hetairos* it is said, 'one was far better at words, the other with the sword' (*Iliad* 18.252). These proverbial distinctions show the enormous importance of the spoken word and persuasion in public debate from the beginning.

There are several detailed descriptions of political decision-making in Homer; the longest and most revealing is that in book 2 of the *Iliad*. As a result of a dream, Agamemnon orders 'the loud voiced heralds to summon the long haired Achaeans to the Gathering ... but first he called a council of the great hearted elders'. The council is seated except for the speaker; he reveals a plan to test the troops by proposing withdrawal from Troy; the other elders must oppose this in assembly. Nestor speaks in favour, and the councillors proceed to the assembly, which is controlled by nine heralds. After the people are seated, Agamemnon takes his *skēptron* or staff of office and addresses them standing. His proposal is so popular that it starts a rush for the ships, and the meeting looks like breaking up in chaos. But Odysseus takes the *skēptron* as a badge of authority and intercepts the flight, using persuasion on the nobles and ordering the troops. When the assembly has returned and settled down, there is one recalcitrant man of the people, Thersites, lovingly described as the archetypal agitator, 'the ugliest man who came to Troy, bandy legged and lame in one foot, his two shoulders rounded over a hollow chest; his head above was misshapen and sprouted a scanty stubble'. He proceeds to abuse Agamemnon, until Odysseus threatens him, and hits him with the *skēptron*; whereupon the people mutter their approval of the best thing that Odysseus has ever done. Athene disguised as a herald secures silence, and Odysseus and Nestor in turn persuade the army to stay and fight; Agamemnon ostensibly gives way, and dismisses the Achaeans to prepare for battle.

From this and other accounts the essentials of procedure are clear. Business was normally first discussed in the council of elders and then presented to the Gathering of the people: on both occasions there was debate, and disagreement was possible. But only elders were expected to speak: the assembly's role was as much to hear the decision of the council as to ratify it. On the other hand the assembly had to be held for major decisions; and the importance and power of public opinion was recognized. It is the *dēmos* who gives *geras* to the nobles (*Odyssey* 7.150); in Odysseus' Cretan story it was the *dēmos* who forced him to sail to Troy (*Odyssey* 14.239); and even though Telemachus hoped in vain to appeal to the people of Ithaca against his fellow aristocrats the suitors, he did at least force them to justify their position in open assembly (*Odyssey* 2). There was a regular place of assembly even in the

Achaean camp before Troy, 'where the meeting and law (*themis*) was, and the altars of the gods were set up' (*Iliad* 11.807f); the rituals and procedures essential for the orderly conduct of mass meetings were well established, and show remarkable similarities with the highly complex rituals surrounding the only later assemblies whose workings are known in detail, those of democratic Athens. Continuity and development are both present in the growth of the machinery of government from the primitive warrior assemblies of Homer to the classical city-state.

Outside the political and military spheres, the most important function of the *basilees* was the regulation of disputes between individuals, in ways which are especially important, because they were the basis of the subsequent development of Greek law and legal procedure. Beyond a group of primitive tabus and customs, there was no conception of crime or system of justice in the modern sense, with laws written or unwritten of divine or human origin, and punishments inflicted by the community. The essential characteristic of Greek law is that it was originally a human system of public arbitration to settle the compensation due for injury.

In Homer the vocabulary is concrete, and refers to individual cases and specific rules: the actual decisions (*dikai*) are 'straight' or 'crooked' according to the extent to which they conform to the customs (*themistes*), the unwritten rules and precedents which justify decisions. The singular *dike* is used in its later abstract sense of justice only twice in Homer, the singular *themis* only in the rather doubtful case quoted above (*Iliad* 11.807). The relation of these specific decisions and customs to the general order of the universe is expressed by the claim that the official staff (*skeptron*) and the *themistes* are a gift from Zeus: 'the men who give *dikai* carry the *skeptron* in their hands, those who guard the *themistes* for Zeus' (*Iliad* 1.238f); Zeus has given the *basileus* the *skeptron* and the *themistes* that he may take counsel for the people (*Iliad* 2.205f; 9.98f.), and 'he is angry with men who in assembly judge with crooked *themistes* and drive out justice, not caring for the eye of the gods' (*Iliad* 16.386ff: this is the only case in the *Iliad* of *dike* in an abstract sense; the other example is *Odyssey* 14.84).

Two forms of procedure are known. The first is a primitive oath-taking test: Menelaus formally takes the *skēptron* in a dispute and demands that Antilochus swear a public oath by Poseidon that he did not cheat him in the chariot race; Antilochus refuses the challenge and offers compensation (*Iliad* 23.565ff). More complex is the procedure described as a scene on the shield of Achilles:

> But the people were gathered in assembly. There a dispute had arisen and two men were quarrelling over the price of a dead man. One claimed to pay the full amount, addressing the people, the other refused to accept anything. Both were eager to accept a solution from an expert; the people were cheering both, supporting each side, and the heralds were restraining the people. But the elders sat on polished stones in a sacred circle, and held the sceptres in their hands. Then they rose before them, and in turn gave judgement. And in the middle lay two talents of gold to give to him who among them spoke judgement most straightly.
>
> (*Iliad* 18.497ff)

This describes a formal arbitration. The proceedings are public, with all the ceremonies appropriate to a full assembly. The elders act as individual mediators not as judges; no decision can be enforced: rather the solution must be acceptable to both sides, and the elder whose opinion is accepted receives the mediation fee offered by one or both parties in the arbitration. The only sanction available to produce a solution is the pressure of public opinion, which at present is equally divided.

There are also a number of unusual features. Murder or homicide must always impose a strain on systems of arbitration, since the alternative to settlement is the commencement of a blood feud detrimental to the community. Public opinion will therefore be in favour of a settlement, but the blood price demanded may be too high for the murderer to pay, or the relatives may refuse compensation altogether; in either case the murderer must go into exile. The main reason given in Homer for being an exile is that one has killed a man, an action that carries no moral blame, and can indeed serve as an introduction to the best circles. Ajax, in trying to persuade Achilles to accept the compensation offered by Agamemnon, argues, 'a man has accepted recompense from the murderer of his brother or his son; and the murderer may remain at home among the people, having paid a great price; while the heart and noble anger of the other is appeased by the recompense he has received' (*Iliad* 9.632ff); the implication is that a man may also refuse compensation or stand out for more than the other possesses. The case on the shield of Achilles has a further twist: the amount of blood price is not in dispute, but the aggrieved relative wishes to refuse it and so force the murderer into exile; the case has actually been brought by the murderer in order to put public pressure on the other to accept a blood price. The issue is therefore a complex one, for it is almost exactly on the borderline in the development of a system of arbitration towards a code of law involving public sanctions.

The *basileus* has a duty to mediate in disputes, but they are also a source of profit: the mediator whose verdict is accepted receives the mediation fee; so Agamemnon tempts Achilles by offering him seven citadels inhabited by wealthy men 'who will honour him like a god with gifts and perform fat *themistes* under his *skēptron*' (*Iliad* 9.156ff); in other words he is likely to gain considerable profit from mediation fees.

It was this system which galled Hesiod: as he warned his brother, the only people likely to derive profit from their dispute were the 'gift-eating *basilēes*'. Hesiod was clearly not referring to bribery: these gifts are the right of a mediator, and it is not suggested that they will make any direct difference to the verdict; on the other hand there was considerable doubt in Hesiod's mind whether the verdict, the *dikē*, would be straight. In Boeotia the system seems to have developed far enough to have legal force.

So Hesiod took the decisive step in political thought of warning the rulers that there is such a thing as Justice.

She is the virgin *Dikē* born of Zeus, glorious and honoured by the gods who dwell on mount Olympus; and whenever anyone harms her by casting crooked blame, straightway sitting by her father Zeus, son of Kronos, she tells him of the minds of unjust men, until the people pays for the arrogance of its nobles who, plotting evil, bend judgements astray and speak crookedly. Take thought of this, you gift-eating nobles, straighten your words, utterly forget crooked judgements.

(*Works and Days* 256ff)

For Hesiod *dikē* (justice) has replaced *timē* (honour) as the central virtue for the community and its leaders: he speaks as a prophet warning the nobles that their misdeeds will destroy society: the whole city suffers from the vengeance of Zeus on them; he causes plague and famine, barrenness in women, and poverty; he destroys their army and their walls and their ships at sea (*Works and Days* 240ff).

Hesiod's concern with social justice led him to create a political vocabulary. His thought is not normally expressed in truly abstract concepts; instead he speaks through the manipulation of myth: the eastern myth of the ages of man is retold to reveal the flight of justice from earth in the fifth and worst age, the age of iron (p. 89); the traditional form of the animal fable is given a new political dimension in the story of the hawk and the nightingale, which Hesiod himself probably invented. And the structure of political argument, the relationships between concepts, are expressed through a mode of thought which is specifically Greek, and which has had a deep effect on the cultural tradition of the western world – personification. Ideas derived from concrete institutions become abstract by acquiring the status of a divinity; the connections between these abstractions are expressed in terms of family relationships. The random examples in Homer (mostly concerned with physical states like Fear and Death and Sleep) have become in Hesiod a complex and meaningful system. Individual *dikai* (judgements) are parts of the goddess *Dikē*, who is hurt when they are perverted; she is the daughter of Zeus. Zeus indeed becomes the protector of human society:

He married second rich *Themis* (Custom), who bore the *Hōrai* (Norms), *Eunomiē* (Social Order), *Dikē* (Justice) and blessed *Eirēnē* (Peace).

(*Theogony* 901ff)

Or in modern terms, the relationship between divine order and human order produces the norms which establish good rule, justice and peace. A whole social ethic is expressed in terms of myth and personification, an ethic in which justice and social order have replaced the self-regarding virtues of the Homeric nobility.

The characteristic form of political organization of the Greeks was that of the *polis* or city-state, the small independent community, self-governing and usually confined to one city and its immediate countryside; Aristotle described man as 'by nature an animal of the *polis*' (*Politics* 1.1253a); the central theme of Greek history is the development of the city-state to become the dominant form of government in the Greek-speaking world for roughly a thousand years, enabling city dwellers to control directly all or much of their own government, and to feel a local loyalty to an extent which no modern society has achieved. It is a natural question to ask, when and how did the *polis* arise? Some features of the Homeric poems point to an earlier state; but as far as social and political organizations are concerned, despite the importance of the *genos* and the *oikos*, Homer and Hesiod show that the *polis* already existed in all essential aspects by the end of the Dark Age. Homer takes the same view of human nature as Aristotle: the Cyclopes are utterly uncivilized, not only because they ignore the rules of guest-friendship; 'they possess neither counsel-taking assemblies nor *themistes*, but dwell on the tops of high hills in hollow caves, and each one utters judgements for his children and wives, and they take no heed of one another' (*Odyssey* 9.112ff). But though Homer recognized the existence of the *polis*, it was Hesiod who gave it the language of self-awareness. He stands at the beginning of Greek thought about politics, as about science and theology.

The physical characteristics of the *polis* in the late Dark Age are described by Nausicaa:

> Around our city is a high fortified wall; there is a fair harbour on either side of the city, and the entrance is narrow. Curved ships are drawn up on either side of the road, for every man has a slipway to himself; and there is their assembly place by the fine temple of Poseidon, laid with heavy paving sunk in the earth.

> (*Odyssey* 6.262ff)

The walled city is common in Homer: similes and descriptions show cities being besieged and cities on fire; even the camp of the Achaean heroes before Troy is fitted out with the essential characteristics of a city: city wall, meeting place and religious altars.

Smyrna was according to one tradition the city of Homer

himself; the excavations have revealed a walled city on a peninsula fitting Nausicaa's description well. The earliest evidence of Greek settlement there is around 1000 BC; by the mid ninth century the site was walled. About a hundred years later the walls were remodelled, and by then the area within them was densely built, with four or five hundred houses of mud brick on stone foundations; the population is estimated at around two thousand, with perhaps half as many again living outside the walls. After destruction caused probably by earthquake around 700 BC, the walls were rebuilt and the city was laid out on a regular plan; the archaeologist who excavated the site has described this redistribution of land and central planning as 'the first certain and unambiguous apparition of the organized Hellenic *polis*' (J. M. Cook); but it is clear in fact that community life and some form of community organization goes back to around 850 and the first walls.

The same picture of increasing prosperity and the increasing complexity of social and political life emerges from other sites: walled cities must have been common by the eighth century. The earliest evidence of civic institutions apart from walls must be temple building, for the Gathering Place (*agora*), being empty, is hard to find without total excavation, and virtually impossible to date. The earliest temples come from the mid eighth century and by 700 they are appearing in most city centres; a clay model from the shrine of Hera at Argos shows their form – a megaron-type hall with porch virtually identical with the housing of the nobility, which is the prototype of the archaic and classic Greek temple.

The growing importance of city life and city institutions is related to other changes already mentioned, the shift from animal husbandry to arable farming and the declining importance of the *oikos* as a social phenomenon; behind them all may lie a major new factor: population growth. Absolute figures are unobtainable; but the analysis of graves from the well-explored region of Attica shows that, whereas the number of datable graves per generation remained relatively constant in the period 1000–800, between 800 and 700 they multiplied by a factor of six. There seems no obvious reason why these statistics should not reflect the birthrate reasonably accurately; if so, they reveal an increase in the birthrate reached only occasionally and under optimum conditions in the history of man, of around 4% per annum. Within the period 800–750 the

E.G.—C

population of Attica will have quadrupled, and almost doubled again in the next fifty years: a half empty landscape was repeopled. Initially this must have led to a dramatic increase in prosperity and in urbanization, until the problems of over-population began to show themselves.

The religion of the Greeks must always have lacked unity; for it was both polytheistic and localized: Indo-European elements from the Mycenean Greek and later invasions fused with native pre-Greek Cycladic elements and borrowings from Minoan and Anatolian cult, to create a complex of myths, rituals and beliefs about the gods without any clear unifying principles. What unity Greek religion possessed, came late, as Herodotus claims:

> The origins of each of the gods, whether all of them had always existed, and their forms, were unknown to us until the day before yesterday, if I may say so. For I believe Hesiod and Homer to be about four hundred years before my time and no older. These are the men who created the theogony of the Greeks and gave the gods their names, distributed their honours and spheres of operation, and described their forms; the poets who are claimed to be older than these men are in my opinion later.
>
> (Herodotus 2.53)

The date Herodotus gives is perhaps a hundred years too early; but his count may well be based on generations of 40 instead of 30 years. More interesting is the claim that Greek religion began with Hesiod and Homer: even when actual ritual practices were at variance with this picture, it is clear that the epic tradition on the one hand, and the individual genius of Hesiod on the other, did influence permanently the development of Greek religion.

For instance the dominance of myth over ritual is in marked contrast to other polytheistic religions, as is the comparative absence of more bizarre mythic elements. The consistent tendency to anthropomorphism and the organization of the world of the gods in terms of political and social relationships are characteristics which, if not epic in origin, derive their continuing impetus from epic. Such uniformity as Greek religion possesses derives to a large extent from the picture of the

Olympian and subsidiary gods in Hesiod and Homer. On the other hand there is a whole area of the Greek religious experience, ignored by them and therefore by later literary sources, which was the focus for emotions strong enough to survive the silence of the epic poets: fertility cults, orgiastic rites, propitiation of the dead and hero cult. These aspects never found their systematic theologian, but remained powerful because they were rooted in a particular locality.

Most of the central practices of Greek religion are as old as the later Dark Age. In Homer temples are mentioned, and on one occasion the cult statue housed there; altars for animal sacrifices are common. Professional priests existed at certain shrines, but they stood outside the normal organization of society; it is a characteristic of early Greece that the nobility performed most civic religious rituals by virtue of themselves holding priesthoods (often hereditary), without the intervention of a professional priestly caste. The sacrifice was the occasion for a feast, at which (for reasons which obviously worried Hesiod: *Theogony* 535ff) the gods received the entrails and the worshippers the edible portions.

Oracular shrines, from which by various means the enquirer might obtain advice about his future actions and their consequences, were already widely known: Homer mentions the shrine of Zeus at distant Dodona in Epirus and that of Apollo at Delphi. The interpretation of dreams was practised and the lot was also considered to reveal the will of the gods. The seer (*mantis*) was a valued member of the community: he knows 'present and future and past' (*Iliad* 1.70); though any unnatural or sudden natural phenomenon like lightning or thunder was material for his art, his primary means of discovering the right time for action was through watching the flight of birds according to fixed principles:

You tell me to obey the long winged birds; but I do not care whether they fly on the right to the dawn and the sun, or on the left to shadowy darkness. I put my trust in the counsel of mighty Zeus, who rules all things mortal and immortal: one bird is best, to fight for the fatherland.

(*Iliad* 12.237ff)

The evidence of heroic epic is fragmentary and potentially misleading; but it can be related to the subsequent development of Greek society. It can also be supported from comparative material: all the institutions of the Homeric world outside those of the *polis* find many parallels in other societies. But the usefulness of comparative material is not only in the way that it reveals the presuppositions behind isolated phenomena and suggests interpretations of them. It is also the interrelations between the institutions which can best be understood through comparing societies with similar structures. For instance, the Waigal valley area of Nuristan (eastern Afghanistan) possesses a 'society in which leaders have influence rather than authority and where an uncomplicated technology is used to meet the demands of a highly competitive ethos'. In this pastoral community, rank is sought and achieved through competitive feasts of merit, bridewealth and dowry are exchanged, disputes are settled by mediation through the elders. The objects of status are made by a separate and inferior class of craftsmen, and are even tripods, bowls and cups. The original warrior aims of killing Muslims in raids have had to be suspended; but the society exhibits the structural interrelation of many of the central aspects of early Greek society, and an ethic which is remarkably similar.

The slow evolution of the Dark Age resulted in a world which might seem static and fixed in its aristocratic ideas. But the differences between nobility and people were not great in economic terms; the distinction rested on birth and consequent style of life. As the organs of the *polis* gained more significance, the tension between the noble's world of honour and the people's world of justice became increasingly apparent; and the structural dissonance already present reacted with new factors to produce a century of change as swift and as fundamental as any in history.

5 Euboean Society and Trade

As conservative philosophers like Plato and Aristotle saw, one of the most powerful elements leading to change in early Greece was a natural one – the sea, offering a constant invitation to contact and to trade with other peoples. The Greek world created by the migrations of the Dark Age was already not so much a land as a sea unit, centred on the Aegean; local trade on a small scale existed from the eleventh century onwards, and a certain number of eastern artefacts or skills found their way into the area, by stages from Cyprus to Crete or Rhodes and on, or as a result of sea-raiding.

Short-haul trading was never an activity of high social status; in a land famed for its seamanship, Odysseus is insulted by a Phaeacian nobleman: 'you seem like one who travels with a well-benched ship, a master of sailors that are merchantmen, a man mindful of his cargo, watching his route and the gains he has snatched: you look no athlete' (*Odyssey* 8.159ff). Hesiod's instructions on seafaring (*Works and Days* 617–94) are mainly concerned with when and why not to go to sea: his gloomy view of trade is based on his father's experience, and reflects the small profits and comparatively high risks involved in such Aegean trading.

But this was not the only form of trade. Most attempts to assess the role of trade in the earliest period misunderstand it because they fail to distinguish between local and long distance trade; they assume a model of trade which is in fact only appropriate in the more developed economic conditions of the late archaic and classical periods, when bulk trade in commodities had developed. Because this was increasingly carried on by professional merchants, and because the quantity of trade earlier (and hence its strictly economic effect) must have been slight, there is a tendency to underestimate the importance of trade in early Greece both as a political factor and as a catalyst of social and cultural change.

It was the aristocracy who must have given the initial impetus to wider exploration beyond the Aegean, by creating a demand for two commodities. The first was metals, and especially crude iron from which to manufacture their increasingly complex weapons and armour; the goddess Athene, visiting Ithaca in disguise, claims to be an aristocrat, ruler of the oar-loving Taphians, on a voyage carrying shining iron to Temesa in exchange for copper (*Odyssey* 1.180ff). The second requirement of an increasingly prosperous aristocracy was for the finished luxury goods which their competitive life style demanded and which were often beyond the skills of Greek craftsmen. It was in these two spheres that the high risks of long distance trade were offset by high profits; and one area which could clearly supply both needs was the near east.

The earliest Greek contacts were with the Canaanites of the Levantine coast, a people known to the Greeks as Phoenicians, probably because of their monopoly of the only colour-fast dye in antiquity, the purple (*phoinix*) extract from the murex shellfish. The coastal cities of Phoenicia controlled the great pine and cedar forests of the Lebanon, the chief source of timber for Egypt, as for King Solomon; they had long owed their prosperity to this and to their position as middlemen between Mesopotamia and Egypt. The collapse of Hittite and Egyptian power in the early Dark Age left them independent; and even after Assyrian expansion began in the ninth century, their position was little affected: the navies of Sidon, Tyre and Byblos controlled the south and eastern Mediterranean seaways for themselves or as Persian vassals until the conquests of Alexander the Great.

Phoenician culture was urban: the cities were usually independent of each other, and built on heavily fortified coastal islands or headlands. Their art shows the typical characteristics of a trading civilization: eclecticism in forms and motifs from Mesopotamia and especially Egypt, mass production, and a concentration of craftsmanship on small easily transported objects in precious materials such as metal and ivory; the textiles for which they were famous have not survived. Their prosperity is denounced by the Old Testament prophets; Ezekiel for instance in the sixth century describes the trade of Tyre in detail:

Tarshish (in Spain) was a source of your commerce, from its abundant resources offering silver and iron, tin and lead, as your staple wares. Javan (Ionia, the Greeks), Tubal (in Cappadocia) and Meshech (Phrygia) dealt with you, offering slaves and vessels of bronze as your imports ... Rhodians dealt with you, great islands were a source of your commerce, paying what was due to you in ivory and ebony ... Dealers from Sheba (Aden) and Raamah (S. Arabia) dealt with you, offering the choicest spices, every kind of precious stone and gold, as your staple wares. Harran, Kanneh and Eden (in Mesopotamia), dealers from Asshur (Assyria) and all Media, dealt with you; they were your dealers in gorgeous stuffs, violet cloths and brocades, in stores of coloured fabric rolled up and tied with cords; your dealings with them were in these.

(Ezekiel 27.12–24)

The Greeks themselves believed that there had been earlier Phoenician settlements both in mainland Greece and the islands, and at the sites of many of their western colonies; the most famous of these stories is that of Kadmos (p. 90). But there is no archaeological evidence for such settlements, and the picture given in the Odyssey seems more plausible. Here the Phoenicians are traders, welcomed if mistrusted by the Greeks; such casual trade can be supported by eastern finds on Greek sites, and can be dated between the tenth and eighth centuries. More permanent contact began in the ninth century when the Phoenicians moved into eastern Cyprus, and founded Kition.

Many aspects of the culture and development of the Phoenician and Greek cities in this period are so similar that it is not always easy to see which was the innovator; for both were city-state cultures in a stage of rapid expansion, with a similar pattern of settlement in walled coastal sites, and perhaps even similar forms of government. Initially at least contact was friendly. Phoenician culture was technically more advanced, and literate : Phoenician craftsmen may have worked in Greek cities, on Rhodes, Crete and at Athens; and in the north Syrian trading posts Phoenicians and Greeks lived together from the early eighth century. The cultural consequences of this period of collaboration are discussed in the next chapter. The Phoenicians may have been the pioneers in opening up the western Mediterranean to trade, and perhaps in the foundation of colonies there : the traditional foundation date of their greatest colony, Carthage (814/3), is some two or three generations before any Greek venture; though the earliest archaeological evidence is late eighth century. At least it seems that the Phoenicians were responsible for the main technical innovations in naval architecture from the pentekonter to the trireme, and for showing the Greeks the importance and potential both of trade and seapower. But the ultimate result of such interchange was increasing conflict in Cyprus and rivalry for control of the west, which meant the gradual establishment of exclusive spheres of interest in the eastern Mediterranean, and in north Africa, Sicily and Spain, from the seventh century onwards.

The second phase of Greek contact with the east came with the establishment of permanent Greek trading posts. It has long been obvious that the great changes in Greek art and culture which took place in the late eighth century were connected with the near east, and that this 'orientalizing' movement was only partly due to Phoenician trading or foreign craftsmen; but it used to be thought that the influences came first to Ionia, whether through trade or overland across Asia Minor. More refined analysis of local pottery styles has shown that Ionian orientalizing is late and derivative; the earliest appearance of the style was in mainland Greece, at Corinth about 725. With recent excavations the routes of diffusion have become clear.

The excavations of Sir Leonard Woolley from 1936 to 1949 are a classic example of the use of archaeology to solve a particular historical problem. He argued that the line of communication between Greece and the east in both the Mycenean and the archaic period must have passed between the Hittite and Egyptian spheres of influence, and therefore up the valley of the Orontes on the borders of Turkey and Syria; in a series of planned excavations he established the detailed history of this trade.

The Orontes valley was well known to the Myceneans; but there is no sign of Greek presence during the Dark Age, until the establishment shortly before 800 of what rapidly became a major trading post, at Al Mina on the mouth of the river. Unfortunately the town centre and residential quarters were not discovered, so that little can be said of the organization of the settlement: these areas had either been swept away when the river changed course, or had been built separately on higher ground. The excavations revealed the commercial quarter of a large port, with a succession of levels containing warehouses, offices and shops : the later warehouses were substantial single storey buildings of mud brick on stone foundations; they were arranged in blocks of fairly uniform size with a rectangular street plan, and in some cases there was evidence of specialized trade – particular types of pottery container, a silversmith's shop, and ivory tusks. There is little doubt that this was the main port for Greek trade with the east from about 800 until at least 600; and it remained important for a further 300 years.

The pottery shows that the site was occupied from the start by Phoenicians, Cypriots and Greeks. The early Greek pottery can be divided into two periods : the first lasts from 800 to 700, when there is a definite though short break in the occupation of the site. Sargon of Assyria conquered the area around 720; and under his successor Sennacherib, Cilicia and Syria revolted : the break in occupation probably coincides with the crushing of the revolt and the sack of Tarsus in 696. The shapes and decoration of the Greek pottery in this early period are distinctive; more recent excavations have shown that they derive from Euboea.

The place where these Euboeans (led perhaps by Greeks from Cyprus) established their settlement shows the typical signs of a trading post : it is on the fringes of an area of advanced civilization, where political control was weak, and where they could gain access to the luxury goods of Mesopotamia, Phoenicia and (through the Phoenicians) Egypt. The metals of south-east Anatolia were also exploited, for in the same period Greek geometric pottery similar to that at Al Mina is found at Tarsus; but whereas in Tarsus the Greeks seem to have lived in a native town, Al Mina was an established *emporion* or trading post, whose mixed community must have been reflected in its political and religious organization. The Greeks received iron, worked metal objects, fabrics, ivories and other semi-precious ornaments; it is far less easy to determine what they offered in exchange. Silver is relatively common in the Aegean area; and the later interest of Euboean towns in backward regions such as the west and the Chalcidice in north Greece, suggests that they may have engaged in slave-raiding to finance their eastern trade; Ezekiel at least mentions slaves as a typical Greek commodity.

The same pattern is being revealed in the west. The earliest western colony of the Greeks was also for some time the most distant – on the bay of Naples. The original settlement was a joint venture from the two main towns in Euboea, Chalcis and Eretria, on the island of Pithecusae (Ischia); the site is a steep-sided peninsula previously uninhabited, with two good harbours but little cultivable land nearby. Later, whether from political troubles or because the desire for security lessened, most of the settlers moved to the mainland where they founded Cyme. Excavations in progress since 1952 at the original island settlement show that the Greeks arrived around 775; by 750 their numbers were substantial. The earliest pottery is mainly Euboean and Corinthian; one of the chief occupations of the community was iron smelting: a group of buildings used for metal-working and a number of clay mouthpieces for bellows have been found, together with iron slag which appears from analysis to come from Elba. Although no military or aristocratic tombs have yet been found, the early graves of the settlers show a high degree of sophistication; in particular they contain a large number of eastern objects – from the eighth century alone over a hundred Egyptian scarabs, and almost as many seals from north Syria and Cilicia, together with near eastern pottery; these objects must have come as a result of trade through Al Mina.

The history of Greek settlement on the bay of Naples is parallel to the history of Al Mina, though with important differences. The settlement may or may not have been an official colony of Chalcis and Eretria, rather than a trading post; the presence of Corinthian pottery is explained by the fact that Corinth was an essential staging point on the journey to the west, for Greeks tended to avoid the voyage round the Peloponnese by taking ship from Corinth. Once again the settlement was founded on the edge of the sphere of influence of a major power; for there is an obvious connection between its position and the Etruscans to the north, who were able to control the sources of metal in their area and also the tin and amber routes from Britain and the north. But whereas Phoenicia and Mesopotamia were more advanced than the Greeks, Etruscan culture was only just entering its urban phase.

74

The Etruscans are absent from Homer; they appear first in Hesiod (*Theogony* 1016), and in one of the archaic Homeric hymns to Dionysos (7), which describes how the god was carried off when 'there came swiftly over the wine-dark sea Tyrsenian (Etruscan) pirates on a well-decked ship'. The urbanization of Etruscan settlements from the eighth century onwards may be a natural development; but in most respects contact with Greeks transformed Etruscan culture. The Phoenicians do not seem to have penetrated as far north as this before the early seventh century; so it must have been on the basis of Greek seafaring that an area of hill towns so devoid of natural harbours took to the sea, and won its reputation for piracy. The beginnings of Etruscan culture are marked by an 'orientalizing phase'; the first signs of eastern imports begin around 750, and the phase is at its height from 700 to 600. The exact significance of this phenomenon is linked to the controversial question of the origins of the Etruscans, since it has been used to support the ancient theory that they were immigrants from Lydia. But the objects themselves are not Lydian: they are no different from those found in contemporary Greek sites. It seems likely therefore that this trade was not in the hands of Etruscans or Phoenicians (at least initially), but rather of Greeks; even before 750 Euboean pottery is found at Veii in south Etruria, and a distinctive form of dress pin is known from both Etruria and Pithecusae. This hypothesis is supported by the fact that the orientalizing phase is followed from 600 by a period in which Etruscan culture is dominated by Greek imports and Greek artistic techniques; and the adaptation of Greek writing and Greek infantry tactics below pp. 94, 119) are further signs of the importance of Greek influence on Etruria. As with the Phoenicians, the later evidence of piracy, rivalry and open warfare between Greeks and Etruscans is a product of close contact which initially was friendly. So began the process of the Hellenization of Italy, which was to culminate in the culture of Rome.

The trade route which can be traced from the near east to Etruria through Al Mina and Pithecusae was in the first instance the product of a search for metals and luxury goods on the part of the aristocracy of Euboea: at its centre lay a society whose life style was influenced as much by the wanderings of Odysseus as by the warrior virtues of the *Iliad*. Of the two chief cities on Euboea, Chalcis probably lies under the modern town and has not been excavated; but Swiss and Greek excavations at Eretria show that it emerged suddenly as a prosperous community some time after 825. The period 750–700 was one of major temple building, and in the next century there were considerable public works in fortification and to control the river course. The absence of earlier remains is perhaps explained by a site half way between Chalcis and Eretria on the edge of the Lelantine Plain at Lefkandi: here British excavations have revealed a large settlement, with remarkable continuity and increasing prosperity throughout the Dark Age, until a sharp decline after 825; the site was finally abandoned around 700. It has reasonably been suggested that this was the original Eretrian settlement, which moved to the later Eretria in the late ninth century. The importance of the community at Lefkandi is shown by the comparatively large amount of gold ornaments and eastern imports found in the tombs; the working of metal is attested by a ninth century bronze foundry.

A pale reflection of the last age of this society survives in the literary sources, with memories of a great war fought between Chalcis and Eretria for possession of the Lelantine Plain. In a brief sentence Thucydides contrasts it with other early border wars: 'it was particularly in the old war between the Chalcidians and the Eretrians that the rest of the Greek world also divided in alliance with one side or the other' (Thucydides 1.15). Scattered references to early friendships between cities can be used to establish a tentative list of those on each side:

Chalcis	Eretria	
Samos	Miletus	(Herodotus 5.99)
Erythrae	Chios	(Herodotus 1.18)
Thessalians		(Plutarch, *Moralia* 760)
Corinth	Megara	
Sparta	Messenia?	

Other cities may be added with less certainty, but these names are already impressive enough to justify Thucydides' claim that the conflict split Greece into two rival camps, and that in this respect it differed from earlier border wars; he does not however suggest that the war was comparable in its organization to the Trojan or Persian Wars, with which it is implicitly contrasted. The evidence suggests not so much joint expeditions or grand alliances, as a series of limited border wars with their epicentre in the Lelantine Plain: Thessalians helped Chalcis on the battlefield, but in most cases the conflict was more indirect; it is noticeable that pairs of neighbours, traditionally hostile to each other, tend to be found in opposite camps. The earlier co-operation between Chalcis and Eretria ended abruptly; political troubles between the settlers may be behind the move from Pithecusae to Cyme; Corinthians drove out Eretrian settlers from Corcyra in 733, Chalcidians in Sicily expelled their fellow Megarian settlers from Leontini; Corinth and Samos helped Sparta against the Messenians. The various episodes seem to belong to the last thirty years of the eighth century. The consequences of this series of conflicts was a set of alignments which remained remarkably stable in the subsequent century, and had great influence on the political and economic geography of Greek expansion. The Eretrians and their friends were frozen out of the west by Chalcis and Corinth, to the ultimate advantage of Corinthian trade; the oracle at Delphi became closely linked with western colonization and the friends of Corinth. On the other side the position of Eretria and Miletus with their allies (especially Megara) was stronger in the area of the Black Sea and its approaches.

But these long term consequences need bear little relation to the origins of the conflict, which seem to have been in the struggle for territory between two neighbouring aristocratic communities. Two factors transformed this border war into a larger conflict. The first was that the two states involved were the centre of a nexus of trade carried on by or on behalf of the aristocracy; this trade will have resulted in a series of guest-friendships between individual aristocrats like those described in the Homeric poems; in the new world of the *polis* the increasing institutionalization of the position of these aristocrats meant that as magistrates they could speak for their respective communities, and so involve them in international political relations for the first time. The transition from aristocratic household to city-state had been made in the field of international relations, though vestiges of an older style of diplomacy always remained. In classical Greece a state would appoint as its representative abroad a native of the foreign state, who would belong to a prominent family in his city, as hereditary *proxenos* or guest-friend: the old concept of aristocratic guest-friendship lies behind this system.

77

The Lelantine War marked the end of an era in another way. It was the last war fought in the old style between the leading proponents of that style; an early oracle ran:

> Best of all land is Pelasgian Argos,
> the horses of Thessaly, the women of Sparta,
> and the men who drink the water of holy Arethusa
>   (in Chalcis)

(Palatine Anthology 14.73)

Strabo, who mentions this poem, claims also that Eretria controlled Andros, Teos, Ceos and other islands; and he records an inscription from the shrine of Artemis Amarynthios near Eretria which mentioned a procession of 3000 infantry, 600 horsemen and 60 chariots (Strabo 10.448) – a large force for such a city, and an impressive display of horsepower. The aristocracy of Chalcis was called the 'horse-rearers' (hippobotai), and ancient descriptions of the fighting emphasize the importance of 'cavalry' (that is probably aristocratic mounted infantry); it was in fact a gentleman's war, for another inscription in the shrine of Artemis recorded an agreement 'not to use long distance missiles', that is the stones and arrows of the lower classes. The style of fighting was perhaps remembered in the next generation, for despite the future tenses Archilochos seems to look back in saying:

> No bows will be stretched in numbers, nor slings in multitudes, when Ares joins the struggle in the plain; but it will be the dour work of swords, for this is the style of battle that they are masters of, the spear-famed lords of Euboea.

(Archilochos Fragment 3)

It was a truly epic war. One by one the champions fell; Kleomachos the Thessalian was commemorated with a pillar in the gathering place of Chalcis; the funeral of Amphidamas champion of Chalcis was celebrated with heroic contests modelled on those in epic, at which Hesiod won his prize (Works and Days 654–7). And on the other side excavations at Eretria have revealed a shrine with many seventh century offerings and sacrifices over a group of six warrior cremations from the period 720–680; the central and earliest one was of a noble buried with four iron swords, five spearheads of iron and one of bronze (a Mycenean heirloom, perhaps serving as his *skēptron*), and a handsome Phoenician scarab in a gold setting – a *basileus* of Eretria who (like Glaucus and Sarpedon in the *Iliad*) was with his companions especially honoured during his life and looked on as a god after his death.

How long the war lasted is uncertain, as is its outcome. The Chalcidians won one battle with Thessalian help, but the archaeological evidence from Eretria suggests that it suffered no major setback. Lefkandi was finally abandoned; but that is not surprising, for it stands half way between Chalcis and Eretria on the edge of the disputed Lelantine Plain, which geographically belongs to Chalcis. At Al Mina Euboean interest virtually disappears; after the break around 700, the pottery from the period 700–600 is largely Corinthian (perhaps carried by Aeginetans, who produced no pottery of their own) and east Greek, from such centres as Rhodes, Samos, Chios and (probably) Miletus. It seems that as usual neither protagonist in the war benefited: exhausted by the conflict, they were never again politically important. The rewards of their exploits overseas and the leadership in Greece passed to others; the old oracle was continued to fit a new generation:

. . . . But better still than these are they who dwell between Tiryns and Arcadia rich in sheep, the linen-corseleted Argives, gods of war.

Contact with the near east brought many changes to Greek
society in the century from 750 to 650. Some of these were
purely practical, such as the introduction of the domestic
chicken: absent from Homer and Hesiod, as from the Old
Testament, this bird first appears on proto-Corinthian pottery
around 650; the earliest reference to the familiar sound of
cockcrow heralding the dawn is in Theognis (864), and the
cock was known as 'the Persian bird' from its supposed country
of origin (which in fact was ultimately India); but by the age
of Pindar it had become the symbol of domesticity (*Olympians*
12.20). In social customs there were other innovations, such
as the practice of reclining on couches at banquets, rather than
sitting as the Homeric heroes had done. This is mentioned as
a north Palestinian custom by the prophet Amos (6.4); it spread
throughout the Greek world in the course of the seventh century. The transformation of the Homeric warrior feast of merit
into the aristocratic symposium with its elaborate drinking
rituals, games, songs, poetic and verbal contests, dancing girls
or male companions, and its suppressed or open sexuality, is
one of the most significant changes in Greek aristocratic life:
it produced a highly sophisticated and refined culture, centred
on the pleasures and arts of the drinking party, not unlike the
world of early China (ch. 12).

The intimacy of the contact between Greeks and Phoenicians is shown by the number of Semitic loan words in Greek,
especially in the area of material culture – the shapes of pottery vessels, words for articles of clothing, and fishing or sailing
terms. But the means by which this transmission occurred and
the effect it had on the Greek recipients can best be studied in
three main areas: art, religion and literacy.

The psychological roots of conventionalism in art have been
explored by Sir Ernst Gombrich in his book *Art and Illusion*.
In his responses, the artist is half consciously conditioned by a

set of visual schemata derived from the artistic tradition, in relation to which he interprets his task, whether it be the creation of abstract designs or the representation of the internal or external world; even the modern artist, with all his emphasis on individuality and experiment, is as caught in such problems as the painter of geometric pottery. Change takes place in accordance with social, technological or aesthetic pressures as much as in response to individual genius; and in a traditional society which emphasizes craftsmanship and skill above originality, such changes will normally be slow. In this situation it is the meeting of two different artistic traditions which is most likely to have a revolutionary impact, partly in substituting a new set of conventions for the old, but also by at least partially freeing men's vision from the unconscious tyranny of inherited schemata, and so enabling them to see for themselves. The orientalizing period in Greek art is a model of such a change.

In the complex process of fusion, substitution and liberation, the mode of transmission of artistic skills is important. We can distinguish first the migration of artists from the migration of objects. The ambivalent position of the craftsman in Greek society, his role as a 'public worker' who might move from one community to another, undoubtedly offered the opportunity for immigration by foreign craftsmen; and despite the obvious cultural and linguistic barriers, occasional interchange of this type occurred. From the late ninth century Phoenician metal workers on Crete were producing beaten bronze objects for dedication, which have been found at the Idaean cave (refuge of the infant Zeus), Olympia, Dodona and in Etruria; in the same period Phoenician goldsmiths were working at Knossos and perhaps at Athens; and the origins of Athenian ivory carving suggest contact almost as close. Greek craftsmen themselves travelled to the centres of distribution, and set up workshops in trading posts, where they would have had easy access to eastern workers. Such migration of artists can be detected partly from the artefacts themselves; but it is chiefly presupposed in the transference to Greece of technical manufacturing skills which could only have been learned through personal contact. The working of gold filigree and granulation, the cutting of jewel stones, ivory carving, the use of the terra cotta mould, and the lost wax method of bronze casting, are all examples of such skills.

Despite the importance of these contacts, the migration of objects was both more common and in conceptual terms more significant for the history of western art. Here the nature of the evidence results in a curiously oblique picture. Pottery was not imported into Greece, for the Greeks were already capable of producing vessels superior to those of the east; the primary imported objects available to Greek artists were engraved or cast metalwork, and (probably most important of all) textiles: fragments of metal have survived, but not a trace of the fabrics. And the problem is complicated by the fact that our evidence for the reception of these influences is largely confined to the one medium not imported – painted pottery. In such a situation we need to look first at effects, before speculating on causes.

The Geometric style in pottery was comparatively homogeneous between different areas, though its most developed centre was at Athens. The dominant motifs are regular geometric patterns deployed in bands around the vase, and serving therefore to emphasize admirably its shape. The basic alternation of broad bands or narrow lines of glaze was painted by rotating the vase on the wheel: the multiple brush and compasses were also used. Other patterns such as chequer boards, swastikas, zigzags and meanders were painted freehand, until the surface of the vase was covered; it has been suggested that many of these patterns reveal the influence of basketwork. When natural figures were introduced, it was usually on the shoulder or neck of the vase as repeated stylized animals, or as scenes in a small panel; they were painted in black silhouette. The great Athenian funeral vases (plate 2a) which stood as markers and libation vessels over the graves of the dead show the limits of this style in narrative art. The mourning scene is generalized, each element presented separately – horses' legs and chariot wheels side by side to the correct number, regardless of whether they are in fact visible; in the human body the triangle which represents the trunk is presumably frontal, while the legs are twisted to show the direction of motion: the ritual beating of the head demonstrates the nature of their activity. The body of the dead man is turned towards us and lifted from the bier; the checked shroud hangs over it in mid air. The occasion and the purpose of the vase are crystal clear, but individuality and emotion have to be imagined. Sometimes the trappings of a chariot race suggest magnificent funeral games; there are occasional scenes of sport and dancing, warfare and even a shipwreck (is the sailor astride the upturned boat Odysseus?): these perhaps represent a Homeric repertoire of the realities of life indifferently, for it is doubtful whether the two were distinguished.

The orientalizing style in pottery first appears in Corinth around 725 with proto-Corinthian; a little later (perhaps because of the greater sophistication and therefore greater resistance of Attic Geometric) the same tendencies appear in Athenian pottery. Other local orientalizing styles swiftly emerged, and within fifty years the transformation was complete. The changes affected both techniques of drawing and the repertoire of motifs, in the same direction. The Geometric silhouette was replaced by a flexible combination of black figure silhouette with incised details (the Black Figure technique), which was combined with outline drawing and extra colour: the result was a style which, while relying on outline and lacking the concept of shading, could achieve a remarkable level of naturalism. This tendency is also reflected in the repertoire of motifs. The new freedom of line allowed many forms of curved patterns, spirals and curls; a whole range of eastern decorative motifs came in – volutes, rosettes, palmettes, lotus flowers and buds, and complex forms of the 'tree of life': although the Greeks can have seen few of these plants in real life, their renderings often show a recognition that they are plant forms, and not mere decorative devices. The same relative tendency towards naturalism is shown in the new love of animal drawing and animal friezes; yet again few if any of these animals were observed from real life. Horses and dogs, hares, cocks and deer may have been; but to a Greek, lions and panthers were as fabulous as sphinxes, sirens, gorgons, chimeras and other winged monsters: such composite beasts are clearly copied initially from another tradition, until they lead the artist into the realms of free fantasy. Curiously they had little impact outside the artistic sphere; only centaurs (probably a Greek invention) became seriously embedded in Greek mythology as a particular hybrid race with a specific character. The models of these animals can often be identified with precision: the lion for instance is first Hittite and later Assyrian in form.

The result of this orientalizing animal art was clearly not so much a closer look at the real world, as greater freedom for the imagination – naturalism not realism. In the human figure the Geometric proportions are bodied out to give a freedom of gesture and expression which encourages the portrayal of emotion and narrative. Mythology is liberated; the figures can be seen to tell complex epic stories, or to wear contemporary armour and perform contemporary actions. The supreme example of this tendency in proto-Corinthian pottery is the Chigi vase on the cover of this book (about 650), by a painter who has used his mastery of the new engraving and line drawing techniques to portray contemporary Greek scenes – a hoplite battle, a religious procession on horseback, and a hunting scene.

The sources of some of the new techniques are easily identified: the practice of incising details is foreign to the skills of the Greek painter, and must derive from the copying of engraved metal objects; this gives a clue to the source of the sudden freedom of line and the importance of outline. But the influence of fabrics remains elusive. Particular styles of decoration or motifs seem closer to embroidered, woven or printed cloth: the east Greek 'wild goat style' for instance has often suggested the techniques of tapestry. But such speculations must remain impressionistic until the evidence, both literary and artistic, for decorated fabrics in Greece and the near east has been collected and properly studied; this remains the most important gap in our understanding of the transmission of oriental motifs to Greece.

The orientalizing style lasted roughly a hundred years, until the Black Figure style gradually discarded its more exuberant manifestations. Its importance is often played down by art historians, who rightly point out that Greek art was never derivative from the east; the borrowings and adaptations were creative, partly perhaps because of the need to transfer them from one medium to another. Nevertheless it is I believe the fusion of Geometric narrative with eastern naturalism which gave to Greek art, and hence to western art, its distinctive directions – an interest in the portrayal of reality as it is, as opposed to style and decoration, its freedom in experimentation, and its particular concern with man and his works as the subject of art.

The transmission of religious ideas is never a simple matter: when an idea, a teaching or a ritual crosses a cultural frontier, it suffers a sea change which cannot always be detected beneath the surface continuities. Each foreign phenomenon is misunderstood or reinterpreted to fit into existing religious and social patterns, for it must be remembered that, to the believer, the origins of his beliefs are not important: what matter are their coherence and their relation to his life on earth. Nevertheless new ideas, however well assimilated, help to create a new religious order, and thereby influence the foundations of society.

The complexity of the process of transmission can be seen in a specific case – the cult of Adonis, which must have entered Greece during this period. Its origins lie in a typical near eastern fertility cult, the worship of a mother goddess together with her paramour, Astarte and Baalat of the Phoenician town of Gebal (Byblos), which later developed into the centre of the Adonis cult (Lucian, *On the Syrian Goddess* 6). But the Greeks already possessed in Demeter their own somewhat different fertility goddess: the more sexual orientation of the Byblos cult (where ritual prostitution was practised) led them to identify Astarte with Aphrodite. It is as a consequence of this equivalence that Adonis entered Greece: he was never worshipped independently of Aphrodite, and the cult may well have spread by way of Cyprus, which was her island. The name of her lover in fact derives from a misunderstanding of the Phoenician ritual cry, *Adon*, 'Lord'.

The myth of Adonis retains many elements related to his original role as a dying vegetation god; the Greeks were aware of this aspect, as is shown by the explicit connection with the myth of Demeter: her daughter Persephone in the underworld shares the favours of Adonis with Aphrodite above. But this does not mean that for the Greeks Adonis was a god connected with vegetation: the general interpretation of the Adonis myth is overtly sexual.

The rituals have been similarly transformed. The Greek cult of Adonis was in various ways opposed to indigenous fertility cults; unlike them it was private rather than public, practised primarily by women of all classes including foreigners and prostitutes, and regarded as a period of female disorder. 'Gardens of Adonis' were artificially grown in shallow vessels, exposed on the roof tops and then thrown into the sea; the practice is referred to in Isaiah (17.10) and relates to the death and renewal of vegetation. But in Greece, Plato and perhaps others interpreted the ritual as a sign of unnatural cultivation in opposition to normal modes (*Phaedrus* 176b). The chief feature of Greek cult was the ritual lamentation for the dead Adonis; but again this was no celebration of the death and rebirth of vegetation. The hymns sung by women mourn forbidden fruit – the fantasy lover that society has deprived them of, and those frontiers of desire which they will never know: it is this aspect of Adonis as the young lover which has entered the western mythology of love. Appropriately Sappho provides the earliest Greek evidence of his worship, in the cult of Aphrodite among the women of Lesbos:

Tender Adonis is dying, Cytherea (Aphrodite). What shall we do? Beat your breasts, maiden, and tear your garments.
(Fragment 140 = 107D)

This ritual too is eastern: 'Behold there sat women weeping for Tammuz.'

(Ezekiel 8.14)

It is in myth rather than ritual that the transformations effected by eastern influences can be traced most clearly. As Herodotus said (p. 66), Hesiod stands at the beginning of Greek thought about the gods; and it is Hesiod who shows that the systematization of Greek religion was inspired by eastern models. The central organizing principle of the *Theogony* is a 'succession myth', which both in its structure and in many details shows a close correspondence with eastern succession myths. Three of these are known in some detail. The first is the Babylonian creation myth, *Enuma Elish*, a ritual text recited annually at the Babylonian New Year festival, and preserved in several copies, the oldest of which is around 1000 BC; the language is Akkadian, but the mythological background is Sumerian, which suggests that much of it may go back to the oldest stratum of Mesopotamian mythology. The second succession myth is the myth of Kumarbi, found in the royal archives of the Hittite capital of Boghazkoy which was destroyed at the end of the thirteenth century BC; the myth is Hurrian in origin, a people who ruled south-east Asia Minor, northern Syria and northern Mesopotamia in the second millennium before their conquest by the Hittites. Finally a Greek work of the early second century AD by a certain Herennius Philo of Byblos, preserved only in excerpts, purported to be a

translation of a *Phoenician History* by Sanchuniathon; the date
of the original is unknown, but it is probably after 300 BC,
when this genre of national history became popular. The Greek
'translation' was clearly written by someone who recognized
the parallels between the Phoenician original and Hesiod: it is
not therefore safe to use it for comparison with Hesiod. Nevertheless there are enough genuine Phoenician elements in the
Greek version to prove the existence of a Phoenician succession
myth of the same type as the Hurrian-Hittite myth; the two
were presumably closely related.

Certain details in the Hesiodic myth find parallels in the
Babylonian texts, but in general it is the Hurrian myth which
is closest to Hesiod, as can be seen from this brief synopsis of
each:

Kumarbi myth	Hesiod
Anu (the Babylonian sky-god)	Ouranos the sky) prevents his children by Gaia (earth) from being born, by constant intercourse; he
fights with Kumarbi who bites off his genitals and swallows them.	fights with Kronos (son of Gaia) who cuts off his genitals and throws them away: from them are born various deities.
He becomes pregnant, begets three gods, spits out two,	Kronos swallows his own children as they are born; by a trick instead of Zeus
swallows a stone (?) and finally brings forth the Weather-god chief deity of Hurrians and Hittites,	he swallows a stone. He vomits up his offspring. Zeus (lord of thunderbolts) chief deity of the Greeks
who overthrows Kumarbi. Kumarbi plots against the Weather-god by means of a giant which he begets on a stone.	overthrows Kronos. Kronos uses his brothers the Titans to war on Zeus.

An exact correspondence between such myths is not to be
expected; between these two written texts we must suppose
a chain of oral transmission of unknown extent in time and

space, involving an unknown number of intermediary versions, and conducted across a series of language barriers by men who belonged to wholly different cultures, and who were probably not professional priests interested in the details of ritual and belief. Still the similarity in general structure and the common use of specific (and bizarre) motifs are obvious. The parallelism indeed goes deeper: Kumarbi and Kronos are both curiously amorphous deities, and each is identified elsewhere with the Phoenician god El; in both cases it is only the last god in the succession myth who has any importance in cult. This reflects the similar function of each myth, which is to create relationships between existing divinities, both internally, and externally to other systems of belief such as the Babylonian; this is achieved by specific connections and equivalences (the Babylonian Anu as the first god=Ouranos), and by more general similarities. The relation between Hesiod and the Hurrian myth cannot be explained by the transmission of a series of folk-tale motifs, for it is the conceptual framework central to both religious systems which is the same.

Eastern influence on the basic structure of Hesiod's theogonic system is clear; but the date at which this influence entered Greek myth is controversial, and concerns ultimately the extent to which Hesiod can be seen as an original and independent thinker. A number of scholars, for instance G. S. Kirk, would hold that the Greek succession myth is considerably older than Hesiod, and must therefore go back to the period of Mycenean contact with the east; it survived the Dark Age within or alongside the Homeric epic tradition. But there are problems in this view. There is no evidence for a specific vocabulary in Hesiod independent of Homeric epic, such as we might expect if there had been a well-established theogonic tradition with its own formulaic language. Moreover there is no sign in the Homeric poems of the eastern elements so prominent in Hesiod; it seems likely that these stories were unknown to the epic tradition. A number of eastern elements undoubtedly came early into Greek religion, largely from Asia Minor: Apollo, Artemis, Hephaistos and Aphrodite all have eastern analogues or connections. But these general relationships are quite different from the detailed and specific connections between Hesiod and Hurrian mythology: the discontinuity in the Dark Age makes it very unlikely that such correspondences could survive in the absence of a specific linguistic context or a specific priesthood and ritual.

The alternative is to accept Hesiod as the originator of theogonic poetry in Greece: such an innovation helps greatly to explain both his dependence on Homeric vocabulary and techniques, and his awkwardness in deploying them – he is stretching the traditional epic style beyond its limits. It would not be surprising if versions of eastern myth, prevalent in the Hurrian area around Al Mina and known to the Phoenicians, should appear in Greece first in central Boeotia, scarcely a day's journey from the cities of Euboea; and Hesiod, as an immigrant from an area of epic tradition, was ideally suited to hear the call of the Muses, and undertake the task of relating the old disorder of the Greek gods to the newly discovered divine systems of the east, with all the zeal of an Ezra establishing the canon of the Pentateuch. The figure of Hesiod is in fact more at home in the thought world of the near east; it is not surprising that he describes his call to poetry in terms very similar to those used by the Hebrew prophet Amos about a century earlier (Amos 7, 14–16).

Having brought order to the world of the gods, in the *Works and Days* Hesiod attempted to do the same for men; here too, although the detailed advice is wholly Greek, the general scheme of the poem recalls the collections of wisdom literature known in the east, and some of the central myths have eastern analogues. In explaining the reasons for man's hard life on earth, Hesiod tells two stories. The first is also found in a slightly different form in the *Theogony*: Zeus, angry with Prometheus for stealing fire and giving it to man, had the gods create another gift, a woman of great beauty and evil, from whom womankind is descended. In the *Theogony* she is herself enough to explain man's woeful lot; but in the second version (where she is called Pandora – 'all-gift') she opens a jar from which pains and evils escape, leaving only hope caught within the lid (*Theogony* 570–593; *Works and Days* 53–105). The myth contains a number of elements which are not easy to explain – for instance, why the double motif of evil woman and jar of evils, and what is hope doing in the jar? But the general meaning of the story is clear: it attributes the origin of evils in the world to woman, a claim which may relate to a particular folktale motif, whose most famous example is the expulsion of Adam and Eve from the garden of Eden: like the Hebrew version, Hesiod lay emphasis on the relation between knowledge and the coming of evil, through the role of the brothers Prometheus (foreknowledge) and Epimetheus (after-knowledge).

Hesiod's second myth describes how five races of men have inhabited the earth, the ages of gold, silver, bronze, heroes, and iron. The general conception is of deterioration until the present age of iron, though not all elements fit this pattern completely, and only the first age and the last two are constructed with any great care. This account of the early history of mankind contains one major oddity – the inclusion of a non-metallic age, which is clearly designed to accommodate the specifically Greek concept of the heroic past portrayed in epic. Without this addition, the myth has interesting eastern analogues. The great Sanskrit religious epic, the Mahābhārata, operates with a conception of four ages (yuga) symbolized by the four throws of the dice, which are both numerically and ethically in descending order; and there is a middle Persian Avestan story of the dream of Zoroaster in which the four ages are characterized by the four metals, gold, silver, steel and iron, but neither of these texts is easy to date, and in their present form they are at least a millennium later than Hesiod; however the book of Daniel of the second century BC contains in the dream of Nebuchadnezzar a similar succession of kingdoms symbolized by gold, silver, bronze, and iron. In all these different versions the theme of degeneration is central; Hesiod's story seems to be the earliest witness of a tradition which has influenced a number of different cultures as well as entering Christian thought, and which is again probably Mesopotamian in origin.

Despite its debt to external models, Hesiod's thought has its own coherence and in a Greek context its own momentum. We have seen how his social preoccupations led him to relate the divine world to the world of man by creating genealogies deriving abstract political concepts from the gods; this mode of thought has no parallel in the east and heralds a new stage in civic consciousness. In two other respects the example of Hesiod had important implications for the development of Greek thought. The unusual separation of myth from ritual in the Greek world cannot be wholly attributed to him, for it is also present in Homer; but the foreign origins of so much of his theogonic system must have created a deep split between myth and ritual which goes far to explaining their subsequent independent development. Secondly Hesiod founded a Greek tradition of theogonic speculation concerning the place of the gods in the universe, and in particular their role in the creation of the world; again his ideas have eastern parallels in the Babylonian creation myth and in the book of Genesis (see especially *Theogony* 116–133 and 736–745). This tradition had a wide influence: it is reflected for instance in the Spartan poet Alkman, in the beliefs of the mystical Orphic sect (who traced their origins to the legendary singer Orpheus) and in the prose work on the origin of the world by Pherekydes of Syros (perhaps sixth century BC). Such cosmological speculation provided the base from which arose the Ionian theories about the ultimate physical composition of the universe, which were the origins of scientific thought. It was in this context that F. M. Cornford once quoted the Hebrew proverb, 'The fear of the Lord is the beginning of knowledge'.

Homer describes a society without writing: it is referred to obscurely and only once, when Proetus sent Bellerophon to the king of Lycia, 'with bitter tokens, scratching in a folded tablet many deadly things; .... when he received this evil token', the king sought to kill Bellerophon (*Iliad* 6.166ff). The poet's use here of various words which were later connected with writing suggests that he may well have known the technique himself, but regarded it as 'unheroic'. The Greeks were clear that their own system in fact derived from Phoenicia: the old word for letters was 'Phoenician objects' (*phoinikeia*), and an inscription from Crete has produced also a verb *poinikazein* 'to write', and a title *poinikastas* for a hereditary scribe. Herodotus indeed tells how the Phoenicians under Kadmos settled in Thebes, and 'introduced skills into Greece, in particular writing, which I believe did not exist before among the Greeks' (5.58ff).

Two main principles can be seen behind the writing systems which had evolved in the near east and Egypt. The first is the pictographic principle, in which objects are represented by pictures, which develop through simplification and extension into ideograms capable also of standing for particular concepts and even sounds; the second, more abstract principle involves the systematic representation of syllables rather than words by signs. In practice most early scripts combine these two principles in varying degrees. The Semitic scripts which evolved during the second millennium BC must to some extent derive from these earlier methods, though quite how is not yet clear. But essentially the writing system which was perfected in Phoenicia is a simplification of the syllabic principle, in which, instead of recording all consonant-vowel combinations, the vowel-changes (and therefore most of the vowels) are ignored; the result is a system of writing which records primarily consonants except for initial 'a': this has the disadvantage of being considerably more ambiguous than syllabic scripts, but the advantage of requiring only a very small number of signs. Thus the Phoenician alphabet has 22 letters, whereas the Accadian syllabary for instance used 285 signs, Mycenean Linear B over eighty, and even the later Cypriot Greek syllabary had 56. The elimination of vowels is not in fact a serious drawback in Semitic languages, where they serve mainly to modify consonantal stems; and the consequences of the enormous gain in simplicity are brought out by the Jewish writer Josephus, who says 'among the nations in touch with the Greeks it was the Phoenicians who made the largest use of writing, both for the ordinary business of life and for the recording of public affairs' (*Against Apion* 1.28). But though literacy was probably more widespread in Phoenicia than in earlier cultures, it is not in fact clear whether writing had emerged fully from the status of a craft or skill possessed by a class of scribes. The biblical evidence of course refers to a culture more backward than the cities of the coast, but it suggests the continued use of professional scribes alongside a literate aristocracy.

The relationship between the Greek and Phoenician writing systems is very close. The Greek letter shapes are adapted from Phoenician; the order of the two alphabets is essentially the same; and even the names of most of the Greek letters, which have no significance beyond their initial sound (*alpha, beta, gamma* ...), are taken from Phoenician words which have meanings in themselves: *aleph* means 'ox', *beth* 'house', *gimel* 'throwing stick', and so on. The adaptation of Phoenician to Greek is almost mechanical, except in one essential respect: the invention of vowels transformed what can in a certain sense be seen as a simplified syllabic script, into a genuinely alphabetic script, in which all the main speech sounds (vowels and consonants) were for the first time isolated and represented individually. The resulting system has proved so flexible that it is still in use for most modern languages, and can in fact represent adequately all languages which are 'spoken' in the normal sense.

The particular modification introduced by the Greeks was thus revolutionary in its consequences, but it shows the same meticulous study of the Phoenician script. For the forms of most of the Greek vowels are derived from Phoenician consonantal or semi-consonantal letters for which Greek had no use, and even their position within the Greek alphabet is the same as in Phoenician. Indeed many of the early names are those of the original Phoenician consonants, and show how the vowels were arrived at by 'creative misunderstanding' of their prototypes: the aspirate *he* in Phoenician becomes short 'e' in Greek, with the same name; the second aspirate *het* becomes in some dialects 'h', but in others long 'e', or *eta*; the semi-consonantal *yod* becomes 'i', or *iota*. It is only the later vowel names which show a clear awareness of the difference between the nature of consonants and vowels: 'light e', 'little o', 'big o', 'light u'.

From these facts it is already clear that the invention of the Greek alphabet must have taken place under particular conditions. It is a coherent system, embodying one important new development; it must either be the work of a small group, or more probably of a single 'unknown benefactor of mankind' (as the German scholar Wilamowitz said). The adaptation from Phoenician is likely to have taken place in a mixed Phoenician-Greek community, or at least in an environment where contact between the two groups was close. And finally, since the same principles lie behind all known local variants of the Greek alphabet, it seems likely that the invention took place in a centre from which diffusion was rapid and easy. It scarcely seems possible to allow that the Greeks were right in thinking that Phoenicians brought the alphabet to a settlement on the mainland of Greece; of other likely areas, Cyprus had its own syllabic system of writing, and is therefore ruled out; Crete satisfies all criteria, except that of diffusion, for it was somewhat isolated from the rest of Greece. The most likely hypothesis is that Greek merchants adopted the skill of writing from Phoenician merchants in a trading post such as Al Mina.

The question of the exact circumstances of transmission is related to other problems. The first datable evidence for the existence of the Greek alphabet comes from pottery of the period 750–700, for instance a Geometric vase from the

Athenian potters' quarter on which has been scratched a hexa-meter line, and the less regular metrical inscription in the Chalcidian alphabet on an east Greek cup found in a grave on Ischia:

[I am?] the famous drinking cup of Nestor. Whoever drinks from this cup, straightway the desire of Aphrodite of the beautiful garland will seize him.

(*Greek Historical Inscriptions no. 1*)

This incidentally is a play on a Homeric story, for Nestor's cup was the legendary cup which 'another man could scarcely have lifted from the table when it was full, but the old man Nestor raised it easily' (*Iliad* 11.636ff). It was probably from these Euboeans on the bay of Naples that the alphabet passed in the early seventh century to the Etruscans, whose letter shapes are related to Chalcidian; under Etruscan and Greek influence writing quickly spread to other parts of Italy – in particular to Rome, and hence to modern Europe.

Other evidence suggests that in the period 750–650 writing became widespread in Greece; the earliest poets whose work was recorded in writing may well have been Hesiod and Archilochos, if not Homer. Lists of magistrates and victors go back to the same period: the Olympic victor list began in 776, the list of Athenian magistrates in 683, and the exact dates of foundation of the Sicilian colonies were apparently recorded from 734 onwards. Written laws were known in the seventh century, for instance those of Zaleukos of Locri (perhaps about 675) and Drakon of Athens (about 625); and there is an extant law from Dreros on Crete from the second half of the century. The comparative study of Phoenician and Greek letter forms also points to the period 850–700, though with less certainty, because so few Phoenician inscriptions survive.

Despite this agreement in the evidence, there has been some controversy over whether we in fact possess examples of the earliest writing in Greece: for it could be that chance or the use of perishable materials has obscured the existence of a period when literacy was perhaps less widespread. The most serious argument in favour of this hypothesis is the fact that the earliest writing shows a number of different local scripts apparently fully developed: if we suppose (as we must) a common original, this might suggest a subsequent period of independent development before our first evidence. Such a period might also explain more easily the widespread diffusion of writing as soon as it appears, with examples from places as far separated as Athens and Ischia.

Such problems reflect back on the original circumstances of the adoption of writing, for they cease to exist provided we accept the hypothesis of invention and diffusion in a merchant community. Literacy will follow the same trade routes as other eastern artefacts in the mid eighth century, from Al Mina through the islands and mainland Greece, to the far west and the graves on Ischia; its speed of progress, in a world where long distance communication was becoming a problem for the first time, will be measured in decades rather than generations. Moreover the existence of variant local alphabets may well not be evidence for a long period of independent development, but rather a consequence of the fact that the initial transmission from a particular centre was the result of the unskilled initiative of local merchants, who would have quickly introduced a misleading variety into the original invention: this variety will have become fixed in the educational tradition of each area, as soon as writing ceased to be the private notation of an individual and began to be taught formally to a wider group.

Such a means of diffusion explains perhaps why literacy in Greece was never confined to a particular class or group. The evidence for official scribes, whose position was sometimes hereditary (for instance in the inscription establishing a hereditary *poinikastas* and remembrancer in a city of Crete about 500), is scattered and anyway refers to city officials: there is no sign of a group of professional scribes earning a living from their skill. The varied subject matter of early inscriptions (laws, lists, private and public gravestones, artists' signatures, owners' names on pots) suggests widespread use of writing. By the late sixth century an institution like ostracism in Athens (below p. 262) similarly presupposes large numbers of citizens able to write at least the name of a political opponent. To judge from the number of very early poetic inscriptions, both formal and casual, writing seems to have been used freely in poetic composition. Perhaps most significant are the numerous educational and semi-literate examples of writing: these include partial or complete alphabets written out for practice on broken pots, apparent exercises, and inscriptions whose letter forms are quite unorthodox, whose spelling conforms to no possible pronunciation, or whose grammar is wildly eccentric: a shrine on Mt Hymettus in Attica has revealed a number of such casual inscriptions from the seventh century, all quite trivial in content, and many so illiterate as to be difficult to understand. A more striking example is the set of messages scratched in 591 by seven passing Greek mercenaries on the left leg of the colossal statue of Rameses II at Abu Simbel on the upper Nile (below p. 219); even if these men had to supply their own armour, they will not have been particularly rich or well educated. The point of such casual evidence is that in primitive societies it is only under circumstances of restricted literacy that a concept of correct letter forms, correct spelling or correct grammar emerges: the more varied the contents of inscriptions, the more erratic their writing or spelling, the more sure we can be that literacy is widespread – a fact that should be remembered by those who complain today about modern standards. By the fifth century it is clear that the average male Athenian citizen could read and write; this presupposes formal and widespread instruction, the earliest evidence of which comes from around 500: for instance Herodotus records a disaster in the town of Chios in 496, when the roof fell in on a school 'where children were learning their letters, so that out of 120 boys only one survived' (6.27).

It is therefore wrong to speak of craft or restricted literacy in the seventh and sixth centuries, even if we are unable to quantify the degree of literacy or assess its distribution between particular social classes. Archaic Greece was a literate society in the modern sense, indeed the first literate society of which we have reasonably detailed knowledge. But there is an important qualification: literacy is itself a vague term, covering abilities ranging from a knowledge of the alphabet sufficient to be able to read and write one's name and simple messages, to fluency in at least reading and understanding long literary texts or complex arguments. At this higher level Greece in many respects long remained an oral culture: the most complex public documents which might be written were laws or decrees, which by their nature required permanent fixing and display; literary texts had restricted circulation and were read only by a minority, and writing was seldom a normal or preferred mode of communication if speech was possible. The cultural historian will regard Greece as an oral or a literate culture according to the areas he is investigating.

Even with this limitation it is hard to overestimate the consequences of literacy for early Greece. A famous article published by the anthropologists Goody and Watt in 1963 gives the clearest statement of this problem, both in general and in relation to Greece. The study was heavily influenced by the general approach of the 'Toronto School', the best representative of which is Harold Innis and the most notorious Marshall McLuhan: in the work of this group, communication is seen as a fundamental force in society, and changes in the mode of communication are taken as the central catalyst, altering both social and individual relations; 'the medium is the message' – new forms of communication, widespread literacy, the dissemination of the book through printing, or television, so alter our perceptions that they replace social, economic or religious factors as the primary theoretical explanation of change in society. Goody and Watt argued that the coming of literacy to Greece is the only known pure revolution in literacy, in that it is the only occasion when the skill was transmitted alone, without either attendant written texts or enforced changes in social forms. The case of Greece thus becomes central; for it can be set up as a model against which to test the consequences of the introduction of literacy in other cultures.

In Greece, Goody and Watt claim that literacy was responsible for most of the changes in the archaic age, for the movement towards democracy, the development of logic and rational thought, scepticism, the growth of individualism and personal alienation, and the replacement of primitive mythopoeic ways of approaching the past by a critical historiography. The fundamental factor in this process was the way that literacy fixed permanently and made available to a wider audience previously fluid descriptions: the evasions and reinterpretations of the oral tradition ceased, and the resulting gap between written statement and actual experience led to the formation of a critical approach to life based on a notion of the essential rationality of all aspects of reality, public and private. Literacy indeed becomes the cause of what the German sociologist Max Weber saw as the distinguishing mark of western civilization, the 'formal rationality' of its institutions.

There seems little doubt that the advent of literacy in Greece did cause, or at least facilitate, a number of radical changes. In literature there is perhaps the emergence of written poetry from Hesiod onwards, and the fixing and slow atrophy of the oral tradition, the development (or at least the recording) of new metres and the personal lyric. There is the continuing tradition of Ionian natural philosophy, starting in primitive mythopoeic and near eastern thought, but with each generation proceeding from the assimilation and criticism of its predecessors. And historiography does show something of the same progression, from critical mythology to history by way of conscious criticism of previous writers. The codification of laws in writing (p. 172) was recognized by the Greeks as the first step towards the breakdown of the traditional aristocracies and the development of the complex constitutions of the fifth century, democratic and oligarchic. In all these fields it may be argued that literacy was a contributory or enabling factor; in many of them it was even perhaps a necessary cause, in that without literacy these developments could not have happened. But whether it was so important as to constitute a sufficient cause or even a major factor in these changes, is another question. The development of so many aspects of a complex and highly fragmented society over three centuries is not likely to have been so largely conditioned by one phenomenon, which can be seen clearly at work only from time to time. Nevertheless its influence is pervasive, and the relative importance of the consequences of literacy is therefore a question which is central to the understanding of early Greece.

It is possible to set Greek literacy in context, by considering the further claim of Goody and Watt, that the case of Greece can be seen as a model of the consequences of literacy in all cultures.

In fact, studies of literacy in other traditional societies suggest that, far from being a model or typical case, Greece is unusual. In general in traditional societies, literacy seems not to be an independent function, but to act in close relation to existing social forms, and in practice especially to religion and government. Literacy often codifies, fixes and develops the teaching of particular religions; in the political sphere it aids the machinery of government by reinforcing centralized control and helping the development of bureaucracy. In other words, literacy works to strengthen tendencies already present in a society, rather than altering it fundamentally. It is for this reason that the coming of literacy to Greece was unique in the ancient world; for, unlike the other eastern scripts, the

Greek script was developed in a secular atmosphere, and used from the start primarily for secular activities. The absence of an established priestly caste and the already open nature of Greek government are fundamental to understanding the consequences of literacy in Greece: literacy strengthened tendencies already present in Greek society, but it does not explain them entirely.

Naturalism in art, system in religion, the alphabet and literacy – the Greeks themselves were scarcely aware of how much they owed to the east: like the Dark Age, the orientalizing period virtually disappeared from sight, to be rediscovered by modern research. Yet it is this brief century of creative adaptation that began many of the most distinctive aspects of Greek culture, and so of western civilization.

7 Colonization

Two great periods of Greek expansion provided the material basis for the diffusion of Greek culture. The first transformed the Mediterranean by bringing urban life to most of its coastline : in the century and a half between 734 and 580 the number of new cities established there is at least comparable to the number already existing in the Aegean area before the colonizing movement began. Expansion on this scale was not matched until the second age of colonization, when the conquests of Alexander the Great brought Greek city life to the Persian empire, from Egypt to Mesopotamia, India and Afghanistan. But the earlier period is more remarkable in, contrast to this unified conquest, in that it was organized independently by many different states and was the result of varied factors.

The geographical determinants of this early Greek expansion are relatively easy to understand. The first area opened to settlement was Sicily, and the earliest foundations there were by Euboeans from Chalcis and Corinthians : the cautious movement southward from the first Chalcidian colony at Naxos on the straits of Messina (734) to the far better site of Corinthian Syracuse a year later, shows the pull of the trade route to Ischia, which had existed for at least a generation by now, and was both lifeline and source of information. More colonies from these and other cities followed in Sicily and south Italy along the same route; Peloponnesian states were particularly involved, with Megarian colonies, a group of Achaean cities in the Ionian gulf, and Sparta's only foundation at Tarentum (Taranto).

A little later the islands and promontories of the north Aegean along the coasts of Macedon and Thrace were settled; again Euboean towns took such a prominent part in the movement that the main peninsula was named the Chalcidice from the number of Chalcidian towns there. The entrance to the Black Sea was colonized in the early seventh century, particularly from Megara; but it is still uncertain when the Black Sea itself began to be settled: the literary evidence for foundation dates is ambiguous, and there has not been enough archaeological exploration to answer the question. References in early poetry and legend suggest that the Greeks had entered the area already in the eighth century; but it seems unlikely that there was any permanent settlement before the second half of the seventh century and the foundation of the colonies at the entrance to the Black Sea, such as Chalcedon and Byzantium (about 680 and 660 respectively). If evidence for earlier settlement does emerge, it will have to be explained on the same principle as in the west, by postulating a metal route along the southern coast to the sources in Anatolia. This area was largely colonized by Miletus, who is claimed to have founded seventy-five or ninety cities there, mainly along the Turkish coast to Trapezus (Trebizond) and beyond, north from the Bosphorus to the mouth of the Danube, and in the Crimea area of southern Russia.

Elsewhere Cyrene in north Africa was founded from the island of Thera about 630. And from about 600 the Phocaeans of Asia Minor established a group of colonies based on Massilia (Marseilles), from Nicaea (Nice) and Antipolis (Antibes) to Emporion (Ampurias) in northern Spain.

Around 580 the colonizing movement effectively ceased. Geographically the best sites had been occupied. The main remaining area, the Adriatic, has a barren coastline lacking in harbours, and the prevailing north wind made it climatically unattractive: Corcyra founded a few subsidiary colonies at its base, but it was not until north Etruscan hostility forced the Greeks to find a new way to the northern European trade-routes through the Po valley, that the city of Spina was founded north of Ravenna around 520: in this low-lying site with its Venetian-type canals some 3000 graves have been excavated, revealing more imported Athenian vases of the highest quality than at any other single site. Elsewhere the chief factors inhibiting expansion were political. Greek competition with Greeks had been present from the start, when Corinthians on their way to Syracuse expelled Eretrians from Corcyra and settled it for themselves: the island was directly on the western route, whose importance Corinth clearly realized already. Some at least of these colonizing rivalries can be related to the alliances being invoked in the Lelantine War at the same period; it is clear that the polarities visible in this war produced

a zoning tendency in the distribution of colonies, with Chalcis
and Corinth for instance dominating the west and north, while
Megara and Miletus controlled the Propontis and the Black Sea.
Later colonists were sometimes invited in by particular cities
to damage the interests of their neighbours, or found themselves squeezed out by the hostility of the existing settlements.

Beyond these Greek squabbles there were wider pressures.
The Greek success in colonizing either provoked or was contemporary with Phoenician colonial expansion: the Phoenicians came to dominate the route along the African coast to
Carthage and Spain; they also excluded the Greeks from western Sicily opposite Carthage, Sardinia and the Balearic islands.
The same preservation of its interests by an Etruria becoming
urbanized made Corsica disputed territory. A number of late
sixth century attempts at colonization ran into difficulties because of such hostility.

Apart from their general distribution, various factors influenced the choice of particular sites. The ideal was the same as
it had always been – a headland such as Homer's Phaeacia or
Old Smyrna, easily defensible with good harbours and fertile
land nearby: Syracuse with its island citadel Ortygia, later
joined by a causeway to the mainland, its double harbours and
fertile plain is the perfect early site. The relative weight given
to defence, harbour facilities and land must have varied with
the circumstances of each foundation: we cannot argue directly
to the purpose of the settlement from the nature of its site, if
indeed many colonies had precise purposes. Still the three categories of defence, trade and land, taken in a broad sense, will
help to clarify the various issues.

The earliest sites in an area tended to place a high priority on
defence and communication, as at Sicilian Naxos. In the north
Aegean the Chalcidice and Thasos are well protected from the
mainland tribes. Chalcedon on the Bosphorus was founded according to the Persian Megabazus by blind men, or they would
not have neglected the far finer site across the strait at Byzantium, settled seventeen years later (Herodotus 4.144); but Byan-
tium was open to Thracian raids, Chalcedon was safer and
possessed good lands. Sometimes, when the temper of the local
inhabitants was better known, the main colony would be
shifted, as when the Ischians moved to Cumae, or the Cyreneans
from an island to the mainland of Africa.

The importance of defence dominated many aspects of colonization. The Greeks preferred areas which were uninhabited or where the natives were still primitive and ill-organized. In Sicily the local Sicel population was mainly in the hills; pre-Greek finds at colonial sites show that, though earlier native settlements often existed, they were small and could be easily overwhelmed. The colonists themselves were small groups, but all men of fighting age; from the early seventh century the new heavier armour and massed infantry tactics (ch. 8) will have made such trained bands effective against far larger numbers. The poetry of Archilochos brings out the military aspects of colonization clearly. His father led a colony from Paros to Thasos in the 680s; when he joined it in the middle of the century, archaeology shows that it was already well established. But the fighting against 'the Thracian dogs' (Frag. 93a) was continuous in 'Thasos, three times lousy city' (Frag. 228): 'I weep for the ills of Thasos, not the Magnesians' (Frag. 20). 'The island stood out like a donkey's back, ringed with shaggy woods .... not a pretty place, not lovely, not desirable like the land round the streams of Siris' (Frag. 21–2: Siris was founded by Colophonians in south Italy about this time.) His fellow colonists were as bad: 'the dregs of all the Greeks have run together in Thasos' (Frag. 102). Archilochos shows an aristocratic disdain for the city he protected, and the wilful pride in himself as warrior that had marked the champions of an older generation: 'I am a servant of lord Ares, and know the lovely gift of the Muses' (Frag. I); 'in my spear is my daily bread, in my spear my Ismaric wine, on my spear I lean and drink' (Frag. 2). But there is also a new realism: 'I don't like a tall officer with straggly legs, dandy hairstyle and careful shaving: give me a short man with thick-set bandy legs, standing firmly on his feet and full of guts' (Frag. 114). And perhaps because he lived in a period of transition between two styles of fighting, Archilochos can mock the ideals of both in another poem:

Some Thracian waves my shield, which I was forced to leave behind undamaged, hidden under a bush. But I saved myself: why should I care about the shield? Let it go. I'll get another just as good again.

(Fragment 5 = 4D)

The loss of his shield was the ultimate shame for a soldier. But despite Archilochos' scorn, Thasos was not ungrateful to its champions: a monument implying some form of cult has been found, an altar or a cenotaph in honour of Archilochos' friend Glaukos, of the late seventh century:

I am the memorial of Glaukos son of Leptines: the sons of Brentes set me up.

(*Greek Historical Inscriptions no. 4*)

Without such warriors the Greeks could not have colonized.

It was information derived from traders that determined the siting of many early colonies; and for reasons of supply and communication they tended to cluster along trade routes. But trade affected the colonies in more than mere position. The chief colonizing cities, Chalcis, Eretria, Corinth, Megara, Miletus, Phocaea, all seem to have had strong trading interests. It is usual to distinguish the trading post (*emporion*) from the colony (*apoikia*, 'settlement away from home'): trading posts are seen as having grown up spontaneously from mixed communities of traders, whereas colonies were established by particular cities or groups at a particular date and by public act. The distinction is a valid one, but not as clear cut as it might seem: were the settlements of Pithecusae on Ischia or Spina *apoikiai* or *emporia*? Herodotus indeed calls the colonies of the northern Black Sea coast *emporia* (4.24). Certainly colonies were founded in the traditional manner from time to time for reasons connected with trade. The clearest examples are those foundations related in whole or part to the protection of trade routes: the capture of Corcyra by Corinth is one example. Zankle (later Messene), with its fine harbour, was founded early (about 730) by Chalcidians, for piracy or to control the straits of Messina and the route to Ischia: the very absence of land forced them to establish a subsidiary colony to the west at Mylae; it was a logical extension of the primary purpose to arrange another joint foundation with Messenians on the opposite shore of the straits at Rhegium. A similar pattern may lie behind the two Megarian settlements at Chalcedon and Byzantium.

Obviously colonies exploited the natural resources of their area as soon as they were established, to their own benefit and to that of their home city or trading partner: the evidence of pottery shows that from the start the western colonies imported especially Corinthian ware, and presumably other finished manufactures carried by Corinthians and others; the amount of Laconian pottery at Tarentum shows that it maintained a close relationship with its mother-city Sparta which was at least in part economic, although neither would normally be seen as trading cities. These goods must have been exchanged for local produce, in the west corn and other natural products and slaves, from the Thraceward region silver, hides, timber and slaves, and from the Black Sea corn, dried fish and slaves again. Generally trade of this sort was a consequence rather than a cause of colonization, though cities like Corinth and Miletus were later well aware of the importance of the supply of raw materials. Thus in Sicily there is no archaeological evidence for trade or trading settlements before the earliest colonies: the native culture and natural resources offered little attraction in themselves. Even after foundation, the friendly contact necessary for trade with native Sicels was usually lacking; though the spread of Greek wares inland from Camarina (founded in 598), and its known alliance with Sicels in an unsuccessful revolt against Syracuse in 552, suggest that there could be exceptions. And on the north Black Sea coast, local Scythian chieftains and Greek colonies seem to have collaborated in the export of slaves and corn, in return for the supply of luxury metal work which has been discovered in quantity in Scythian burial mounds.

Phocaean colonization is an extreme example of these trends:

The Phocaeans were the first of the Greeks to make long voyages, and it was they who opened up the region of the Adriatic, Etruria, and Spain and Tartessus; they voyaged not in rounded merchantmen but in warships (*pentekonters*). When they went to Tartessus they became very friendly with the king of the Tartessians, whose name was Arganthonios, who ruled Tartessus for eighty years and lived to be 120. So friendly with this man were the Phocaeans that he first asked them to leave Ionia and live wherever they wished in his territory; but afterwards when he could not persuade them, and heard that the Persian power was increasing in that area, he gave them the money to build a wall round the city: he gave them a great deal, for the circuit of the wall is considerable, and it is all made of large well-fitted stone blocks.

(Herodotus 1.163)

Tartessus (Ezekiel's Tarshish, p. 70) beyond the straits of Gibraltar was the supplier of rare metals such as tin, and especially silver from north-west Spain; the events described by Herodotus can be dated to the period between 640 and 550. The Phocaeans clearly left behind the older foundations, and pioneered the more dangerous and distant routes, in search of untapped markets. Their colony at Massilia (Marseilles, about 600) was no agricultural settlement, for the land is poor: it rather served to control the routes up the Rhone. The legend of its foundation reflects the goodwill of the natives, in the story of how a local princess fell in love with the founder and married him: the Greeks taught the natives agriculture and to wall their cities, how to live by laws not arms; they introduced the vine and the olive, and so changed their way of life that 'it seemed as if Gaul had moved to Greece, not Greece to Gaul' (Justin 43.3); archaeological evidence confirms these changes and the gradual Hellenization of the area. Along the Rhone Greek objects travelled as far as the environs of Paris, where in the Seine valley a royal burial at Vix has revealed the finest Greek bronze *krater* (mixing bowl for wine) yet known, probably of Spartan origin, together with Etruscan and Athenian cups of the end of the sixth century. Sporadic objects have been found also in Switzerland, Germany, and even Sweden. At the Phocaean colony of Emporion (significant name) in northern Spain, founded about the same time as Massilia, natives and Greeks lived in the same settlement. Phocaean trading enterprise lasted until they fled from the Persians in 545 to their Corsican colony of Alalia. This reinforcement of the west provoked a joint attack by Etruscans and Carthaginians; and though the Phocaeans won the battle of Alalia (540), they had to retire to Elea (Velia) south of the Greek settlements on the bay of Naples; Carthaginians soon gained control of Tartessus, and both southern Spain and Corsica were closed to the Greeks. The Phocaean maritime trading empire may not be unique. Of other trading cities, there is little evidence for the relations between Miletus and her colonies, but Corinth at least often provided the rulers of her colonies and sought to keep some control over them as late as the fifth century; she still sent out magistrates, claimed a number of political rights, and the coinage of many of them reflects Corinthian motifs and weight standards (p. 144).

Nevertheless the chief economic factor influencing Greek colonization was undoubtedly the search for land. The sixfold population growth that seems attested by the eighth century graves of Attica (p. 65) is of an order which has only been reached in other periods under circumstances where the normal population constraints are lacking, and in particular in colonial or colonizing societies where land is unlimited: the availability of land and exponential population growth go together as interrelated cause and effect. Though there is no direct evidence outside Attica, a general population increase can be detected throughout the Greek world. Many border wars of the period, even the Lelantine War itself, may well relate to the increasing pressure on land in Greece; the same force has already been seen at work in the agricultural changes of the late Dark Age and the growth of urbanization. Athens had a large territory, and did not feel the need to colonize until very late: the problems this caused are the subject of chapter 11. Most of the other non-colonizing states were similarly in areas where land was more plentiful or where expansion was possible near at home; this perhaps explains the comparative absence of colonies from many of the cities of Asia Minor. In the early seventh century Sparta conquered and colonized her neighbours the Messenians (ch. 10); the settlers in her only overseas colony, Tarentum, were called the Partheniai (maiden-born), allegedly the offspring of Spartan women while their husbands were away fighting in Messenia, and so illegitimate – that is, a group excluded from the Messenian land-distribution for whatever reasons, and so forced to colonize abroad.

Land was an important consideration in all colonies, even those which had other motives as well, for the new city had to be self-sufficient. But in most colonial sites it was clearly the overriding factor. The traditional Greek principle of inheritance was by equal division between all the sons; in cities with limited territories the constraints on population were powerful; once the new knowledge brought by traders released these constraints, any growth created a potential social problem unless land could be found: the city had to organize settlement abroad in order to avoid disruption at home. The discovery that colonial land was available may well have been a major factor causing an increase in population and therefore more colonization, for many cities sent out several colonies even within one generation. In this complex of interacting cause and effect it is not easy to see how far the colonizing movement was a response to serious internal pressure, land hunger, poverty or famine, and how far it was a reaction to external opportunities, wealth, equality and the freedom from social constraints in a new foundation. There are however two accounts which suggest a strong element of compulsion: the case of Cyrene is discussed below; and when the Eretrian colonists on Corcyra were expelled by the Corinthians, they tried to return home but were driven off by the Eretrians, and sailed to Thracian Methone to found a new colony – hence their nickname, 'the slung out' (Plutarch, *Moralia* 293b). Many colonists also came from inland and perhaps backward areas where shortage of land and economic necessity are likely to have been major factors in causing them to move: the Corinthian settlers who went with Archias to Syracuse came from the inland village of Tenea. The main source of settlers in south Italy, Achaea, was a rural area without important harbours or city settlements: the rich alluvial plains they settled in show their interest in colonizing; their enormous wealth later was derived almost entirely from agriculture, and is symbolized for instance in the emblem chosen for the coins of Metapontum – an ear of corn.

The emphasis on land emerges from the detailed organization of colonial settlement. It is not in fact easy to build up a picture of the actual process of colonization: the scattered facts that survive are often anecdotal, and may well be misleading; for each foundation must have been influenced by special considerations as much as by general trends. Nevertheless this was a movement in which ideas and even enterprises were shared; and recent archaeological work, especially in south Italy and Sicily, has revealed certain general tendencies.

The early chapters of book 6 of Thucydides describe the colonization of Sicily: this is the only surviving account of the settlement of a particular area, and derives almost certainly from a local historian contemporary with Thucydides, Antiochos of Syracuse. It is an excellent example of the nature of colonial foundation traditions: there might also be oral traditions in particular places, but certain essential facts were usually remembered – the name of the original leader of the colony, the origins of the original settlers, and the age of the foundation. The preservation of these facts seems closely related to religious rituals. The founder of the colony was an aristocratic leader appointed by the mother city: it was he who organized and commanded the settlers, planned the layout of the settlement, supervised the distribution of land and established its legal, political and religious institutions: 'he drew a wall round the city and built houses, and made temples of the gods and divided the fields', as Homer says in the passage about Phaeacia, which may well reflect this new development (*Odyssey* 6.9f). Guarantor and protector of the new community, the founder was treated like the warrior champions of the homeland, and worshipped as a hero after his death. It is somewhat surprising that such honours did not lead to hereditary monarchy; but Cyrene is in fact the only known example where the founder established a dynasty.

The original settlers came as a group from one or at the most two cities: the cults of the new state naturally reflected their origins, and led to continuing religious ties of an official nature. Beyond the city, one god in particular was important: the oracle of Apollo at Delphi across the Corinthian gulf was naturally consulted by the western colonists, who probably took ship from Corinth: the god asserted his patronage of the new movement with the cult title 'Apollo the Leader' (*Apollo Archēgetēs*). Thucydides describes the Greek arrival in Sicily:

Of the Greeks the first to come were Chalcidians from Euboea sailing with Thoukles as founder; they established Naxos, and set up the altar of Apollo the Leader which still exists outside the city, and on which the religious delegates from Sicily sacrifice first before they sail (to the Delphic festivals).

(Thucydides 6.3)

This shrine was the common religious centre for the Sicilian colonies; I shall be arguing in a forthcoming article that it is the ultimate source of the colonial dates given in Thucydides, which are the only exact and demonstrably accurate group of colonial dates we possess, and are clearly not based on generation counting. These dates are in fact the basis of early Greek chronology, for it is their correlation with the Corinthian pottery found on the Sicilian sites which provides an archaeological dating system for the period. The rise of Delphi as colonial

arbiter can also be related to the Lelantine War; for it is noticeable that the genuine surviving oracles belong to the foundations
of Corinth, Chalcis and their friends, not to those of Eretria
and the other side. So successful in fact were the colonies supported by Delphi that the lack of an oracle could later be seen
as a reason for the failure of an expedition (Herodotus 5.42);
and cities without oracles tended to forge them.

The number of colonists on most expeditions must have been
small, perhaps 200 or less: cities were able to found as many
as four or five colonies within a single generation; even the
fourth century inscription for the foundation of Black Corcyra
has space for only between 150 and 300 names. The settlers will
have been unmarried men of fighting age, probably from
families with more than one heir. They must have begun by
fortifying their settlement and dividing the land, though no
evidence has yet been found for fortifications as early as the
first arrival. The 'original allotment' was the basis of the new
colonial society; as with inheritance on the mainland, the distribution was by lot and 'on fair and equal terms'. Archilochos
told of Aithiops the Corinthian, who had gone as a colonist to
Syracuse: on the voyage he had 'exchanged the plot of land
which he would be allotted on arrival, with the leader Archias
for a honey-cake' (Athenaeus 4.167d). This original allotment
was the tangible evidence both of citizenship in the colony and
later of membership of its inner group: Aristotle says that it
was an old law in many cities that original allotments could
not be sold, and he must be referring especially to colonial
cities (Politics 5.1319a). The characteristics of these land distri-
butions are visible in the configuration of some of the western
sites. The archaic town plan of Megara Hyblaea in Sicily shows
groups of streets in parallel, and rectilinear plots large enough
for a house and garden enclosure; public land was apparently
set aside from the beginning for temples and other buildings;
the plan was not absolutely regular, but seems rather to depend
on equality of plot size. The amount of land enclosed within
the walls at other sites, such as Syracuse, Leontini, Agrigentum
and Caulonia, suggests a similar 'garden city' layout, rather
than the common Mediterranean type of the dormitory town
with its crowded apartment blocks. Regular town plans have
been discovered or suspected at five or six other sites; and
although it is still uncertain how far they go back, the opposite

point can at least be made, that no colonial site has yet produced evidence of an irregular original plan. Outside the city walls lay the immediate territory of the city, which must also have been divided among the first settlers; in the environs of Metapontum in south Italy are two ancient field systems with traces of parallel ditches, boundaries which perhaps also served for irrigation; they are 210 or 240 metres apart, and run for some 10 kilometres across the plain. Elsewhere, at Syracuse, Gela and Tarentum, it is noticeable that the central plain which was the original territory contains no signs of habitation, but is ringed by Greek villages which must belong to later comers. The first settlers thus became a colonial aristocracy, owning the best land closest to the city; this explains the common later government of the cities – a widely based cavalry aristocracy of some hundreds of families: thus a number of south Italian cities had ruling councils of a thousand, descended from the original colonists, and at Syracuse the aristocracy was known as the *Gamoroi*, 'those who shared the land'.

In two other crucial areas the evidence is less good. The first colonists will not have brought women with them: did they find them from among the local population, or summon them later from Greece? The practice of child exposure in Greece may have kept the proportion of women in the home population artificially low, and it is likely that the taking of native women by capture or otherwise was common, until the colony was well established and began to discourage or prohibit intermarriage. The existence of non-Greek names among the citizens of Thasos may perhaps relate to such intermarriage with Thracian women in the early period, which became a source of pride to the old colonial families. But it is only in the case of Cyrene that the evidence is unambiguous: certain native tabus on diet were practised by the women there as late as Herodotus' day (4.186), and there are signs of native influence on the religious cults of the colonists; the third century Alexandrian poet, Callimachus, who came from Cyrene, describes how the colonists, 'the belted men of war, danced with the fair-haired Libyan women' (*Hymn to Apollo* 85). This is the sort of evidence which we would expect elsewhere, but it is curiously absent. Many of the western Greek sanctuaries are outside the city walls, an unusual feature which has suggested to some that they may be positioned in relation to earlier native cults; but no archaeological evidence has been found to support this theory, and there is no obvious sign of non-Greek practices in the cults themselves.

An equally fundamental question is that of the labour force used by the settlers. Again it is highly likely that some at least of the agricultural colonies made use of the natives as peasant serfs. The destruction of many native settlements in and around Greek-controlled areas supports this, and there is a little evidence of separate cemeteries of poor and partially Hellenized groups. But there are only two certain cases of the existence of a class of serfs in the early colonies. At Syracuse the estates of the *Gamoroi* were worked by a group called *Killyrioi* (perhaps 'donkey-men'?), who were compared by Aristotle to other enslaved peoples, and who joined with the Syracusan lower classes in driving out their aristocratic masters for a short period from about 491 to 485 (Herodotus 7.155). The second case is rather different: at Heraclea on the southern Black Sea coast a local tribe, the Mariandynoi, had allegedly voluntarily placed themselves in servitude to the Greek colonists, and worked their fields in return for keep and protection, with the explicit proviso that none of them should be sold overseas; this looks like a form of self-protection against attacks from either Greeks or other more powerful local tribes (Athenaeus 6.263; Plato *Laws* 6.776). These two cases certainly emphasize the dangers of generalization; but they also suggest that such forms of servitude were rare enough to cause comment, at least in relation to groups which managed to retain a sense of identity or a specific legal status distinct from slavery. It may be that the agricultural labour force in other colonies was more diverse in origin and regarded as ordinary slaves.

Among the Greeks themselves the equality of the new foundations cannot have lasted long, for it belonged only to the original settlers; later comers may have received citizenship and land, but no longer on a basis of equality. These were the individual immigrants whom Archilochos calls 'the dregs of the Greeks'; lacking the group power to assert themselves against those who were already established, they received peripheral land and were excluded from positions of privilege. A class structure was quickly re-established, though one which because of its novelty was more nakedly based on wealth rather than hereditary status. Most cities prospered, and within a generation many were sending out subsidiary colonies; a hundred years later the largest had surpassed their home cities in power and wealth, and possessed their own histories.

Neither written documents nor the oral traditions recorded by Herodotus reach back beyond about 650, to the earliest foundations; the individual stories of these are either lost or unreliable. But by a fortunate chance, tradition and documents combine to give a detailed account of the foundation of Cyrene, about 630.

Thera (modern Santorini), inhabited by Dorian Greeks, is the most spectacular of the Aegean islands; for it is the remaining section of a huge volcano crater, which erupted and largely disappeared beneath the sea during the Minoan period (about 1500 BC) in what seems to have been the largest eruption known on earth; remains of the settlements destroyed there are now being excavated thirty feet below ground level, and many have thought that it may have been the tidal waves of this eruption which destroyed the power of Minoan Crete. In the period since the coming of the Dorians, however, Thera had been a backwater, isolated from the mainstream of Greek progress because of its remoteness, but doubtless profiting from its rich volcanic soil. It was not until the second half of the seventh century that the pressures which had operated on the states of central Greece began to be felt in Thera. Herodotus describes the result, on the basis of the stories told to him first by the men of Thera, and then by the men of her colony, Cyrene.

The Theran story tells how Delphi advised them to found a city in Libya; they took no notice, 'for they did not even know where Libya was, and dared not send out a colony into the unknown'. There followed a seven-year drought, and Delphi repeated her advice. Investigations in Crete produced a purple dye merchant who had once been blown off course to Libya, and a small party set off with him as guide. A suitable island off the coast was found, and the guide was left there; he ran out of food, but was replenished by a passing Samian merchant vessel on its way to Egypt (this ship under Kolaios was subsequently blown by contrary winds through the straits of Gibraltar, to discover Tartessus! p. 212). Meanwhile 'the Therans decided to send men drawn from all the seven areas of the island, brother from brother, chosen by lot; and Battos was to be their leader and king. Two pentekonters then got under way'.

The Cyrenean version concentrates on the figure of the founder Battos: it is a typical folktale of wicked stepmothers and spontaneous signs from Delphi, which reveals that Battos was illegitimate and only half Theran. For the actual colonization the two accounts agree: 'the expedition sailed to Libya, but did not know what to do next, so returned to Thera: but the Therans stoned them as they were putting in and would not allow them to land, telling them to sail back again. So under compulsion they sailed back and established a settlement on an island off Libya, called Platea'. The colony did not prosper, and after further prompting from Delphi they moved to the mainland. Finally they were guided by local inhabitants to the site of Cyrene: 'the Libyans led them out starting in the evening, so timing the hours of daylight that they passed the best piece of country (called Irasa) at night, so that the Greeks would not see it. Finally they brought them to the fountain called Apollo's Fountain, and said: "Men of Greece, this is the place for you to settle, for here there is a hole in the sky"' (Herodotus 4.150–8).

More than two centuries after the foundation of Cyrene, in the fourth century, the Therans asked their now prosperous colony to grant Therans resident there the right of citizenship; they rested their claim on the original agreement between the men of Thera and the settlers. A decree was set up recording the granting of this privilege in the shrine of Apollo Pythios (Apollo of Delphi, elsewhere in the document given also the colonizing title Apollo Archagetas). On the same stone, after the fourth century decree, the alleged original oath was inscribed; it runs thus:

Oath of the Settlers

The assembly decided: since Apollo spontaneously ordered Battos and the Therans to colonize Cyrene, the Therans resolve to send out Battos to Libya as leader and king, with Therans to sail as his companions. They are to sail on fair and equal terms, according to households, one son to be chosen [from each family?] of those who are in the prime of life; and of the rest of the Therans those free men [who wish?] may sail. If the colonists establish the settlement, any of their fellow citizens who sails later to Libya is to share in citizenship and honour, and to be allotted unoccupied land. But if they do not establish the settlement, and the Therans cannot help them, and they are driven by necessity for five years, let them return from the land without fear to Thera, to their own property and to be citizens. But whoever is unwilling to sail, when he has been sent by the city, shall be liable to the death penalty, and his property shall be made public; and whoever receives or protects another, whether father his son, or brother his brother, shall suffer the same penalty as he who is unwilling to sail.

On these conditions they swore a solemn agreement, those who stayed at home and those who sailed to found the colony; and they placed a curse on those who broke the agreement and did not abide by it, either those living in Libya or those staying at home. They moulded wax images, and burned them with curses, all of them coming together, men and women, boys and girls:

'May he who does not abide by these oaths, but breaks them, melt away and dissolve like the images, himself and his offspring and his property. But for those who abide by these oaths, for those who sail to Libya and those who remain in Thera, may there be abundance and prosperity for themselves and for their offspring.'

(*Greek Historical Inscriptions* no. 5 = 18F)

Despite obvious difficulties, the inscription seems a reliable conflation of genuine documents with explanatory insertions: a forgery would have emphasized far more the privileges for later arrivals, and would have played down the forced expulsion of the settlers. Thus three reasonably detailed versions of the foundation of Cyrene exist, two from Herodotus giving a Theran and a Cyrenean account, and one constructed on the basis of the documents in the fourth century decree. It would be wrong in method to attempt to combine the different accounts, or to search among them for a narrative of what actually happened; they are genuine alternative versions, which have originated in the same set of events, but have undergone the typical transformations involved in independent oral traditions. Thus the version from Thera concentrates on the situation there and the difficulties of the mother city, whereas the Cyrenean version emphasizes the compulsion on the colonists, and weaves a folktale around the figure of their founder: like other founders of colonies, Battos was worshipped as a semi-divine hero at his tomb in the Gathering Place of Cyrene. So rather than trying to reconstruct the actual colonization of Cyrene, it is perhaps better to see these accounts as typical of the founding of any colony.

The most important factor in the Theran move to colonize is certainly the drought, leading to famine: nothing else would have forced an agricultural community to send settlers overseas so clearly against their wishes. But behind the immediate crisis there must be something more long term: the land was no longer perhaps capable of supporting the population, except in the best years. So the assembly of male citizens takes communal action to solve the problem, action which each individual household would not take alone; the foundation is a sovereign act of state. The colonists are to be chosen by lot, brother from brother – that is, one son from all those families which have two or more male heirs: it is a consequence of the usual equality of inheritance that the son to be sent out is chosen by lot, and therefore not necessarily the youngest. In the oath the possibility of volunteers is mentioned, but the majority are conscripts. The element of compulsion is the strongest possible: anyone who tries to evade the draft, or helps another to do so, is to be executed and his property confiscated. The curse and ritual enhances the solemnity and sense of fear in the proceedings. Similarly the settlers try to return, and are stoned: return will only be allowed if the colony fails completely. These are the acts of an agricultural society on the borderline of starvation.

Many other elements are typical. The leader is an aristocrat, but one whose physical defects, or dubious birth, make him expendable – and a man perhaps with a grievance against the authorities. There are no traders who have been to Africa on Thera; but in Crete one is found as guide: as a dealer in purple dye, a product of the Phoenician coast and one of the principal luxury goods of antiquity, he may have been plying a route to the Phoenician colony of Carthage. The original site chosen is an island, safe from attack by mainland tribesmen. The island, however, is too small and the natives appear less hostile than at first. The settlers go out on terms of absolute equality. They travel in two pentekonters: the total number of men involved is perhaps between 100 and 150. Nevertheless they are all fighting men: fitness and youth are prerequisites.

There are other striking elements in the stories. The most obvious is the importance of Delphi and the cult of Apollo the Leader; the careful positioning of Cyrene between Egypt and the Phoenician sphere of Carthage suggests better understanding of the factors important in founding a colony than existed on Thera. Other elements are peculiar to Cyrene. We might attribute the emergence of a monarchy to local Libyan influence: Herodotus says that 'Battos' was Libyan for 'king'. But it is possible that the situation in Cyrene was influenced by contemporary Greek models – the tyrants who sprang up in many cities from the mid seventh century onwards. Perhaps because of intermarriage, the relationship with the natives appears initially very friendly. One phrase in the account of the foundation is strange: the expression 'there is a hole in the sky' is obviously a proverbial saying; but it is not Greek, and has been paralleled only in Semitic areas (*Malachi* 3.10; compare Jacob's ladder in *Genesis* 28) – there are other signs that the Libyan tribes had been influenced by Phoenician contacts. But these local variations serve only to emphasize the extent to which Cyrene can be seen to be typical of even the earlier stages of colonization.

Herodotus goes on to describe the later history of the colony. It remained small until the reign of the founder's grandson, when Delphi supported an offer of new land to all comers. The massive influx was the beginning of friction both within the city and with the Libyans; it came to a head in the next generation with the founding of a subsidiary city at Barca, in the course of which a Cyrenean army of 7000 heavy armed troops was destroyed – a very large force indeed for the mid sixth century: the full levy of the three leading Greek cities at the battle of Plataea in 479 was 5000 each for Sparta and Corinth and 8000 for Athens. The subsequent political unrest caused another appeal to Delphi, who appointed an arbitrator from Arcadia, Demonax of Mantinea. His solution is interesting: 'he arrived in Cyrene and, after investigating everything, divided them into three tribes, the first of the Therans and dwellers-about, the second of Peloponnesians and Cretans, the third of islanders' (4.161). The second two groups are essentially the Dorian and Ionian later comers; the first group includes the privileged original settlers, but there has been some discussion as to who the 'dwellers-about' are: I would prefer to see them on the analogy of the secondary villages in the western colonies, as those Therans or others who had arrived between the foundation and the great redistribution, and had been given peripheral land. Demonax also defined the royal privileges, and the monarchy lasted with various vicissitudes until about 460.

Such political and military troubles are not untypical of other colonial cities, but they could not affect the prosperity of Cyrene: it was famous for corn, oxhides, wool, horses. The traditional symbol on its coinage was the mysterious silphium plant, whose medicinal root was an ancient panacea, at the same time seasoning, purgative, and antiseptic. So valuable was it that the Romans later stored it in the public treasury with the gold and silver: in the early period it was a royal monopoly. What kind of plant it was, no one knows; for by late antiquity it had virtually died out. Its importance for the economy of Cyrene may perhaps be seen in the Arkesilas cup, painted in Sparta only some seventy years after the foundation of Cyrene (plate 6a). It shows Arkesilas, the fourth king, seated under an awning, supervising the weighing and storing of a commodity packed in white sacks. The unromantic call it wool; but the whole scene looks like the supervision of a royal monopoly, and there is no sign that the kings controlled the wool trade. The names written above the figures show the official nature of the proceedings. There is a guard; one man is called 'silphomachos' (silphium handler?), another 'oruxos' (digger?). The animals and birds in the composition are those typical of Cyrene; it is hard not to see the product too as Cyrene's most famous export, silphium: why should a Spartan painter paint anything more common?

The consequences of colonization remain the same, in early Greece as now – for the areas colonized, economic prosperity, a degree of exploitation, and the diffusion of the dominant culture. For the homeland, prosperity again, and not only among the colonizing cities: Aegina never colonized, but the basis of her wealth was the resulting trade. The religion behind the colonists also benefited: the Delphi of Apollo the Leader became the richest and most important international sanctuary, and repository of the tithes of booty from victories colonial and home. Politically the influence was most perhaps from colony to mother city. The earliest certain evidence of the widespread existence of developed city institutions and a political self-consciousness about them is of course their transference abroad by official act of state: the whole process may have furthered such political awareness in the more backward areas of mainland Greece. And just as the American War of Independence demonstrated to the Old Regimes of Europe the political viability of republicanism, so the success of those who went out 'on fair and equal terms', to distribute the land and rule themselves without an aristocracy, lay behind the rapid collapse in the seventh century of aristocratic government at home. Something of the culture shock of these New World values can be seen in the frequent repetition by aristocratic poets of the awful fact that wealth counts more than birth in the modern world.

8 Warfare and the New Morality

Warfare is a natural activity for man, and most societies are deeply affected by their need for military organization. The status of the warrior in early Greece, and his role in maintaining and justifying a complex of political institutions, ethical values and economic benefits, have already become clear. The hunger for metal and the importance of the metal trade were symptoms of an expanding military technology, which was in turn a crucial factor in giving the Greeks the military superiority needed for sucessful colonization. By the late eighth century the economic base for the manufacture of weapons, in terms of supply of raw materials and productive capacity and skills, was strong enough to sustain a military breakthrough, the creation of new mass armies of heavy-armed troops, who replaced the individual champions of the earlier period and became the most effective military force in the Mediterranean and middle east, dominating the area with little change of equipment or tactics for some five hundred years, until the Macedonian defeat by the more flexible Roman legionary formation at the battle of Cynoscephalae in 197 BC. The changes of the early seventh century in weapons, tactics and military personnel, in their turn brought changes even more far reaching in social morality and political systems.

The Greek city-state of the sixth century had often been re-organized so as to produce as large as possible a body of trained fighting men, who dominated the political life of the city. Political honours were arranged in accordance with property qualifications, and shared to some extent by all 'those who bore arms', that is the men who could afford to provide the armour of a heavy-armed soldier (*hoplitēs*); though this criterion could later seem restrictive, it was in fact a remarkably wide group, comprising all those independent peasant farmers who possessed even a moderate amount of land – in most states the upper third or more of the adult male free population. This class, producing a force of some three to eight thousand soldiers, dominated the political life of the leading states in various ways.

The developed hoplite army consisted of men armed with standard equipment: bronze greaves and corslet, a bronze helmet designed to give maximum protection compatible with forward vision, and a heavy convex circular wooden shield, held firmly by placing the forearm through a hoop at the centre and gripping a leather handgrip at the rim; the offensive weapons were a long heavy stabbing spear about one and a half times the height of the soldier, and a short stabbing sword for emergencies. The poor visibility and mobility which resulted from this armour were compensated for by fighting in tight formation; the shield of each soldier covered a distance to his left at least equal to that in front of him, and so protected his left neighbour as much as himself. In his description of the battle of Mantinea between two hoplite armies in 418, Thucydides emphasizes the interdependence of this formation:

All armies are alike in this: they are pushed out towards the right wing on going into action, and both sides extend beyond the opposing left wing with their right, because fear makes each man shelter his unprotected side as much as possible under the shield of the man on his right, thinking that the closer the shields are locked together the better the protection. The man most responsible for this is the first man on the right wing, who is always trying to withdraw from the enemy his own unprotected body; and because of the same fear the others follow him.

(Thucydides 5.71)

The ranks of hoplites were arranged in depth, so as to combine maximum push with the need not to be outflanked: formations from four to eight ranks deep were normal. Order, discipline and a controlled courage were essential, for breaking ranks forward or back threatened the cohesion of the phalanx; this was ensured by training together, and by brigading according to locality, so that each man was known to his neighbour. For obvious reasons the hoplite formation was unsuitable for rough terrain, and battle was normally joined on level ground: the rigidity of military thinking is well demonstrated by the dominance of such an unsuitable style of fighting in a mountainous country made for light armed troops and guerilla tactics, which did not begin to emerge until the late fifth century.

The actual conflict consisted in a concerted pushing, leaning on the shield while stabbing above or below with spear or sword; as the warriors in the front ranks fell, they were trampled underfoot and their places were taken by those behind. Finally one side would break and run, often leaving their shields behind. In the absence of cavalry there was little pursuit, for it was difficult to run far without becoming so disorganized as to invite regrouping and counterattack from those in flight; such reversals of fortune were not uncommon. Most victorious armies therefore contented themselves with possessing the battlefield, stripping the slain, killing or holding for ransom or sale as slaves the wounded, burying their own dead, and setting up a trophy. The result was that massive casualties were rare, since only the front ranks were in danger; and flight, though it involved public disgrace, was easy.

It was a highly ritualized form of warfare, effective against far larger numbers of less well-armed troops because of its discipline and cohesion, but also brutal and dangerous when hoplite army met hoplite army. The commonest thrusts brought the most unpleasant wounds, overarm to the neck or under the shield to the groin :

> For this is shameful, when an older man lies fallen in the front rank before the young men; his head is white already and his beard is grey as he breathes out his great heart in the dust, holding his bloody genitals in his dear hands.
>
> (Tyrtaios Fragment 10, 21–5=7D)

Euripides puts the danger in a broader perspective when he makes Medea say, 'I would rather stand three times behind a shield than give birth once' (*Medea* 250f).

Ultimately this new style of fighting had a radical effect on Greek society, but it is not easy to see how the changes came about. Armour and tactics must have been at least to some extent interdependent, in that heavier armour tends to encourage closer more static formations, which in their turn lead to hand-to-hand combat and the need for better defensive armour. But there has been considerable controversy about the precise nature of this relationship, and this has led to two theories about the dating of the change, one emphasizing gradual development, the other swift transition.

The history of Greek armour is certainly one of gradual change. The iron sword and spear had been known since the eleventh century; there is no very obvious break in their development during this period. The sword tended to become shorter and broader. Spears in the late Dark Age seem to have been primarily used for throwing, but there is no great difference in weight or size between the heavy war javelin, thrown with the help of a leather thong, and the new hoplite spear. Early representations of hoplite arms often show two spears of the same or different sizes. Light spearheads have been found in late Geometric tombs, but so have heavy spearheads, in pairs or even threes. The Chigi vase on the cover of this book clearly shows hoplites marching into battle with two apparently identical spears, one held in the shield hand; some at least of them have loops for throwing; other representations make a slight difference in size between the warrior's two spears. It would seem that the throwing spear need not necessarily be lighter than the hoplite spear, and that in the early stages of hoplite fighting two spears were often carried, one of which might be thrown or used as a reserve if the other broke; later the second spear was abandoned.

The bronze corslet hinged down one side, and fastened at the other and on the shoulders; it was carefully moulded to fit the wearer, and shaped outwards at the waist to give freedom of movement. The earliest example has been found in a warrior's grave at Argos of about 725, together with a helmet with high metal crest and welded side pieces of a 'pre-hoplite' type; it is uncertain how much other hoplite-style armour there had originally been in the burial. But the early date of this find and the exceptional workmanship of the corslet suggest that this item must have been in existence for some time before the coming of the hoplites. Breastplates were not worn in the east because of their discomfort in hot conditions, but there was a long tradition of such armour in central Europe; and it is likely that the same routes which brought metal to Greece from the west also brought the breastplate, perhaps as early as 750. On the other hand greaves of hoplite type, self-gripping and covering the knees, have no obvious forerunners, and seem to have been invented in Greece somewhat later, during the seventh century.

The two most distinctive items of hoplite equipment are

the helmet and the shield. Various earlier types of Greek helmet suggest that the original impetus came from the near east; the distinctive horsehair crest is also eastern, and both ideas may have come from the Assyrians, who reached the Mediterranean coast in the second half of the eighth century. The Assyrians also used a large round shield, supported in part by straps around the neck. The Greeks believed that the Carians in south-west Asia Minor had something to do with the development of the hoplite helmet and shield (Herodotus 1.171), and they certainly possessed hoplite troops by the mid seventh century; they could have been mediators between Assyria and Greece. But archaeological evidence suggests that for both helmet and shield the crucial development is Greek. The commonest hoplite form of helmet is the Corinthian; beaten from a single sheet of bronze to cover the whole head, apart from a T-shaped aperture for eyes and mouth, it shows considerable skill in metal working, and is quite unlike any earlier model. This type of helmet begins to appear on vases about 700; it is hard to believe that it can have been very popular before the coming of formation fighting, if indeed it was not invented for that particular purpose. Hearing was virtually impossible, vision seriously limited except forwards, and the cumbersomeness and discomfort of the object (despite its inner leather cap) must have made it a very dubious asset except in close frontal fighting.

The shield, the original weapon from which the hoplite took his name, was wooden with a bronze rim, and later a thin bronze covering; it was often decorated with a geometric or figured blazon, painted or of applied bronze. Its chief difference from previous shields was the unique double grip by forearm and hand; this meant that it could be much heavier and more strongly held, and dictated its diameter as twice the forearm length. Some of its attributes will have seemed advantageous in any style of fighting, but others will not. The shield was held more firmly and closer to the body, in a grip more adapted to pushing than protecting; for it could be moved around less easily than older types of shield and deflect weapons less, and since it turned less on impact all blows became frontal rather than glancing; it guarded unnecessary waste space to the left of the warrior. All these factors make the new shield less attractive in open fighting despite its greater strength; they become positive advantages only in close formation. The earliest evidence for the introduction of the double grip shield rests on the argument that figured blazons demand a shield that can only be held in one position, unlike the older central grip shields which could be held at various angles. The earliest figured blazons on shields in vase paintings come from about 700; by 685 there are also representations of the inside of the shield which show clearly the double grip.

Some of these items of equipment, such as the offensive weapons and the corslet, were in use before the hoplite formation can have been developed, others are later. They came in gradually, and it is not until about 675 that the earliest representation of the full hoplite equipment occurs. But two innovations, the helmet and the shield, must surely have a closer connection with the coming of hoplite tactics: by about 700 some form of close fighting must have become common; or to put the other side, it is impossible that hoplite tactics could have developed fully before these two innovations, which alone gave adequate protection for such close style fighting. The end of the eighth century is therefore the earliest possible date for the invention of hoplite tactics.

A lower limit for the coming of these tactics can be derived from the representations of warriors on vases. In the first half of the seventh century there are numerous examples of soldiers fighting with semi-hoplite or full hoplite equipment, but they are not shown fighting in formation. This could of course be taken as evidence for a transitional period, but it is obvious that there are considerable problems in representing artistically the hoplite formation. In fact the first certain evidence for the formation comes from the efforts of one Corinthian painter of major stature, who offers not just the first but also the best representations. Three of his vases attempt different approaches. The earliest (the 'Macmillan aryballos', from which the painter derives his modern name) shows a series of overlapping hoplite duels between single opposed warriors, and one between pairs. This is still of course ambiguous, though the theme appears to be the defeat of the left-hand army by the right; the Macmillan painter's next attempt is clearer: it shows three groups of warriors in mass formation, the first two marching against each other, the third already fighting. The final version is the Chigi vase on the cover of this book, the most successful portrayal of hoplite tactics which has survived. The main panel shows two hoplite armies marching in ranks against each other, while two soldiers are still arming on the far left. The left-hand army is kept in step by a flute-player, a practice which was later at least peculiar to the Spartan army. All three vases were painted around 650 or slightly earlier; they show a major artist grappling with a particular problem and attempting various solutions. This obsession might suggest that the tactics themselves were new, or it might be a sign of the difficulty of the problem: it is not possible to decide with an artist so original and self-critical as the Macmillan painter. But at least by 650 the hoplite phalanx was well enough established to be a painter's problem.

The same conclusion emerges from dedications at two Spartan shrines, the sanctuaries of Menelaos and Artemis Orthia. About 650 there begins a series of cheap mass-produced lead figurines of hoplites, showing that by this date a large group of hoplites without great wealth was sufficiently self-confident and aware of its identity to have a prominent place in Spartan religious life. How long it had taken for this sense of identity to grow, and how advanced or backward Sparta may have been in relation to the rest of Greece, is unknown.

The archaeological evidence therefore suggests a relatively long drawn-out process in which from about 750 armour was becoming progressively heavier. The actual advent of the hoplite formation occurred between 700 and 650; I would myself emphasize the introduction of shield and helmet as providing the best indication of the change, and would therefore see the essential reform taking place early in the period. But there must have been some experimentation with weapons even after this, and anyone who has served in a modern army will know that equipment is never wholly standard.

The warrior poetry of early Greece is the first type of poetry outside heroic epic to emerge as a genre with a specific set of attitudes and responses, which reflect both the increasing importance of warfare and its changing nature. The elements of continuity with the Homeric world are of course striking. The poetry is written in the elegiac metre into which the old epic vocabulary fits easily; it is a poetry of exhortation in time of crisis, calling on the present generation to fight as their ancestors fought of old; and it deliberately attempts to relate the new style of war to the heroic past by echoing and adapting epic language. For these reasons it often gives an old-fashioned or ambiguous picture of the changes that were taking place.

Already in the *Iliad*, at least one passage describes the stabbing spear used in close formation (13.339ff), and the Euboeans are famous for their stabbing spears (2.542ff); these passages are therefore thought to be late. The poetic evidence for the Lelantine War (above p. 78) is confused: it seems to have been fought in the old way, but it is possible that changes were beginning. This is perhaps why Archilochos the professional sees the warriors of Chalkis as a model, for the spear that he leaned on and the shield he threw away are likely to have been of the new type. The Ionian cities had begun exporting hoplites to Egypt by the mid seventh century (below p. 219), but Mimnermos of Colophon, writing towards the end of the century, recalls hearing of the fighting with the Lydians about 675 in the old style; and as late as 650 Kallinos of Ephesus exhorted his city's young men in lines which mention only throwing spears, and dwell on single combat: 'they see him like a tower before their eyes, and he does the work of many, being alone' (Frag. 1.20–1). But Kallinos' language and thought are so Homeric that this impression may be misleading. The first unambiguous evidence is from the greatest of the war poets, Tyrtaios of Sparta, composing during the second half of the century: his poems describe the formation fighting of hoplites, the clash of 'hollow shield on shield' (a new epithet describing the new shape), the corporate discipline and the gruesome wounds.

The way in which the language of epic was turned to new purposes can be shown by one example. Two identical passages in the *Iliad* describe the close formation of the Greeks: 'those judged champions awaited the Trojans and godly Hector, locking spear fast to spear, buckler to close-packed buckler: shield crowded on shield, helmet on helmet, man on man. The horse-hair crests on their shining helmet-ridges touched as they nodded, so close they stood to one another' (13.129–33 = 16.215–7). The description was famous among hoplite warriors, and seems to have been reinterpreted to refer to opposing sides: that at least is how Archilochos parodies it in a glorious mixture of sexual and military language – 'to fall into action on the paunch, to hurl belly on belly and thighs on thighs' (Frag. 119). Tyrtaios accepted this interpretation, and expanded Homer:

Let him place foot against foot and lean shield against
   shield,
crest against crest and helmet against helmet,
let him bring chest close to chest and fight with his man,
taking the hilt of his sword or his long spear.

                          (Fragment 11.31–4=8D)

Whether or not the original Homeric lines reflect a hoplite
formation, they have been made to do so by transference from
the moment of waiting to the actual battle; and in the change
from description to exhortation, Tyrtaios has added the resonance of epic to his appeal for courage in close formation fighting.

It is with Tyrtaios that the new ethic of the age of hoplites
first emerges clearly. The warriors he addresses are a group:

   For you know the destructive work of Ares, god
      of sorrow,
   you have experienced all the fury of painful war.
   You were with those who fled and with the pursuers,
   young men, you have had your fill of both.
   Those who dare, standing by one another,
   to join in the hand to hand fighting in the front line
   lose fewer men and protect the people behind:
   when they flinch, the courage (*aretē*) of all is
      perished.

                          (Fragment 11.7–14)

In Homer the word *aretē* refers to excellence of any kind:
Tyrtaios explicitly redefines it as the steadfast courage needed
in hoplite battles, in a poem which probably survives complete.
He begins by rejecting the other traditional aristocratic claims
to excellence: strength and speed in athletics, physical beauty,
wealth, noble birth, powers of speech are nothing without a
fighting spirit:

   This is excellence (*aretē*), this is the finest possession
      of men,
   the noblest prize that a young man can win.
   This is a common good for the city and all the people,
   when a man stands firm and remains unmoved in the
      front rank

and forgets all thought of disgraceful flight,
steeling his spirit and heart to endure,
and with words encourages the man standing beside him.
This is the man who is good in war.

(Fragment 12.13–20＝9D)

The honours such a man wins if he dies or lives are not so different from those given to Homeric heroes, but they are couched in language which involves the whole community and not just his peers. The new conception of courage and its relation to the life of the community comes out clearly in the third line of the passage, 'this is a common good for the city and all the people'. The line itself is built up from memories of two lines of the *Iliad*: in the first a wasps' nest creates 'a common evil for many' (16.262), and in the second Paris' abduction of Helen is described as 'a great woe for your father and for the city and all the people' (3.50). The juxtaposition of these two phrases and the alteration of one significant word, 'common *good*' for 'common evil', not only creates a positive ideal from the negatives of Homer: it reveals a new world in which the city dominates and justifies the ethics of its warriors.

It is not at first sight surprising if the *Iliad* is little concerned with patriotism: it views events primarily from the Greek side, and the Greeks are far from home, fighting for their honour and the booty that victory will win. Patriotism is only in place on the Trojan side: Hector was a great hero who fought for his fatherland (24.500), and urged others to do the same (12.243). But all the same his death was pitiful rather than glorious, at the most (in his own words) 'not unseemly':

Whoever of you is wounded or struck and meets death and his fate, let him die: it is not unseemly for him to die fighting for his fatherland; but his wife and children after him are safe and his house and his land unharmed, if only the Achaeans return to their dear fatherland in their ships.

(*Iliad* 15.494–9)

The call to patriotism is curiously negative; the emphasis is on the material benefits that death in action may bring to a man's family and his estate. Similarly it is primarily the wife and the immediate family who grieve when a hero is killed (*Odyssey* 8.523); even in the long description of the mourning for Hector in *Iliad* 22, the people remain in the background.

Later war poetry is markedly different. Kallinos brings together a whole series of scattered Homeric phrases to present
a new ideal:

> Let him make a last throw as he dies;
> for it is honourable and glorious for a man to fight
> for his land and children and dear wife
> against the enemy. Death will come whenever
> the fates decree ...
> But small and great alike mourn if a warrior suffers:
> longing for a man of mighty heart is on all the people
> if he dies; and living he is honoured like the heroes.
>
> (Fragment 1.563 5.19)

The glory of fighting for family, the notion that death will
come when it will and that brave men are honoured for their
actions in life and death, are all found in Homer. But it is the
combination of these different ideas in a short passage which
implies, without stating it openly, that death in the service of
the community is in itself glorious.

It is Tyrtaios who first made this attitude explicit in what a
later war poet, Wilfrid Owen, called 'the old lie': 'To die is
glorious, when a brave man falls among the front ranks fighting for his fatherland' (Frag. 10.1-2=7D). In Tyrtaios the community takes equal place with land and family: when a man
dies, he brings glory 'to the city and the people and his father'
(Frag. 12.24=9D).

> Young and old alike weep for him,
> and the whole city is filled with sad longing,
> and a tomb and children and his family survive him.
> Never has fame forgotten a brave man or his name,
> But though he is under the earth he becomes immortal,
> whoever excelling, and standing firm, and fighting
> for his land and children, is killed by mighty Ares.
>
> (Fragment 12.27-34)

By the age of Tyrtaios a new ethical principle had become
established, the duty of the individual to the state. Of course
the new morality was formulated in terms of the old, and
coexisted with it: little might seem to have changed. But it

was the beginnings of that move from the competitive ethic of Homer to the co-operative ethic of later Greece, and it is the tension between these two systems which ultimately explains the Greek achievements in moral philosophy. Initially the change was limited to the military sphere: patriotism replaced the search for individual honour; courage was redefined in terms of steadfastness or endurance (or in Aristotle's later formulation, as 'a mean with regard to feelings of confidence and fear'). And perhaps most significantly, class consciousness and a set of class values emerged for the warriors: on the battlefield birth and wealth no longer mattered, compared with courage, in which all must be equal – should not these two principles of the battlefield, co-operation and equality, also determine the political life of the community?

9 Tyranny

The fifth century scholar Hippias of Elis noted that Homer did not know the word *tyrannos*, which had come late into Greek in the age of Archilochos:

> I do not care for Gyges and all his wealth.
> There is no envy in me, nor am I jealous of
> the works of the gods: I do not desire a great tyranny.
> It is far from my eyes.
> (Archilochos Fragment 19 = 20D; Hippias *FGH* 6 Fragment 6)

Hippias was right: the word *tyrannos* (from which the modern 'tyrant' derives) is certainly non-Indo-European and perhaps Phoenician in origin, for its closest cognate seems to be *seran*, used in Hebrew of the rulers of the Philistines on the Levantine coast.

Although there was considerable uncertainty among the Greeks as to when aristocracies succeeded monarchies, monarchy does not seem to have been a widespread institution after the collapse of the Mycenean world. But from the mid seventh century a series of usurpers began to seize autocratic power in the more advanced cities, establishing dynasties which usually lasted for some two generations before they were overthrown and replaced by hoplite-dominated governments. This early period of tyranny seems to have begun in mainland Greece at Corinth, where Kypselos and his son Periandros ruled from about 655 to 585. About 640 Theagenes gained control of Megara, and some ten years later supported an unsuccessful coup by his son-in-law Kylon at Athens. Athens itself was ruled for a short time about 560 by Peisistratos, and again by him and his sons from 546 to 510. Another of the main cities of the northern Peloponnese, Sicyon, was under Orthagoras and his successor Kleisthenes for about a century, from the mid seventh century to the 550s; and there were numerous lesser tyrannies. In the islands the succession of tyrants at Mytilene around 600, in the lifetime of Alkaios and Sappho, are known especially from Alkaios' poems; and on the coast of Asia Minor, Thrasyboulos at the end of the seventh century brought Miletus to the height of her prosperity. Contemporary with the Peisistratids at Athens was Polykrates of Samos, who managed to keep the island independent of the Persians until about 520. It is in fact likely that tyrants were common along the Ionian coast, for tyranny became the standard government imposed by the Persians after their conquest of the area in 546. Thus for a century or more after about 650, tyranny was one of the prevalent forms of government in the Greek cities; of the main states, only Sparta and Aegina seem to have escaped it. During this period it was also the tyrants who dominated the political and artistic life of the Greek world, and who captured the popular imagination in tradition. The experience of tyranny created a fascination and a hatred which permanently influenced Greek political attitudes against monarchy, until the establishment of the huge territorial kingdoms of the Hellenistic world.

In later political theory, tyranny is defined as absolute rule exercised contrary to customary law, or at the whim of the ruler; and it is contrasted with kingship, which is absolute rule in accordance with customary law, or for the benefit of the subjects. It is regarded by all theorists as the worst possible form of government, worse even than mob-rule, with which indeed it is held to have some connection. The most historically based of these analyses is that of Aristotle in the *Politics*:

The tyrant is set up from among the people and the mob against the notables, so that the people may suffer no wrong from them. This is clear from the facts of history: for the great majority of tyrants have risen from being popular leaders in some sense, having won confidence by their slandering of the notables. Some tyrannies were set up in this way when cities had already become great, others earlier as a result of kings going beyond custom and aiming at more despotic rule, others from men elected to major offices (for in old times the people would appoint magistrates and sacred officers for long periods), and others from oligarchies choosing some one supreme official for the chief posts. For in all these ways it was possible for such men to achieve their aim, if only they wanted, because they already possessed either royal office or a particular magistracy; thus Pheidon in Argos and others became tyrants when they already had royal power, while the Ionian tyrants and Phalaris rose from magistracies; and Panaitios at Leontini, Kypselos at Corinth, Peisistratos at Athens and Dionysios at Syracuse, as well as other examples, rose by being popular leaders.

(Aristotle, *Politics* 5.1310b)

The viewpoint of Aristotle is fairly limited, for he is concerned not so much with the basis of the tyrant's power as with the means by which he actually seized it. Nevertheless three points are clear. Firstly the tyrant took power unconstitutionally and ruled outside the law; secondly he was usually a popular leader, protecting the people from the former ruling class; thirdly he was often himself a member of that ruling class.

These facts explain the varying fortunes of the tyrant. The earliest popular leaders must have come from the aristocracy; their crime in the eyes of their class was to break with the conventions of political life and turn to the people for support. Initially therefore tyranny was a popular form of government set up against the aristocracy; for perhaps a generation the interests of the people and its aristocratic ruler would coincide. But as the people gained confidence, the tyrant would find himself undermined by the fact that he stood outside the constitutional framework of council and assembly possessed by all or most Greek cities; and he would see his support eroded as people and aristocracy moved together once again. The result in the second generation was an increasingly arbitrary and often brutal regime, until the tyranny was overthrown by internal revolution or external attack. Thereafter it was remembered with hatred.

It is reasonable to look for general explanations behind such a widespread phenomenon. Thucydides seems to hint at an economic cause: 'as Greece became more powerful and its economy developed more, tyrannies were established in many cities, their revenues increasing ...' (1.13). The economic development of Greece in the seventh century certainly affected the position of the aristocracy deeply. It was in any case not so much great differences in landed wealth as birth and military functions which distinguished them from the rest

134

of the community; and in some respects those whose wealth was based on land were at a disadvantage in the more highly developed world of the city-state and the colony, where craftsmanship and trade could become important sources of profit. At the beginning of the sixth century Solon of Athens describes the ways in which wealth could be acquired:

> Each man hastens on his way. One wanders over the fishy sea
> seeking to bring home gain in his ships
> battered by brutal winds
> placing no value on his life.
> Another, cutting the tree-clad earth, slaves
> all year long, tending the crooked plough.
> Another, skilled in the works of Athenē and Hephaistos the artificer,
> gains his living with his hands,
> and another taught the gift by the Olympian Muses,
> knowing the measure of the sweet skill.
> Lord Apollo the far darting has made of another a seer,
> and he knows the evil coming from afar for a man
> when the gods give him foreknowledge; yet no bird sign
> nor sacrifice can ward off what is utterly fated.
> Others having the skills of Paion and his healing drugs
> are doctors, whose craft is still uncertain . . .
> No end to wealth is revealed to man,
> for those of us who have most possessions
> hasten to double them. Who could satisfy all?
>
> (Solon Fragment 13.43–71 = 23D)

Solon of course emphasizes the importance of the intelligentsia to which he himself belongs (poets, seers, doctors); but his description reveals a complex and developed urban economy, in which agriculture, trade and technology are equally acceptable modes of acquiring wealth, and in which the profit motive is both explicit and morally neutral. Solon himself in his reforms rejected the criterion of birth for that of wealth in the distribution of political honours (below c. 11).

One of the recurrent themes of early Greek poetry is the conflict between birth and wealth, though most poets took an aristocratic view opposed to that of Solon. For example his contemporary Alkaios of Mytilene clearly disapproved of the new importance of wealth: 'they say that Aristodamos uttered no bad phrase for a Spartan, "money's the man": no poor man is noble or honoured' (Frag. 360). The strongest criticism of the replacement of birth by wealth are found in the poetry attributed to Theognis of Megara in the mid sixth century (p. 209). The final devaluation of birth in relation to wealth is shown in the definition attributed to the poet Simonides, that good birth is merely inherited wealth (Aristotle, *On good birth* Frag. 2).

Though much of the evidence for this redefinition of status in economic terms comes from the sixth century, the political reforms of Solon show that in some cities the process was already far advanced by the end of the seventh century; and it may well be significant that one of the earliest tyrannies arose in the most commercially advanced city of the period, Corinth. But although both here and in Athens one can suspect the existence of a group of dissatisfied rich excluded from political power, this seems to be a consequence of an exceptionally inflexible aristocracy of birth: elsewhere, as the poetry of Theognis suggests, the entry of non-aristocratic rich men into the governing class was resented and caused tension, but did not often lead to revolution. It is more plausible to relate the phenomenon of tyranny generally to the emergence of greater freedom of thought and more flexible social relations consequent on economic change, than to see the tyrants specifically as the leaders of the wealthy against the aristocracy.

More probable is the theory that connects this style of popular dictatorship with the emergence into politics of the hoplite class. Aristotle recognized a close relationship between military organization and type of government:

> The first type of constitution among the Greeks after kingship was formed from the warriors, initially from the cavalry (for the strength and dominance in warfare belonged to the cavalry; hoplites are useless without a formation, and such skills and tactics did not exist originally, so that cavalry was the strong arm), but as the cities increased in population and those who carried arms gained importance, more persons gained a share in political power.

> (*Politics* 4.1297b)

In general here and elsewhere Aristotle is right to see a connection between the military arm of the state and its constitutional organization, from the early aristocracies through the hoplites to the 'naval mob' of the Athenian democracy; and although neither he nor any other ancient writer fits early tyranny into this scheme, the tyrants clearly emerged at the point of transition from aristocracy to hoplite constitution. When therefore Aristotle says that 'in the old days, tyrannies arose when the same man was popular leader and general' (*Politics* 5.1305a), the natural inference is that the tyrants should be seen as the leaders of the hoplite class against the aristocracy: their success in overthrowing the traditional state would then lie in their being able to call on a new group of supporters, more powerful than the band of warriors which the aristocracy could muster – the hoplite class as a whole, that is the people (*dēmos*) under arms.

The evidence for this theory is circumstantial rather than direct. It is true that both Kypselos of Corinth and Orthagoras of Sicyon are alleged to have begun their careers as military leaders, but this is probably fourth century invention (below p. 142), and attempts to give the theory greater precision have to rely on the elusive career of Pheidon of Argos. The old oracle quoted in chapter 5 shows that the Argives succeeded the Euboeans as the leading warriors in Greece: the fact that the hoplite double-grip shield was called 'Argive', and the warrior burial of about 725 from the Argolid with its fine breastplate perhaps lend substance to the notion that this change may relate to a change in tactics, towards the hoplite phalanx. Parallels elsewhere (for instance Charlemagne's creation of a heavy-armed infantry in France at the end of the eighth century AD) suggest that such a radical reorganization of military tactics, involving the inclusion of a new group in warfare with the compulsion to provide their own equipment, is likely to have required a strong central government. From Aristotle's description, Pheidon of Argos appears as an early tyrant who belonged to the class of 'kings going beyond custom and aiming at more despotic rule'; scattered information elsewhere suggests that he was a very successful military leader. Herodotus describes him as 'the man who established the system of measures for the Peloponnesians and performed the most arrogant action of any Greek, when he turned out the Eleians who manage the Olympic Games and held them himself' (6.127); other less trustworthy sources attribute to him interference in Aegina and Corinth. Evidence which goes back to the Olympic victor lists and is likely to be reliable suggests that there was a disturbance of the normal games in the 28th Olympiad (or four-year Olympic cycle: 668), and perhaps also in the 8th Olympiad (748). In 669 the Argives won a major victory over the Spartans at the battle of Hysiai (Pausanias 2.24.7). These disparate pieces of evidence have been combined to suggest that it was Pheidon who created the first hoplite army, used it to dominate his own city and large areas of the northern Peloponnese, defeated the Spartans at Hysiai, and in the next year marched across the Peloponnese to celebrate the Olympic Games. But the story has its difficulties. No one actually says that it was Pheidon who won Hysiai, which is surprising, given the tendency to remember victorious generals; moreover other conflicting evidence for Pheidon's date suggests that he was either some fifty years later (Herodotus implies that he was a contemporary of Kleisthenes of Sicyon in the sixth century – perhaps a mistake) or fifty years earlier (Ephoros, whose date is obviously a guess). The evidence is confused; and although the picture of Pheidon as the first tyrant and the inventor and leader of the hoplites is plausible, it must remain a hypothesis.

It is certainly true that contemporary poetry gives the *dēmos* a new prominence, and the word is clearly relevant to the question of the support given to tyrants. It is often used of the people as a whole, and especially of the people as opposed to the aristocracy; sometimes it seems to refer to the lower classes alone, but there is no sign that it could refer solely or primarily to a hoplite group distinguished from both aristocrats and lower classes. It is in fact unlikely that there was any clear social distinction between hoplites and the rest of the people initially, since the group of hoplites was itself a new creation; only later could the hoplites begin to see themselves as an elite apart from the rest of the *dēmos*. The tyrants certainly appealed to men well below the hoplite census: Theagenes rose to power in Megara after slaughtering the flocks of the wealthy (Aristotle, *Politics* 5.1305a), and Solon couples the desire for tyranny with a redistribution of land which would have appealed primarily to the landless or the urban poor: 'I did nothing foolish, nor did I wish to act by force and tyranny, or that the good should have equal shares with the base in this rich land of ours' (Frag. 34.7–9). The conclusion to be drawn is surely that Aristotle and other ancient sources were right to see the early tyrants as leaders of the *dēmos* in general against the aristocracy; but the most important section of the *dēmos* was the hoplites, without whom the people would have been powerless. The consequence of the new military tactics was that men from the people were armed and trained alongside the aristocrats; initially they would support a champion who asserted the rights of the people against the aristocracy, just as later they would themselves be the protagonists in securing for their organization, the people's assembly, the central role in the state. In each case the absence of any established distinction of status between hoplites and the rest of the people meant that, in acting for themselves, the hoplites acted for the *dēmos* as a whole.

In the search for general explanations, less rational factors should not be forgotten. The new equality of the colonial settlements was achieved under aristocratic leaders who distributed the land to their followers. The traditional society was disappearing and old norms were increasingly disregarded: the aristocracy was losing its economic and military justification. In this situation the Greek cities showed the typical political instability of emergent societies under the stress of radical change: the tyrant was no different from the modern dictator. Part of the cause lay in an aristocracy no longer united in defence of its traditional prerogatives, and in the willingness of individuals to use the new forces in society to overthrow their own class. Once the possibility of tyranny had become established, two further factors began to operate, as they operate today. One was fashion: the existence of a dictatorship encourages others to aim at power for themselves. And the second was a form of mutual self-help between tyrants: Theagenes of Megara tried to set his son-in-law up at Athens; Thrasyboulos of Miletus and Periandros of Corinth overcame the traditional hostility between their cities, which went back at least as far as the Lelantine War; Lygdamis of Naxos helped both Peisistratos of Athens and Polykrates of Samos to gain power. These two last examples show the instability of contemporary politics: though Peisistratos had some support within Attica, he finally seized power with massive help from other cities, and at the head of a large body of mercenaries; while Polykrates gained control of Samos with only fifteen hoplites (Herodotus 3.120). But in both cases their subsequent actions show that they had widespread popular support: it is clear that the early tyrannies never wholly lost the characteristics of popular dictatorships.

Such popular support presupposes attention to local discontents: the particular grievance is at least as important as any general tendencies in the explanation of tyrannies. Local factors can be categorized broadly as social or economic, as ethnic, or finally as a transformation of the old aristocratic struggles for power. Corinth, Sicyon and Lesbos offer the best documented examples of each.

The earliest tyranny for which reasonable evidence survives is that of Corinth. Although the name 'Korinthos' has the typical pre-Greek ending '–nth–' and there are considerable earlier remains there, the area was not important during the Mycenean period; despite the magnificent natural fortress-citadel of Acrocorinth, there are only scattered Mycenean finds, and the reference in Homer to 'rich Corinth' as a minor dependency of Agamemnon (*Iliad* 2.570) is merely a late attempt to create a heroic past from nothing. The earliest significant settlement relates to the coming of the Dorians in about 900; finds at the great Corinthian sanctuary of Hera, across the bay at Perachora, start around 850 and show that the community had few outside contacts or artistic skills. Suddenly from 750 onwards the remains change character: scarabs, ivories, amulets and imported vases and pins demonstrate widespread contacts as far as the near east; during the next century Corinth became the most important port and most prosperous city in Greece. The reasons are obvious: Thucydides emphasizes the position of Corinth both for north-south land trade and for east-west sea trade (1.13). The trade-routes in western metals and eastern luxury goods, pioneered by Euboeans, rapidly came to focus on Corinth; the voyage round the south Peloponnese was long, stormy and dangerous, and it was simpler either to drag small ships across the Isthmus or unload and reload. Similarly Corinth benefited from western colonization. She not only colonized some of the best sites herself; she also probably did most of the transporting of non-Corinthian colonists, who would take ship from Corinth. In this movement she gained equally with Delphi, across the gulf and a last port of call for religious reasons. Once the colonies were established, all supplies and all trade with them passed through Corinth and were carried on Corinthian ships.

It is not therefore surprising to find Corinth the centre of the orientalizing movement in Greek art, and the first city to produce high class pottery on a large scale and export it to the Greek settlements of east and west: her pottery dominates at Al Mina from the first quarter of the seventh century and at all the western sites from their foundation. The creators of this commercial prosperity and artistic activity were an aristocratic *genos* called the Bacchiadai. It was Bacchiad nobles who founded the colonies at Corcyra and Syracuse; the geographer Strabo says 'wealthy and numerous and nobly born, they exploited the harbour-trade without limit' (378). Herodotus claims of his own day that the Corinthians are unique in that they 'least of all Greeks have a prejudice against craftsmen' (2.167), and the attitude goes back to this early period; already in the eighth century an abnormally high proportion of the best Corinthian pottery was being exported, and was probably made for export: the trade was a specialized one in small highly decorated pots containing luxury items such as scented oils. There is the famous story of the Bacchiad Damaratos, who was engaged in the trade with Etruria, and, when the tyranny came, settled in exile at Etruscan Tarquinia with a number of Corinthian artists, introduced pottery and terracotta sculpture to Italy, and fathered Tarquin king of Rome (Dionysius of Halicarnassus, *Roman Antiquities* 3.46).

The Bacchiads were an exclusive group, forbidding marriage outside the *genos*, and described as 'monarchic men' in a contemporary Delphic oracle. This exclusiveness was undoubtedly one reason for their overthrow; but other factors must have been the spread of wealth through trade, shipping and craftsmanship, and the continuing contact with the new equality of the colonial west. Towards the end of their rule they may have become less successful: Thucydides appears to date the earliest sea-battle known to about 664; it was between Corinth and Corcyra, which would imply at least temporary loss of control of one of Corinth's most important colonies and the western trade route. But in fact the two dates given in this passage (1.13) are forty years apart, and probably computed on a forty-year generation system; both would certainly be much more comprehensible scaled down by about seventy years. More significant may be the memorial to Orsippos of

Megara, an Olympic victor in 720, who 'freed the most distant boundaries for his fatherland when hostile men had seized much territory' (G. Kaibel, *Epigrammata Graeca* no. 843): border wars between Megara and Corinth may well have accelerated the introduction of hoplite tactics to the area.

Two main accounts of the revolution at Corinth survive. Herodotus (5.92) describes how Labda, a lame Bacchiad girl, was rejected by the other Bacchiads and finally married Eetion, who was not even a Dorian in origin. Various Delphic oracles prophesied the future power of their son; and when he was born, the Bacchiads sent a posse to kill him. On their first attempt they were put off by the baby's smile, and on the second he was hidden in a chest or large jar (whence his name Kypselos). When he grew up he was persuaded by an oracle at Delphi to seize power: many of the Corinthians he drove into exile, many he deprived of their property, and very many more of their lives; he ruled for thirty years, died at the height of prosperity, and his son Periandros succeeded him'. Periandros was at first milder than Kypselos, but later much harsher.

The second account is found in scattered traces, and most completely in a late writer, Nicolaos of Damascus, private secretary to Herod the Great in the age of Augustus (*F.G.H.* 90 Frag. 57–60). This version derives from the fourth century historian Ephoros, who followed Herodotus on the birth and miraculous escape of the child, but went on to give a highly circumstantial account of Kypselos' rise to power, in which he gained great popularity because of his mildness, was elected *polemarchos* (military leader), and as such administered the law kindly, formed a party and finally seized power. The reference to the military office of *polemarchos* is tantalizing; but unfortunately the worthlessness of the account in this and all other details is demonstrated by the fact that the *polemarchos* appears to have only civic duties: that cannot have been true before the classical period, and makes it clear that the whole narrative is constructed from fourth century analogies; the only point which can perhaps be salvaged is the contrast between the mild and loved Kypselos and the hated Periandros.

Herodotus' version regards both men as villains, because the story of their rule is told by a Corinthian trying to dissuade the Spartans from restoring tyranny at Athens. But the legend of Kypselos' birth shows clearly that he was a popular leader. It belongs to a group of legends whose structural function is to explain the rise of a new ruler, by relating the usurper in part to the old regime, but primarily to the protection of the gods and to his origins among the people. Typical elements are the exposure of the king-child, his miraculous survival, often through divine intervention such as by being suckled by animals sacred to the god, his education among the people and his final accession to power. The most famous examples of the story-type are perhaps Cyrus the Great (Herodotus 1.107ff), Romulus and Remus, Moses in the bullrushes, and the birth and upbringing of Christ; but versions involving 122 different persons have been collected. The myth is one of the best examples of the diffusion of a folk-tale motif from a single centre: it is confined to Europe and the near east; and although it has been thought to be Indo-European, the fact that it is absent from India and present in Semitic cultures suggests strongly that it derives from Mesopotamia. The earliest version is probably the story of the birth and upbringing of the first imperialist, Sargon King of Akkad:

> My changeling (?) mother conceived me, in secret she bore me.
> She set me in a basket of rushes, with bitumen she sealed my lid.
> She cast me into the river which rose not (over) me.
> The river bore me up and carried me to Akki, the drawer of water.
> Akki, the drawer of water, lifted me out as he dipped his ewer.
> Akki, the drawer of water, [took me] as his son (and) reared me.
> Akki, the drawer of water, appointed me as his gardener.
> While I was a gardener, Ishtar (the goddess) granted (me) her love,
> and for four and [...] years I exercised kingship.
>
> (J. B. Pritchard, *Ancient Near Eastern Texts*, p. 119)

The actual texts of this story are seventh century, but its origins are much earlier and probably Sumerian: the myth was diffused through the later cultures which came into contact with the area, Assyrian, Babylonian, Hebrew and Persian. It is natural to find the earliest Greek example of the myth at the city most receptive to oriental artistic influence.

The legend of Kypselos is good evidence for his status as a popular leader, and for the fact that he was a new man, outside or (rather typically) only partly connected with the aristocracy. The oracle addressed to his father runs:

> Eetion, no one honours you though you are most honoured.
> Labda is with child: she will beget a millstone, and it
> will fall on the monarchic men, and bring judgement on
>   Corinth.

(Herodotus 5.92)

The last sentence is ambiguous between 'judgement' and 'justice'; but the oracle is favourable, though whether it came before or after the revolution is unclear: it could be argued that Delphi supported the coup, as she supported so many other manifestations of the hoplite consciousness. Beyond such speculations, the nature of Kypselos' support can only be guessed from the characteristics of Corinth as a city, both before and during the tyranny.

The commercial and artistic dominance of Corinth which had begun under the Bacchiads continued under the tyrants. Kypselos and his son founded a number of colonies at the mouth of the Adriatic (Leucas, Anactorium, Ambracia, Apollonia, Epidamnus), which had the double advantage of lying on the route to Italy and opening up north-west Greece, a source of raw materials such as timber and the flowers from which Corinthian perfumes were made: Corinthian trade penetrated far into the interior, as the early Greek bronzes found at Trebenishte show. In the north-east the tyrants also founded Potidaea among the earlier Euboean towns on the Chalcidice, which became one of the richest and most powerful cities of the area. The Corinthian colonies of this period seem to have been much more tightly controlled than was normal; many of their coinages in the sixth century were centrally minted to the Corinthian design of a winged Pegasus, with mere lettering to denote the individual city: and as late as the fifth century they were receiving magistrates sent out from Corinth. It seems that the tyrants regarded such foundations as commercial outposts rather than independent cities.

Trade was clearly a major interest of the tyrants. Corinthian pottery remained the most widespread in the Mediterranean until the mid sixth century: its popularity is partly due to artistic excellence, but rests also on a flourishing manufacturing industry and the dominance of Corinthian shipping especially in the west; a group of sixth century buildings excavated in Corinth has produced such a diversity of pottery, from Etruria, Chios, Ionia, Athens and Sparta, that it has tentatively been identified as a 'traders' complex'. The tyrants also exploited new areas: mutual friendship between Periandros and Thrasyboulos of Miletus put an end to the old rivalries of the Euboean period, and opened the eastern Mediterranean; Potidaea gave access to the raw materials of the north-east. Periandros built a dragway across the Isthmus roughly on the line of the modern canal, a stone track with grooves for the wheels of trolleys on which boats were dragged across from one gulf to the other. He also had close relations with the most important of the non-Greek kings, Alyattes of Lydia; and his interest in the newly opened Egyptian trade is shown by the name of his nephew and short-lived successor in the tyranny, Psammetichos, called after Psamtik king of Egypt. Corinth here and elsewhere was competing with the other mainland trading power, Aegina; it is in this period that her friendship with Aegina's neighbour and potential rival, Athens, began. Corinthian influence on Athenian pottery is marked; Periandros was arbitrator in a dispute between Athens and Mitylene over control of Sigeum on the route to the Black Sea and adjudged effectively in favour of Athens; Athens herself moved from the Aeginetan to the Corinthian weight-standard in the 590s.

The artistic benefits of this commercial prosperity are found especially in the Corinthian sphere of influence. Delphi remained favourable:

> Fortunate is the man who now enters my house
> Kypselos son of Eetion, ruler of famous Corinth.

> (Herodotus 5.92)

Kypselos built there the first Treasury, to hold his dedications; it is notable that this was where the rich gifts of the kings of Lydia, from the proverbial Gyges onwards, were stored (Herodotus 1.14). But by the end of the tyranny Apollo had turned against the Kypselids; he allowed the Corinthians to remove Kypselos' name from the building (Plutarch, *Oracles at Delphi* 400e), and another line was added to the oracle: Kypselos was fortunate, 'he and his sons, but the sons of his sons no longer'.

The sack of Corinth by the Romans in 146 was the most notorious act of artistic vandalism in the ancient world; with the subsequent Roman colony on the site, it ensured that almost nothing survives of early Corinth. But it was there under the tyranny that Greek monumental architecture emerged with the creation of the Doric temple. The major innovations are connected with the use of clay in building and decoration. The invention of clay roofing tiles (called Corinthian) and the use of side colonnades gave the typical low-pitched roof supported by columns of the classical Greek temple; various elements of the roof were decorated with clay mouldings, and Pindar also claims that the addition of sculptures in the end pediments was a Corinthian innovation (*Olympians* 13.30): more specifically the Roman writer Pliny attributes the invention of clay modelling and ornaments to Boutades of Sicyon, who worked in Corinth (*Natural Histories* 35.151-3). Certainly the earliest evidence for decorated temple architecture comes from the Corinthian sphere of influence, and is either terracotta or painted: in Aetolia the terracotta revetments found at Calydon were made to order in Corinth and numbered for assembly on the site ('twenty-first on the west'), while the metopes on the temple at Thermum about 630 were of local clay painted by a Corinthian artist. In Etruria, terracotta modelling for architecture and monuments continued, but in Greece it was replaced by stone: the first major example to survive is the temple of Artemis at Corcyra of about 580 (p. 228). In both clay and stone, Corinthian influence imposed a certain uniformity on early Greek temple decoration; but at Corinth itself only the culmination of this activity survives, in the seven columns still standing of the temple of Apollo, built a generation after the fall of the tyranny.

Other evidence shows the wealth and magnificence of Corinth under the tyrants: they dedicated a colossal statue of Zeus at Olympia, and built major public works at home; their court was a centre of patronage. Arion of Lesbos, the half-legendary inventor of the dithyramb (an elaborate form of acted choral lyric, and the alleged origin of tragedy) who was rescued from drowning by a dolphin, worked at the court of Periandros (Herodotus 1.23f); and Periandros himself captured popular imagination sufficiently to be enrolled as one of the Seven Wise Men of Greece. But Aristotle shows the darker side of his tyranny, attributing to him the invention of all the typical devices of the tyrant to maintain power by bribery, terror and surveillance (*Politics* 5.1313a–b). The stories told by Herodotus of the end of Periandros' rule are more spectacular, and therefore perhaps truer to the age: he murdered his wife, deposed his father-in-law Prokles tyrant of Epidaurus, and quarrelled with his only talented son. In an attempt to placate the spirit of his wife he resorted to necromancy, caused the women of Corinth to assemble, stripped them naked and burned their clothes as an offering to her; when his son was murdered on Corcyra, he captured the island, and sent 300 Corcyrean noble youths to be castrated in the service of his friend Alyattes of Lydia; they were rescued by the Samians on the way (Herodotus 5.92; 3.48ff). This episode repays analysis: the Bacchiads had fled to Corcyra, and it was probably now that Periandros sought to bring them under Corinthian control: this may be the first recorded sea-battle known to Thucydides (1.13), which would fall shortly after 600 (reducing Thucydides' date from 40-year to 30-year generations); in rescuing the Bacchiad children, the Samians were remembering their old friendship with Bacchiad Corinth in the Euboean period. But on any account Periandros exemplifies the fact that the tyrant stood outside the law, acknowledged no check on his power, and therefore ultimately outraged the community he ruled. The tyranny of Corinth disappeared without known incident within a few years of his death, to be replaced by a broad oligarchy of wealth.

The various ethnic strata of Greek peoples were sufficiently different in dialect and in religious and social customs to create conflict from time to time; the distinction between Dorians and Ionians was widely recognized and could cause problems, for instance at Cyrene (p. 117). But ethnic tension was a more serious and more permanent factor in the Peloponnese, where the Dorian invasion seems often to have created forms of serfdom through the enslavement of the original Achaean Greeks: the helots of Sparta are probably one such group, the *gymnētes* (naked ones) of Argos another. Both caused trouble: the helots were subsumed in the larger group of Messenians conquered by Sparta in the seventh century, and took part in their successive revolts; while the Argive slaves seized control of Argos for a period in the early fifth century. In the sixth century the Spartans were careful to claim hegemony of their Peloponnesian league as Achaeans not Dorians (below p. 248). Another group of non-Dorians seems to have constituted important support for the tyranny at Sicyon, which ruled for about a hundred years from the mid seventh to the mid sixth century.

The origins of the rise to power of this Orthagorid dynasty are obscure. Orthagoras is said to have been the son of a cook who distinguished himself as a frontier guard, rose to be guard commander and was elected *polemarchos* (F.G.H. 105 Frag. 2, an anonymous papyrus from Egypt): the story is remarkably similar to that told of the rise of Kypselos, and almost certainly also derives from Ephoros' anachronistic views of the causes of tyranny. Aristotle (*Politics* 5.1315b) is more reliable in attributing the success of the Orthagorid tyranny to their popularity and mildness, and to the military abilities of Orthagoras' most famous successor, Kleisthenes (about 600–570).

It is the actions of Kleisthenes which suggest the ethnic source of support for the tyranny. Herodotus attributes to him various attempts to break free of Argive influence in connection with a war against Argos: he forbade the recitation of the Homeric poems on the grounds that they glorified Argives; he banned tragic choruses in honour of Adrastos (an Argive who according to myth became ruler of Sicyon), and tried to expel the hero from his shrine in the Gathering Place; when he was prevented by the Delphic oracle, who said 'Adrastos was ruler of Sicyon but you are merely a stone-thrower' (that is, too low-born to be even a warrior), Kleisthenes imported the Theban statue of Melanippos, Adrastos' mythical opponent, and gave him a shrine in the council-house. All these actions are anti-Argive rather than anti-Dorian; they are an assertion of cultural and religious independence. But Kleisthenes also renamed the three Dorian tribes in Sicyon with the insulting names, 'pig-men', 'donkey-men' and 'swine-men', while calling his own tribe *Archelaoi*, 'rulers of the people'. These names continued for sixty years after his death, well beyond the fall of the tyranny; and even then four tribes, three Dorian and one non-Dorian, were retained (Herodotus 5.67–8). Kleisthenes or the tyrants before him may have been responsible for the creation of this non-Dorian tribe, and so for the extension of citizen rights to non-Dorians; but his actions at least make it clear that he regarded himself as a leader of the non-Dorian element in the population.

The city of Mitylene on Lesbos was ruled by an aristocratic

genos like the Bacchiadai of Corinth, the Penthilidai, who claimed descent from the Homeric heroes through Penthilos, son of Orestes and the legendary leader of the original settlement; according to Aristotle (*Politics* 5.1311b) it was their habit of arbitrarily beating people with clubs that caused their overthrow. Mitylene was clearly less advanced than Corinth both politically and economically, and their fall left merely groups of feuding aristocrats: Alkaios belonged to one of these groups, and his poetry is the basis for attempts to reconstruct the complicated struggles of the period from about 620 to 570.

The feuding aristocratic families of Mitylene were deeply divided; apart from Alkaios and his brothers, we know by name the Kleanaktidai, surviving members of the Penthilidai, and probably the Archeanaktidai. Alkaios gives a vivid picture of the life style of these aristocrats:

The great house gleams with bronze, all the roof is well furnished with bright helmets; white horse-hair plumes nod down from them, ornaments for the heads of men. Bronze shining greaves hang round and hide the pegs, a fence against the strong dart. Corslets of fresh linen and hollow shields are thrown down; beside them are blades from Chalcis, beside them many a belt and tunic. These we must not forget since first we undertook this task.

(Fragment 357=54D)

The description shows how close the aristocracy of Lesbos still was to the Homeric world: these arms in the great hall supplied bands of *hetairoi* who fought for their leaders. The same world is mirrored in the comments of Sappho about the various rival female groups in the city: female society was in fact modelled on the male warrior bands, with the same intensity of homosexual emotions, and merely a different social function: the women were organized to worship Aphrodite, in the sacred band or *thiasos*, and to compete in song and dance, rather than for fighting. It is a striking example of the transference of male values into the female world, and shows how dominant the values were.

To these or similar aristocratic families belonged the various tyrants who emerged. The Penthilidai had originally been overthrown by 'Megakles and his friends'. The next development we hear of is the expulsion of the tyrant Melanchros by Pittakos

and the brothers of Alkaios about the year 610 (Diogenes
Laertius, *Lives of Philosophers* 1.74). There followed the war
between Mitylene and Athenian settlers at Sigeum in the Troad:
both sides claimed mythological justification for their actions
in the events of the Trojan War, although the serious point at
issue was clearly increasing Athenian interest in Black Sea corn.
During the war Pittakos killed the Athenian leader in single
combat, and Alkaios threw away his shield (Herodotus 5.94;
Strabo 599):

> Alkaios is safe, his weapons of war are not. The Athenians
> hung them up in the temple of the grey-eyed goddess.
>
> (Alkaios Fragment 428=49D)

When the war ended through the arbitration of Periandros,
Pittakos' prestige was clearly greater than that of Alkaios. A
conspiracy was hatched between the two groups against the
ruling tyrant Myrsilos; but Pittakos changed sides, and Alkaios
and his supporters fled into exile. Alkaios describes the oath of
the conspirators in his appeal for vengeance to the gods of
Lesbos:

> Come, with friendly spirit listen to our prayer, and from
> these toils and grievous banishment deliver us; but let the
> Avengers of the dead pursue the son of Hyrrhas (Pittakos),
> since once we swore in oath [.....] that never would any
> companion of our [.....] but either dead and wrapped in
> earth we would lie defeated by the victors there, or else
> would slay them and deliver the people from its grievances.
> Yet the Pot-belly took no thought in his heart for this, but
> happily stamping underfoot his oaths, devours the city
> [.....] against the law (?) [...] Myrsilos [.....]
>
> (Fragment 129)

The plot was a typical aristocratic undertaking by companions
sworn together; but the popular hero Pittakos deserted his
oaths, and broke with his aristocratic friends to become a supporter of the tyranny.

Alkaios describes his exile:

> I poor wretch live a rustic's life, longing to hear the assembly
> summoned, Agesilaidas, and the council; what my father

and my father's father have grown old possessing among those citizens who wrong each other, from these am I excluded, an exile on the frontiers; like Onomakles solitary I settled here among the wolf thickets [...] I dwell, keeping my feet far from troubles, where Lesbian girls with their trailing robes go to and fro being judged for beauty, and all around there rises each year the wondrous sound of the holy cry of women [....] from these many (toils) when will the Olympian gods deliver me?

(Fragment 130)

In this or another exile belong Alkaios' visit to Egypt, and the service of his brother Antimenidas in the army of Nebuchadrezzar of Babylon during his Palestinian campaigns (below p. 218). Alkaios continued attacking Myrsilos and Pittakos, and warning the people; he was also happy to accept 2000 staters from the neighbouring king of Lydia for an assault on the city – the wages for at least as many hoplites for a month. But the party of Alkaios won no favour in the city, and his poetry reveals why: the day of the aristocratic faction was over, and the people were on the other side.

Alkaios did his best to claim that he was working to free them; he is the first poet to use the metaphor of the city as ship of state, and portrays himself and his friends as struggling to help the ship in time of storm:

> I do not understand the strife of the winds:
> one wave rolls from this side,
> one from that, and we in the midst
> are driven on in our black ship
> struggling in a tempest passing great.
> The water is over the mast-step,
> now the whole sail lets daylight through,
> and there are great rents in it ...

(Fragment 326 = 46D)

Alkaios claims to be 'rescuing the *dēmos* from distress', and he accuses Pittakos of 'leading the *dēmos* to ruin'; he warns the people they are being deceived (Frag. 74). He clearly recognized their new political importance. But the hollowness of his claims were revealed when Myrsilos died: 'Now we must get drunk, drink to excess, for Myrsilos is dead' (Frag. 332). The people thought otherwise; they chose Pittakos as elected leader (*aisymnetes*) against the exiles for a ten year period: 'the low-born Pittakos they have set up as tyrant of that city without spirit and heavy-fated, all together they cry his praise' (Frag. 348).

The character of Pittakos clearly repays investigation. Alkaios calls him 'low-born'; his father was allegedly a Thracian, his mother presumably aristocratic: he resembles Kypselos in being a fringe figure within the aristocracy. He was certainly prepared to play the aristocratic game, both early in his career and after Myrsilos' death, when he married into the family of the Penthilidai (Frag. 70). Yet after his elected period of office (about 590–580) he resigned power, and lived as a private citizen; he also passed a number of individual laws designed to curb aristocratic social competition: he limited the expense of funerals, and clamped down on the chief activity of the aristocratic bands outside politics, by decreeing double fines for crimes committed when drunk. His popularity too is attested by his enrolment among the Seven Wise Men, and by the Lesbian grinding song: 'grind, mill, grind, for Pittakos grinds too who rules over great Mytilene' (Page, *Lyrica Graeca Selecta* no. 436). Pittakos was a peculiar type of tyrant, but his career demonstrates perhaps more clearly than any other how tyranny was an answer to the people's need for leadership against the aristocracy, and its importance as a transitional phase.

10 Sparta and the Hoplite State

Sparta was the ideal hoplite state of classical Greece: it is significant that she was especially proud of having avoided tyranny, as well as of the permanence of her constitution. Both claims were already standard in the fifth century:

> After its foundation by the Dorians who now inhabit it, Sparta suffered the longest known period of faction, and yet from the earliest times has been well-ordered and always avoided tyranny: for it is a little more than four hundred years from the end of this war (404 BC) that the Spartans have possessed the same constitution; and because of this they have become powerful and settled the affairs of other states as well.
>
> (Thucydides 1.18)

Herodotus' account of early Sparta (1.65f) contains essentially the same elements: the original bad government was followed by a settled constitution; he adds details of how the reformer Lykourgos brought this about. Both Herodotus and Thucydides use variants of the word *eunomia* (good order) to describe the new state of affairs.

The success of the Spartan system in resisting change and keeping power in the hands of the hoplite class led to its idealization. The reinterpretation of history involved is so pervasive that it has led some historians to decide that the truth about early Sparta cannot be known; more constructively it calls for two related attitudes – extreme scepticism about the ancient tradition, and a sympathetic understanding of the purposes served by the myth of Sparta.

The myth is typical of a society which overvalues its past, and seeks to use it to justify the present. Already in the sixth century the Spartans were proclaiming the merits of their own *eunomia* and declaring their hatred of tyranny (below ch. 15); later they tried to avoid change in a changing world by making a virtue of their own unchanging society; and even when change was forced upon them, it was veiled in the claim of a return to the ancestral constitution of Lykourgos – thus, in the early fourth century the exiled king Pausanias wrote an account of the 'constitution of Lykourgos' designed to further his own political aims; and successive kings of Hellenistic Sparta in the late third century, Agis, Kleomenes and Nabis, were still promoting what were in fact the most radical of social reforms as being a necessary return to the original constitution. The result was that both institutions and their potential changes were inevitably attributed to the constitution of Lykourgos, since that was the unalterable standard to which all Spartans appealed: nothing had ever changed, except possibly for the worse if one were a radical; at least all were agreed that nothing ought ever to change. This syndrome belongs to a society under continuous threat of extinction from internal enemies: the overvaluation of tradition is a phenomenon common today among entrenched minority groups.

Outside Sparta the myth served other functions: in the classical period Sparta was a refuge for oligarchs everywhere, and the model for conservatives in social behaviour and politics. More broadly the subordination of the individual, his education and his private life to the ends of the state have always given the Spartan system a fascination to all who value order and conformity above freedom, to revolutionaries of the left and of the right: the Spartan model remains central to European thought. Plato based his ideal *Republic* on a critical interpretation of Spartan institutions, and Sparta plays a prominent role in his last work, the *Laws*: Aristotle thought Sparta the most important historical model for an ideal society. Both men agreed that what was wrong with the Spartan system was not its methods but its aim. Sparta aimed to produce citizens who excelled in courage alone, and that was not enough: they should be trained by Spartan methods to excel in all the virtues: so the creation of social virtue by the control of education and private life had become an unquestioned part of Greek as of much modern political thought. The result of the political and theoretical importance of Sparta is that, although we possess more literary information about her than about any other ancient Greek city apart from Athens, this evidence is systematically unreliable, because it is designed to serve theoretical ends; and since the Spartans were notoriously secretive, expelled foreigners and kept no written records apart from oracles, the myth was always easier to manipulate than to verify.

Nevertheless it is still possible to recover the outlines of the military and constitutional history of the early Spartan state and the character of its culture from contemporary sources – the poetry of Tyrtaios and Alkman, composed in Sparta between about 650 and 590, and the evidence of archaeology, especially the British excavations of the sanctuary of Artemis Orthia (1906–1910), which transformed our understanding of the material basis of Spartan culture.

The Dorians of Sparta arrived before 1000 BC in 'hollow Lakedaimon', the fertile plain of the Eurotas river; they seem originally to have differed little from other early Greek communities. Their political constitution was normal in basic structure, with the typical warrior assembly (*apella*) and council of elders (*gerousia*): the council was later composed of the kings and 28 members elected by the people for life from those over sixty, but it seems to have always retained something of its aristocratic origins, for membership was effectively confined to certain leading families. The only peculiarity of the Spartan political system, the existence of a 'dual kingship', has never been satisfactorily explained. Two families, the Agiadai and the Eurypontidai, traced their ancestry back to the 'sons of Herakles', essentially alleging that the normal Greek division of the inheritance between two sons was the origin of the duality; this claim of common descent is shown to be false by the fact that they had separate burial grounds. The leaders of these two families possessed equal privileges, described by Herodotus (6.56–60): each was a priest of Zeus; both were permanent military leaders, originally with the right of declaring war; they could campaign either together or separately. Each received first honours at public sacrifices and dinners, and was entitled to double rations. They had the right to appoint *proxenoi* or foreign representatives, and were attended by a special bodyguard; each was served by two Pythioi, officers who were responsible for consulting the Delphic oracle and for the preservation of the responses, the only government records. The kings also supervised family law, allotting husbands to unmarried heiresses and performing adoptions; they were permanent members of the *gerousia*. The rituals on the death of a king were complex and public; Herodotus compares them to non-Greek customs. Succession was hereditary, by the first male child born while the king held office (Herodotus 7.3), and the heirs-apparent were the only Spartans excused the traditional Spartan 'education; during a minority the eldest close male relative was regent. Yet despite these hereditary privileges, the Spartans were always remarkably free in criticism of their kings for alleged irregularities of birth or conduct, and were able to depose or exile them: this attitude was even institutionalized in a ritual of uncertain age, whereby every ninth year the *ephoroi* (overseers) watched the skies at night: if they saw a shooting star the kings were suspended until Delphi had been consulted (Plutarch *Life of Agis* 11); other powers of supervision acquired by the ephors over the kings (p. 163) show how comparatively weak their position was. There is in fact little to suggest that the kings had gradually declined from a position of greater power: if anything, their importance seems to have increased during the sixth century, because of their success in military leadership. Part of the paradox of a dual kingship can perhaps be avoided by recognizing that they were never kings in the conventional sense; as Aristotle pointed out in a careful discussion of different types of monarchy, the Spartan kingship was properly 'a hereditary generalship for life' (*Politics* 3.1285b); their functions were and perhaps always had been primarily military, rather than fully regal. But even this creates a problem, since neither royal house was connected with the original tribal military organization, which was in any case tripartite: the Spartans were still fighting in the three Dorian tribes in the age of Tyrtaios:

> 'warding off with hollow shields
> separately Pamphyloi, Hylleis and Dymanes,
> holding in their hands death-dealing spears'
> (Fragment 19.7–9 = 1D)

However, apart from this tribal division, the Spartans were also arranged for some purposes by locality, in four *obai* or villages; one of the less fanciful modern theories is that the origin of the dual military leadership may be territorial.

Military activity was certainly central to the early Spartan community, whose development is easiest to trace in relation to its successive conquests. At some stage at least one further village was incorporated into the state, the *oba* of Amyklai; thereafter the Spartans proceeded by creating groups of dependent status. The first of these comprised the various Dorian settlements of the plain, the *perioikoi* ('dwellers around'): there were ultimately perhaps about thirty of these communities, possessing local autonomy but without separate military organization or foreign policy; they were liable to military service, but until the fifth century served in separate contingents. When the Spartans formed themselves into a military elite and forbade themselves productive activities, it was the *perioikoi* who engaged in the manufacturing and other service activities necessary to the state. They therefore occupied a privileged position, protected by the Spartan military system and yet not subject to its full rigours; they were completely loyal to the Spartans, who indeed called themselves officially not 'Spartiatai', but 'Lakedaimonioi', inhabitants of·Lakedaimon – thereby claiming to include in their state the communities of *perioikoi*.

Expansion beyond the plain began seawards into the marshes, and a second group of inferiors was created, the helots; their name means either 'captives in war' or perhaps 'inhabitants of Helos (Marsh)', a village in southern Laconia. Their status is obscure, since they were later not differentiated from the Messenians.

It was the conquest of Messenia which created the economic and social basis for the classical Spartan state. Essentially the war was a colonial movement, in which, by the conquest of the south-west Peloponnese, the Spartans secured land for themselves without the necessity of settling overseas; the process involved the enslavement of one Dorian group by another. The war is securely dated to the early colonizing period, from about 730 to 710. Olympia lies just north of Messenian territory: the victor lists record seven Messenians between the foundation of the games (776) and 736, thereafter only one; while the first Spartan appears in 720, and from then until 576 over half the recorded names are Spartan. Tyrtaios supports the dates suggested by these lists, when he ascribes victory in the war

to our king, Theopompos beloved by the gods,
through whom we took Messene of the broad plain,
Messene good to plough and good to plant;

they fought over it for nineteen years,
relentlessly unceasing with enduring heart,
the warrior fathers of our fathers.
And in the twentieth, leaving the rich fields,
they fled from Ithome's mountain stronghold.

(Fragment 5=4D)

The land of the Messenians was divided among the Spartans;
already their society was showing that exclusiveness and ability
to engender subordinate statuses which ultimately destroyed it;
for a group of Spartans, the Partheniai or 'maiden-born', were
excluded from the distribution, either because they had not
fought in the war or because they were born of Spartan women
and non-Spartan men – we need not believe the various romantic
embellishments, such as that they were the result of liaisons
while the men were away on campaign; for it is typical of any
society to exclude for whatever reason dubious members at
the point when new benefits are being apportioned. The Partheniai went off to found Sparta's only colony, Tarentum in
south Italy: archaeological evidence supports the ancient
foundation date of 706.

Sparta itself was now a fully colonial city, in which every
male citizen possessed an equal *kleros* of land, probably in
addition to whatever he had inherited; her position was unique
within old Greece, but only slightly different from the new
foundations overseas. It is probable that the later system of
métayage was instituted immediately, for the helot system
already existed as a model, and the new land was too distant
to be farmed direct from Sparta itself; it may originally have
seemed a not unjust settlement. In this system the Messenians
were retained on the land as peasants, paying half their produce
to their absent masters:

Like asses worn down with great burdens,
bringing to their masters under harsh necessity
half of all the crop that the field bears,
mourning for their masters, themselves and their wives
    alike,
whenever the dread fate of death comes to one of them.

(Tyrtaios Fragment 6–7=4D)

In this early stage of conquest the Spartans can hardly have been so heavily outnumbered as they were later: the only figures come from the full Spartan military levy at the battle of Platea in 479: 5000 Spartans, 5000 *perioikoi* and 35,000 light-armed helots; seven helots were allotted to each Spartan, and probably directly levied by him from among those on his estate (Herodotus 9.28).

The first Messenian War was presumably fought in the old style; the crushing defeat by the Argives at Hysiai in 669 may have been the catalyst of change to hoplite methods. The festival of the Gymnopaidiai was instituted shortly afterwards according to ancient chronographers; it seems to have been an apotropaic ritual for this defeat, and was closely related to the Spartan military training: in it competitions by male choruses from the different age groups also served as feats of endurance. Certainly the evidence of the lead figurines of hoplites dedicated at the shrine of Artemis Orthia shows that Sparta possessed a fully conscious hoplite class by 650. The uniquely 'colonial' combination of economic and military factors at Sparta will have made this transition particularly abrupt, for the hoplite class comprised the entire Spartan citizen body. The impact of this change on the Spartans themselves is shown by the claim embodied in their description of themselves as the *homoioi*, 'the men who are equal (or alike)'.

This is the period in which must be placed the earliest surviving written Greek political constitution; it is preserved in a context of great historical importance in Plutarch's *Life of Lykourgos*, to whom Plutarch of course attributes it:

So eager was Lykourgos to establish this government that he obtained an oracle about it from Delphi, which they call a '*rhetra*' (the Spartan word for decree). It runs as follows:
Founding a shrine of Zeus Syllanios and Athene Syllania, tribing (or keeping – a pun) the tribes and obing the obes, establishing a council of thirty with the rulers, to hold *apellai* from season to season between Babyka and Knakion, thus to bring in and reject; but to the people [to belong the decision] and the power (?? this clause is very corrupt).
In this the phrase 'tribing the tribes and obing the obes' means dividing and distributing the people into parts, which

159

he called tribes and obes; 'rulers' refers to the kings; 'holding *apellai*' means to hold assemblies, because he attributed the source and origin of the constitution to Pythian *Apollo*. Babyka is now Cheimarrhos and Knakion is Oinous; Aristotle says Knakion is a river and Babyka a bridge. They held their assemblies between these two, having no halls or other buildings ... (space for Plutarch's attack on the debilitating moral effect of decorated architecture) ... When everyone was assembled, none of the others was allowed to put forward a motion; but the people was sovereign to decide on the motion put forward by the elders and the kings. But later when the people by subtractions and additions perverted and distorted the motions, the kings Polydoros and Theopompos added the following rhetra:

But if the people speaks crooked, the elders and the rulers are to be rejecters.

That is, they should not ratify the decision but dismiss it outright, and dissolve the meeting on the grounds that it was perverting and changing the motion contrary to the best interests. And they persuaded the city that the gods had ordered this, as Tyrtaios recalls in the lines:

Listening to Apollo they brought back from Pytho
oracles of the god and words of truth:
let the kings rule in counsel, beloved by the gods,
those entrusted with the lovely city of Sparta,
and the elders in session, and then the men of the people,
replying in answer with straight decrees.

(Plutarch *Lykourgos* 6)

The passage of Plutarch consists of a document, a commentary on it and a fragment of Tyrtaios' poem called *Eunomia* (good order), arranged into a coherent narrative. This is quite unlike Plutarch's normal practice, and since the whole passage is a unity, it is clear that he has taken it from one earlier writer. It was common in antiquity to quote one's main source of information for a subsidiary detail: originally the technique may have been an attempt to make a false claim to originality without losing the reputation for learned research; but by Plutarch's day it was a mere stylistic device. The mention of Aristotle's name is therefore good evidence that the whole passage is derived from him; this conclusion is supported by the fact that the information fits his known views on Spartan

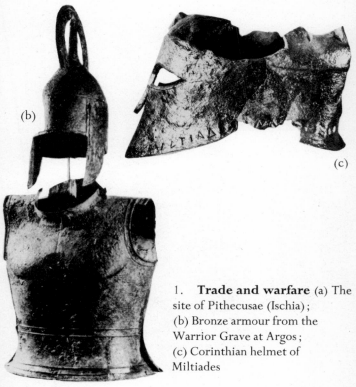

1. **Trade and warfare** (a) The site of Pithecusae (Ischia); (b) Bronze armour from the Warrior Grave at Argos; (c) Corinthian helmet of Miltiades

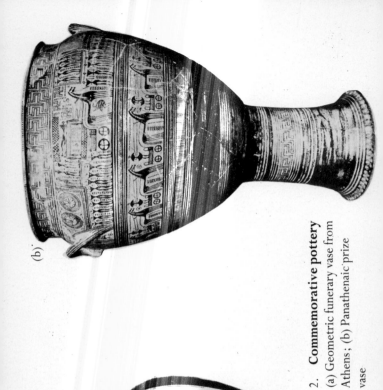

2. **Commemorative pottery**
(a) Geometric funerary vase from Athens; (b) Panathenaic prize vase

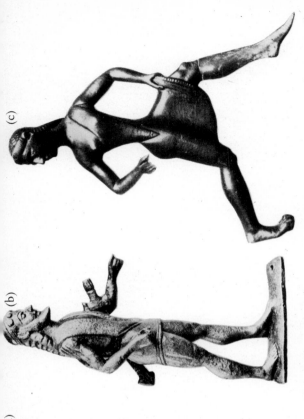

3. **Miniature sculpture** (a) Ivory Astarte figure from Athens; (b) Images of Sparta: the warrior; (c) Images of Sparta: the woman

(a)

4. **Rituals** (a) The sacrifice: (b) The symposium

(b)

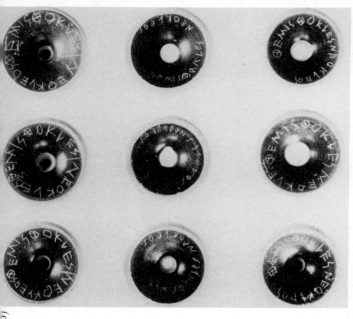

5. **Writing and the Law** (a) Constitutional law from Chios; (b) Attempts to ostracise Themistokles

6. **The international aristocracy** (a) Arkesilas of Cyrene supervising trade ; (b) Miltiades kalos

(a)

7. Monumental sculpture

(a) Kore by Antenor; (b) King Darius in audience, Persepolis Treasury

(b)

(a)

8.   **The wealth of** the West (a) Victory coin of Syracuse
479 BC; (b) Temple of Athena, Paestum

(b)

history; and comparison with his methods in the extant *Constitution of the Athenians* and elsewhere shows the same use of poetry and documents together with learned commentary. The passage of Plutarch probably derives directly from Aristotle's lost *Constitution of the Spartans*: this conclusion sets the limits of our belief and disbelief.

Firstly, since Aristotle was intelligent, the text of the rhetra and the commentary must hang together; this enables us to deduce the meaning, if not the exact wording, of the corrupt final sentence. The commentary paraphrases difficult words; since there is no paraphrase for this sentence, it cannot have contained any such words (which rules out the majority of suggestions by modern scholars); the corruption is probably caused by the use of Doric dialect forms in the original, which confused later copyists, who throughout the document are clearly trying to reproduce exactly a text they do not understand. The meaning of the sentence is given by the commentary: 'the people was sovereign to decide on the motion put forward by the elders and kings'; this is enough to demonstrate the general character of the document.

Similarly when Plutarch claims that the plural subject of the Tyrtaios fragment is the kings Polydoros and Theopompos, he should be believed: their names were probably coupled earlier in the poem. It was perhaps from such poetic evidence that ancient tradition held the two men to have been contemporaries – rather surprisingly, since they are two generations apart in the Spartan king-lists. From these considerations may follow certain implications about the chronology of events. Theopompos, the earlier of the pair, won the first Messenian war about 710, and is also associated with this document (or at least some part of it) by Tyrtaios.

The dating of the rhetra involves its historical context. It is earlier than Tyrtaios, and probably within the lifetime of Theopompos. The ancient evidence supports a very early date (mostly ninth century) for Lykourgos – for instance Thucydides' 'a little more than four hundred years from the end of this war': such calculations may be based on forty-year generations, or they may merely exhibit the general tendency to exaggerate the age of Spartan institutions; in any case they refer to Lykourgos, not the rhetra. That is a written document in prose (which makes its status as an oracle dubious, since they were in verse: perhaps it is an 'oracle' only because

Tyrtaios said so, and because it was preserved by the Pythioi). Such a complex written law can hardly be envisaged before 700.

But the most important argument for dating the rhetra to the first half of the seventh century derives from its contents. As is to be expected in such an early document, much is obscure: the grammatical subject is unexpressed throughout, and may well vary. But such problems do not affect the way the document is weighted. The earlier clauses are participial, grammatically dependent: it is impossible to decide which of them initiate anything, and which merely express the context within which the new institutions will operate. The main clauses consist of two (perhaps three) infinitives; they do not institute an assembly, since that had always existed; but they provide for its function as the sovereign body of the state: firstly meetings shall be regular and in a fixed place; secondly it is to this body that proposals shall be brought and here that they will be decided on; and thirdly and most emphatically (in the corrupt clause) power is to rest with the people. More ingenious interpretations and attempts to combine the rhetra with later evidence ignore the obvious point that such a primitive document was bound to be manipulated and interpreted to suit the increasing conservatism of Spartan life. The original rhetra itself records the assertion by the assembly of Equals of their dominance in the state – it is the first hoplite constitution. Only this will explain why it was necessary to define the assembly's powers in writing.

Undoubtedly there must have been tension connected with such a radical change; the signs are clear enough. There are the references to early unrest in Herodotus and Thucydides. Within the rhetra itself, there is the obvious contradiction between the main provisions and the 'additional clause', which either represents a concession to opposition at the time of the original document, or is a serious modification of the main point of the reform. Then there is the polemical interpretation of the rhetra by Tyrtaios, who deliberately changes its emphasis: it is the kings who are important, then the council, while the people are merely to answer correctly (Diodorus 7.12.6 preserves an oracle which uses four of Tyrtaios' lines and adds six of its own: this goes some way to restoring the proper emphasis of the rhetra but is an obvious forgery – an antiquarian attempt to reconstruct the oracle behind the rhetra with the help of Tyrtaios). It may also be significant that Tyrtaios is clearly a 'kings' man' throughout his poetry, and never apparently mentioned the name of Lykourgos. Aristotle says that unrest occurred during the (second?) Messenian war 'as is plain from the poem of Tyrtaios called *Eunomia*; for some people impoverished by the war were demanding that the land should be distributed' (*Politics* 5.1307a). With such evidence we may believe that Aristotle's picture of the division between rhetra and additional clause may well be right. At least the fact of political tension is clear; but any attempt to reconstruct a precise political history relies on the speculation and invention of later tradition: it is better to recognize the limits of our knowledge.

This point can be exemplified by two problems which the rhetra raises. Herodotus says that Lykourgos, after he had arranged the laws, 'established the military system, the *enōmotiai* ('sworn bands'), *triēkades* ('bands of thirty') and *syssitia* ('dining clubs'), and in addition to these the ephors and the elders' (1.65). Originally brigaded in the three Dorian tribes, the Spartan army was later reorganized on a territorial basis; for at the battle of Plataea in 479 one regiment is referred to as 'the Pitanate *lochos* (division)' (Herodotus 9.53), and Pitana was one of the Spartan *obai*. This transition ought clearly to be relevant to the interpretation of the puzzling phrase in the rhetra, 'tribing the tribes and obing the obes'; and yet Tyrtaios later records fighting in the old tribal formation. It is clear that at a lower level the Spartan army organization preserved names related to the old-style aristocratic warrior-bands, but no one has yet made sense of all the complexities of their military system: indeed Thucydides was already attacking Herodotus for misunderstanding it: 'there has never been any such thing as the Pitanate *lochos*' (1.20).

The second problem is the absence of the ephorate from the rhetra. The office was later seen as the most important in the Spartan state (Aristotle *Politics* 2.1270b); five *ephoroi* ('overseers') were elected annually by the assembly, apparently without restriction of birth; one of the ephors gave his name to the year. Their powers were enormous; they could introduce business to both council and assembly. They were the chief legal officers: 'they are empowered to punish whomsoever they wish; they have the right to impose penalties on the spot; they even have the right to depose magistrates during their term of

163

office, imprison them and put them on trial for their life'
(Xenophon, *Constitution of the Spartans* 8.4). Their relation to
the kings is expressed in the star-gazing ritual (p. 156), and in
this description:

> Everyone rises from his seat at a king's approach, except the
> ephors when seated on their chairs of state. The ephors and
> kings exchange oaths each month, the ephors on behalf of the
> city, the king on behalf of himself. The king's oath is to
> exercise his power in accordance with the existing laws of
> the city; the city swears that it will maintain the kingship
> unshaken, provided the king keeps his oath.

> (Xenophon, *Constitution of the Spartans* 15.6–7)

It is not surprising that one of the central themes of Spartan
history is the conflict between kings and ephors. But the origin
of the ephorate is wholly obscure; a list later existed extend-
ing back to 754, and this may have persuaded most authors to
dissociate the reform from Lykourgos, whom they regarded
as earlier – but the list is probably largely invented. The number of ephors may reflect a period when there were five *obai*;
but the office itself is a paradox, a puzzling combination of
archaic ritual with popular functions which can hardly be
earlier than the seventh century hoplite state.

The final catalyst in the creation of the Spartan system was
the second Messenian war. It presumably broke out as a consequence of the Spartan defeat at Hysiai in 669; but the tradition of the war is hopelessly confused by the creation of a
mythical military past for the Messenian state, established
after the defeat of Sparta at Leuctra three hundred years later.
Nothing is known of its course apart from what Tyrtaios says:

> You were with those who fled and with the pursuers,
> young men, you have had your fill of both.

> (p. 128)

His urgent exhortations make it clear that it was a savage
struggle, in which the Spartans even despaired of winning, and
which certainly shook the new constitution, if it did not alter
it profoundly. It was this war which created the ideal of
patriotism and death in the service of the community which
signals the emergence of the hoplite ethic (ch. 8). It is the irony
of history that such an ideal of co-operation and equality was

first formulated within a group dedicated to imposing slavery on their fellow-men, and preserving their vested interests against the claims of justice

The final subjection of Messenia was to have long term effects; but the immediate consequence was a prosperity which is reflected in contemporary Spartan culture. All signs of tension are absent from Alkman's songs, written about 600 for the choirs of young women who performed at the festivals:

> For in place of steel comes the beauty of the lyre
> > (Fragment 41 = 100D)

Alkman seems to be describing himself at the start of one of his 'Maiden-songs':

> No countryman was he, not
> clumsy, not one of the uncultured,
> no man from Thessaly,
> no Erysichean, not a shepherd,
> But one from lofty Sardis.
>
> > (Fragment 16 = 13D)

Sardis was capital of the Lydian kingdom in Asia Minor; Alkman's poetry certainly reflects a society of high culture open to eastern influences and fascinated by the exotic; he was interested in cosmogony and in stories from the distant Black Sea, and delights in foreign names and objects. Despite their role in public performance, his poems are intimate and full of personal references – to his own skill, his relations with the dancers and theirs with each other; his touch is lighter and more playful even than Sappho's. His dancers have aristocratic names, Agido ('leader'), Astumeloisa ('favourite of the city'), Hagesichora ('leader of the dance'); some of them are known to have been related to the royal houses. Their attributes are those of an aristocracy; they recall an earlier age, when Sparta was famous only for her women; they move like racehorses, they are compared with precious metals, their hair is long and flowing:

> Do you not see? The Venetian racehorse –
> the hair of my kinswoman Hagesichora
> blooms like untarnished gold;

her silver face –
but why should I talk with you openly?

(Fragment 1.50–6)

The rite is probably concerned with the passage from girlhood to woman's status, and the occasion is the presentation of a new robe to Artemis Orthia.

The excavations at the shrine of Artemis Orthia have shown that eastern and other objects such as ivories, scarabs and amber beads were being imported from about 700. Laconian art was probably created by the *perioikoi*, but it was patronized by Spartans. The Laconian style of pottery was at its height from about 590 to 550, when the Arkesilas painter was active (p. 118; plate 6a); its distribution shows that it was always a luxury fashion rather than a widely appreciated ware: it is found in areas closely linked to Sparta by foundation (Tarentum), geography (Cyrene) or the presence of a Laconizing aristocracy (Samos). The Spartans also produced fine wood statuary and bronzework; the great Laconian bronze mixing-bowls were prized as gifts or items suitable for trade with princes. Croesus king of Lydia was sent one as a diplomatic present by the state; it never arrived, and later turned up dedicated at the sanctuary of Hera on Samos (Herodotus 1.70). The bowls have been discovered especially in the tombs of barbarian chiefs, as in the Scythian royal tombs of south Russia or the burial of a princess at Vix in central France (p. 106); they were a potent influence on Celtic art. They continued to be made throughout the sixth century, probably as a by-product of the armaments industry.

Otherwise around the middle of the century Spartan culture begins to decline. After Alkman no poets are known; from about 570 foreign imports diminish; Laconian pottery had disappeared by 525. More significant, given the Spartan interest in sport and their earlier successes at Olympia, in the two hundred years after 576 only a handful of Olympic victors are recorded from Sparta. The reasons for this decline are social. The life style of the aristocracy was eroded by the claims of equality; the military ethos and the Spartan educational system produced a society which no longer needed the artist. It was symptom not cause when Sparta retained the old iron-spit currency as other cities began to mint silver coin (p. 223) – but that was the final blow: as Plutarch says (*Lykourgos* 9), merchants, poets and artists need to be paid. The 'constitution of Lykourgos' had reached its final stage.

The word 'constitution' is an inadequate translation of the Greek *politeia*, which refers to the complete political, social and educational organization of the state; it is the totality of Spartan institutions which created the image of Sparta.

Our two main sources for the character of these institutions are deeply infected in different ways by idealizing tendencies. Xenophon served as a Spartan mercenary captain, and spent some twenty years in exile at Sparta in the fourth century; his pamphlet *The Spartan Constitution* is an uncritical eulogy, lacking detail and useless for the study of historical development, even omitting (except for one oblique reference: 12.3) the most central feature of the Spartan system, its economic basis and political purpose in the control and exploitation of a dangerous and numerically far superior serf population. Almost five hundred years later, Plutarch's *Life of Lykourgos* gives a detailed account of the 'Lykourgan system', much of whose basis is the narrative of Xenophon: into this framework has been fitted a plethora of antiquarian facts, some perhaps genuine, but many attesting to the continuing process of the rediscovery of ancestral forms, a process which was still active in Plutarch's day when the antique rituals of Sparta were one of the main tourist attractions of Greece, and the natives enthusiastically paraded their glorious past in a self-created tribal reserve.

Even from such sources the character of the developed Spartan system is clear: the citizen was wholly at the service of the state. At birth it was the 'elders of the tribe', not as elsewhere the father, who decided on grounds of health whether a child should be reared or thrown into a specially designated mountain ravine. From the age of seven all except the royal heirs-apparent began a state-organized 'upbringing' (the Spartan *agogē*). Male children were enrolled in 'packs' under a pack-leader, supervised by a magistrate and older boys, and progressed through a complex series of age grades marked by obscure and archaic-sounding names; at twelve they began their initiation into communal living, providing their own bedding from reeds, prohibited luxuries, wearing no shoes and one cloak throughout the year, and living on a diet which was deliberately inadequate: stealing food was a matter of honour, and those caught were beaten to improve their skill. Formal education was musical, military and gymnastic; and the older youths (*eirenes*, 20+) had almost absolute control over their juniors. As an educational system it possessed all the normal qualities of such paramilitary youth organizations. It promoted discipline, self-reliance, social cohesion, loyalty, obedience and uniformity. It generated its own apparently ancient but essentially meaningless ritual complexity, and its own private language. Conformity was a prerequisite of survival; and the usual forms of physical and mental torture were practised by the older boys on the younger to toughen them: both this and its converse, the inevitable homosexuality, were officially encouraged.

At twenty those who had passed through the *agogē* became eligible for election to the *syssitia* or *andreia*, the dining clubs or messes of the adult Spartan community; belonging to these *syssitia* was the criterion of full citizenship, and they formed the basis for the military training (Herodotus 1.65). Here every male Spartan lived until thirty, and even thereafter was expected to eat daily a standard meal of barley bread, boiled sausage, wine and a few figs or cheese; he was required to provide a monthly contribution.

Full citizens were held all to be equal, subject only to distinctions of age and honour due to achievement. Their equality included a notional equality of birth and of property, through the original *klēros* belonging to each citizen; it is clear however that an aristocracy of some sort continued, and that inequalities of wealth existed at all periods, since land was privately owned, and subject to normal rules of inheritance. A few individual Spartans were even able to train horses and win chariot races at Olympia – the traditional mark of exceptional wealth. The chief agent of Spartan equality was not so much economic as the existence of the *agogē* and the *syssitia* as the centres of Spartan life, in which birth and wealth counted little; the Spartan term for full citizens, the *homoioi*, catches this aspect of equality exactly: for it means not so much 'the equal ones' as 'the uniform', 'those alike'. The system achieved equality through conformity. Inevitably there were men of citizen descent who had to be excluded from such a definition of citizenship – those who failed to complete the *agogē*, those who were unable to provide their contribution to the *syssitia*, those who were defeated and survived in war, and those whose heredity was suspect; at various times there were groups of Spartans who had lost or failed to acquire full rights; some names are obscure, others obvious enough – 'the maiden-born' (above p. 158), 'the lesser ones', 'the tremblers' : but it is quite unclear how permanent or formal such groups were.

The devaluation of the family inherent in a segregated education organized by age groups and an adult male life centred on the dining-mess, affected the position of women deeply. Essentially it freed them to 'constitute a society which copied that of the men, imitated their system of education and initiation rites, and which had a place beside male institutions in cult ceremonies and in social life' (H. Jeanmaire). They underwent an upbringing similar to the boys, centred on dancing and athletics; they mixed freely with the boys, and like them exercised naked in public; such disregard of the normal Greek sexual inhibitions shocked outside observers. In adult life, their rights at law and their social status were correspondingly greater than elsewhere; the contrast between male discipline and female freedom was noted with disapproval by Aristotle (*Politics* 2.1269b). But the marriage customs demonstrate most clearly the origins of this freedom in the devaluation of the family and the subjection of women to the male ethos. It is typical of such segregated peer-group societies that group rights of sex emerge : in Sparta wives could be lent to a third party on the proposal of either man involved (showing the dominance of the relationship between the two men); brothers could possess a wife in common (Polybius 12.6.8), and adultery seems not to have been an offence (Plutarch *Lykourgos* 15). The actual marriage ceremony expressed the subordination of the woman to male society : it took the form of a ritual seizure of the woman, who then had her head shaved, and was dressed as a man to await the bridegroom in a darkened room (a similar transvestism was part of the marriage ceremony at Argos, where brides wore beards on their wedding nights). Marriage was expected to be a clandestine affair, until at thirty the man was allowed to set up his own household.

This social system is often described as primitive or archaic, and has been seen as specifically Dorian in origin : the two views are obviously to some extent complementary. Greek sources themselves expressed the same attitude somewhat differently in claiming that the Spartan 'constitution' was related to that of Crete, whence Lykourgos had borrowed it; for this parallelism (if true) would tend to suggest, not so much conscious borrowing, as the survival of archaic Dorian features in two separated but equally conservative communities. Unfortunately the comparison between Sparta and Crete, which is found in detail in Aristotle (*Politics* 2.1269–72) and is implied in works like Plato's *Laws*, seems to be misleading. 'The Cretan constitution' is itself an artificial construct (much favoured if not invented by Ephoros) for the purposes of making this specific comparison, in which the various institutions of different Cretan towns were combined precisely in order to emphasize the points of similarity with Sparta. The individual points of comparison tend either to exhibit important differences (for instance the status of land-serfs) or to be examples of institutions that were widespread in early Greek states, such as the common messes and the alleged similarities in political constitution. The Dorian origin of the Spartan social system is a myth.

That is not to deny that many Spartan institutions were primitive, or that some were Dorian; but what is of particular interest in the Spartan system is the preservation of these institutions through their transformation, the relationship between their survival and their function. The warrior bands disappeared elsewhere in Greece because they were no longer suited to the new hoplite warfare, which needed to incorporate those outside the aristocratic bands; in Sparta they survived to become the basis of hoplite warfare by being extended to the rest of the community, and in the process they were transformed. These two aspects of function and survival have been illuminated by modern anthropology.

The function of the Spartan system was unitary, the creation of a hoplite army; the pressures that caused this to become the sole function were both sudden and permanent. The essential impetus must have been provided by the experience of the newly created Equals in the second Messenian war, and the realization that the economic basis of their life could only be secured and maintained by continual military vigilance. The system may seem too complex to have been a sudden creation; that this is not necessarily so is shown by the many parallels which exist between hoplite Sparta and the Zulu state established at the beginning of the nineteenth century by Shaka Zulu. The impetus was the same, a change in weaponry and tactics resulting in the massed phalanx; and the solution was also similar – by using the values, rituals and social groupings of a traditional society to create a mass military elite based on age groups, rites of passage, and the regulation of all aspects of adult life; within a few years Shaka controlled an empire of 80,000 square miles and an army of 30,000 men. The case of Sparta is different primarily in that we cannot know how sudden the transition was: since the Messenian problem was permanent, the immediate impetus to change and its continuing direction remained the same.

The problem of survival is more complex. Strictly no society can be archaic; in the words of the anthropologist Lévi-Strauss, all societies 'must have lived, endured, and, therefore, changed'. But an archaic society can be so regarded either in relation to its internal structure, as one whose institutions have changed little, or externally in relation to its neighbours, as one whose institutions are more primitive than theirs. In both respects it is clear that Sparta changed more, and more radically, than any other Greek state of the period. The fact that the change was mediated through precisely those 'primitive' elements that other states were discarding, is irrelevant. But it does pose a problem for the observer: since the Spartans continued always to express present changes in terms of a return to past institutions, in what sense can we distinguish Sparta from the true archaic society?

Two examples where something of the historical development can be reconstructed will show the problem. There was a primitive ritual connected with the shrine of Artemis Orthia, in which youths attempted to steal cheeses from the altar, while other youths defended it with whips and sticks: such ritual stealing is common; but at some point (perhaps very late) it developed into a rite of passage, and a famous endurance test witnessed by Plutarch and thousands of Roman tourists until as late as the fourth century AD: the tourists sat in a specially constructed stone theatre to watch the whipping of naked Spartan youths, 'and I have seen many of them dying under the lash at the altar of Artemis Orthia' (Plutarch *Lykourgos* 18). The transformation from primitive fertility rite to feat of endurance is typical of the way that Spartan festivals changed under the impact of the Lykourgan system: Plato makes endurance a characteristic of Spartan rituals (*Laws* 1.633).

The institution of the *krypteia* (secret society) shocked even Sparta's admirers: a picked body of young men went out to live secretly in the countryside; they kept hidden during the day, but at night they emerged and killed any helots they could find (Plutarch *Lykourgos* 28). The custom is a typical adolescent rite of passage, in which young warriors undergo a period of isolation from the community, and often have to give evidence of manhood by various feats of courage or skill, or by killing their first man. Traces of the custom in less barbaric form can be found elsewhere in Greece: in Sparta it survived intact, or was intensified, because it could be directed to a socially useful end, the terrorization of the helot population.

Both these rites appear primitive, and are survivals in a certain sense; yet both of them have acquired a completely different function. Sparta was in fact a *pseudo-archaic society*: her institutions had been transformed to suit the hoplite state and its economic base. It is the coherence of aim in Spartan institutions which demonstrates most clearly their pseudo-archaism; for the true archaic or traditional state preserves customs for their own sake, and discards only what is positively harmful – the true archaic state is a mass of contradictions. Despite her alleged love of the past, Sparta could not afford to contradict herself.

As for the author of these reforms, we may end where Plutarch begins:

> Concerning Lykourgos the lawgiver, absolutely nothing can be said which is not disputed.

He serves only to remind us that Spartan society had a beginning in time.

The origins of Greek justice are human, in the arbitration procedures of the elders described by Homer and Hesiod (p. 60); Zeus merely grants the sceptre which symbolizes the right to give judgement, and watches over the decisions. Greek law derives from the same source – not from any set of divine commandments, but from the human recognition that individual judgements ought to follow a pattern; law is essentially an attempt to limit the arbitrariness of the judge, and as such is an expression of discontent with the existing system. Hesiod had already voiced this discontent in the notion of the violence done to Dikē, daughter of Zeus and personification of the individual judgement, and in the claim that some judgements were 'crooked'. With the spread of literacy it became possible to fix in writing the rules which the elders might apply, instead of relying on their varying interpretation of customary law; the intention behind this move is made clear by the fact that it often coincides with the placing of other limitations on the powers of the elders, and with the assertion of equality before the law: as Solon says,

I *wrote down* laws alike for base and noble,
fitting straight judgement to each.

(Fragment 36.18–20 = 24D)

For opposite reasons the same need was being felt in the new colonial foundations, which had to create artificially the constraints of customary law already existing in less equal but more traditional communities.

The figure of the lawgiver (*nomothetēs*) is a response to this double need to curb the power of the aristocracy and maintain the force of customary law. The lawgiver was chosen from among the class of experts, and could therefore be given absolute power to establish a written code: it is clear both that the people were not always pleased with the result, and

that the lawgiver could change the system radically. Such freedom from public demands or the constraints of tradition en-
gendered a remarkable self-confidence in the lawgiver: he
appealed to no higher power other than his own sense of what
was just, and the trust which the community had placed in
him. He was regarded much as the founder of a colony, for he
too was a semi-divine hero whose authority validated the institutions of the city.

Appropriately it was in the colonial world that the earliest
lawgivers emerged, with Zaleukos of Locri and Charondas of
Catana in the mid seventh century; no genuine information
survives about their work. The myth of Lykourgos is modelled
on the same conception. But it is not until the beginning of the
sixth century at Athens that the principles and methods of the
lawgiver become clear. The first Athenian lawcode was written
by Drakon in 621/0, shortly after the failure of Kylon to make
himself tyrant with the help of his father-in-law Theagenes of
Megara (p. 132); this combination of events suggests that there
was already discontent within Athens, and Drakon's code may
well have been part of an aristocratic reaction, for it is
characterized as extremely harsh (hence the modern word
'Draconian'). The code combined fixed fines, expressed in terms
of oxen, with liberal use of the death penalty; otherwise its
scope and nature is unknown, for (with the exception of his
law on homicide) it was superseded within a generation by the
code of Solon, who was chief magistrate (*archon*) in 594/3. In
Athenian tradition it was Solon who was the founder of the
Athenian state.

Much of Solon's poetry survives, quoted in later sources; our
evidence for his work is therefore better than for any other
event of early Greek history. If there is still controversy about
scope and nature are unknown, for (with the exception of his
poems. The use of poetry for political ends is itself a sign that
Athenian society was still bound in many respects by oral
modes of thought: Solon recited his words publicly, and intended them to be repeated by others – they were invested
with the permanence and authority of poetry, but they were
also meant to persuade in the present situation. They were
therefore directly political: this is not to say that they were
partisan, for the traditional role of the lawgiver was that of
arbitrator between conflicting interests. But there is for instance
an obvious concentration in the poems written before his re-

forms on the evils which need correction, and in those written afterwards on the rightness of his solutions: differences of purpose and occasion required differences in tone and emphasis which may be misleading. Moreover it was clearly Solon's intention in communicating through poetry to subsume the problems of Athens under the eternal questions of justice and the good for the community; specific political issues and grievances are expressed in terms of the moral issues they raise. Since Solon would not have wished to reveal the details of his proposals beforehand, or have needed to do so afterwards, these details have to be inferred from other evidence, and then related to the principles expressed in his poetry.

The laws of Solon were written on the four sides of wooden tablets, which were set in wooden frames in such a way that they could be rotated; the two words used of the tablets, *kyrbeis* and *axones* (axles), perhaps reflect nothing more than their two main physical aspects of shape and ability to rotate. Despite modern sceptics, it is certain that these objects survived to be discussed by scholars as late as the third century BC; and Plutarch saw fragments of them three hundred years later, preserved in the council-office at Athens (Plutarch *Solon* 25). But the originals must have quickly become difficult to read because of the material used, the archaic letter forms, and the ancient style of writing 'as the ox ploughs' (*boustrophēdon*), alternately in one direction and then the other; they were probably replaced for practical purposes by papyrus copies long before they actually became illegible. These copies will obviously have been reasonably accurate, and certainly both preserved the original layout and contained those laws which were obsolete. Laws could later be referred to as coming from the first, sixteenth, or twenty-first *axon*, or even 'thirteenth *axon*, eighth law' (Plutarch *Solon* 19); and archaic words or institutions survived along with 'old laws' or 'laws no longer enforced': Aristotle mentions that 'in the laws of Solon which they no longer use it is written often "the naukraries shall levy" and "to disburse from the naukraric silver"' (*Constitution of Athens* 8.3); the naukraries were probably the original taxation system, paying for the provision and maintenance of warships, and abolished by Kleisthenes or Themistokles before the Persian destruction of Athens. From Aristotle onwards, no less than four scholarly commentaries are known *On the axones of Solon*. From such evidence it is clear that Solon's laws were both available and consulted by later writers.

Nevertheless a certain scepticism is still in order. Few ancient historians were legal experts or given to detailed research. Moreover the code was preserved for practical reasons, as the basis of Athenian law; it is at least probable that many copies were more or less modernized by the insertion of later monetary penalties and the addition of new laws or procedures, so that even a conscientious historian might be misled. This relates to a wider problem. Solon was the founder of Athenian democracy; and his lawcode remained the only codified body of law in Athens until it was officially revised at the end of the fifth century. Orators were therefore prone to refer to particular laws as laws of Solon to impress their audience, or in much the same way as the French legal code is called the *Code Napoléon*; the phrase 'the laws of Solon' came close to meaning 'the laws of Athens'. It is therefore not possible to trust all ancient references to the laws of Solon, for a number of alleged laws are obviously later.

The same scepticism is appropriate in considering the narratives and interpretations of the two main sources, Aristotle's *Constitution of the Athenians* and Plutarch's life of Solon. The various local historians of Attica behind these accounts are known to have had strong political views; and, as the founder of Athenian democracy, Solon was still a political force when they wrote in the fourth century. Much of their time was taken up with disputes about which particular reforms or innovations should be attributed to him because they were democratic in the appropriately radical or moderate sense: the problem of debt is the most striking example.

The Athenians liked to contrast themselves with the Dorian newcomers; their aristocracy was autochthonous, sprung from the soil. But Attica was also the route by which groups of refugees from the Dorians had passed to the islands and Asia Minor, during the Ionian migration in the early Dark Age; hence a tendency for families to trace their ancestry back to Homeric heroes from various parts of Greece. This picture of comparative continuity with the Mycenean world is supported by the archaeological evidence. The city of Athens remained a centre of occupation throughout the Dark Age, and from about 900 was the most prosperous and advanced community in Greece. Athens created the Geometric style in pottery, and produced its finest examples in the great amphorae of the Dipylon Master about 760–50 and his followers (pl. 2a). Eastern imports began as early as 850; Attic pottery is present in the lowest levels at Al Mina, and in the early eighth century eastern goldsmiths were working in the city; one of the masterpieces of orientalizing art is the group of ivory statuettes modelled by an Athenian craftsman on the Syrian figurines of Astarte around 730 (pl. 3a). But it was precisely at this time that the prosperity of Athens suddenly declined, and for the next century she was a cultural backwater; some have placed Pheidon of Argos at this date, and seen the cause of the change in the hostility of Argos and the rise of Aegina to naval control of the Saronic Gulf.

The decline of the city of Athens coincided with a resurgence of the countryside. Until about 750 the city had been the focus of wealth and population; it is here that the rich Geometric burials of the aristocracy have been found, while much of the countryside was uninhabited. But from about 740 many of the abandoned Mycenean sites in Attica were settled again, and rich burials begin to occur in the countryside. The aristocracy of Athens consisted of a group of families unconnected by descent, known merely as the Eupatridai, 'the men of good birth': despite this somewhat artificial title, they were an exclusive group who reserved for themselves the magistracies and membership of the council of the Areopagus (the 'hill of Ares' where it met). Even later many of the families had territorial bases in particular areas of Attica, whence they could raise supporters in political and civil war; their power was not finally broken until the end of the sixth century by the reforms of Kleisthenes (p. 256). Whether or not they had always possessed these country domains, it was from the mid eighth century that they consolidated them.

This movement coincided with the great expansion of population in Attica mentioned before (p. 65): between 800 and 700 the number of datable graves increases by a factor of six, and even within the central area of the city the number of wells found shows a threefold increase. Athens was fortunate in possessing a large territory, and was therefore able to expand at home during the colonizing period. The result was that during the seventh century Athenian society became insulated, conservative and agrarian; yet the city itself remained large, and (as Solon describes it: p. 135) economically advanced in its

177

differentiation into specialized trades and activities, and its attitude to wealth. This radical dichotomy between the city and the resurgent countryside with its aristocratic base is one factor in the Solonian reform.

Another is the late coming of hoplite tactics: Athenian military enterprises did not begin until the late seventh century. The earliest evidence is Alkaios' war over the Athenian colony at Sigeum on the Black Sea route about 610 (p. 150); in the period 595–586 Athenian troops took part in the first Sacred War for the control of Delphi, alongside such hardened warriors as Kleisthenes of Sicyon and the Thessalians (p. 230). Probably between these two events Solon himself had entered politics, as the warrior poet exhorting the troops fighting Megara for control of the island of Salamis (Frags. 1–3).

This episode shows Solon's debt to Tyrtaios and to Sparta: here he found the model for his use of poetry to gain immediate political ends, and the inspiration for much of his political thought. But there were other influences too, as the history of the ideal of *eunomia* (good order) shows. Later this term came to designate the Spartan system, and had probably done so from the start; although no extant fragment of Tyrtaios contains the word, commentators referred to 'Tyrtaios' poem called *Eunomia*' (above p. 160), and Alkman apparently plays on its resonance for contemporary Spartans in altering Hesiod's serious genealogy into three aristocratic ladies, Tychē (good fortune), Eunomia and Peitho (persuasion), daughters of Promatheia (foresight) (Frag. 64). In describing his version of *eunomia*, Solon looks beyond the Spartan model to Hesiod's original image of social relations, where the daughters of Zeus and Themis (custom) are the Horai (norms), Eunomiē, Dikē (justice) and blessed Eirēnē (peace) (above p. 63). And it is Hesiod's great vision of the two cities of justice and violence (*hybris*) (*Works and Days* 225–47) which Solon recalls in his lines on the blessings of *eunomiē* and the consequences of violence or bad government (*dusnomiē*):

Eunomiē makes all things well ordered and fitted
and often puts chains on the unjust;
she smooths the rough, puts an end to excess, blinds
    insolence,
withers the flowers of unrighteousness,

straightens crooked judgements and softens deeds of
  arrogance,
puts an end to works of faction
and to the anger of painful strife; under her
all men's actions are fitting and wise.

(Fragment 4.32–9=3D)

There are two developments in this new formulation. Justice
was notably absent from Tyrtaios: his social virtue was good
order in the sense of discipline; Solon returned to the conception of Hesiod in which good order in society was founded on
social justice. But he went beyond Hesiod in one respect. For
Hesiod it was still the gods who guaranteed the social order;
the vision of the city of justice is described in terms of the
absence of the signs of divine vengeance, war, plague and
famine, and the presence of natural fertility in land, flocks
and women. For Solon the benefits and the sanctions are
human: the gods and nature are absent, for it is the civil
society which prospers or suffers. Solon's approach to the problems of politics was rational and practical.

Man controls his destiny; the *eunomia* 'fragment' (it may in
fact be a complete poem) begins:

Our city will never perish by the decree of Zeus
or the will of the blessed immortal gods;
for the great-hearted guardian of a mighty father,
Pallas Athene, stretches her hands over us.
But the citizens themselves in their wildness wish
to destroy this great city, trusting in wealth.
The leaders of the people have an evil mind, they are ripe
to suffer many griefs for their great arrogance;
for they know not how to restrain their greed,
nor to conduct decently their present joys of feasting in
  peace.

(Fragment 4.1–10)

The final scornful metaphor is significantly from the aristocratic world of the feast of honour. The poem goes on to
blame the wealthy for the evils which afflict the city and the
present rule of *dusnomiē*:

So does the public evil come home to each,
and the courtyard gates can no longer keep it out;
it leaps over the high wall, and seeks him out
though a man flees to the innermost depths of his house.

(lines 26–9)

This insistence on the greed and pride of the wealthy recurred
throughout his poems; Aristotle gives a number of quotations,
and concludes 'in general he is continually attributing the
cause of the conflict to the wealthy' (*Constitution of the
Athenians* 5). Such an emphasis reflects Solon's belief in his
more theoretical poems that, although man's desire for wealth
is natural, there are two types of wealth, that rightfully
gained and that gained through abuse of power (compare Frag.
13, p. 135). Solon clearly set himself up before his reforms as
the spokesman of the oppressed against the aristocracy; and
he was expected to be considerably more radical than in fact
he was. His later poetry is full of defence of himself against
those who had hoped that he would go further, and establish
himself as a tyrant or distribute the land equally (above p. 138).
Before the reforms he had stood forward as a radical, but
afterwards he preferred to present himself as an embattled
moderate, a wolf at bay amid a pack of hounds:

I stood between them like a marker-stone
in boundary land.

(Fragment 37.9–10=25D)

The social reforms of Solon were known as the *seisachtheia*,
'the shaking off of burdens', a unique word which must derive
from Solon himself, although it is not attested in the fragments.
He describes the reforms in general terms afterwards:

Did I stop before I gained
the objects for which I brought the people together?
May the supreme mother of the Olympian gods
best bear witness in the court of time,
the Black Earth, from whom I once tore up
the marker-stones planted in many places:
enslaved before, now she is free.
I brought back to their god-given homeland Athens
many who had been sold, one unjustly,

another justly, others fleeing
from dire necessity, no longer speaking
the Attic tongue, for they had wandered far.
Others here held in shameful slavery
trembling at their masters' whims
I freed. These things I did by force,
fitting together might with right;
and I achieved what I had promised.

(Fragment 36.1–17=24D)

The two great radical slogans of the fourth century and later were 'abolition of debts' and 'redistribution of land'; ancient commentators concentrated on where Solon, the founder of democracy, stood on these issues. Two measures were attributed to him in relation to debt. The first is uncontroversial, the abolition of loans on the person of the debtor or his family, and therefore of debt-slavery: it is surely the effects of this reform that Solon describes in the second part of the passage above, and Aristotle rightly regarded it as the most important of the three great democratic reforms of Solon (*Constitution of the Athenians* 9). But beyond this, the ancient authorities were deeply concerned with the question of whether Solon also abolished all other existing debts; various writers attempted either to discredit him by suggesting that he or his friends made money in the process, or to diminish the significance of the hypothetical reform by claiming that this consisted in a devaluation of the silver coinage, and was therefore not an abolition of debts but merely a reduction in the interest and capital outstanding; such a variety of opinions serves merely to show that Solon in fact never clearly mentioned the subject of the abolition of debts. These speculations, along with many by modern scholars, have been discredited by the proof that coinage proper was not invented until the late seventh century, and not minted at Athens until almost a generation after Solon's archonship (p. 223). This must lead in turn to a reassessment of the level of economic sophistication which Athens had reached by the end of the seventh century; as Fustel de Coulanges wrote in 1864, 'it is difficult to believe that the circulation of silver before Solon was such as to create large numbers of debtors and creditors'.

Nevertheless enslavement for debt existed. It is characteristic of such forms of servitude that they are not primarily responses to economic pressures, but are rather an extension of the social system in general, and more particularly the system of land tenure; that is, such slaves are not usually created by a form of 'bankruptcy', but rather they exist in a stratified society in which inferiors may be liable to perform services for their superiors, and where 'debt-slavery' is the lowest level, to which a man may be born or sink for a variety of reasons, often non-economic: 'men are not much accustomed in any society to lend to the poor'. The law is in the hands of the rich, and therefore enforces obligations by depriving the poor of existing rights; the poor may want protection (or have it forced on them); the rich are more concerned with manpower for military or civil purposes than with loan capital or interest, for labour is more valuable than surplus goods in a pre-monetary economy; and debt-slavery is often closely connected with forms of land tenure, because its prime function is usually to provide agricultural labour.

Ancient authors were clearly at a loss to understand what effect Solon's measures had on land tenure. Solon himself said that he had not given equal shares in the land (Frag. 34, p. 138). On the other hand he also said that he 'tore up the marker-stones (horoi – the usual word for boundary stones) planted in many places', and freed the earth. Certain obsolete words appeared to reflect an earlier agrarian system: land could be described as epimortos (subject to a share); peasants could be called hektēmoroi (sixth parters) or pelatai (men who approach another, clients); they paid a morte (part) to another (Constitution of the Athenians 2.2 and various late lexicographers). The system was naturally interpreted as a form of rent in which the tenant paid a sixth of the crop to the landowner, who was entitled to enslave him if he defaulted; Solon had abolished this system.

There are obvious objections to this interpretation. There is no sign that Attica was ever a countryside of large estates, or that Solon was responsible for breaking them up: the implied redistribution of land into unequal shares is hard to envisage, and Solon's words are not really compatible with redistribution at all. Moreover one sixth is an impossibly low rent in a share-cropping system, which requires the landowner to take part in the risks by varying his rent according to the harvest; the normal proportion is a half or more. On this interpretation the Attic peasants had nothing to complain of, and would have been in little danger of being sold into slavery.

One influential modern interpretation seeks to explain this evidence in purely economic terms. Overpopulation leading to deforestation, overproduction and soil exhaustion will have reduced the yield from the land to such an extent that peasant freeholders were forced to mortgage it with local aristocrats in order to obtain food and seed-corn; the return on these mortgages was fixed at some time (perhaps by Drakon) as a sixth. The marker-stones which Solon tore up were mortgage stones recording the fact that the land was obligated to a particular aristocrat: such stones are in fact known from the fourth century, though not earlier; they may perhaps have been wooden, or uninscribed. The peasants were now even less able to live on their land, and eventually defaulted, to flee overseas or be sold into slavery. But such dramatic changes in crop yields as this theory supposes would make share-cropping a particularly unattractive form of return for aristocrats (since they too, along with the peasant, would get less each year); and they are in any case unlikely in a primitive agricultural economy, where subsistence farming was the norm: under such conditions productivity varies little, and men adapt their expectations to any fall. The theory is plausible only in so far as it avoids relating debt to coinage (expressing it in corn instead), and links economic distress with overpopulation: the great population increase of the previous two centuries was very probably causing serious problems by the second half of the seventh century.

The most productive approach to the agrarian unrest in the age of Solon was suggested by Fustel de Coulanges, the founder of French comparative sociology, in his pioneering book on Indo-European institutions, *The Ancient City*; the first edition was published in 1864, a generation before the discovery of the *Constitution of the Athenians*, and his original formulation of the theory therefore relied only on the limited information in Plutarch's life of Solon. Fustel saw that the problem of debt was subsidiary: the Solonian 'shaking off of burdens' was primarily a social revolution, the abolition of the relation of clientship between peasants and aristocrats. The origins of the system may be left obscure: it might perhaps be a remnant of the old Mycenean land tenure system, where the peasantry was subordinate to local *basileis* and ultimately to the royal palace, which was essentially an office of administration and a storehouse for contributions in kind; or the origin of the system might be later, in a voluntary 'feudal' contract of mutual help entered into during the unsettled migration period; or it may reflect the conditions under which Attica was repopulated in the mid eighth century. The essential character of the developed system is that it is one of 'conditional tenure' in which the peasant owns the land, subject to a traditional payment in service or kind: such a system, even after its abolition, could well explain the fierce local loyalties and private fiefs of the Athenian aristocracy that persisted during the next few generations (p. 190).

The system was not in itself harsh: the payment standardized at one sixth of the produce of the land was little more than a recognition of dependent status; nor need the men who paid this tithe have been poor. It is in the breakdown of such a system of mutual obligations that tension is most likely to arise. On the one hand the peasant farmers, many of whom may have been hoplites, will have increasingly regarded the payment of their sixth as a degrading sign of subservience in an age when other cities, both new and old, were admitting the principle of political equality. On the other hand the system could now be regarded more as a means of gaining wealth than as a reciprocal relationship; the services which the aristocracy had once performed were no longer required in the hoplite age. The new international aristocracy included tyrants who controlled the wealth of cities: it was a world where intermarriage was common, and wealth was needed to compete with the rich elsewhere, in entertainment and gift-giving, in dowries, in the great athletic competitions and chariot racing at Olympia, and even in winning power from the people by public building and display (p. 229). The wealth of the Athenian aristocracy may also have been falling, if the city of Athens was coming to rely on cheap Egyptian and Black Sea corn imported by Aeginetan merchants, rather than the surplus created from the larger estates and the hektemorage system. The earliest way to maximize income was by exploitation of that system.

Such a network of obligations will undoubtedly have caused confusion over who owned the land: the title of the peasant was impugned by his dependent status; and at the least, if he could be persuaded or forced to leave, vacant land must fall to his patron. Hence pressure to use all means possible to enslave the peasants (some unjustly, some justly, says Solon), and sell them or drive them into exile. The marker-stones which Solon tore up perhaps represented the claims of the aristocracy to possess such vacated land. The very poor had little power; but some of these men, and many perhaps of their neighbours, will have been hoplites. Nor will the nobility have been united. The enclosures of common land in eighteenth century England, and the displacement of the traditional peasantry in the name of scientific agriculture, split the landowning classes, many of whom viewed with deep misgivings the misery their more progressive neighbours were causing, even as they recognized the economic necessity of following suit. Solon's moral outrage at the behaviour of the aristocracy will have appealed not only to the people but also to those nobles who believed in the old values.

Such a theory then supposes the existence of a form of status dependence coupled with debt-bondage; it explains the reasons why that social system came to be resented, and (unlike other theories) how those oppressed were powerful enough to overthrow the system, and how they found a leader in a man whose most insistent message was that justice was more important than wealth.

Solon describes his political reforms:

To the people I gave as much privilege as is enough
neither taking away nor adding to their honour;
while those who had power and were famed for their wealth,
for them I took care they should suffer no slight.
I stood holding my strong shield over both,
and I did not allow either to triumph unjustly.

(Fragment 5)

Two revolutionary points stand out in this apparently modest proposal. The first is that the *dēmos* is considered worthy of privilege at all: the word *geras* is the old word used by the Homeric nobility for their share of booty. The second point is that nobility of birth is discarded: wealth alone is the criterion for political power. It is in these two directions that the Solonian constitution extends the principles already seen in Sparta.

The basis of the Solonian constitution was a new criterion

for the distribution of political power. Solon created four property classes, based on land yield 'in wet or dry measures' (that is in corn, oil or wine): the *pentakosiomedimnoi* ('five hundred bushel men'), the *hippeis* (mounted warriors, whose land produced 300 *medimnoi* or more), the *zeugitai* ('men of the yoke', 200 *medimnoi* or more), and the *thētes*. It is not possible to translate these returns into acreage with any great accuracy because of the difficulty of calculating the yield per acre for any crop in antiquity; but the most reasonable figures suggest that a *zeugitēs* would have needed around 12+ acres of productive land (excluding fallow), a *hippeus* 18+, and the highest group 30 acres or more. The creation of this last class was a deliberate provocation of the old aristocracy: the nobility of the 'men of good birth' was to give way to a nobility of 'five hundred bushel men'. The other classes are probably re-formulations of the already existing military divisions between cavalry, hoplites ('men of the yoke', either because they possessed a yoke of oxen, or more probably because their shields were yoked together), and those below the military census. Nothing is known of how the property classes were created or how they were revised, though Aristotle records an interesting inscription on the Acropolis showing that this did indeed happen:

Anthemion son of Diphilos set this up to the gods
having been raised to the status of knight from the thetes.
(*Constitution of the Athenians* 7)

The various offices of state were distributed among these property classes, the nine archons and the state treasures of Athens being reserved for the highest class; 'but the thetes had no share in any office, which is why even now when the question is being put to anyone being chosen by lot for any office, "what is his property class?" no one would ever reply, "thete". Aristotle also attributes to Solon the introduction of the lot for the choice of the archons in a curious system by which, after direct election of 40 candidates by the four tribes, the successful nine were selected by lot; the system fell into disuse under the tyranny and was revived in a modified form in 487/6 (*Constitution of the Athenians* 8 and 22.5). This account is not always believed by modern scholars, who have often seen it as part of the tendency to credit Solon with the invention of the foundations of Athenian democracy: for the lot was later rightly held to be the only principle of choice compatible with true radical democracy, since it ensured equality of opportunity for all, and prevented the creation of political parties or other undemocratic pressure groups. I do not find this scepticism convincing: the Solonian institution is merely a modified form of direct election, probably intended to break the Eupatrid hold over the archonship and prevent faction by placing the ultimate choice in the hands of the gods.

Office belonged to the aristocracy; but the people as a whole still met in assembly. It was here that Solon departed most radically from the political structures traditional in Greece, and confirmed in the hoplite constitution of Sparta, by which the power of directing the decisions of the warrior assembly lay effectively with an aristocratic council. Alongside the council of the Areopagus, Solon created a people's council of four hundred, a hundred from each tribe (*Constitution of the Athenians* 8); it is uncertain how they were chosen (perhaps by lot, as later), or whether all citizens including the thetes were eligible. The later radical descendant of this council possessed two functions: it was the chief administrative body of the Athenian state, responsible for overseeing the work of all public boards of officials; and it also prepared all business for the assembly. Again sceptics have disputed the attribution to Solon, chiefly on the grounds that it is hard to envisage what its functions may have been at this stage. But the Athenians accepted the existence of the Solonian council of four hundred at least by the late fifth century; for in the year 411 a small group of oligarchic revolutionaries went to great lengths to increase their numbers to this respected traditional figure. And two pieces of evidence seem to support its existence under Solon. The first is the discovery of a complex of buildings of the early sixth century on the site of the later council chambers. They have been plausibly identified as offices, a public dining-room with kitchen, and an open space for council meetings: the argument from position to continuity of function is at the least persuasive. The second is an archaic inscription from the island of Chios, recording a constitutional law of about 575–550. The front is difficult to decipher, but concerns fines, and 'anyone being a *dēmarchos* (people's officer) or *basileus* (aristocratic officer)'; one side and the back can be read fairly consecutively:

187

...] If he is wronged in the court of the *dēmarchos* [?let him deposit x] staters [and] let him appeal to the people's council. On the third day after the Hebdomaia let the council be assembled, the people's, under penalty (for non-attendance; or possibly 'with power to inflict penalties') chosen fifty from each tribe. Let it perform the other business of the people, and also all those judgements which may be under appeal of the month, let it [? ...

(Greek Historical Inscriptions no. 8=19F)

The chief uncertainty in the document is whether the council was itself to hear cases of appeal from the decisions of the magistrates, or whether it merely prepared such cases for the assembly. Nevertheless the inscription provides evidence for a people's council, as distinct from (and presumably coexisting with) an aristocratic council, performing 'the other business of the people', and also involved in appeals from the decisions of magistrates. The similarities with the Solonian system are such that it is hard to resist the conclusion that the Chian law is modelled on the work of Solon.

There must have been many such references to the people's council in the laws of Solon; for the chief function of both council and assembly is likely to have been the hearing of judicial appeals. Solon made two important procedural changes in the law: according to Aristotle, his second and third most democratic reforms were the rule that anyone who wishes might take action on behalf of those wronged, and the institution of the right of appeal against a magistrate's decision to a popular jury-court (*Constitution of the Athenians* 9). The first of these essentially transformed the legal system from one developed from arbitration procedures to one based on public law: whereas before only the aggrieved party could seek 'compensation' in a *dikē* before the magistrates, now another category of non-personal actions was recognized, in which the public interest was involved, and in which any citizen could prosecute by laying a *written* charge (*graphē*). The second reform removed the ultimate power of judgement from the aristocratic magistrate, and gave it to the people – in this period probably the whole people sitting in assembly; this was the origin of the mass jury-courts chosen by lot, which were recognized to be (alongside the assembly) the most important source of popular power in the developed democracy. Aristotle was right in his assessment of the effect of these two reforms.

Ultimately the quality of justice depends as much on the detailed provisions of the law as on its administration. Solon's lawcode was his most important and most lasting reform. Even from the scattered evidence which remains, it can be shown to have covered all areas of the law: criminal (homicide, theft, rape), political (high treason, amnesty for exiles, rights to public dinners, taxation, political quietism – it was an offence not to take up arms in a time of civil war), public morals (prostitution, homosexuality, slander of the dead, limitation of display at funerals, vagrancy), family law (legitimacy, marriage, inheritance, heiresses, adoption), land law (boundaries, sharing of wells), tort, evidence, commercial law (loans, exports) and religious law. Throughout the legislation runs a sense of the application of reason to social problems, and of a controlled freedom from tradition: in this it is wholly different from the Draconian law of homicide, which still reflects a world of the blood feud and the need for ritual purification of the community. Solon for instance permitted a man to dispose of his property as he wished, provided he had no sons, and was not under undue influence (Plutarch *Solon* 21) – a major departure in a society where custom could scarcely envisage land leaving the family. There was also a certain amount of direction of the economy: he prohibited the export of agricultural products, except for olive oil (probably the only product in surplus); two measures encouraged craft-industry in the city; only those who had taught their sons a trade were entitled to their support in old age; and citizenship was permitted only to permanent exiles, and those who came with their entire household to practise a trade. This last provision is perhaps reflected in the strong influence of Corinthian pottery on early sixth century Attic black figure ware, and in the dramatic increase in the spread of Attic pottery, as it began to achieve international recognition. There is some evidence also that Solon changed the Athenian weights and measures system, apparently in order to break from Aeginetan commercial dominance and conform with the system used by Athens' new ally, Corinth.

But the essential characteristic of Solon's legislation was the same as in his division of political power, the establishment of just boundaries between individuals, so that conflicts should

189

not occur. His law fixed the traditions of generations of arbitrators: it is no coincidence that the image of the marker-stone recurs in his poetry, for all his work was concerned with boundaries, and the arbitrator is himself in essence 'a marker-stone in boundary land'. His law on boundaries can therefore stand as typical, in its attention to detail and lively sense of what actually causes disputes between neighbours (part of it is often curiously misinterpreted as a law on scientific agriculture, concerning the proper distances between trees: it clearly concerns only trees planted on boundaries):

If a man build a fencing wall by another's land or a fence it may not cross the boundary; if a building wall he must leave a foot, or if a house two feet. If he dig a ditch or gulley he must leave a distance equal to its depth, if a well a span. He may plant an olive tree or fig up to nine feet from his neighbour's property, other trees up to five feet.

(Quoted verbatim in Justinian's *Digest* 10.1.13)

Much of Solon's political work failed. The archonship became a source of bitter feuds: no officers were appointed in 590 and 586; the archon of 582 held office for two years and two months until he was expelled by force, and a board of ten archons was appointed – five eupatrids, three farmers and two craftsmen (showing the continuing conflict between birth and wealth). Three parties arose, based on territorial allegiances but doubtless also with some differing economic interests: the party of the Shore (under Megakles the Alkmaionid), the party of the Plain (the rich and noble families of the plain between Athens and Eleusis), and the party of the Highlands under Peisistratos. In 561 Peisistratos seized power as tyrant, but the other two groups drove him out; after a marriage alliance with Megakles he returned, but was again expelled, and only finally seized power with the help of Lygdamis of Naxos, the Eretrians and Thessalian mercenaries after a battle in 546. Solon had warned the people against Peisistratos, and when he died soon after the first attempt at the tyranny he must have been a disappointed man. His freeing of the *hektēmoroi* and his political reforms had been too advanced for his society: it was not until eighty years had passed that another reformer finally destroyed the power of the aristocracy.

But in other respects Solon had succeeded. He had taken a

traditional society and made it in social terms one of the most advanced in Greece. His reforms might look less radical than those of two generations earlier at Sparta. But whereas Spartan institutions were directed at the hoplite virtues of discipline and courage and the closed society, Athens was set on a more flexible course, towards social justice: it is in this sense that Solon was rightly seen as the founder of Athenian democracy. Plato, his distant relative, some six generations later, was no lover of democracy; but even he had to begin his discussion of the ideal Republic with Solon's fundamental question, 'what is justice?'.

The historical period is not an artificial creation for the convenience of historians: certain ages in history exhibit a homogeneity or a structural interrelationship such that they must be considered almost as biological entities, with a separate existence and even a 'life cycle' of their own. It is particularly cultural historians who are aware of such problems, for their chief concern is with the relations between different phenomena within a society, and with how societies change their general character over time. Perhaps the best way of defining the nature of the cultural period is to say that it consists of a set of interlocking life styles; because such phases of culture are so often revealed through stylistic changes in one or other of their leading art forms, they often acquire names which originally referred to a particular artistic phenomenon.

Two such cultural periods in Greek history have already been distinguished, the Homeric or Geometric period, and the orientalizing period. Both show distinctive parallel phenomena in different areas of culture, resting on a clear interrelationship of life styles, though the former is a static period, while the latter has a dynamic aspect which often causes it to be mistaken for 'an age of transition', without any central cultural homogeneity. The *archaic period* of Greek culture on the other hand is universally recognized: it is arguably the greatest period of Greek art, surpassing in many respects even the classical age; in literature its lyric poetry is equalled only by that of twelfth century medieval Europe; and it was this age which laid the foundations of western philosophy, science and mysticism. The culture that sustained these artistic and intellectual achievements lasted from about 600 to 460, through a time of major political and military events which affected it remarkably little. The coming of the Persians to the Asia Minor coast in 546 merely extended the culture to Sicily and Italy, as Ionian refugees moved westwards; and it survived the Persian Wars themselves by some twenty years.

Throughout the period, despite the existence of a self-conscious hoplite class, political leadership (as distinct from political power) was still in the hands of the aristocracy; and this is reflected in the dominance of social forms related to their life style. The disappearance of the military function of the aristocratic warrior elite with the coming of hoplite tactics caused both a transformation and an adaptation of Homeric social institutions and values, in which many of the old attitudes remained. The period was best described by the greatest of all cultural historians, Jacob Burckhardt, as 'the age of agonal man'. The *agon* or contest was rooted in the competitive ethic of Homeric man which sustained his role of military champion; but in the archaic age it was transformed into a cultural activity – the contest for its own sake, as a form of conspicuous display. Merit and birth were equated: the word 'aristocracy' itself meant 'the rule of the best men', and their *aretē* (excellence) was proved by success in contest.

Deprived of significance in the military sphere, the *agon* centred on sport: Greek society is the first to exhibit the cult of the sportsman. Athletic contests were already important in the Homeric age, and already served to distinguish aristocrat from commoner: the taunt flung at Odysseus (p. 69) implies that because he is a trader he cannot be an athlete; already physical fitness is equated with leisure for exercise rather than hard work, and already an important aspect of the skills of the athlete is their uselessness. The games that Odysseus attended were laid on specially for him, but in general it is clear that the funeral was the great occasion for such contests, which need not only be in sport: Hesiod won his tripod for poetry at the funeral games of Amphidamas. In the early sixth century the funeral games were replaced by regular festivals in honour of a particular god, presumably because regularity and public status now mattered to an aristocracy which wished to display its talents at an international level. The four great festivals of games were the Olympic (the oldest, instituted in 776), the Isthmian (581), the Nemean (573) and the Pythian (582, at Delphi); their interdependence as a regular athletic circuit is shown by their geographical position around the north Peloponnese, by their similarities in organization and contests, and by the fact that they were arranged in four-year (Olympic and Pythian) or two-year (Nemean and Isthmian) cycles, so that in every year there were either one or two major festivals. All four festivals were connected with religious shrines rather than with particular cities, and it is for this reason that they attained greater international prestige than such festivals as the Panathenaia at Athens, which were too much under the control of one city. The international status of Olympia in particular was protected by a sacred truce of one or more months for the games, by which safe passage was proclaimed for athletes and spectators; this meant that although wars did not stop, the games were held in despite of them. They were even held in 480 during the Persian invasion, when the famous athlete Phayllos of Croton, sailing to Greece in his own ship, chose to forego his best chance of an Olympic crown and won greater honour as the commander of the only western Greek ship to fight at Salamis.

Six main categories of sport were recognized. Running events took place over three distances as well as in armour; the *stadion* or 200 yards sprint was the most prestigious, and the winner's name was used to identify each Olympiad. The *pentathlon* was a contest in which the victor was the first to win three out of five events comprising long jump, discus, javelin, running and wrestling. Boxing was without gloves but with leather thongs to protect the hands, and was correspondingly dangerous : Kleomedes of Astypalaea in the 490s killed his opponent by a foul, was disqualified, lost his sanity and pulled in the roof of a school in his home town, killing sixty children : the tragedy is one of the two earliest pieces of evidence for regular schooling (Pausanias 6.9.6, p. 96). Wrestling was less dangerous, and a favourite aristocratic sport : the chief social centre for young aristocrats from the sixth century onwards was their local *palaistra* or wrestling ground. The *pankration* was a form of all-in wrestling in which few moves were barred apart from biting and gouging : dislocation of the limbs was not uncommon, and one sixth century victor actually killed himself in his last winning hold. The final sport, four-horse chariot racing, differed from the others in that it did not normally require the participation of the 'victor'. It was very much a rich man's sport, involving the breeding and training of horses on some scale, and the actual charioteers were professionals. Again its dangers were considerable, for it consisted of twelve laps with 180° turns : in the Pythian games of 482 the race was won by Arkesilas tyrant of Cyrene whose chariot was the only one to finish out of a field of 41; his charioteer Karrhotos was a personal friend of Pindar, who commemorated his victory in the fifth Pythian Ode.

The prizes offered at the main games were symbolic crowns of olive (Olympia), laurel (Delphi), pine (Isthmia) and wild celery (Nemea); elsewhere they were more varied, tripods, cauldrons, shields, cups, and at the Panathenaia oil in elaborately decorated vases, some of which survive (plate 2b). But the victor's chief reward was in his home city: most cities granted such honours as triumphal entries, statues, money prizes and free entertainment for life at public banquets. The political prestige of victory was great: Kylon the unsuccessful Athenian tyrant was an Olympic runner, as was the general Orsippos of Megara, who allegedly lost his shorts in the race of 720 and started the tradition of competing naked (p. 141); Milon of Croton, general in the war with Sybaris about 510, had been the leading wrestler in Greece for twenty-four years (540–516): he won all four great festivals in five successive Olympiads, and collected a total of thirty major crowns. The chariot race in particular was an advertisement of wealth and power: when Kimon of Athens, exiled by the tyrant Peisistratos, won the chariot race at Olympia successively in 536 and 532, he wisely had the second victory proclaimed in Peisistratos' name and was recalled to Athens; but when he won again with the same horses in 528 after Peisistratos' death, his prominence was too great, and the tyrant's sons had him murdered (Herodotus 6.103).

It is ironical that among the poets who made a living by composing victory songs for these athletes was the greatest of the lyric poets, Pindar; he himself shared the life style of the international aristocracy who were his patrons and often his friends, and was a potent force in articulating their celebration of the *agon* as the highest achievement open to man:

> As a man takes in his hand a bowl
> bubbling inside with the wine's dew
> and shall give it
> to his daughter's young bridegroom to pledge him
> from one home to another,
> – all of gold, crown of possessions,
> joy of the revel – and honours his bridal,
> and makes him to be envied before his dear ones

for his wedding in which hearts are one,
So I too pass flowing nectar,
the Muses' gift, sweet fruit of the heart,
to men who win prizes,
and make them glad,
to winners at Olympia and Pytho.
                (Pindar *Olympian* 7 1–11, trans. C. M. Bowra)

This is the beginning of the ode for Diagoras of Rhodes, winner of the boxing in 464; Burckhardt once wrote: 'from time to time I catch sight of a lot of festive philistines, and Pindar with all his great pathos in pursuit'.

Pindar himself felt no such tension. As a Theban aristocrat he belonged to the class whose prowess he celebrated: it is probably one of his ancestors who won the chariot race at Olympia in 680. His younger contemporary and rival, Bacchylides, was similarly the grandson of a famous athlete, and was also nephew and pupil of the poet Simonides. It was Simonides, born in 556, who was apparently the first, both to write victory odes (*epinikia*) for the games and to establish the profession of choral poet working for hire (p. 279); it is this professional relationship between poet and patron which gives the *epinikion* its peculiar characteristics. Like the contests they celebrate, Pindar's odes are standardized, not written for particular gods or particular festivals: the gods exist as a counterpoint to man, to show how nearly equal the athlete is to the divine in his hour of glory. Even the various cities involved are described in conventional terms. For Pindar it is the individual as aristocratic victor who counts, and the relationship between himself as poet and his patron. His ethic is essentially an ethic of aristocratic success: his last surviving ode, written in his seventies for the winner of the boys' wrestling at the Pythia of 446, expresses this with painful intensity:

And now four times you came down with bodies beneath
    you,
(you meant them harm),
to whom the Pythian feast has given
no glad home-coming like yours.
They, when they meet their mothers,
have no sweet laughter around them moving delight.

In back streets out of their enemies' way,
they cower; disaster has bitten them.
But who, in his tenderest years,
finds some lovely new thing,
his hope is high, and he flies
on the wings of his manhood:
better than riches are his thoughts.
– But man's pleasure is a short time growing
and it falls to the ground
as quickly, when an unlucky twist of thought
loosens its roots.
Man's life is a day. What is he?
What is he not? A shadow in a dream
is man: but when God sheds a brightness,
shining life is on earth
and life is sweet as honey.

(*Pythian* 8.81–97 trans. Bowra)

Some ten years later Pindar died in his eighties, in the *gymnasion* at Argos watching the young athlete he loved.

Not everyone shared this enthusiasm for success in sport: Xenophanes, always a critic of conventional values, attacked the connection between sport and politics:

For even if a strong boxer arose among the people, or one great in the pentathlon, or in wrestling or even in fleetness of foot, such as is honoured among all tests of strength of men in the Games, the city would not for that reason possess more *eunomia*. Small is the joy the city derives from one who happens to come first in the Games by the banks of Pisa: this does not enrich the storehouse of the city.

(Fragment 2.15–22)

The *gymnasion*, the *palaistra* and the international games provided meeting places and centres of display for the archaic aristocracy; but they were recent phenomena, not found before the sixth century. A far older and more important form of social organization was that referred to often before, the aristocratic *symposion*. Its origins have been traced to the institution of the feast of merit practised by the Homeric warrior elite; and I have shown how this widespread Greek phenome-

197

non underwent a series of transformations. In general the influence of eastern habits of luxury profoundly altered much of its organization and ethos, towards the elaboration of furnishings and equipment, the provision of sophisticated entertainments, and even the practice of reclining rather than sitting at the feast. But in many areas the social and political importance of the *symposion* remained: at Sparta the military system and social coding rested ultimately on the *andreia* (men's feasts) and *phiditia*, in which old customs were transformed to meet the needs of the hoplite state (p. 168); the poetry of Alkaios and Sappho shows that at Mytilene the aristocratic life style and its attendant political activities were still based on the feasting in the Great Hall (p. 149), and this male organization was in turn reflected in the women's *thiasoi* for ritual purposes. Likewise in Athens the *phratria* remained the focus of social loyalties at least until the reforms of Kleisthenes (pp. 55, 256); and even at the end of the fifth century, the aristocratic *hetaireiai* or drinking clubs were still politically active.

From such evidence it is clear that the aristocratic *symposion* was not merely an occasion for drinking, but the centre of social and cultural life, whose practices were regulated by ritual and tradition. The president of the occasion had the old title of *basileus*; he determined the order of the proceedings, and in particular the appropriate mixture of water with wine in the great *kratēr* or mixing-bowl from which the participants were served: unmixed wine was thought dangerous to the health (King Kleomenes of Sparta learned the habit of drinking neat from Scythian ambassadors, and went mad: Herodotus 6.84), and one part of wine to three of water was the standard mix. The guests reclined in couches around the walls of the *andrōn* (men's room), which was later often specially designed, with stone benches and a door offset to the right, allowing space on the left for the last couch and the foot of the preceding one. The main items of furniture were couches, cushions and tables for food, a mixing-bowl, ladles, jugs and flat two-handled cups for drinking. The proceedings began with cleansing rituals, the distribution of garlands, and a libation to the gods poured on the floor. There were various games, the favourite of which was *kottabos*, or flicking wine from the cup at a target; entertainment could be provided by professionals such as dancing-girls, but often took the form of competitive singing by the participants, to the accompaniment of a slave flute-girl. In literature the earliest reference to the arrangements of the *symposion* is in Alkman:

seven couches and as many tables crowned with poppy cakes and linseed and sesame and among the flagons [?] honey cakes.

(Fragment 19)

In art, one of the first and finest portrayals of the *symposion* is the Corinthian vase depicting Herakles and Iphitos being served by Iole in the house of Eurytos (plate 4b); typical of the aristocratic style of life are the elegant couches, tables and cups, the hunting dogs tied to the couch legs, and the cavalcade of horsemen in the lower register.

The most striking evidence of the change in aristocratic attitudes embodied in the *symposion* comes from funerary art: when archaic aristocrats wished to remember the joys of life in death, they had themselves portrayed at the *symposion*, not alone or with servitors (as is usual in the near east), but surrounded by their companions enjoying the perpetual pleasures of the feast:

Then he will lie in the deep-rooted earth
and share no more in the banquet, the lyre
or the sweet cry of flutes.

(Anon. Fragment 1009 Page)

The motif replaces the Geometric portrayal of public mourning at the funeral bier of the dead hero, and demonstrates clearly the transition from military aristocracy to aristocracy of leisure; the best example is the symposiac scene painted in the early fifth century 'tomb of the diver', discovered in 1968 near Paestum in south Italy, and reproduced on the cover of the next volume in this series. Such representations seem to have nothing to do with the funeral feast, but are rather a reminiscence of the pleasures of life; they spread outside the Greek world, and especially to Etruria.

Much of the art of archaic Greece is concerned with the activities of the *symposion*; indeed pottery, the leading art form of the period, would scarcely have existed without it. The majority of archaic pottery shapes are functionally related to the practices of the *symposion*, and can be classified according to their use for storing, mixing, pouring and drinking wine; book II of Athenaeus' *Professors at Dinner* consists largely of a learned alphabetical catalogue of different names for drinking cups, about a hundred pages long. In other words, archaic painted pottery consists primarily of luxury ware produced for the *symposion*. It is instructive to compare the similar functional emphasis in the pottery of early China, and the striking difference from our own culture, whose main pottery shapes reflect the rituals of the dinner party and the drinking of tea or coffee.

It is not surprising that a very large number of the subjects painted on archaic pottery relate to the *symposion* – especially scenes of drinking and revelry, both actual and mythological, and scenes more or less explicit of symposiac sex, either between men who are fellow guests or with the slave-girl attendants. But apart from these explicitly symposiac subjects there is the more general fact that the great majority of representations on Greek painted pottery reflect the tastes and inclinations of the aristocracy for whose banquets they were made and decorated.

Much the same point can be made in relation to the poetry of the archaic age. Poems descriptive of the *symposion* reveal that poetry itself was one of the main forms of entertainment there, and provide advice on the sorts of poetry suitable that shows the wider variety actually performed. Other poems have their form derived from symposiac practices – notably the poetic contest, modelled on the *skolion*, in which successive singers were called on to cap each others' spontaneous verses in the same metre: it is significant that many of the surviving *skolia* concern political subjects (below p. 254). But we know also that a far wider range of poetry than appears either from its subject matter or from its form, was in fact composed for and performed primarily at *symposia*. The poetry could be military like that of Tyrtaios, political and moral like much of the Theognidean collection, or concerned with the more immediate pleasures of drink and sex. The increasing sophistication of aristocratic taste produced a number of professional symposiac poets, whose skills could supply songs of an elegance beyond the scope of spontaneous invention. Like the poets of aristocratic sport, these poets belonged to the same class as the patrons they served, but were professional in the sense of receiving rewards for their services, and in recognizing professional standards of skill. The consequence was a change in poetic tone. Earlier lyric poets, like Archilochos, Alkaios or Sappho, had created a personal poetry out of their own experience; the later professionals composed on similar personal themes, love, desire, the pleasures of drinking, the transience of life; but these themes were the generalized expression of social norms, emotions felt by the group as much as by the individual.

It is this which accounts for the lack of genuine feeling, the sense of decadence which one finds for instance in the most successful of such poets, Anakreon of Teos in Ionia. Born about 572, he escaped with the rest of the citizens during the Persian siege of the city in 545, to found Abdera in Thrace; later he served a succession of patrons, tyrants and aristocrats. Herodotus shows him reclining with Polykrates tyrant of Samos in the *andrōn* about 522, when a message from the local Persian governor arrived to lure the tyrant to his death (3.121). He then joined the Peisistratid Hipparchos in Athens, and on the fall of that tyranny, found a patron in the ruler of Pharsalus in Thessaly. Finally he returned to Athens, where his name is linked with Xanthippos father of Perikles and with an ancestor of Plato, to whom he wrote love poetry: he is named as the lyre-player on three early Attic red-figure vases showing symposiac scenes. Anakreon claimed to be the exponent of *euphrosynē*, the good life connected with the *symposion* (Frag. 2 West): the word is that used by Solon to describe the pleasures of feasting among the Athenian aristocracy (Frag. 4; p. 179). His poetry reflects this sophisticated world. 'For my words the boys will all love me: I sing of grace, I know how to talk with grace' (Frag. 402): the double reference to tone and subject matter is untranslateable, and the playful repetition is typical. 'Again I am in love and not in love, I am mad and not mad' (Frag. 428). Love for Anakreon is a way of life: he talks in metaphors of drunken love, love as a ball game, love as the charioteer, the axe of love, dicing and boxing with love, the girl who is a frightened deer, and how he will ride the unbroken filly; he offers a mock prayer to the gods for success in love. The setting is the *symposion*, with its laden tables, scented garlands and beautiful servants where 'the lovely gifts of the Muses and Aphrodite are mingled'. 'Let me go home then, for I am drunk' (Frag. 412); the tone is that of the Chinese poet Li Po:

I am drunk, long to sleep;
Sir, go a little –
Bring your lute (if you like)
early tomorrow!

Like Pindar, Anakreon was given an appropriate death in legend, choking at the age of 85 on a grape pip.

Xenophanes took the *symposion* more seriously, so seriously that it has been suggested that he had in mind a religious or philosophical fellowship; but once again he seems rather to be criticizing implicitly contemporary standards, by presenting his own puritanical ideal:

Now clean is the floor, and clean the hands of all and the vessels: one person places on our heads the woven garlands, another offers sweet-scented myrrh in a flask. The mixing bowl stands full with delight (*euphrosynē*); more wine is ready, and claims it will never give out, sweet in its jars, flower-scented. In the midst the holy perfume of incense arises; cool is the water, fresh and pure. White loaves are there, and a table groaning with cheese, burdened with rich honey. The altar in the midst is covered in flowers; song and joy fills the house around. First men of goodwill must sing the praise of the god with reverent tongue and pure words, pouring the libation and praying to be able to do right; for this is the duty at hand, not deeds of pride. Then we may drink as much as a man can carry home needing no attendant (unless he is very old). Praise the man who reveals his worth while drinking, and has memory and a song for virtue; do not recite the battles of Titans and Giants or Centaurs, the quarrels of old, or their violent factions: there is no good in these, but it is always right to have respect for the gods.

(Fragment 1)

The two strands of sport and feasting are woven together in the story of the marriage contest for the hand of Agariste, daughter of Kleisthenes tyrant of Sicyon. After winning the chariot race at the Olympic Games (of 572?) Kleisthenes caused it to be announced that anyone who thought himself worthy of the hand of his daughter should present himself within sixty days at Sicyon. He had a running track and wrestling ground built, and received there the most eligible suitors of Greece and south Italy, thirteen men of wealth and sporting fame. They were kept for a year while they were inspected by Kleisthenes: 'the younger men he would take out to the *gymnasion*, but especially he tested them at the banquet'. Two Athenians led the field, and the chief contender was Hippokleides son of Teisandros, who was especially favoured because of his ancestral relationship to the Kypselid dynasty at Corinth. On the day of choice there was a magnificent banquet, 'and the suitors competed publicly in music and in conversation'. Hippokleides was an easy winner, until after much drinking he called for a dance tune from the flautist. 'He may have danced to his own satisfaction, but Kleisthenes who was watching began to have serious doubts about the affair. After a short pause Hippokleides ordered a table to be brought in; and when it arrived he climbed on it, and danced first some Laconian dances, and then some Attic ones; and finally standing on his head on the table he began beating time with his legs. Kleisthenes disapproved enough while he was dancing the first and second dances, at the thought that a man who could dance and act so shamelessly might become his son-in-law; but he held his peace, not wishing to denounce him. But when he saw him beating time with his legs, he could no longer restrain himself, and broke out, "Son of Teisandros, you have danced away your marriage." To which the reply was "Hippokleides doesn't care". Hence the famous proverb.'

Kleisthenes then announced a prize of a talent of silver to all the unsuccessful contestants, and betrothed his daughter to Megakles the son of Alkmeon, founder of the fortunes of the Athenian family of the Alkmeonidai through his friendship with the king of Lydia. The offspring of this match was the Athenian reformer Kleisthenes (p. 254), whose brother was the great-grandfather of Perikles. So Herodotus tells the story (6.126–30); it is fascinating, not only because it is one of the few examples of a Greek oral tradition directly related to a proverb, but also because everything that is known of the life style of the aristocracy suggests that it is true. For the episode reveals a class self-consciously aware of Homeric precedent, but combining this with the changed attitudes of an aristocracy of leisure.

One aspect of archaic culture has been touched on in passing, but needs further exploration – its attitude to sexuality. The period from about 570 to 470 is not only one of the most productive periods of love poetry; it has also been described as 'the great age of erotic vase-painting'; indeed it is its attitude to sex which perhaps defines most clearly the chronological limits of the archaic period. The higher manifestations of sexuality, the sublimation of the sex drive that is the experience of love, and the sophisticated arousal of sexual response through art or literature that is eroticism, are both in general culturally determined: in the archaic age, as in our own, social class and fashion played a major part in affecting the sexual responses of the individual.

Archaic attitudes to sex were closely related to the social institutions of the aristocracy. Marriage was for the upper classes an occasion for creating political and social ties between different families and so enhancing the status of the *genos* within the individual city-state, or among the wider circle of the international aristocracy. So much is clear from the betrothal of Agariste: Kleisthenes was looking primarily for an alliance of wealth and power and for a bridegroom who would not shame *him*, not for his daughter's happiness. Again in Pindar's portrayal of the wedding feast (p. 195), the bride is unimportant; the primary relation is that between father-in-law and bridegroom, and it is not at all clear whether the 'hearts that are one' are those of the wedding couple, or of the two men and their families. For marriage in all classes was an institution concerned with social standing, property and inheritance, or with the practicalities of peasant existence, not an occasion for emotion: when Semonides grudgingly portrays the improbability of a happy marriage, it is in terms of the woman as a busy domestic bee 'bearing a goodly and respected brood' (Frag. 7.83–93). The women who appear for love in the symposiac poetry of Anakreon are anonymous – 'Lesbian girl', 'Thracian filly'; they are slaves or professional entertainers at the feast, and the attitude to them is that of direct sexual desire, easily satisfied and without significance. Any deeper love of woman was a sign of degrading effeminacy.

The Greek conception of romantic love was homosexual; all those attitudes to love which the courtly poets of the high Middle Ages and the age of Romanticism have taught us to experience for women were in Greece particularly associated with homosexuality, male or (by extension) female: the concept of love as permanent, destructive, irresistible, the basis of all human actions; idealization, unattainability and the idea of purity in the loved one; the importance of pursuit and conquest over satisfaction; the torture of jealousy – these are all expressed primarily in relation to members of the same sex. Such attitudes were established by the archaic aristocracy, and remained especially characteristic of aristocratic circles later. There is little enough evidence to trace the transition from the heterosexual society reflected in Homer (p. 44), and in Archilochos; but the cult of nakedness and athletic prowess in the *gymnasion* and *palaistra*, the sexual exclusiveness of the *symposion* and the emphasis on male courage in a society still largely organized for war, must surely be connected with the rise of homosexual love among an aristocracy who invented a new compound word to describe themselves, 'the beautiful and the good' (*kaloikagathoi* – 'good' of course in the sense of well-born). The accepted relationship was between an older man, the *erastēs* (lover) and a young adolescent, the *erōmenos* (loved one). The *erastēs* beseeches and importunes the *erōmenos* with gifts, and acts in general 'as if he were mad'; the response of the boy's family is the typical ambivalence, of pride that his charms are recognized coupled with anxiety lest he be corrupted. To the *erōmenos* are attributed unawareness, purity, coldness, disdain; he is Anakreon's

> Boy with the virginal eyes,
> I seek you but you do not hear,
> for you know not that you are
> the charioteer of my soul.

(Fragment 304)

In art the *erōmenos* is portrayed similarly, with small genitals; even in the more explicit sexual scenes he is seldom aroused, and often rejects advances. The same attitudes emerge from the fact that prostitution is the worst accusation that can be made against a man, actual enjoyment of the passive role the next worst. In contrast to the girls, the boys Anakreon addresses are usually named: they are real people to be taken seriously: 'I love Kleoboulos, I am mad for Kleoboulos, I run after Kleoboulos' (Frag. 303). Such boys belong to the same social class as their lovers and to the real world of sport and drink. Even the homosexual love poetry collected in 'book 2' of 'Theognis', though it addresses no particular boy, concerns serious relationships.

Art reflects these preoccupations. The great series of naked male youths known as *kouroi* dominates the history of archaic sculpture; their precise functions and significance are usually unclear, though they often stood as idealized memorials of the dead on graves, or dedicated at religious shrines. Yet as a series they can only be understood in terms of a preoccupation with the beauty of the youthful male nude. Another product of this concern is the large group of Attic Black Figure and Red Figure cups primarily from the archaic period, inscribed (with or without a portrait) 'So-and-so is beautiful'. The majority of these inscriptions refer to men, often to men whose names are known or are obviously aristocratic: so the *Miltiades Kalos* of plate 6b. It is not necessary to suppose that all examples were either painted on commission for particular *erastai*, or more generally reflect the attractions of particular boys; but they provide strong evidence for the tastes and interests of the Athenian aristocracy who used them at *symposia*.

A more tentative conclusion may perhaps be drawn from the actual portrayal of the male form in archaic art. The emphasis initially is on the musculature of the male athlete, and even women are portrayed with generally masculine characteristics, narrow hips, small breasts, and pronounced musculature. At the end of the archaic period there is a marked tendency towards greater effeminacy in the portrayal of young men, and a correspondingly greater accuracy in the portrayal of women. At the same time the *kalos* inscriptions begin to disappear, and other indications suggest that the great age of homosexuality was passing. Aristophanes in the *Clouds* of 423 contrasts the new sophistic education with the old education of the 'men who fought at Marathon': in general the audience is meant to approve of the old, or at least to recognize with sympathy the parody of older attitudes. These attitudes are markedly homosexual, and portray the behaviour of the old-style *erōmenos*, aware of his attractiveness, but with the appropriate modesty of one whose function is to be the object of desire, not to invite it: the consequence of this education is 'a powerful chest, a healthy skin, broad shoulders, a weak tongue, a big arse and a small cock' (*Clouds* 1010ff). This mock nostalgia neatly characterizes the older generation, and shows a significant shift in values, related perhaps to two phenomena. The first is that by the mid fifth century the attitudes of the aristocracy no longer shaped culture, which under state patronage had become democratic and therefore more heterosexual in its attitudes and assumptions; homosexuality retreated into the closed world of the intellectual right and the philosophical circles of Socrates and Plato. The second factor is the resurgence of the themes of the Homeric and heroic ages both in art and in such public literary forms as tragedy – for this too involved a return to a heterosexual age.

The importance of homosexual attitudes can be seen in the story of the overthrow of the Athenian tyranny, as told by Thucydides (6.54–9). In the year 514 Hipparchos, brother of the tyrant Hippias, was murdered by two aristocratic lovers, Harmodios and Aristogeiton: Hipparchos had made advances to Harmodios, and on being rejected took revenge by arranging a public insult to his sister. The two lovers joined a conspiracy against the tyranny, and when that looked like failing, publicly assassinated Hipparchos and were themselves killed. Thucydides insists that this episode took place four years before the fall of the tyranny, and had no effect other than to increase its harshness. But for political reasons (p. 259) the Athenian people chose to believe that it was Harmodios and Aristogeiton who had overthrown the tyranny: statues of the 'tyrannicides' were placed on the Akropolis, they were given a public tomb in the Kerameikos, and their *genos* received public honours in perpetuity; when the statues were removed by the Persians in 480 (to be discovered at Persepolis by Alexander the Great and ceremonially returned to Athens), they were at once replaced, and as late as 440 the honours of their descendants were renewed and redefined. Thucydides clearly regards the episode in an unfavourable light, as the result of a sordid love quarrel; but originally it had been seen differently, as marking the creation of two culture heroes and the apotheosis of male love. As late as 346, speaking in a public court, the orator Aischines could say:

Those whose courage has remained unsurpassed, Harmodios and Aristogeiton, were educated by their chaste and law-abiding *erōs* (or however we should call it) to be men of such a kind that anyone who praises their deeds is felt never to do justice in his praise to what they accomplished.
(*Against Timarchos* 140)

By the early fifth century the aristocratic world was no longer secure; a constant preoccupation in the odes of Pindar is the theme of envy. Part of the hoplite reaction to the Homeric ethic was expressed in the view that success or prominence in anything was dangerous, for it brought on a man the envy of the gods; this view was conventional by the classical period, and could even outlive the belief in direct divine intervention in man's affairs: it still lies behind the historical world view of Herodotus. But Pindar's conception of envy is more urgent; it is not the envy of the gods which worries him, but the envy of men; and this envy is directed not only against the monarchic power of the tyrant, but against the aristocracy in general. It is the envy of the new democratic world against the social order for which he speaks. The theme is most prominent in his poems for the aristocrats of Aegina, who were first threatened and finally enslaved by the democratic navy of Athens after the Persian Wars; but it is no preoccupation of the latest days of the archaic age. Pindar had already expressed it for the Alkmeonid Megakles, victor in the Delphic chariot race of 486:

> There call to me also
> five victories at the Isthmos
> and one paramount at God's Olympia
> and two by Krisa,
> Megakles, yours and your father's!
> And in this last happy fortune
> some pleasure I have; but sorrow as well
> at envy requiting your fine deeds.
> – Thus always, they say,
> happiness, flowering and constant,
> brings after it
> one thing with another.
>
> (Pythian 7.10ff. trans. Bowra)

Megakles had been exiled by the Athenian assembly, voting in the democratic procedure known as 'ostracism' (p. 263) earlier in the same year.

13 Life Styles: the Economy

The distinction between aristocracy and the rest of the community was in many ways an uncertain one, lacking a clear institutional or economic basis. The diffusion of aristocratic attitudes was helped by a military system which encouraged a third or more of the citizen body to regard themselves as equal to the original military elite, and therefore to adopt aristocratic customs, so that many of these became widely accepted in the hoplite class, and were transmitted especially to the colonial areas where they influenced decisively the development of an aristocratic mentality among the original settlers.

Equally important were the new sources of wealth, which produced an upwards social mobility much disapproved of by the hereditary aristocracy. In the elegiac poetry attributed to Theognis of Megara in the mid sixth century, the identification of virtue and birth is complete, while wealth is primarily seen as an undesirable disturbance of the established order; 'good' and 'bad' have the same connotations as the English 'noble' and 'base', being both social and moral:

> Wealth (*ploutos*), men do not honour you without reason, for you put up with their evil so easily; it would be right if only the good had wealth, and poverty were the companion of base men.

> (523–6)

The result is the corruption of the aristocracy as the 'good' and the 'bad' intermarry:

> We seek well-born goats or asses or horses, Kyrnos, and want them to come from good stock; but a good man does not hesitate to marry a base woman from a base father, provided he gives much money; nor is a woman ashamed to be the wife of a base man if he is rich, preferring wealth to

birth. They honour money, and good marries base, and base
good: wealth has mixed the race.

(183–90)

So congenial were these sentiments to the aristocracy that the
personal character of Theognis' poetry merged into a collection
of elegiac couplets attributed to him, and sung at *symposia*
throughout the classical period – the poet of a class who became a class of poetry. Theognis represents the unacceptable
face of aristocracy.

The economic basis of the distinction drawn by Theognis is
primarily that between wealth based on land and that based on
other activities: land was in all classes the most socially acceptable form of wealth, because it was the most permanent,
the safest, and the one most subject to the constraints of the
genos, and so least at the disposal of the individual. But few
Greeks of any class allowed these considerations to dictate
their economic behaviour entirely. Much modern work on the
economic history of early Greece attempts to establish rigid
distinctions relating social class to types of economic activity.
The justification for such theoretical constructions is the evidence from Athens of the fifth and fourth centuries, where
craftsmanship was of low status and trade was in the hands
of resident foreigners: *a priori* it is claimed early Greece must
have been less 'economically advanced' and more prone to
despise craftsmen and traders as peripheral groups. The conception of a linear and one-directional movement in economic
history is typical of the economist's desire to construct models
or theoretical patterns of behaviour; but it ignores the extent
to which other factors influence economic development. In
many respects Greece and the trading area of the Mediterranean
were economically more advanced in the archaic period than
later, when political tensions between competing groups of
trading powers had developed and the home society had become more stratified.

Craftsmanship retained the ambivalent status it had possessed in the Homeric world. It was 'banausic', degrading as a
physical activity, and yet the skills involved were still principally at the service of the aristocracy. Craftsmen were
peculiarly open to economic pressures and incentives: already
Hesiod records a proverb, 'potter competes with potter' (*Works
and Days* 25), and Aristotle later asserted that 'the majority of

artisans are rich' (*Politics* 3.1278a). In fact both wealth and pride in their skills are attested by the artists' signatures of the archaic period. The earliest of these is a late seventh century statue base for a *kouros* set up on Apollo's island of Delos: 'Euthykartides the Naxian made and dedicated me' (*Inscriptions de Délos* no. 1). In the sixth century, sculptors' inscriptions are relatively common, and from about 570 onwards Attic potters and painters also often sign their vases: 'Sophilos painted', 'Sophilos made' (the earliest), 'Exekias painted and made me' – there was even rivalry: 'as never Euphronios', claims one vase of Euthymides. Three Attic potters were both wealthy enough to dedicate important sculptures on the Acropolis, and proud enough of their craft to proclaim it in the accompanying inscriptions (pl. 7a). Yet craftsmanship never became socially respectable, as Herodotus recognized in citing the exceptional case of Corinth (p. 141).

Trade was different. The distinction between long-distance and short-haul trading has already been made, and there is good evidence that the (aristocratic) governments of some cities continued to show interest in larger scale trading activities throughout the archaic period. The wealth of Corinth was mainly based on trade, particularly in the wake of the western colonial expansion: it is hard to understand her colonial and foreign policy without assuming the existence of a leadership fully conscious of the importance of trading links (p. 144). Milesian colonization in the Black Sea and the group of Phocaean colonies in the far western Mediterranean, from Marseilles to northern Spain, are other obvious examples of the close relationship between political and trading interests.

There is less evidence for the activity of Aegina, Corinth's main trading rival in the archaic period, because the Aeginetans made no fine pottery for export. Nevertheless the fact that such a small and markedly infertile island was one of the richest and most powerful cities of the time gives some measure of the importance of trade to her economy. Until the building of the new Athenian navy in the Persian Wars, the Aeginetan navy was the second largest in mainland Greece: about 490 she could muster 70 ships against Athens (perhaps not all triremes), and she contributed 30 front-line ships to the battle of Salamis, leaving the less modern vessels to guard her shores. This last contingent implies 6000 rowers, and suggests that the total *male population of fighting age* must have been at least

equal to the total *overall* population of the island in the first
half of this century (about 9000). Aegina was certainly involved
in the corn trade with Egypt; she was probably also a major
distributor of Attic Black and Red Figure pottery, and this in
turn suggests that other long-distance trade with Attica may
have been in the hands of Aeginetans. In his account of the
colonization of Cyrene (p. 113), Herodotus mentions Kolaios of
Samos who helped the settlers: he had been on the regular run
to Egypt when he was blown off course to the island where
they had left one of their number. The Samians gave this man
provisions,

> and putting off from the island resumed their voyage to
> Egypt, but they were carried away by an east wind; and it
> did not let up until they had been blown through the Pillars
> of Herakles (Gibraltar) and landed up at Tartessos, to their
> great good fortune. For this trading post was untouched at
> the time, so that on their return they made the greatest profit
> of any Greeks certainly known to me from their trading –
> with the exception of course of Sostratos son of Laodamas
> the Aeginetan; for no one can compare with him.
>
> (Herodotus 4.152)

It has usually been assumed that Sostratos was a similar merchant adventurer opening up a new market; but new evidence
suggests that he represents a more developed type of trading
activity. An inscription found in 1970 at Gravisca, port of
Etruscan Tarquinia, reads:
'I am of Aeginetan Apollo; Sostratos had me made, son of
[?]. The script is Aeginetan, probably of the late sixth century; it
is likely enough that the Sostratos of this inscription is either
the same man as Herodotus' millionaire, or at least belonged
to the same family (grandson perhaps). Moreover the commonest mercantile mark on the base of Attic Black Figure
pottery, found on nearly a hundred vases, consists of the letters
SO; all these vases whose origin is known come from Etruria,
and their chronological range is 535–505. Sostratos then, the
richest trader in Greece, was no lone adventurer, but either the
founder of a trading house or the most successful of that large
group of merchants who were providing the Etruscan market
with Greek luxury goods by the end of the sixth century. Such
men were apparently welcomed by the aristocracy throughout

Greece: Pindar was happiest writing for Aeginetans, and he knew well enough the source of their wealth:

On every merchantman, in every skiff
go, sweet song, from Aegina
and spread the news that Lampon's son,
Pytheas, sturdy and strong,
has won the wreath for All Strength in the Nemean Games

(Nemean 5.3–9)

His Aeginetan odes are full of sea-faring references appropriate to 'long-oared Aegina' (*Olympian* 8.21).

The various attempts on the part of Athens to escape the naval supremacy of Aegina have an economic origin. The Peisistratid tyranny may here seem friendly to Aegina; but shortly after its fall there began a series of wars, in which Corinth supported Athens (Herodotus 5.79–90; 6.49ff; 6.85ff): finally about 483, Themistokles persuaded the Athenians to build the largest fleet that Greece had ever seen, specifically for use against Aegina. 'It was the war with Aegina that saved Greece, for it compelled the Athenians to become a naval power' (Herodotus 7.144). The rivalry continued after the Persian Wars until Athens forced Aegina into her empire in the mid fifth century.

In most cities however trade would not have directly concerned the aristocratic government except as recipients of its products; it is clear that much of the movement of goods around the Mediterranean area is the result of the initiative of a professional class of traders. The institutions protecting and limiting this class were remarkably highly developed, as is shown by a business letter of apparently about 500 BC, written on lead and found on the island of Berezan (Russia) in the Black Sea in 1970, near the Milesian colony of Olbia:

Back This lead belongs to Achillodoros; addressed to his son and to Anaxagores.
Front O Protagores, your father writes to you. He is wronged by Matasys, for he (Matasys) enslaves him (Achillodoros) and has deprived him of his cargo (?). Go to Anaxagores and inform him: for he (Matasys) says that he (Achillodoros) is a slave of Anaxagores, alleging 'Anaxagores holds my property, both male slaves and female slaves and houses'; but

he (Achillodoros) cries out and says there is nothing between himself and Matasys, and says that he is a free man and there is nothing between himself and Matasys; but if there is anything between him (Matasys) and Anaxagores, they themselves know about it between themselves. Say this to Anaxagores and to the wife (whose?). He (Achillodores) writes these other things to you: your mother and your brothers, if they are among the Arbinatai, bring them into the city; and the ship's officer (? or a personal name), having gone to him (? Anaxagores) will go down to Thyora (?).

(Y. G. Vinogradoff, *Vestnik Drevnei Istorii* 1971 fasc.4pp. 74–100)

Many details of Achillodoros' letter are unclear; but it seems that Anaxagores has seized Matasys' property, and Matasys has countered by seizing Achillodoros and his cargo, alleging that he is a slave and the property of Anaxagores; this Achillodoros denies. Both seizures appear to be in some sense legal acts rather than wholly arbitrary; they are probably an accepted form of redress in disputes between parties who belong to different communities; the unfortunate Achillodoros is caught in the middle, though he may in fact be an agent for Anaxagores. It is situations such as this which gave rise to general treaties between cities laying down the procedure in 'actions resulting from agreements' (*dikai apo symbolōn*), which were already well established in the fifth century.

Where trade was regular, this resulted in the establishment of trading posts the *emporion*, permanent communities of resident Greeks often from different cities, dependent usually on the goodwill of the local inhabitants, and differing from the colony in their lack of official attachment to a founding city. The *emporion* seems characteristically either to have been established on the borders of an area of civilization, like the Levantine coast, Etruria or Egypt, or to represent the closest point to an important source of raw materials. Settlements such as Al Mina and Pithecusae are early examples; Spina in the Po Delta, founded about 520, was primarily Greek but had an Etruscan element in the population. The excavations since 1969 at Gravisca have revealed a different balance – a Greek community possessing its own religious sanctuary on the fringes of an Etruscan settlement. The Greek presence began in

the late seventh century and coincided with the sudden Hellenization of many aspects of the life of Tarquinia; from about
580 comes the earliest evidence for regular Greek shrines, with
sacrificial debris and dedications: script, dialect and pottery
suggest strong east Greek influence. Various different gods were
worshipped – Aphrodite, Hera, Demeter and Apollo; the dedication to Aphrodite of models of parts of the female anatomy
shows that women were present in the community. It is likely
enough that if there was any political organization for Greeks,
it was centred on these shrines which perhaps belonged to
merchants from different cities.

This was certainly the pattern of Naucratis in Egypt, the most
important and the best documented of the archaic *emporia*
or ports of trade. The *Odyssey* already contains a number of
specific passages, which suggest that contact with Egypt was
beginning again after the Dark Age; the most revealing of these
is Odysseus' alleged pirate raid on the Egyptian coast (14.245ff;
see p. 53): such piracy must often have been the prelude to
more peaceful contacts. But most Egyptian objects found on
Greek sites before the mid seventh century (for instance those
at Pithecusae) had probably passed through Phoenician inter-
mediaries. The earliest evidence for direct relations with Egypt
comes from the Egyptian bronze objects found on Crete and
Samos; Crete is the natural staging post for an Egyptian voyage,
and the Samian Kolaios, who was so fortunately blown off
course about 640, was on an established run to Egypt. Serious
trading relations with Egypt in fact began with the foundation
of the Saite dynasty of Psammetichos I (Psammtik, 664–610);
by the reign of Amasis (570–26), this trade was sufficiently
important to attract royal control. The Greek town of Naucratis
is about 50 miles inland on the Canopic branch of the Nile,
and only 10 miles from the royal capital of Sais; Herodotus
visited it and describes its history:

Amasis was a friend of the Greeks and benefited them in
various ways; in particular he gave those who came to Egypt
the city of Naucratis to inhabit: to those who did not wish
to stay permanently but merely to make voyages there, he
gave land to set up altars and temples to the gods. The
largest of these temples, the best known and the most used
is called the Hellenion, set up in common by the following

cities: of the Ionians, Chios, Teos, Phocaea, and Clazomenae; of the Dorians, Rhodes, Cnidos, Halicarnassos and Phaselis; and of the Aeolians only the Mytileneans. The temple belongs to them, and it is these cities who provide the overseers of the trading post; any other cities that make a claim to do so, make a claim without rights. The Aeginetans established a temple of Zeus on their own, the Samians one of Hera, and the Milesians one of Apollo. Naucratis was in the old days the only trading post, and there was no other in Egypt. If anyone put in at any of the other mouths of the Nile he had to swear that he had done so of necessity, and after his oath sail in the same ship to the Canopic mouth; if he were unable to sail because of adverse winds, he had to carry his cargo in barges round the Delta until he arrived at Naucratis. Such was the privileged position of Naucratis.

(Herodotus 2.178–9)

The site was excavated at the end of the nineteenth century by the British; and much of the early history of the Greek settlement can be reconstructed. The town was a Greek town, though clearly under the ultimate control of the Pharaoh: the dominant building in the southern quarter was a large Egyptian structure which may have been either fort or royal warehouse (the Egyptian economy was traditionally under the control of the Pharaoh, who owned the land, disposed of its surplus produce, and distributed seed-corn annually to the peasants). Four Greek temples were discovered in the north quarter, and the material at those also mentioned by Herodotus conforms to his claim that they were centres for particular groups of merchants: one vase inscription from the Hellenion invokes simply 'the gods of the Greeks'. A temple to the Dioscuri may in fact be the same as Herodotus' temple of Zeus, which was not found. There was also an important early sixth century temple of Aphrodite in the south quarter, which seems from the evidence to have been particularly connected with the merchants of Chios. Apart from the pottery associated with the named groups of merchants, quantities of Corinthian and Attic pottery were naturally found, and also a significant amount of Laconian; this was perhaps carried by Samians, for it is normally a localized pottery but happens to be present in quantity on Samos. Some difficulty has been caused by the fact that, although the Hellenion dates from the reign of Amasis, the other temples seem to be earlier; and it is clear that the settlement began about 620 and was already of considerable size by the reign of Amasis. But Herodotus' account surely records the view of one particular section of the community about their past; the bias of those connected with the Hellenion is revealed in the statement that only members of the Hellenion are entitled to appoint the magistrates, a claim that was denied by others. Since merchants from the great trading cities of Aegina, Samos and Miletus must have been the earliest and largest individual groups, it is likely that their temple organizations are the earlier (perhaps with Chios). Far from being friendly to the Greeks originally, Amasis seized power as a nationalist leader, and may well have closed all Greek access to Egypt except through Naucratis, not as a privilege but in response to Egyptian mistrust of Greeks; the smaller groups of merchants banded together to establish the Hellenion: the struggle for political control in Herodotus' day is a struggle of the newcomers against the old, and of course these newcomers chose not to remember the time before the Hellenion. Herodotus took as his informants those whom he thought particularly reliable, and was misled.

The curious constitution of Naucratis reflects its beginnings as an *emporion*, with no original city foundation: the institutions of government grew naturally out of the shrines established by different groups of residents. The town itself was the chief port of Egypt until the foundation of Alexandria by Alexander the Great. It fostered a flourishing Greek tourist trade and like other treaty ports and trading towns (such as Corinth) was famous for its courtesans: Sappho's brother fell in love with Rhodopis and bought her out of slavery; she went on to offer a tenth of her wealth in iron spits at Delphi 'where they still lie piled up behind the altar dedicated by the Chians'; and Archedikē was 'famous in poetry throughout Greece' (Herodotus 2.135). In the early period Naucratis was also a Greek manufactory of sorts; there was at least one local pottery making vases for dedication at the sanctuaries, and in the sixth century a factory was making 'Egyptian' scarabs and faience seals in quantity, specifically designed for export to Greece.

But Naucratis was essentially a trading town. The chief export was undoubtedly corn, obtained from the royal monopoly. Greek consumption, since they were not used by Egyptians; and

217

the small amount of pottery found outside particular sites
Imports included wine and oil, but apparently only for local
where Greeks lived does not suggest general trading contact
with Egyptians. Egyptian society had no great need of slaves.
The chief object of barter with the Pharaoh was most probably
silver, in which northern Greece especially was rich, whereas
Egypt's source of precious metal was the gold mines of the
Red Sea coast. But the question why the non-monetary economy
of the Egyptians should desire silver (which they did not themselves use) sufficiently to establish a special port of exchange,
entails investigating the activities of the other large group of
Greeks present in Egypt – the mercenaries.

The superiority of the hoplite soldier was widely recognized
by eastern kings; they employed large numbers of Ionian
Greeks and also Carians, who fought in the same style and are
said to have been the first to have taken up mercenary service.
Unfortunately in most cases direct evidence is lacking, and the
existence of such forces has to be inferred, as with Lydia
(p. 225). But Antimenidas, brother of Alkaios, spent his exile
in the service of Nebuchadrezzar of Babylon, and fought in the
Palestinian campaign of 597, in which Jerusalem was captured:

> You have come from the ends of the earth, ivory
> hilted and bound with gold is your sword.
> You fought alongside the Babylonians and won
> great fame, and saved them from troubles
> killing a warrior man
> who lacked only a single span
> from five royal cubits in height
>
> (Alkaios Fragment 350 = 50D)

The height is that of a real Goliath, 8′ 4″.

It is only in Egypt that a detailed history of such a mercenary
force can be reconstructed. Since the late thirteenth century
and the successful repulse of the Peoples of the Sea (Mycenean
refugees among them), Egypt had been in decline; in the eighth
century she was first subject to the power of Nubia, and then
disputed territory between Nubia and the Assyrians. The resurgence of national Egyptian power began when Psammetichus I, a Delta princeling, succeeded in reuniting Egypt; Herodotus' narrative shows the debt of the new dynasty to Greek

mercenaries from the start. Psammetichus was told by an oracle to enlist the help of 'brazen men'; and when Ionian and Carian pirates dressed in armour descended on the coast in the style of Odysseus' raids, he chose to employ them: with their help he conquered Egypt, and granted them two pieces of land on either side of the Pelusian branch of the Nile, known as 'The Camps'; he also caused a group of Egyptians to be trained as interpreters. These settlements remained until Amasis transferred the troops of Memphis to be his personal bodyguard against the Egyptians; and they were the first 'foreign-speakers' (alloglōssoi) to settle in Egypt (Herodotus 2.152–4). The story shows the importance of mercenaries to the dynasty; from the start they were present in large numbers, and were perhaps supplied with the help of Gyges king of Lydia, anxious to weaken the Assyrians. After the conquest of Egypt they were settled on the eastern border as a protection against the Assyrians, much as later there was a Jewish mercenary settlement at Elephantinē guarding the border with Nubia. Connected with the Camps is the site of Tell Defenneh (probably ancient Daphnae), excavated in 1886. The town contained a large Egyptian building like that at Naucratis, fort or storehouse; Greeks were present there from the reign of Psammetichus to the Persian invasion, and this must be connected with the Greek mercenaries in the area – a supply town perhaps which serviced the military zone. The pottery is sufficiently different from that found at Naucratis to suggest that the mercenary and trading communities were kept separate.

The Saite dynasty continued to rely heavily on mercenaries. The second king, Necho (610–595), dedicated the armour in which he fought his Syrian campaign of 608 in the temple of Apollo at Branchidae (Miletus); at Carchemish, the scene of his defeat by the Babylonians, a razed house was found, containing Egyptian objects and scarabs from his reign, together with a Greek bronze shield. His successor Psammetichus II (595–89) made an expedition to Nubia in 591: 700 miles from the sea by the second cataract at Abu Simbel, there is record of the presence of Greek (and also Carian) soldiers; a series of inscriptions is scratched on the left leg of a colossal statue of Rameses II:

When king Psammatichos came to Elephantinē, those who sailed with Psammatichos son of Theokles wrote this. They came beyond Kerkis as far as the river allowed. Potasimto commanded the foreign-speakers (aloglōsoi), Amasis the Egyptians. He wrote us, Archon son of Amoibichos and Axe son of Nobody (or for those without humour, 'Pelechos son of Eudamos').

Then in six different hands are signatures, 'Elesibios the Teian', 'Telephos wrote me the Ialysian', 'Python son of Amoibichos', '[?] and Krithis wrote me', 'Pabis the Colophonian with Psammata', 'Anaxanor [?] the Ialysian when the king led the army first [?] Psammatichos' (*Greek Historical Inscriptions* no. 7=29F). It is dangerous to construct much on the basis of a casual record left by seven soldiers; but in order to clarify certain problems, let us suppose these soldiers are typical, and draw tentative inferences. Firstly the inscriptions suggest a remarkable level of literacy and education among the hoplite class *throughout* the Greek world, for the men wrote in the different scripts of their home towns: their competence extended at least to signing their names, and these men will not have been the richest or best educated members of their cities. Secondly the organization of the Egyptian army: the word *alloglōssoi* appears in Greek only in this inscription and in the passage of Herodotus; it is clearly not a Greek coining (what Greek would describe himself as a 'foreign-speaker'?), but the translation of an Egyptian technical term, the official designation of a Foreign Legion. This force was large and important, and commanded by a prominent Egyptian: for the sarcophagus of Potasimto has been found and he is called 'General of the Greeks' on Egyptian monuments. Thirdly the origins of the soldiers: the Greek officer under Potasimto is Psammetichus son of Theokles, whose Egyptian name shows that he is a second generation mercenary, son of one of the original force of Psammetichus I, possibly by a mixed marriage; although other Greeks were prohibited from marrying Egyptians, the continued existence centuries later of 'Caromemphitai' and 'Helienomemphitai' at Memphis, where mercenaries had been stationed, shows that they had succeeded in establishing a mixed community. But the other soldiers of the inscriptions are probably recent arrivals; they write in local scripts, and either their names are not wholly Greek, or they even record their native cities. Some of them mention Egyptian slaves: later hoplites traditionally possessed, and were paid for, one slave attendant on campaign. The cities of origin, where known, are the smaller, less commercially active Ionian towns, and also those without colonies. One implication may be that mercenary service was a possible response to population pressure in the more backward and smaller cities, where such problems struck the individual rather than the community; but the variety of origins does raise the question of how such men were recruited.

The size of the problem emerges in the next reign: when Apries (589–70) faced a rebellion of his Egyptian forces under Amasis, he mustered 30,000 Carians and Ionians, and was only narrowly defeated. Even Amasis (570–26), who began as a nationalist leader, could not dispense with the mercenaries, and later used them as his bodyguard in preference to Egyptians; in the second half of his reign, when the menace from Persia became obvious, he was clearly trying to build up his Greek connections as much as possible. It was only with the Persian conquest of Egypt by Cambyses in 525 that the Greek mercenary presence ceased to dominate the country.

Thirty thousand men is one of the largest mercenary armies ever created. The comparative rarity of early Greek finds in Egypt, outside the mercenary camps, shows that Greeks cannot have been settled on the land in any large numbers. The majority must have been recruited on a contract basis, and returned home after discharge. But the problems even of recruiting 1000 men a year (assuming a thirty-year term) are considerable; one of the reasons for the rich dedications and other honours lavished by the kings of Egypt and Lydia on the oracular shrines of Greece (especially Branchidae and Delphi), may well be that these were centres for recruiting drives during the great international festivals: the power and magnificence of oriental despotism was displayed there for all to see. And it is with such conditions of service that the significance of Naucratis becomes clear. The Pharaoh had established a trading cycle, in which corn was exchanged for silver, and the silver used to pay mercenaries, who then returned to recirculate their savings in the Aegean world; the existence of mercenaries required the existence of Naucratis, and neither could be dispensed with. So a dynasty which prided itself on recreating ancient Egyptian modes in art and culture was forced to distort the Egyptian economy and discard its inherent xenophobia, in order to maintain a huge foreign presence in Egypt.

*

The Greeks themselves were enormously impressed by Egypt, its great antiquity, its highly stratified society, its powerful religion and its massive monuments: they naïvely confused what was earlier than their own civilization with its possible origins. They attributed primacy to Egyptian gods over Greek ones, they ascribed to the Egyptians the origins of writing and most of the arts, and they asserted that many Greek thinkers had visited Egypt (for instance Homer, Lykourgos, Solon, Thales and Pythagoras), and taken their ideas from there. In fact, in contrast to the Greek debt to the east (of which the Greeks were almost totally unaware), archaic Greek culture owed very little to Egypt; the basic reason for this is of course that Egyptian influence was not exerted until Greek culture was already formed. It is in art that the influence was strongest. There are Egyptianizing tendencies in archaic pottery, both in individual motifs and in the style of polychrome decoration; one sixth century Athenian potter-painter was called Amasis. Contemporary furniture shows Egyptian influence, as does fresco painting. But the major impact was in religious architecture. Three related developments of the late seventh century can best be explained by reference to Egypt. The sudden appearance of stone temples and of the monumental Doric style suggests such contact, although most of the individual details of the style can be traced back to earlier wooden buildings or even Mycenean influence. The impact of Egypt is also clear in the new planning of religious complexes, for instance the sixth century avenue of lions on Delos with its sacred lake, or the avenue of seated figures at Miletus. Similarly in sculpture: the main function of the *kouros* is as religious furniture. That idea derived from the great Egyptian sanctuaries, together with the conception of sculpting in stone in life size or even larger. Some early *kouroi* even conform to the canon of proportions worked out by Egyptian artists, though the majority are expanded versions of earlier Greek small figurines, and the Greeks ultimately worked out their own canon. Although there is no copying in detail, the purity of line, the stance of one foot forward and fists clenched, the style of hair and of some of the facial details, recall contemporary archaising Egyptian statuary. It is noticeable that in each of these three areas of religious architecture there is the same curious phenomenon, of influence on the general conception combined with comparative lack of influence on the detailed execution. This has puzzled some archaeologists and led them to deny or under-estimate the importance of Egypt; but it is surely due to the nature of the transmission. Temples, temple plans and monu-mental sculpture cannot be transported; they have to be seen on the spot, and then translated into Greek terms months or even years later; and in many cases the sculptors and architects will have been working from traveller's descriptions rather than autopsy.

Closely connected with the international movement of materi-als and men is the invention of a new medium of exchange – coinage. Greek coinage possessed from the start certain charac-teristics which have had such an influence on western coinages until this century, that they have often though wrongly been thought to be necessary characteristics. It consisted of uniform weights of precious metal (usually silver) calibrated into a more or less extensive system of fractions; these were stamped on one side with the official city seal, and on the other with a punch mark, which sometimes also became a subsidiary design. This double stamping is the most important step in the creation of a coinage, since it provides at the same time an official guarantee that the weight and purity are standard, together with some protection against clipping or shaving edges or back. It is this relative guarantee which makes coinage the most easily negotiable form of money; its precious content means that it does not require any very complex institutional backing. As money, it facilitates a number of economic transactions; it acts as a medium of exchange, as a measure of value, and it is easily stored and accounted for; it is therefore a basic device in what is sometimes grandly called a money economy, as distinct from a barter economy. In fact, of course, no clear line can be drawn between premonetary and monetary economies: the Greeks already possessed various units of value for various types of transaction, of which the commonest were value ex-pressed in terms of oxen or other livestock (used primarily in the transfer of property and marriage negotiations), tripods (an index of a man's standing or *timē* in relation to other men or the gods) and iron nails. The last of these acted in a way closest to that of coinage. It derives from a time when iron was rare and therefore had a scarcity value apart from its usefulness; it was retained at Sparta into the historical period as the only permitted coinage; and at Athens and elsewhere the names used in the coinage system moved from weight (talent and mina) to the drachma (handful), comprised of six obols (or nails). The story of Rhodopis shows that iron spits continued to be dedicated as wealth at religious sanctuaries even after she was presumably actually paid for her services in silver coin; such dedications have been found at Perachora and the Heraion of Argos. Equally the advent of coinage does not imply the existence of a monetary economy, in the sense that transactions are usually carried out with the help of coinage; for until the invention of token coinage in base metal, the value of even the smallest practicable denomination was too high for everyday activities.

'The Lydians were the first men known to us to mint and use gold and silver coinage' (Herodotus 1.94); Lydian coinage was in fact in electrum, a mixture of the two metals panned from the rivers of Anatolia. Foundation deposits, laid about 600 under the temple of Artemis at Ephesus, show the beginnings: they contain unstamped metal dumps of a standard size, dumps punched on one side, dumps punched and scratched on the reverse, and finally coins proper, stamped on both sides and marked with a lion device. It is reasonable to assume that this mixture of types could occur only in the generation of the invention of coinage, which can therefore be placed about 625–600. This date, established in 1951, has caused a major reworking of the whole chronology of early coinage. Since Greek coinage appears fully formed from the start, without the initial stages of the Lydian, it must be derivative. In Greek tradition the earliest Greek state held to have coinage was Aegina (now believed to begin about 595), closely followed by Athens (about 575), Corinth (about 570) and a large number of other states during the sixth century.

This remarkable example of state provision of an economic tool raises important questions about the purpose of the institution and its early uses. Herodotus continues his sentence on the Lydians, 'and they were the first to be traders' (the word used is normally derogatory, and means something like petty retailers or middle-men); but early denominations are too large to serve for retail trade. The hypothesis that coinage was connected with large-scale trade is supported by the role of Aegina in its introduction; but in fact, though Aeginetan coins are found widely scattered throughout the east Mediterranean, they are not found in large quantities in any one hoard, except in the neighbouring Aegean islands. This relates to a general phenomenon, that, until the fifth century Athenian coinage, only coins of the area of Macedon and Thrace are used extensively outside the area of minting; the conclusion has been drawn that coinage did not in its origins and early use function to facilitate long-distance trade. But this conclusion does not quite follow : all coinage is at a premium (more highly valued) in its home area, where it is most readily accepted without question; there is therefore a natural tendency for coins exported not to be hoarded, but to remain in circulation and to drain back to the area of origin in the processes of exchange. North Greece is an exception because its economy was so primitive that coinage was irrelevant to it : silver was mined for export and merely stamped for convenience in the process; this explains why so many northern coinages were minted, even by quite small cities. I am not therefore convinced that trade plays as little part in the early uses of coinage as most modern scholars believe; for although it is true that coinage has little advantage over bullion to the foreign recipient, it has considerable accounting advantages for the merchant who deals in it.

It is in fact not so much as a medium of exchange, but as a unit of accounting, that coinage will have functioned originally; and this must be the primary explanation of the interest of cities in minting it. Government became more complicated in the sixth century, with the growth of payments on public works, to officials, soldiers and workmen, and receipts of fines, dues, taxes, state rents and other types of income. The coin, stamped with the official seal of the city, simplifies all such operations by standardizing them : efficient public accounting becomes possible. In particular it has been suggested that coinage was originally devised by the Lydians in order to enable the king to pay out regular sums to large bodies of men in receipt of standard amounts; and its swift acceptance in Greece is due to the fact that these men were Greek mercenary soldiers. The commonest Lydian denomination, found in a relatively large number of examples, has the value of around twelve sheep – perhaps six months' or a year's salary. But whatever the reason for the invention of coinage, there is no doubt that its widespread adoption facilitated the movement of goods and services in the international market of the sixth century; for even where coins were not understood, the concept of silver as a medium of exchange was introduced and became accepted. The exchange function of precious metals was sufficiently widely recognized to be embodied in a philosophical analogy of Herakleitos, describing the characteristics of fire, the ultimate constituent of the universe: 'For fire all things are exchanged, and fire for all things, as for gold goods and for goods gold'. (Frag. 90)

By the mid sixth century there had developed in the Mediterranean a complex international market economy, involving the exchange of a wide variety of goods and services; in contrast to an earlier age, large-scale activity was now at least as important as the exchange of luxury items. Although it cannot of course be quantified, there existed a regular and profitable trade along recognized routes from the Black Sea to the western Mediterranean in raw materials such as metals, timber, foodstuffs (especially corn, but also commodities like dried or salted fish) and slaves, as well as in manufactured goods such as pottery or metalwork. Travel was easy, and men with recognized skills like craftsmen, doctors or poets moved freely from area to area. The Mediterranean economy was probably more unified and more advanced than at any period before the conquests of Alexander. Quite apart from its political implications, the disruption of this system by the Persian advance in the period from 546 to 480 was a serious and in some respects a permanent setback.

One important change in the Greek economy occurred during the archaic period. Like almost all Mediterranean and near eastern cultures Greece had always been a slave-owning society; but it does not seem to have been until the sixth century that slaves became important to the economy. The most explicit evidence for the phenomenon (though not the date) comes from the fourth century historian Theopompos of Chios:

The Chians were the first Greeks after the Thessalians and the Spartans to use slaves, but they acquired them in a different way. For the Spartans and the Thessalians clearly constituted their slave class out of the Greeks who had earlier inhabited the land which they now possess, the Spartans taking the land of the Achaeans and the Thessalians that of

226

the Perrhaiboi and the Magnesians; they called those enslaved in the one case helots, in the other *penestai*. But the Chians acquired barbarian slaves paid for by purchase.

(Theopompos F.G.H. 115 Fragment 122)

Theopompos is clearly right to see the original slave economies in Greece as agrarian and created by conquest; such slaves had varied rights and a sense of national identity, which produced gradations of status 'between slave and free'; and these are often better regarded as forms of oppression rather than slavery in the formal sense. It is the advent of chattel slavery which creates a strictly economic phenomenon, conforming to laws of supply and demand, with slaves given a fixed value by being bought and sold in the market, and therefore being treated as investment and in terms of their productive capacity, rather than as part of a social system. We must take it on trust that Chios was the first city to possess a significant labour force of this type; though in 494 she had the largest fleet in Ionia (p. 245), and Thucydides remarks at the end of the fifth century that Chios had the largest number of slaves after Sparta (8.40); it so happens that the only slave merchant whose name we know was a Chian – Panionios, dealer in eunuchs in the markets of Sardis and Ephesus, who suffered a fearful vengeance with his family at the hands of one of his victims in 481. It is specifically said that this branch of the trade was for the eastern market, and Herodotus clearly thought it repulsive (8.105).

The sixth century was the first period when trade routes in the Greek world were sufficiently organized, and the Greeks had the wealth and military power to create slaves in large numbers; to judge from later evidence they will have been drawn especially from northern areas, Thrace, Illyria and Scythia, and it looks as if the collection and supply was usually in the hands of native chieftains. It is probable that the number of slaves was at least as great in the more prosperous cities (such as Corinth, Aegina, Miletus – though not Athens) as it was in classical Greece. Two figures survive which probably refer to the late archaic period: Aristotle said that Aegina possessed 470,000 slaves, and another source attributes 460,000 to Corinth. But these figures (and the other figures given in this notorious passage of Athenaeus 6.272) are frankly incredible, and in the case of Aegina physically impossible. The problem is insoluble; such conclusions as can be drawn for the classical period suggest that the number of slaves in certain advanced cities may at least have equalled the number of adult citizens.

One aspect of the prosperity of archaic society is the amount of surplus skills, labour and wealth available for public works. The sixth century was the great age of temple building: it is not possible to compile a full list, but a recent count claims well over 80 certain examples. Of course such activity presupposes a religious motivation, but there is no sign that the sixth century was any more religious than earlier or later ages; most of the factors which contributed to this sudden outburst of temple building are secular.

The movement is one of experiment and competition. The temple of Artemis at Corcyra, erected about 580, was the first stone temple in Greece; by the middle of the century temples of considerable size were being erected: the temple of Apollo at Corinth (about 540), of limestone faced with stucco, was 50′ × 160′ and its columns were monoliths 21′ high; the temple of Apollo at Syracuse has much the same dimensions (55′ × 150′); the earliest temple at Paestum in south Italy (80′ × 178′) is considerably larger. The first really large temple was that of Artemis at Ephesus, built in the middle of the century: it had already reached the limits of Greek building techniques, with dimensions of 171′ × 358′; at the end of the century, temple G at Selinus in Sicily, one of the largest Greek temples ever built, measured 164′ × 361′, with columns 50′ high and roof beams covering a single span of 38′. In this later period there are clear signs of overreaching, excessive display and inability to finish projects. The temple of Olympian Zeus at Acragas, roughly the same size as that at Selinus, took a century to finish; the temple of Zeus at Athens, begun by the Peisistratidai, was abandoned after their expulsion, and only finished by the emperor Hadrian six hundred years later; the (fourth) temple of Hera at Samos, begun by the tyrant Polykrates, was never finished. Transport of the stone was one of the major costs, and stone was usually therefore local: the western temples were all of local stone; in Greece itself the first temple to be faced in marble quarried in the islands was that at Delphi, and the first all marble structure was the little Athenian treasury at Delphi of about 490.

There are various factors involved. For the first time the wealth and skills for such large-scale enterprises became available; the absence of earlier buildings was brought home by the new example of Egypt. It was the tyrants who established state patronage of the arts in Greece: with them the competitive life style of the aristocracy was linked to the wealth of cities Other aristocrats joined in, and so did non-tyrannical governments. The new importance of international festivals and shrines created an inflow of wealth and dedications from Greek cities and from oriental kings at sanctuaries such as Delphi, Olympia, Delos, Dodona and Branchidae.

The example of Athens is especially interesting, because the temples built in this period were destroyed in the Persian invasion, and their decorations survived in the debris, to be excavated and to constitute the best preserved and perhaps the greatest of all collections of ancient sculpture, now in Athens: many of the sculptures even retain traces of their original paint.

The first large-scale temple in Athens was that of Athena Polias on the Acropolis, built in about 560. The future tyrant Peisistratos was connected with the reorganization of the Panathenaic festival in 566/5, about the same time, and is likely to have been at least in part responsible for the new temple. His return from exile about 558 was the subject of a story which the rational Herodotus found incredible, but which shows his connection with Athena: he was conducted back by a beautiful girl six foot tall masquerading as the goddess herself (1.60). It is not easy to distinguish the building activity of Peisistratos' last period of power (546–528) from that of his sons (528–510). The father certainly purified the island of Delos by removing all graves from within sight of the sanctuary, and the presence of Athenian workmen on the temple of Apollo is another sign of his activity. In Attica itself there were a number of minor temples, and public buildings in the *agora*. The erection of a new hall of mysteries at Eleusis shows the same concern as for the Panathenaia: both are attempts to give Athens the prestige of an international religious centre. The sons of Peisistratos were responsible for extensive waterworks, culminating in the monumental fountain-house of Enneakrounos (nine springs), and probably for starting the huge temple of Olympian Zeus. They also remodelled the temple of Athena Polias, after only forty years, so quickly had standards of what was appropriate to a great city risen.

*

Such works were an expression of tyrannical magnificence and of civic consciousness as much as of religious sentiment; but religious shrines also benefited. Delphi had risen to wealth and influence on the success of western colonization; by the end of the seventh century the shrine was so important that it could no longer be permitted to be partisan. About 591, in an obscure war known as the first Sacred War, three aggrieved groups, Thessalians, Athens under an Alkmeonid general Megakles, and Kleisthenes of Sicyon, 'liberated' the shrine and placed it under the protection of a religious league known as the *Amphiktyones*, 'those who lived around'.

The oracle of course favoured those who could dedicate magnificent offerings, and was therefore an early supporter of tyrants and, by extension, of their followers the hoplites. When tyrannies fell, it was easy to emphasize the latter aspect, for instance to remove the name of the Kypselids from the treasury which they had built; this was the period of the famous Delphic rules, 'nothing in excess' and 'know yourself'. The approval of Delphi became essential to any cause, from colonization to conquest or political reform.

Delphi has often been seen by modern historians as a source of rational advice or of political bias; that is to misunderstand the function of an oracle. The priests reduced to poetry the half-intelligible ravings of the inspired Pythia, a woman believed (as in many primitive societies) to have the gift of prophecy, 'speaking the will of the god'; Herakleitos, who modelled his own style of utterance on the oracular tradition, says 'the Sibylla with frenzied mouth speaking words without smile or charm or sweet savour reaches a thousand years with her voice through the god' (Frag. 92). The answers of the oracle were expected to be difficult to understand or ambiguous: 'the Lord whose oracle is at Delphi neither speaks nor conceals, but gives a sign' (Frag. 93). If, as sometimes happened, the questioner was misled by the answer, that reflected on his wisdom and not on the god. In rational terms the role of the oracle was to give the reassurance of divine blessing to the projects of man, in a world where belief was essential to action. There could be no mistakes, only misunderstandings; but even so the god would often look after his own. When Croesus king of Lydia received the reply 'if he marches against the Persians he will destroy a great empire' (Herodotus 1.53), he found that the empire was his own; but Apollo did not forget the many royal gifts of gold and silver that Croesus had lavished on his shrine: he created a myth in which the god himself had quenched the funeral pyre on which Croesus was to be burned alive, and established him as the honoured adviser of his enemy Cyrus.

Soon after the middle of the sixth century, the temple of Apollo was destroyed by fire, and contributions came from all over Greece. The contract for the rebuilding was finally taken over by the Alkmeonidai, in exile from Athens, who proceeded to complete it to a higher specification than required, in particular giving it a front of Parian marble instead of ordinary stone. It seems to have been generally recognized that this action lay behind the advice of the oracle to the Spartans to expel the Peisistratids from Athens: direct bribery of the priestess was even alleged (Herodotus 5.62ff).

The story reveals how the very success of Delphi led to her decline: her assistance became too important, and caused men to commit acts which discredited the human agents of the god. About 490 King Kleomenes of Sparta bribed the priestess to declare his fellow King Demaratos illegitimate; Demaratos was deposed. When the facts were discovered, the priestess was deprived of her office and another priest was exiled; Kleomenes fled, and his horrifying death was attributed to his sacrilege (Herodotus 6.61ff). But no one recalled Demaratos – the god had spoken.

The stakes had become too high; caution was necessary. Delphi was wrong about Croesus' power to defeat Persia; thereafter she habitually counselled submission at a time when Greeks wanted to be encouraged to resist. It was perhaps this consistent betrayal of Greece which caused contemporary politicians to become more rationalist, and to manipulate the oracle to their own ends. By the close of the archaic period she had lost much of her political power, though not her religious influence over individuals. And she still remained the repository of that tithe of booty which was the guarantee of divine acquiescence in military success; she became in Burckhardt's words, 'the monumental museum of Greek hatred for Greeks, of mutually inflicted suffering immortalized in the loftiest works of art'.

The Ionian Greeks learned early the dangers of their continental position. The Cimmerians had inhabited the northern shores of the Black Sea from the Crimea to the Caucasus; just before 700, under pressure from the advancing Scythians, they were forced to migrate across the Caucasus into Anatolia, leaving only a small kingdom to survive in the Crimea itself. They were attacked and held off by the armies of Urartu; but by 675 they had overthrown the kingdom of Phrygia under King Midas of the golden touch in Greek tradition. Assyrian records show them causing continual trouble from the mid seventh century. The growth of the kingdom of Lydia under Gyges from about 678 also attracted the attention of the Cimmerians; in 652 Gyges was killed in battle and his capital Sardis was captured. Beyond lay the Greek cities of the coast; these had already felt the presence of Lydia when Gyges had massacred by treachery the horsemen of Colophon; but now they were faced with a nomadic migration. One of the most powerful cities, Magnesia on the Maeander, was destroyed completely; her rival Ephesus survived, and it was this war which produced the earliest extant war poet, Kallinos. Then the gods saved Ionia: Ephesian Artemis sent a plague; the terrified Cimmerians withdrew to Cilicia taking the plague with them, and ceased to be dangerous.

Pressure continued: the re-established Lydian kingdom became active especially under Alyattes (617–560). The territory of Miletus was ravaged for eleven years, until her tyrant Thrasyboulos came to terms about 610; the agreement was so favourable that its aim must have been to separate the most powerful city of Ionia from the rest. These were treated differently: Colophon and Smyrna were captured and sacked:

Pride destroyed Magnesia and Colophon
and Smyrna, Kyrnos, and it will utterly destroy you too.
(Theognis 1103–4)

By now the Lydians had perfected the siege mound and the undermining techniques of the Assyrians against walled cities; and Croesus (560–546) had little difficulty in capturing first Ephesus, and then the other cities of the coast. Despite the earlier brutality of the Lydian conquest, by its end the Greeks had come to terms with their new masters. The Lydian kings themselves became deeply Hellenized: Gyges was said to have dedicated at Delphi, Alyattes certainly did, and the presents of Croesus both there and at other shrines were the most magnificent the Greek world had seen. The American excavations at Sardis have revealed quantities of Greek pottery; and there is good reason to believe that the mutual benefits of trade and mercenary service exercised a reciprocal influence on both sides even deeper than that resulting from the Egyptian connection.

Ionia was the homeland of epic, but in other respects her cultural development was slow. Oriental influences passed by, moving straight to Greece; east Greek pottery styles are late and derivative, as are the alphabet and hoplite warfare. The varied forms of lyric and elegiac poetry are better represented in the Aegean islands and Greece itself. Political developments also seem later in Ionia, perhaps because land there was relatively more plentiful; but by the end of the seventh century Ionian wealth from trade and colonization was well established: they were dominant in the Black Sea and Egypt, but Phocaea for instance also had western interests; and they were in general noted for their luxurious way of life. There is nothing in this picture, of a group of initially backward but ultimately prosperous agricultural and trading communities, to explain the emergence of a phenomenon which has with some justification been called 'the Ionian Enlightenment'.

Strictly this term is misleading, for the centre of the new development in intellectual thought was Miletus, a city in many respects untypical. During the sixth century Miletus combined economic prosperity with some of the most extreme civil conflicts of the archaic period; after the expulsion of the tyranny, two parties, the Wealthy (*Ploutis*) and the Manual Workers (*Cheiromacha*) fought for control; the Wealthy were also called the Perpetual Sailors (*Aeinautai*) which suggests the source of their wealth (Plutarch *Greek Questions* 32). It seems to have been a conflict between new economic groups within the city; after a number of atrocities on both sides over two generations, arbitrators from Paros placed the government in the hands of the landowners (Herodotus 5.28). It is not obvious how such a political background is relevant to contemporary intellectual developments.

The central phenomenon to be investigated is the emergence of abstract rational thought, of philosophy and scientific theory in a form still recognizable to modern practitioners. It is associated with three citizens of Miletus, Thales, Anaximandros and Anaximenes, whose activity falls within the first seventy years of the sixth century: Thales had astonished the Greek world by predicting an eclipse of the sun in the year 585; the other two thinkers are probably slightly later and seem to be to some extent dependent on the ideas of Thales.

Thales was enrolled in the legendary body of the Seven Wise Men, and the stories told about him reflect the typical characteristics of that type of oral tradition, in which practical intelligence and political insight are the attributes of wisdom: he proposed the political union of Ionia (Herodotus 1.170), diverted the river Halys for King Croesus (1.75), and of course visited Egypt. He was considered the founder of Greek astronomy and geometry, and was credited with the first general theory of the nature of the universe. The ultimate constituent of matter was water: the universe rested on water, floating like a log, and water was the element from which was created all of nature. The principle here seems to be that mobility and the nourishment of life are both visible attributes of water; whatever moved was alive, and because they are created from water 'all things are full of gods'. Most of Thales' thought is uncertain, but it seems clear that his purpose was to present a systematic analysis of the nature of the physical universe by means of a single explanatory principle. It is the abstraction involved in these aims of system and of theoretical simplicity which make his theory recognizably philosophical or scientific; to this may be added two subsidiary characteristics, the absence of anthropomorphic explanatory models, and the obvious though incomplete appeal to observation of the external world.

We know too little about Thales to be able to say how inadequate his system was as scientific theory within its own terms; but there is for instance no obvious way of explaining how water became other forms of matter, or why some forms are capable of growth and movement and some of neither, when water itself is capable only of movement. Anaximandros has already been mentioned (p. 25) as the author of the earliest known Greek written book or books in prose, on nature, geography and astronomy, and the creator of the earliest Greek maps of the world and the heavens. His physical theory clearly seeks to avoid difficulties recognized in the theory of Thales. It operated with the conception of 'The Unbounded' from which 'opposites' (hot:cold; wet:dry) separated out to form 'ordered systems' (*kosmoi*; the root meaning is that of order, the later sense is that of world order, and so of the universe). This seems an attempt to answer Thales' problem of the generation of different forms of matter from a single form; the system reaches a higher level of abstraction in that it isolates the properties of physical matter (such as hot, cold, unbounded) instead of talking in terms of a known object; similarly Anaximandros appealed to the principle of symmetry rather than the properties of matter in order to explain why the world remained in its place – there was no reason why it should move either up or down. Again essential aspects are unclear: it is not known whether 'the unbounded' was conceived of as spatially unbounded, that is infinite, or as without internal distinctions, that is undifferentiated; it was however eternal and in eternal motion, and perhaps for these reasons, like Thales' ultimate constituent, it is described as 'divine'. On the other hand the *kosmoi* are not eternal, since they are the consequence of physical change resulting from the struggle of opposites. The only extant fragment of Anaximandros says of this process that creation and destruction happen 'according to necessity; for they pay penalty and retribution to each other according to the assessment of Time' (Frag. 1). The language is that of the legal system of arbitration.

Anaximenes continued within the same intellectual tradition: his main contribution was to postulate air rather than water as the ultimate constituent of the universe, which changed by condensation into wind, cloud, water, earth and rock, and by rarefaction into fire. This seems an attempt to produce in the spirit of Thales a physical substance which would perform adequately the functions of change analysed theoretically by Anaximandros.

The origins, social and intellectual, of this type of thinking have been much debated. Some have tried to explain the development of rational abstract thought and the attempt to isolate laws of nature by reference to Greek political institutions, with their application of rational principles in politics, free discussion and the development of the concept of law; this theory finds support in some of the analogies used by the Milesians (for instance Anaximandros' Fragment 1), but it is curious that such political developments are less marked in Ionia than elsewhere in Greece. Others have pointed to non-Greek influences in for instance the notion of water as the original constituent of the universe (the idea is found in Babylonian thought: compare Genesis 1; but the immediate source is more probably Egyptian); but though such influences undoubtedly offered starting points, they scarcely explain the essential characteristic of Ionian thought, its search for rational system. Other commentators have tried indeed to minimize the extent of this difference between Milesian thought and religion, by asserting that much of our evidence comes from Aristotle and the philosophical tradition, which sought the origins of their own approach in earlier thinkers and so presented a distorted picture; Ionian thought is 'the development of a reformed theology based on general principles'. This approach emphasizes the concept of the divinity of the ultimate constituent postulated, and hence of all parts of the physical world. But such abstract pantheism, even if accepted as the meaning of their words, is utterly different from the multiplicity of individual powers which is the central feature of both Greek and eastern religions; and it is probable that the word 'divine' was intended, not in the religious sense, but metaphorically, to emphasize certain characteristics of the ultimate constituent – its eternity, its infinity, its ubiquity and its function as the source of life. Similarly it is a commonplace to point to the differences between Ionian science and the European tradition of science from the seventeenth century onwards, in the Ionian lack of experiment and the primacy of theory over observation; yet observation and the physical properties of objects, if not experiment, are the starting point for the answers given. It is surely more important to recognize the two essential characteristics of the Milesian school, their concern for the coherence of theory and their development of new theories on the basis of a critical study of the work of their predecessors, establishing what we recognize as the spirit of free enquiry.

To a large extent the answers given to the question of the origins of western rational thought reflect the private prejudices of the modern scholar and his reaction to his own environment; it is for instance no accident that the prevailing interpretation is religious; for the assertion that science began in religion helps to reconcile the two cultures of the modern world. The historian can most usefully point out that no answer will ever in itself be satisfactory, for we are faced with two phenomena, the great complexity of forces at work in contemporary Greek culture, and the human phenomenon of free will, whose power is more marked in intellectual history than in any other sphere. Karl Jaspers described the first millennium BC as 'the axial age', around which the intellectual history of man has revolved ever since: Confucius, Buddha, Zoroaster, Isaiah, Anaximandros – man creates his own ideas, and must live with them.

By 609 the Babylonians and the Medes had divided the Assyrian empire between them; in 559 Cyrus came to the throne of the Median frontier vassal kingdom of Persis. Ten years later under 550/49 the Babylonian priestly chronicle recorded:

> [Sixth year (of Nabonidus): ..... King Ishtumegu (Astyages)] called up his troops and marched against Cyrus, king of Anshan, in order to me[et him in battle]. The army of Ishtumegu revolted against him and in fetters they de[livered] him to Cyrus. Cyrus (marched) against the country Agamtanu; the royal residence (he seized); silver, gold, (other) valuables .... of the country Agamtanu he took as booty and brought (them) to Anshan.
> (Nabonidus Chronicle in *Ancient Near Eastern Texts* p. 305)

Media had fallen. Croesus of Lydia sought to defend himself against this new threat or to extend his kingdom across the Halys into Median territory: he met Cyrus in an indecisive battle in 547, and returned to winter at Sardis, disbanding his mercenaries (surely Greeks and Carians: Herodotus 1.77), with instructions to his allies to reassemble for a campaign in the spring. But Cyrus did not wait; the same season he followed Croesus to Sardis, defeated him in battle and stormed the city. The Babylonian chronicle records:

> Ninth year: .... In the month of Nisanu, Cyrus, king of Persia, called up his army and crossed the Tigris below the town Arbela. In the month Aiaru he marched against the

country Lydia ... killed its king, took his possessions, put
(there) a garrison of his own. Afterwards, his garrison as well
as the king remained there.

Cyrus had ordered the Greek cities of the coast to abandon
Croesus, but of course they could not; after a brief Lydian
rebellion they were dealt with. Miletus was separated from
the rest by being offered the same advantageous terms as
before; the Phocaeans found that their new wall, paid for by
the king of Tartessus, was no protection against Persian siege
mounds; they fled west to Alalia, and finally to Elea in south
Italy (p. 106). The other Ionians debated whether to follow, and
the suggestion was made that they should seize Corsica. But
in the event only the Teians moved, north to Abdera; the
remainder succumbed to the Persians.

In 539 it was the turn of Babylon; the priests with characteristic insight attributed the result to the unorthodoxy of the
king of Babylon, Nabonidus, and expressed their enthusiasm
for the new conqueror:

In the month of Arahshamnu, the third day, Cyrus entered
Babylon, green twigs were spread in front of him – the state
of Peace was imposed upon the city. Cyrus sent greetings
to all Babylon.

(p. 306)

In 530 Cyrus died fighting on the north-eastern frontier against
the Massagetae, a nomadic steppe people. His son Cambyses
(530–22) conquered Egypt in 525, winning a hard-fought battle
against the Greek mercenaries; nearly a century later Herodotus
visited the battlefield and saw the bones of the dead unburied
(3.12). In the space of one generation the political geography
of the near east had been transformed; the Greeks had become
a troublesome people on the frontiers of the greatest empire
the world had yet seen.

There have been many attempts to invest the Persians with
a native culture appropriate to the fact that they spoke a language which is the earliest and purest representative of the
western branch of Indo-European; an Aryan language demands
an Aryan culture. It seems rather that the Persians came as a
primitive almost nomadic people into the world of high civilizations, and, like the Vikings, adapted the cultures that they

238

met. The great imperial buildings at Pasargadae, Susa and Persepolis are based on Assyrian and Babylonian traditions; art, imperial rituals and legends take up the themes of earlier cultures. One obvious example is the legend of the birth and upbringing of Cyrus the Great, mentioned already in connection with the Kypselos legend (p. 143): the Cyrus story is ultimately merely one of a number of variants of the legend of Sargon of Akkad, found among many peoples who came into contact with the Mesopotamian world; but it was accepted as the official version of the origins of the dynasty and was incorporated into the royal coronation ceremony. The king underwent at the old capital of Pasargadae the ritual of putting on the clothes of Cyrus the Great before he became king, and ate a symbolic shepherd's meal: in so doing, he relived the upbringing of Cyrus as an outcast foundling among the people (Plutarch, *Artaxerxes* 3).

The chief distinguishing mark of the Persians was their religion. There may be signs of an early stage of polytheism, in which Mithras was an important deity: he and his sacred animal are the protagonists in the rationalized story of Cyrus brought up by a shepherd called Mitradates and his wife Spako (which according to Herodotus 1.110 means 'bitch' in Median) – just as the various forms of the Romulus legend emphasize the role of the protecting god Mars, and his animal the wolf. But signs of polytheism in Persia may merely reflect the influence of Median religion on the Persians at various periods (it is not easy to distinguish between Persian and Median culture, partly because the Greeks themselves did not bother to differentiate between the two peoples). The problem is compounded by uncertainty over the date of Zoroaster, the historical originator of developed Persian religion: he may be earlier or later than our earliest evidence, which is the religious language of the imperial inscriptions of King Darius. These exhibit an undoctrinaire monotheism, in which Ahuramazda is the one god of the Persians, protecting their king against the forces of the Lie. It is the dualism of the fight between good and evil on earth, Truth and the Lie, which is central to Zoroaster, and which ultimately profoundly influenced the Christian conception of the struggle between God and Satan. It was a religion which impressed the Greeks by its emphasis on ethical behaviour, and the absence of temples or complex rituals (Herodotus 1.131–40) – one of the great nomadic monotheisms

239

which have so profoundly influenced the history of the world.

One consequence of this absence of culture is that the Persians sought to disturb the existing systems as little as possible. They adopted the administrative practices of each area, and governed in the local language and through local officials. In Egypt the king was 'servant of Amun-Re' and bore all the titles of the Pharaohs; in Babylon he worshipped Marduk and proclaimed:

I am Cyrus, king of the world, great king, legitimate king, king of Babylon, king of Sumer and Akkad, king of the four rims (of the earth), son of Cambyses, great king, king of Anshan, grandson of Cyrus, great king, king of Anshan, descendant of Teispes, great king, king of Anshan, of a family (which) always (exercised) kingship; whose rule Bel and Nebo love, whom they want as king to please their hearts.

(*Ancient Near Eastern Texts* p. 316)

In Persia itself he was king 'by the favour of Ahuramazda':

A great god is Ahuramazda, who created this earth, who created yonder sky, who created man, who created happiness for man, who made Darius king, one king of many, one lord of many. I am Darius the Great King, King of Kings, King of countries containing all kinds of men, King in this great earth far and wide, son of Hystapes, an Achaemenian, a Persian, son of a Persian, an Aryan, having Aryan lineage. (Darius' Naqs-i-Rustam inscription in R. G. Kent *Old Persian* p. 138)

The language is the traditional language of oriental despotism, of the great centrally directed palace cultures; the king claims his power from the god, and obedience is due to him as to the representative of the god.

One minority people benefited enormously from the Persian conquest: for the Jews it meant liberation from their captivity in Babylon since 586. Ezra preserves the edict of Cyrus, written in Aramaic, the language of the western part of the empire:

This is the word of Cyrus king of Persia: the Lord the God of heaven has given me all the kingdoms of the earth, and he himself has charged me to build him a house at Jerusalem in Judah. To every man of his people now among you I say, God be with him, and let him go up to Jerusalem in Judah, and rebuild the house of the Lord God of Israel, the God whose city is Jerusalem.

(Ezra 1.2–4, NEB trans.)

The Jews returned under Zerubbabel, and established a temple-state under Nehemiah and Ezra: the dominance of the priesthood in Judaism, and the creation of the Old Testament as the story of the Jewish nation in its relation to God, are a product of the Persian restoration. For the Jews therefore Cyrus was 'the Lord's anointed' (Deutero-Isaiah 45).

The Greeks were treated no differently; they too had a god who must be honoured. A second century AD inscription preserves in Greek translation a letter of Darius to his satrap:

The king of kings Darius son of Hystapes to Gadatas his slave speaks thus: I understand that you are not completely obedient to my commands. Because you are cultivating my land, transplanting fruits from beyond Euphrates to the parts of western Asia, I commend your diligence; and therefore great favour shall lie for you in the house of the king. But because you bring to nothing my work for the gods, I shall give you, if you do not change, proof of my anger when I am wronged. For you have levied tribute on the sacred gardeners of Apollo and you have ordered them to till profane land, disregarding the will of my ancestors towards the god, who has spoken all truthfulness towards the Persians, and....

(Greek Historical Inscriptions no. 12 = 35F)

The Persian interest in agriculture is well known; the word 'paradise' entered the Greek language from Persian, where it described their great cultivated pleasure parks. In institutional terms, with his shrines at Branchidae, Delos and Delphi, Apollo was the greatest god of the Greeks; but he did not wield the power of Marduk, Bel or Jehovah. It may be that the Persian attitude helped to persuade Delphi that Apollo stood to gain much from a Persian conquest; but there was no simple connection between his priesthood and the political elite in any city. As elsewhere the Persians installed or encouraged single native rulers in the Greek cities, whom the Greeks called tyrants: tyranny was fast becoming an outmoded institution, which was now identified with oriental despotism. Enlightened though the Persian style of imperialism was, it failed to fit the Ionian situation.

At the end of Cambyses' reign there was a usurpation by a Median pretender claiming to be a son of Cyrus; but Darius with the help of Persian nobles seized power, and was faced with widespread rebellions. 'The Lie waxed great in the country, both in Persia and in Media and in the other provinces'. 'Saith Darius the King: This is what I did by the favour of Ahuramazda in one and the same year after that I became king. Nineteen battles I fought by the favour of Ahuramazda I smote them and took prisoner nine kings.' He recorded his ascent to power in the great trilingual inscription cut into the cliff face at Behistun 225 feet above the main caravan route from Baghdad to Teheran, where only the god could read it and only time deface it; it is even probable that it was on this occasion that Darius caused to be invented the script for writing Persian, which was only used in imperial inscriptions and could probably only be read by Ahuramazda.

By 520 Darius had reunited the empire, and embarked on a reorganization so extensive that it amounted to the creation of a new imperial system. The boundaries of the various satrapies or provinces were established and regular tribute was imposed for the first time (Herodotus 3.89–117 gives a remarkably accurate list, drawn undoubtedly from official Persian sources). The Persians began attacking the Aegean islands, destroying by treachery and invasion the tyranny of Polykrates of Samos, who had built up an important naval power since the fall of Sardis. Darius then invaded Europe, marching through Thrace, and calling on his Ionian vassals to support him with their navies in an attack on Scythia (about 514). According to Herodotus the campaign was not a success, and the king was only saved by the untimely loyalty of his Ionian navy, who were holding the bridge across the Danube which was his line of retreat.

It is true that in some respects the Persian empire opened up new possibilities for Greeks. The unification of Asia from the Persian desert to the Mediterranean made overland travel and trade far easier, and this may have been helped by the establishment of the Royal Road from Susa to Sardis, though it was primarily intended to serve the Persian imperial messenger service. But Ionian trade was essentially sea-borne. Skilled Greeks found their way to Susa, for instance the court doctor Demokedes of Croton, whose life story illustrates dramatically the opportunities and costs for such men. He had been physician to Polykrates of Samos, then served as public physician on Aegina for a state salary of a talent for the year; this was increased by Athens next year by a half, and the year after he returned to Polykrates for two talents. He arrived in Susa as a captive slave, and became physician to Darius, who sent him as a spy on a Phoenician ship to Greece and south Italy; here with local help, he jumped ship and escaped home to Croton, where to demonstrate his wealth he married the daughter of Milon, the Olympic wrestler and general (p. 195: Herodotus 3.129–38).

Ionians were also employed in numbers on the imperial building works at Pasargadae, Susa and Persepolis, as acknowledged experts in stonework. Ionian techniques in such details of Persian sculpture as drapery show that it is an amalgam of Greek craftsmanship with oriental style; rough paintings, graffiti and masons' marks in Greek letters reveal Ionians at work. A trilingual building inscription of Darius at Susa demonstrates the international character of the work force:

The stone-cutters who wrought the stone, those were Ionians and Sardians. The goldsmiths who wrought the gold, those were Medes and Egyptians. The men who wrought the wood, those were Sardians and Egyptians. The men who wrought the baked brick, those were Babylonians. The men who adorned the wall, those were Medes and Egyptians.

(Darius Susa F. 45–55 in Kent *Old Persian* p. 144)

At Persepolis the treasury tablets of the early fifth century record the terms of service of these workmen; two mention Greeks. The workmen are in receipt of subsistence rations or silver in lieu, not true wages; the implication is that they are engaged on compulsory not voluntary labour.

The opportunities offered by the Persian empire had little economic relevance to the Ionian cities. They had lost their outlets for mercenary service; trade must have been seriously disrupted, first by the Persian conquest of Egypt, and then by their advance into the Thracian and Black Sea area. The Ionians had not joined the great national rebellions of Darius' accession; but in 499, on the occasion of an expedition against Naxos, under the instigation of Aristagoras tyrant of Miletus, they deposed their tyrants and revolted.

The course of the Ionian revolt is described in detail by Herodotus in books 5 and 6; the general tendency of his narrative is to trivialize and devalue the resistance of the Ionians, which he sees as doomed from the start. This is not the product of conscious bias; it is rather due to the difficulties of writing the history of a defeat on the basis of oral tradition. Victory has its own unity; the story is organized and improved by constant telling: society accepts gladly the duty to make coherent sense of the past. Defeat is an occasion for forgetting, for blame, for self-justification, and in the last resort for changing the values of society to make a virtue out of failure – the Ionians admit to being naturally weak, and most of them are ashamed of being Ionian (Herodotus 1.143): the emphasis on their lack of military spirit and their luxury is a self-created myth resulting from defeat. The problems for the oral historian of defeat were of course increased by the Greek belief in the importance of the *agon*: the loser loses not only the contest, but also all claim to respect in the eyes of himself and of others:

In back streets out of their enemies' way, they cower.

(Pindar, p. 197)

In fact the Ionian revolt was remarkably successful. They razed most of the cities of the coast from the Hellespont to the south of Asia Minor; the Greek cities in Cyprus and much of Caria joined. From Greece itself they won Athenian and Eretrian help ('the beginning of evils for Greeks and barbarians': Herodotus 5.97), and together with them burned Sardis in a commando raid. But once mobilized the Persians were invincible on land; with Phoenician help they reconquered Cyprus: the siege mound at Paphos has produced a great quantity of arrowheads and of archaic sculpture scavenged from local monuments outside the city walls. Caria was subdued with rather more difficulty, and the Phoenician fleet was brought up. The sea was the only element where the Ionians might hope for success; in the fifth year of the revolt (494) on the island of Ladē off Miletus they mustered for the defence of the city – 353 triremes, manned by upwards of seventy thousand men; the largest contingents were 80 ships from

Miletus, 100 from Chios and 60 from Samos. The Phoenicians were estimated at 600; the battle was lost amid excuses and recriminations. Miletus fell: the inhabitants were killed or enslaved, and though the city later revived, the harbour area was never rebuilt. *The Sack of Miletus* was the title of a famous tragedy by the Athenian playwright Phrynichos performed in 493/2: the author was fined for reminding the Athenians of the disaster.

The remaining operations were easy; but both Greeks and Persians learned from the revolt. The Persians ceased to rely on tyrants to control the cities; according to Herodotus they instituted 'democracies', but that is perhaps an exaggeration (6.42–3). They also recognized the danger of a free Greek world on the borders of their empire. Ionians had attempted to create a unified command based on the religious league which met at the Panionion, and they had shown considerable ability in organizing and conducting inter-city operations; but after the disappearance of the unsatisfactory Aristagoras, they were unable to solve the problem of leadership effectively. These lessons were not lost on the mainland Greeks, who in the next few years became increasingly aware of the danger they were in.

One long term consequence of the pressure of the Persians from 546 onwards was the increased emigration westwards of Ionian communities and individuals. The second stage in Milesian thought is bound up with its transfer to the west; Herakleitos remained in Ephesus, but Xenophanes of Colophon and Pythagoras of Samos both went west, and it is significant that the first western philosopher, Parmenides, came from the Phocaean town of Elea. The further development of Ionian thought was marked by divergence. Xenophanes continued the rationalist tradition; and Herakleitos, despite his deliberately hieratic and opaque mode of expression, was still concerned with problems of physical change, especially in relation to the properties of fire and the conflict which he saw as basic to physical flux. He also attacked the methods of other thinkers and their inability to perceive a deeper level of reality: 'much learning does not teach sense, or it would have taught Hesiod and Pythagoras and Xenophanes and Hekataios' (Frag. 40). Pythagoras himself was the founder of a mystical sect at Croton, which was also politically active and controlled a number of south Italian cities in the late archaic period, until its adherents were driven underground about 450. The sect was interested in mathematics and the mathematical proportions inherent in musical harmony; it practised asceticism and ritual silence, and possessed a complex hierarchy of initiations and various dietary tabus; many of these were related to the need to free the soul from the body, and purify it for the cycle of reincarnations which it must undergo. Some of Pythagoras' ideas suggest the influence of the shamanistic culture of the Scythians in south Russia.

Parmenides is the first Greek philosopher whose thought survives intact, in a coherent series of quotations from his hexameter poem on the two Ways, the Way of Truth and the Way of Seeming. In the first he sought to destroy belief in the evidence of the senses and the reality of the world they perceive; in the Way of Seeming he postulated a revised cosmology which he claimed possessed the virtue of coherence, while denying it any higher status than a hypothesis. His speculations raised many fundamental questions related to the problem of knowledge, in a form which points forward both to the tradition of philosophical scepticism and to the transcendental idealism of Plato.

In social terms it is Xenophanes who sums up the experience of Ionia in the sixth century. Looking back from the relative calm of the west and the familiar context of the *symposion*, he asks the old Homeric questions, with one poignant addition:

So should you speak by the fire in the season of winter,
lying on a soft couch, full of food,
drinking sweet wine, chewing chick peas:
'who are you, from where among men, how many years
    do you have, sir?
How old were you when the Mede arrived?'
(Fragment 22 Diels-Kranz)

That was the event which changed the world.

The sixth century was the age of the hoplite state; numerous cities passed through the stage of tyranny, to emerge with a constitution dominated by the hoplite class. Sparta was at the centre of this process, with her army of 'equals' proud of the virtues of the constitution which they called *eunomia*. Aristotle described the Spartan kingship as 'a hereditary generalship for life' (p. 156), and it is certainly true that the power of the kings was enhanced by war: the alliance of kings and hoplites produced an aggressive city intent on expansion.

By 600 the Messenians were subdued, and Sparta sought to move northwards into Arcadia; the aim was yet more land. Under kings Leon and Agesikles (about 580–560) she consulted Delphi and was told:

> You ask for Arcadia? You ask too much, I shall not give it to you; there are many acorn-eating men in Arcadia who will keep you out. But I do not grudge you: I will give you Tegea to dance with stamping feet, and her fair plain to measure out with the line.

> (Herodotus 1.66)

The Spartans marched out carrying the chains to enslave the men of Tegea, but were defeated and found themselves enslaved, dancing the land with different step; Herodotus saw the chains from this Battle of the Fetters, hanging in a temple at Tegea.

Under the next kings, Anaxandrides and Ariston (about 560–520) a different policy emerged. Again on advice from Delphi, Sparta acquired by stealth from Tegea the alleged bones of the hero Orestes, son of Agamemnon, and gave them public burial in Sparta; thereafter she was successful against Tegea (Herodotus 1.67–8). The story describes more than a mere ceremony of the 'evocation' or calling away of an enemy's divine protection. Like the attempt of Kleisthenes of Sicyon to discredit the Argive hero Adrastos, it was a conscious expression of foreign policy (p. 148): the Spartans were claiming the leadership of the Peloponnese which had once belonged to Agamemnon, thereby asserting a right to Achaean leadership and subordinating their Dorian claims. It was part of a general appropriation of Agamemnon, who was moved to Sparta from Mycenae by the poet Stesichoros: his work clearly reflects contemporary Spartan interest in the pre-Dorian world of Menelaus, Helen and her two divine brothers, Kastor and Polydeukes (Pollux), protectors of Sparta. In the next generation King Kleomenes, ordered by the priestess to leave the temple of Athene on the Athenian Acropolis on the grounds that 'Dorians are not permitted to enter here', replied 'Woman, I am no Dorian, but an Achaean' (Herodotus 5.72).

This claim seems to mark the beginning of Sparta's shift from conquest and enslavement to alliance. One detail from the treaty with Tegea may survive; for according to Aristotle an old inscription stood on the banks of the river Alpheus, in which the Tegeans agreed to drive Messenians out of the country and 'not to make them good' (Plutarch *Greek Questions* 292b). Aristotle thought this phrase was a euphemism for killing, but it must rather mean 'not to admit them to political rights'.

The Achaean charter myth was only one aspect of the new policy, for it is in this period that Sparta began to acquire her reputation for expelling tyrants: the *eunomia* of which the hoplites were so proud was being exported. The lists of deposed tyrants given by ancient sources (Plutarch *Moralia* 859, and an anonymous semi-literate papyrus of unknown character about 150 BC: *F.G.H.* 105 Frag. 1) ignore chronology and are little more than attempts to fill out the tradition which they reflect; but the fact remains that during the sixth century tyranny disappeared in the Peloponnese, and was replaced by a group of states banded together apparently to defend their hoplite constitutions. Argos was the only major city to hold aloof from this alliance; her traditional enmity with Sparta was continued in intermittent fighting for the eastern coast of the Peloponnese. By the mid sixth century Sparta had annexed the island of Cythera and was moving up through the borderland of Kynouria into the territory of Thyrea: in 546 there was a battle for this plain in which each side put forward 300 picked men; the Battle of the Champions ended with two Argives and one Spartan alive. Since the Argives had left the Spartan in control of the field, both sides claimed victory, and the Spartans won the succeeding battle.

By now Sparta was recognized as the strongest state in Greece, exchanging diplomatic presents such as her famous bronze cauldrons with eastern kings, and consulted by the old powers of the Mediterranean, who were threatened from Persia and anxious for Greek troops. She had relations with Croesus of Lydia and Amasis of Egypt; and Scythian ambassadors arrived in Sparta to teach Kleomenes to drink his wine neat (p. 198). Sparta failed to help Croesus, but had the temerity to send a ship to Ionia to warn Cyrus to leave the Greek cities alone (Herodotus 1.153). Shortly after 525 she was even willing to mount a major overseas expedition with Corinth, to expel the tyrant Polykrates of Samos. Herodotus gives various reasons for this expedition (3.45ff); but it is likely to be connected both with Sparta's anti-tyrant policy, and with the fact that Polykrates had recently changed sides at the time of Cambyses' expedition against Egypt, to ally himself with Persia. The expedition failed, though Lygdamis of Naxos may have been deposed about this time. Such adventures were based on an inflated idea of the power of Sparta in relation to that of the great kings of the east, an illusion fostered by their advances to her as an equal.

The limits of Sparta's power and the tensions inherent in Spartan society were demonstrated in the reign of her greatest king, Kleomenes (about 520–490). Spartan oral tradition sought to minimize his importance, claiming that he was 'somewhat mad' (Herodotus 5.42) and 'did not rule for very long' (4.58 – at least 28 years!); he was best forgotten because he infringed too much the principle of equality, came close to achieving personal tyranny, and even ended by trying to raise a helot revolt. The beginning of his reign was marked by a dispute over the succession, after which his half-brother Dorieus ('the Dorian' – his name perhaps signifying opposition to the Achaean policy) led a major expedition to establish a new city in Africa between Cyrene and Carthage; the expedition was attended with great publicity and attracted men from all Greece (though it lacked Delphic sanction); but it failed, and the settlers moved to south Italy and Sicily, where they were finally destroyed by rival Phoenician colonists: there was no longer room for new foundations.

Three episodes demonstrate the development of Kleomenes' power in Sparta. The first is the overthrow of the tyranny of the Peisistratidai at Athens in 510. Herodotus gives a version of the events based on Alkmeonid family tradition, in which the Alkmeonidai, by their generosity (or bribery) at Delphi, won over the oracle, who persuaded the Spartans to attack their former ally (5.62–96); this story certainly plays down the importance of other aristocratic families in the fall of the tyranny (p. 254), and it also fails to account adequately for the Spartan action. Since the war of Alkaios the Athenians had possessions in the Bosporus area, at Sigeum in the Troad, and later in the Thracian Chersonese; the Peisistratidai through these possessions had connections with the Persian advance, which were strengthened when Hippias married his daughter to the tyrant of Lampsacus about 513 (Thucydides 6.59); he also had hereditary ties with Sparta's enemy Argos. But essentially for the Spartans the expedition was the next step in a process which had already led to the leadership of the Peloponnese: the league was to be extended beyond the Isthmus by the old means of overthrowing a tyranny and installing *eunomia*. A sea-borne expedition failed, and Kleomenes invaded with a large army. The Peisistratidai were prepared for a long siege, but their children were captured in the countryside, and they withdrew under a truce to Sigeum. The new government was however the reverse of 'good order': the revolution of Kleisthenes (p. 254) provoked a second invasion of Kleomenes at the head of a small force, which was defeated. This intervention may well have been a private affair; he next summoned the combined forces of the Peloponnese and Boeotia, apparently without telling his allies the aims of the expedition – the Peloponnesian army was still Sparta's army. Just before battle at Eleusis the Corinthians withdrew, unwilling to fight their Athenian friends, and Kleomenes' fellow king, Demaratos, declared himself against the expedition, which broke up. Two results followed: a rule was made that only one king could go out on an expedition; and the right of league members to be consulted on the use of their forces seems to have been recognized. For Kleomenes' next move was to call a congress at which he presented the allies with the exiled tyrant Hippias, and proposed his restoration. Once again the Corinthians opposed intervention, and this direct reversal of traditional policy was rejected by the allies. This is the first episode in which any form of league organization can be discovered. The history of Spartan intervention in Athens demonstrates the dominance of Kleomenes over Spartan policy, and its limitations in the beginning of his conflict with his fellow king; it marks the failure of Sparta to extend her league beyond the Isthmus; finally the political troubles at Athens showed for the first time that *eunomia* was not a universal ideal.

Kleomenes was asked by Aristagoras to intervene in the Ionian revolt, but unlike the Athenians he refused: his next victim was to be Argos. The campaign is dated by a unique double oracle from Delphi, which balances an ambiguous reply on the prospects of the war against Argos with an irrelevant but clear prophecy of the fate of Miletus (Herodotus 6.77 and 18): the date is therefore between 499 and 494. At the battle of Sepeia Kleomenes won a crushing victory, and managed to surround a large body of Argives in a sacred wood where they had taken sanctuary. On the pretext of ransom he called out a number of men by name and killed them; when the rest realized what was happening, he burned them alive in the wood. 6000 men were killed in all; the consequences of this defeat was a new regime at Argos: 'slaves' (presumably the helot-type serfs known as the *gymnētes* or 'naked ones') took control for several years, until they were expelled by the sons of the hoplites killed at Sepeia (Herodotus 5.76–83). According to the Argives the campaign was marked by a series of sacrilegious acts on the part of Kleomenes; contrarily his enemies at Sparta put him on trial for failing to go on to capture the city of Argos. The episode certainly reveals Kleomenes' high-handedness and lack of concern for the conventions of war; but his very success and his absolute control of the hoplites were winning him enemies at home: for he had split the hoplite assembly from the ephors and aristocratic council, who seem to have rallied behind his rival king Demaratos. His campaign had one more general effect: it eliminated Argos from history for a generation, and so made the Peloponnese a stronghold for the Greek resistance against the Persians.

Kleomenes was now at the height of his power. In 491 Persian envoys of king Darius arrived in Greece, seeking earth and water, the traditional symbols of submission. Athens was already hostile and implicated in the Ionian revolt: the Persians were thrown into 'the pit', the normal mode of execution of criminals. More surprisingly the Spartans reacted as strongly, and threw their envoys down a well, where earth and water were both in plenty; they later suffered from deep guilt about this treatment of men protected by the gods (Herodotus 7.133–4). Elsewhere the islands and many of the mainland cities gave the signs of submission; Aegina was one of these. Athens, pursuing her old enmity and afraid that Aegina might be used as a Persian base against her, complained to Sparta as head of the Peloponnesian League, to which Aegina belonged. Kleomenes attempted to take Aeginetan hostages, but was opposed by Demaratos; whereupon he persuaded Demaratos' kinsman Leotychidas to claim that Demaratos was illegitimate, and bribed the Delphic oracle to support the claim. Demaratos was deposed in favour of Leotychidas and left for Persia; the ten richest men on Aegina were handed over to the Athenians as hostages. But Kleomenes' plot became known, and he fled from Sparta to Thessaly and then to Arcadia, where he began organizing an attack on Sparta. The Spartans in alarm brought him home and reinstated him, but his relatives tied him up on the grounds he was mad; he acquired a knife from one of the guards and carved himself to pieces. There followed a war between Athens and Aegina over the Athenian refusal to return the hostages (Herodotus 6.48–75).

The strange story of Kleomenes' fall contains difficulties. Chronologically it is hard to believe that all this happened in the course of a year, before the Persian attack on Athens in 490, as Herodotus implies. The end of the story looks suspiciously like a disguised assassination; yet it is perhaps wrong to be too sceptical. The character of Kleomenes reveals a tension between religious belief and sacrilegious disregard of conventional norms, which may well be a symptom of mental instability, as contemporaries thought. Within Sparta itself there was an inherent danger of conflict between the demands of a successful royal general at the head of his troops, and a system which expected social conformity for the creation of those same troops. This conflict had been stirring since the power of the ephorate began to rival that of the kings: the first ephor whose exploits are recorded was Chilon about 556, who was perhaps architect of the 'bones of Orestes' policy, and was regarded as one of the Seven Wise Men. But it was Kleomenes who brought the conflict into the open. Sparta was left without a strong king; Leotychidas was in disfavour, and

Leonidas the half-brother of Kleomenes lacked his stature. By his last throw Kleomenes had destroyed the prestige that he and the previous generation had won for the kingship; yet for whatever personal reasons his career had demonstrated Sparta's firm commitment to an anti-Persian policy.

In the age of the Peisistratidai, Athens was still a strongly aristocratic state; for even after the final establishment of the tyranny other families had considerable power. The great wealth of the Philaidai is shown by the achievement of Kimon in winning on three successive occasions the chariot race at Olympia (p. 195); his half-brother Miltiades was invited by the tribe of the Dolonkoi in the Thracian Chersonese to be their ruler. He established a family principality there: on his death it passed on to Kimon's sons, Stesagoras and his brother Miltiades (later general at Marathon), who ruled with the support of the Peisistratidai, and married a Thracian princess. His son was the Kimon who founded the Athenian empire, and a more distant relation was the historian Thucydides, who still possessed ancestral estates in Thrace in the late fifth century.

Megakles head of the Alkmeonidai had been involved in the rise of Peisistratos; but his descendants liked to claim that they had been in exile during the whole of the tyranny (Herodotus 6.123). A fragment of the official Athenian list of annual archons reveals a different picture; it reads:

> On]eto[rides
> H]ippia[s
> K]leisthen[es
> M]iltiades   (524/3)
> Ka]lliades
> Peisi]strat[os

> (*Greek Historical Inscriptions* no. 6=23F)

Miltiades is known to have been archon in 524/3, so we can date these names and reconstruct the political background. Peisistratos died in 528/7; the first entry presumably records a man appointed before his death; in 526 the new tyrant Hippias was archon, and in the next two years the heads of Alkmeonid and Philaid families. Kalliades is a name too common to identify, and the last name is probably that of the new tyrant's son. Clearly Hippias followed a policy of conciliation of the other noble families immediately after his accession to power.

At some time the atmosphere changed. Kimon the Olympic victor was murdered, his son Miltiades went to the Chersonese; and Kleisthenes and the Alkmeonidai went into exile. In 514 two members of the aristocratic family of the Gephyraioi, Harmodios and Aristogeiton, were killed in a plot against the tyranny (p. 207). The Alkmeonidai and others tried to overthrow the tyranny from a fort at Leipsydrion on Mount Parnes:

Alas Leipsydrion betrayer of comrades,
what men you destroyed good at fighting
and born of noble family,
who showed then of what fathers they were bred.

(Page, *Poetae Melici Graeci* no. 907)

The Attic *skolion* or drinking song shows the aristocratic nature of the struggle against the tyrants.

The Peisistratidai were finally overthrown with Spartan help in 510 (p. 250). The *eunomia* that replaced the tyranny was initially merely freedom for aristocratic faction; but when in 508 Isagoras was elected archon against the wishes of Kleisthenes the Alkmeonid, Kleisthenes 'took the people into his party' (Herodotus 5.66; the word used is a compound of the old *hetairos*, 'companion'): he proposed major reforms, expelled Isagoras, and in the next few years held off the attempts of the Spartans and their allies to intervene.

In these actions there is no doubt that Kleisthenes had won popular support, but it is not easy to see how. His reforms consisted primarily of a complicated revision of the tribal structure of Athens, which may well have taken some time to put into effect; their purpose and actual consequences are obscure. In place of the four Ionian tribes (*phylai*) he established ten new tribes, whose names and cults were authorized by Delphi. Each tribe comprised three groups of *dēmoi* ('villages'), one group from 'the city', one from 'the inland', and one from 'the coast'; these groups were called *trittyes* ('units of three'). 'The city' included both the Piraeus area and the whole central plain between Mt. Aigaleos and Mt. Hymettos. On the probable assumption that the system remained unchanged into the classical period, we can assert that there were 139 *dēmoi*, or constitutionally recognized villages; they supplied different but fixed quotas of councillors for the central council, implying that they were of different sizes; their distribution among the tribes is known, the smallest number in a tribe being 6, the largest 21. From this it is clear that the *dēmoi* were based on existing villages in the countryside, though they may have been rather more artificial divisions within the city; on the other hand the new tribes were the basis of military organization and had central political functions which should imply rough equality in numbers.

Any interpretation of this new organization is controversial; in the following account I take the *dēmoi* and the tribes as the central elements, and regard the *trittyes* as merely a mode of distributing *dēmoi* among the tribes. Certainly the *dēmoi* were assigned the functions of local government: there were local deme-assemblies with officials called *dēmarchoi*; these were responsible for local order and for carrying out the instructions of the central government. They also kept the official citizen lists, admitting new male citizens at the age of 18, and hearing cases of disputed citizenship in the first instance. Deme membership was hereditary (so that what was originally a group based on domicile gradually became one based on descent), and the name of his deme was now part of an Athenian's official designation: 'Megakles son of Hippokrates from Alopekē' to quote an *ostrakon* of a few years later. This aspect of Kleisthenes' reform was clearly intended to introduce democracy at a local level. But I believe that the most important effect was the replacement of the old aristocratic phratry organization (p. 56), and especially the removal of its control over the right to citizenship.

It is doubtful whether a complete citizen list existed under the Solonian constitution, which strictly required only lists of the top three property classes for political and military purposes. The first certain citizen list was produced in the short period of aristocratic rule after the tyranny: it is characterized as an operation which deprived a large number of people of the citizenship they claimed (Aristotle, *Constitution of the Athenians* 21). This may well have been not so much a purging of foreigners and Peisistratid supporters, but rather a wider attempt to exclude from the citizenship all those who were not in a phratry organization, and not therefore bound to the aristocratic families. I would argue that it is this large and rightly aggrieved group which provided Kleisthenes' main support, and enabled him to find an overwhelming majority in his favour only a month or so after his candidate had lost the archonship election: that election may well have been effectively confined to phratry members. A law of uncertain date can be fitted into this interpretation: it makes 'the phratries receive under compulsion both the *orgeōnes* and the *homogalaktoi* (men who drink the same milk) whom we call *gennētai*' (Philochoros *F.G.H.* 328 Frag. 35). The implication is that the phratries have been refusing to admit any but those who were members of an aristocratic *genos* (*homogalaktoi* or *gennētai*). The *orgeōnes* are presumably a group who had previously been outside the phratry system. Kleisthenes had extended citizenship rights by removing their connection with the phratry; under this later law all citizens were winning entry to the old institutions, which had remained as social and religious groups after they had lost their political and institutional functions. The effect of Kleisthenes' reforms at local level was to free the people from control by the aristocratic phratry system.

The *trittys* was a more artificial unit, which may or may not have existed earlier in a different form. It consisted of a group of *dēmoi*, usually but not always close to each other. If there was an attempt to bolster or destroy existing territorial allegiances by manipulating boundaries, it must have been at *trittys* level. There are conspicuous examples of *dēmoi* geographically separated, but grouped into the same *trittys*: for instance the coastal *trittyes* of tribes 3 and 4 are separated into two blocks, and some of the *dēmoi* of the inland *trittys* in tribe 10 are roughly 25 kilometres apart across Mt Pentelicon, north of the Marathon plain. On the other hand some *trittyes* of coast and plain groups were territorially contiguous in the same tribe (for instance tribes 2, 3 and 5): unless their deme composition was very carefully determined, this could have led to a territorial block. The most striking example of such a block is in tribe 9, where two contiguous *trittyes* cover the plain of Marathon, the old centre of Peisistratid power – perhaps another sign that Alkmeonidai and Peisistratidai were not fundamentally opposed to each other. But the question of political manipulation of *trittys* composition in favour or against the interests of particular aristocratic groups has been much discussed, without leading to any clear conclusions.

Equally puzzling is the fact that the *trittyes* differed in size, both territorially and in population. This causes a difficulty because the most obvious function of the *trittyes* would be to provide a means of mixing up and distributing 139 unequal *dēmoi* among ten equal tribes; and Aristotle says that this distribution was done by lot (*Constitution of the Athenians* 21.4). If his statement is correct, this could have led to variations of size between tribes of up to 42% larger and 32% smaller than the norm. It may be that the *trittyes* were created before the new citizen lists had been drawn up, or perhaps the lot was restricted in some way to ensure equal tribes. But the difference in *trittys* sizes might suggest some attention to natural geographical groupings, and therefore perhaps some intended function apart from the merely distributive.

The ten new tribes provided the basic military structure of the state; they also had an effect on Kleisthenes' reform of the central government. The Solonian council of 400 was reconstituted as a body of 500, and was given a more effective organization. The ten tribes each produced 50 councillors chosen by lot, who met in council to prepare and execute assembly business. Later at least the fifty members of each tribe were on permanent duty in turn for one tenth of the year, providing from their number a president who served for 24 hours. A permanent council-house was built about this time, and the Peisistratid buildings nearby were remodelled, which at least suggests the new importance of the council, even if some of its detailed organization may be later.

Kleisthenes created the essentials of the Athenian government system as it existed for the next two hundred years – the most democratic type of government yet devised. The efficient running of a direct non-representational mass assembly required a body to prepare business, execute decisions, and increasingly later to oversee the magistrates. The Kleisthenic council, based on the new tribes, was designed to be as democratic as the assembly, a random cross-section chosen by lot, allowed to hold office only twice in a lifetime, and governed by the lot in all their appointments including the choice of daily president. Such institutions effectively prevented the growth of parties or political interest groups, and ensured that the will of the majority prevailed. However much of this is later development, the marked contrast between the aristocratic and regional factionalism of early Athens and her subsequent political development shows that Kleisthenes successfully broke the power of the phratries and laid the basis for the unimpeded development of democracy.

The most striking aspect of Kleisthenes' reforms is their sophistication – the use of a complex new set of political institutions to effect radical social change. In one sense the method was traditional: Herodotus points out that he derived his idea of changing the tribal structure from the activities of his maternal grandfather Kleisthenes of Sicyon (5.66; p. 147); and other reformers had acted similarly, for instance Demonax at Cyrene (p. 117). But the machinery for ensuring that no institution of the central government could represent any particular natural group, and for combining this with local democracy, is of a quite different character from these earlier examples: the introduction of 'decimal democracy' has an intellectual coherence which demonstrates for the first time the systematic application of reason to the creation of a constitution.

How far the detailed consequences of this reform could be understood by the Athenian people is dubious; there must have been a certain gap in communication. It is in this context that the appearance of a new political concept may be significant. About this time the old political ideal of *eunomia*, which had sufficed for Hesiod, Solon and the Spartans, acquired a competitor, *isonomia*: in contrast to 'good order' there was now also 'equal order'; the new word was the original word for democracy, supplanted only later by the more aggressive *dēmokratia*, 'people's power'. It is hard not to connect the new concept with the struggle in Athens between the Spartan-backed aristocrats and the newly democratic Kleisthenes, for *isonomia* is clearly a word formulated by analogy with the older *eunomia*, and perhaps in opposition to it. A similar development can be seen in the attitude to law: the old Solonian word *thesmos*, 'ordinance' fixed by an authority, gave way to the word *nomos*, law in the sense of custom imposed on the community by its own decision.

The intellectual coherence of Kleisthenes' reforms and the formulation of this new political ideal suggest that he had a conscious democratic aim, though he need not have envisaged the full consequences of his changes. I find it difficult to understand those who interpret his reforms merely as a series of political manoeuvres to the advantage of himself and the Alkmeonidai. If this was his intention his failure was complete.

He himself is not heard of after his reforms: he may have died, or been disgraced over an embassy which went to Persia in the crisis of the invasion by Sparta, Chalcis and Boeotia after the reforms, and was disowned because it gave earth and water to the Great King. By 490 his family was in deep disfavour; the alternative claim that it was Harmodios and Aristogeiton, not the Alkmeonidai, who had overthrown the tyranny was already the official state version; for the public statue of the two tyrannicides carved by Antenor must be dated before 500. And even Kleisthenes' *isonomia* was appropriated to them in the drinking song:

> Their fame shall live for ever on earth,
> dearest Harmodios and Aristogeiton,
> because they killed the tyrant
> and gave the Athenians equal order (*isonomous*).

(Page no. 895)

In contrast the period from 508 to 480 reveals a succession of democratic changes in the spirit of the Kleisthenic reforms. In 501/0 a councillors' oath was introduced, demonstrating the importance now placed on the council; the later versions of this oath show that it concerned the performance of the council's functions, 'to take counsel according to the laws', 'to act as councillor in the interests of the Athenians', and also perhaps contained safeguards against abuse of power such as arbitrary imprisonments. In the same year a board of ten equal generals, one from each tribe, was elected; their function was initially to advise the aristocratic *polemarchos*, though by 480 they were themselves the supreme military commanders of the state. As such they were the only important officials to be elected rather than chosen by lot, and to be allowed to stand for office as often as they wished.

The progress to democracy was punctuated and assisted by the first Persian attack of 490. From the Persian side, there is something to be said for Robert Graves' analysis:

> Truth-loving Persians do not dwell upon
> the trivial skirmish fought near Marathon.

(*The Persian Version*)

The battle was an episode in the continuing advance that had been decided on by Darius after the Ionian revolt was effectively ended in 494. His nephew and son-in-law Mardonios had taken control of western operations in 492; he established 'democracies' in Ionia, and extended Persian power around the north Aegean coast as far as Macedonia and Thasos. In 491 came the demand for earth and water, acceded to by all the islands and many mainland states apart from Sparta and Athens. Special horse transports were built, and a large fleet was assembled; it sailed under Datis and Artaphrenes in 490 through the Aegean islands past Naxos and Delos; the Persians landed on Euboea and took the island, plundering Eretria in punishment for her part in the burning of Sardis, and carrying off the inhabitants to be settled in the eastern Persian empire near Susa, where Herodotus met them, still speaking Greek among the Iranian oil-wells (6.119). The Persians had brought with them Athens' old tyrant Hippias, now nearly eighty, obviously intending to reinstate him. They disembarked at his former stronghold, the Marathon plain, which was the most suitable terrain for cavalry action and also close to their forward base at Eretria.

On the Athenian side the chief strategist was Miltiades, who had fled the Persian advance in the north about 493, and on arrival at Athens had been tried and acquitted on the charge of tyranny; now, as the only man with good experience of Persian arms, he was elected one of the ten generals. The Spartans had promised help; but on being summoned by the runner Pheidippides, covering 140 miles in 36 hours in the first 'marathon' run, they typically claimed that religious scruples prevented them from setting out until the moon was full. Athens was left to face the enemy with her only ally Plataea, who sent all her hoplites – a loyalty never forgotten.

Many details of the campaign are obscure but it seems that the Persians wanted to tempt the Athenians to a pitched battle in the plain; they allowed them to seize control of the hill path to Athens and of the coastal road along which any army must advance. The Athenians took up a position on the hillside covering the road and waited, probably intending to attack the Persians on the march. The subsequent delay on both sides is explicable in tactical terms; but Herodotus also reports division among the Athenian generals on the right plan, and there was clearly a strong suspicion that the Persians were waiting for

Athenian traitors to make a move. The reason why the Athenians finally decided to attack is uncertain; but the most probable hypothesis is that the Persians were withdrawing their cavalry and other troops in an effort to break the deadlock by sailing round to Athens: a late source explains a proverb by saying that Ionians with the Persians signalled to the Athenians that 'the cavalry is away'. To combat the Persian superiority in numbers, the Athenians weakened their centre, so lengthening their line; and to avoid the Persian archers they advanced at a run. A fierce battle took place as the Persians repulsed the centre but were pushed back by the wings, until they broke and fled to the ships. 6400 Persians were killed and 192 Athenians, including the supreme commander, the *polemarchos*. Some part of the Persian forces sailed round to Athens; but the Athenians anticipated them by a forced march, and frightened them off. The Spartans arrived in time to view the battlefield.

Marathon created a new race of heroes. The dead were honoured by burial in the mound which still stands in the plain, originally over 12 metres high; traces of hero cult have been found, and a modern hypothesis points out that the number of the dead is the same as the number of the mounted figures on the Parthenon frieze, carved by Pheidias more than a generation later. Certainly 'the men who fought at Marathon', the *Marathonomachai*, were still the archetypal warriors eighty years later, even after the main Persian War and the establishment of the Athenian empire. The poet Aeschylus in his epitaph claimed only the distinction of belonging to this group.

In Athens itself the victory gave the democracy a new self-confidence, and paradoxically a mistrust of its aristocratic leaders. Miltiades, the hero of the day, proposed a secret expedition, which he took to Paros where he failed to surprise the town. On his return he was prosecuted for 'deceiving the people', fined heavily, and died soon after from a minor wound received on the expedition: the age of buccaneers was over. More importantly the Athenians had a strong suspicion that certain elements had tried to betray the city at Marathon – a shield had been flashed as a signal to the Persians, it was claimed. The Peisistratidai left in the city were suspect of course, but also the Alkmeonidai, whose elaborate defence is given and endorsed by Herodotus; the very suspicion, true or false, shows that they must already have been in disfavour by 490.

This dissatisfaction with the aristocracy found expression through the institution of ostracism. Every year, in the main assembly of the sixth conciliar division of the year, the people were asked whether they wanted an ostracism. There seems to have been no debate; but if the vote was affirmative, the ostracism was held later in the year. Each citizen was entitled to write the name of the citizen he most wished removed from the city on a piece of pottery (hence the name of the institution from the word *ostrakon*, potsherd). The ballot was secret, and the candidate with most votes against him was exiled for ten years without loss of citizenship rights or property; at one or more stages a quorum of 6000 voters was required. The first use of the law came in 487, but there was already controversy among ancient authors as to whether the law was passed then, or had been passed by Kleisthenes and left unused for twenty years. The second view is clearly preferable, not only because the first is an obvious rationalization attempting to explain an awkward gap. The complexity of the provisions of the law is typical of Kleisthenes' legislation, and relates directly to the problems he had personally faced: the new time-table provided safeguards against the manipulation of the vote or sudden decisions by minorities, which recall his problems over the archonship of 508. But most obviously a law such as this, designed to remove political opponents (or potential tyrants) could only have been passed by a leader sure of his support – a situation which Kleisthenes might believe existed in 508, but which was notably absent in the period after Marathon. For such reasons it is hardly probable that the political leadership in 487 was anxious to activate this previously untried mechanism; the impetus may well have come from the people, newly confident after victory and anxious for revenge against potential traitors.

The evidence for the institution of ostracism is continually increasing, as yet more discarded ostraka are found in the Athenian agora, on the Acropolis, and most recently in the potters' quarter (Kerameikos). Up to 1967, 1658 ostraka were known; in that year a further 4463 were found in the Kerameikos excavations: these have not yet been properly published, but preliminary information shows that they alter significantly the earlier known distribution of votes; generalization is therefore difficult. In addition the evidence comes from various contexts; a large proportion of the ostraka can be shown to date from before the sack of Athens by the Persians in 480; some of them are isolated finds or lack a firm context; other groups are stratified or sealed in particular deposits which obviously represent the clearing up of a portion (but is it a representative portion?) of a particular ostracism; sometimes two ostraka can be shown to have belonged to the same pot, and two names are therefore contemporary candidates. All the famous political figures are represented; but it should be remembered that a man who passed through many ostracisms unscathed has a better chance of a higher surviving total of votes than one who was ostracized early: this must explain in part why the second largest number of ostraka known belongs to Themistokles (1490), who was a candidate (and clearly a preferred one among aristocratic groups) throughout the eighties, but was not finally ostracized until the late 470s. On the other hand many of those recorded on the ostraka are unknown from other evidence, including some who were obviously prominent candidates and even probably ostracized. It is also clear from one deposit that not all ostraka found were actually used: a deposit dumped in a well on the Acropolis contained 190 ostraka all with the name of Themistokles, written in only fourteen different hands; the pottery fragments were remarkably homogeneous. This was certainly the work of a small group of men intending, either to rig the vote by inserting false ostraka, or to hand out ready-made ones to voters too lazy or too illiterate to write their own: the deposit at least suggests the political organization of support, if not more corrupt practices; but whether this is an isolated and unsuccessful attempt or merely the surplus from a normal operation is unknown.

Literary and ostrakon evidence can be combined to produce the following list of those ostracized:

487 Hipparchos son of Charmos, archon in 496/5 and a relative of the Peisistratidai, probably by marriage; he is recorded as 'Hipparchos kalos' on various vases, and was probably the leading member of the Peisistratid *genos* left in Athens. In his exile he fled to Persia, and was condemned to death. 11 surviving votes.

486 Megakles son of Hippokrates from Alopekē, nephew of

the reformer Kleisthenes and the leading Alkmeonid, also recorded as 'Megakles kalos' on vases; he was the recipient of Pindar's 7th *Pythian* for his victory in the chariot race in this year. The *Constitution of the Athenians* 22 states that the first three ostracisms were of 'friends of the tyrants'. 15 votes known until 1967, when an additional 2216 votes were found: these probably come from a deposit of this year.

485 No literary evidence, but probably Kallias son of Kratias from Alopeke; only three ostraka were previously known, none from deposits of 483 or 482; the 1967 finds produced 789, in a different deposit from those of Megakles. He is otherwise unknown, but four ostraka call him a Mede and one draws him in Median clothing; he clearly belongs in the same group as the first two victims.

484 Xanthippos son of Arrhiphron, brother-in-law of Megakles (and father of Perikles); the prosecutor of Miltiades in 489, but perhaps suffering from his marriage connection with the Alkmeonidai. 17 surviving votes.

483 Aristeides son of Lysimachos from Alopeke, archon in 489/8, known as Aristeides the Just and one of the main architects of the Athenian confederacy after the Persian Wars; his ostracism seems to have been due to disagreement with Themistokles about the uses of the new silver find at the mines of Laurion. 93 surviving votes.

After this, in face of the imminent Persian invasion, ostracism stopped, and during the war the ostracized were recalled; Xanthippos and Aristeides even gave prominent service as generals.

The most obvious factors behind these ostracisms are mistrust of the Peisistratid and Alkmeonid families and allegations of connections with Persia. That these are connected is shown by the example of Kallixenos son of Aristonymos of Xypete, otherwise unknown, but standing at present sixth in unpopularity, with 263 ostraka: one ostrakon describes him as 'of the Alkmeonidai', and another almost certainly as 'Kallixenos the [trai]tor'. There may have been other policy disagreements among the leaders. But the facts that the ostracized were recalled for the Persian Wars and that an ostracism was held every year in this period suggests a more random element –

the sheer pleasure of the people in exercising their power to harm the aristocracy they had once feared – as one ostrakon puts it in verse:

> This ostrakon says that Xanthippos son of Arrhiphron
> does most wrong of the cursed leaders.

A similar attitude is seen in the reform of 487, when for the first time since the tyranny the lot was restored as a part of the procedure for the choice of archons (p. 186); from that date no prominent politician is ever known to have held an archonship; and since the aristocratic council of the Areopagus was composed of those who had held these posts, it inevitably if gradually lost much of its prestige. The reform must also have entailed handing over military command from the *polemarchos* to the democratic generals.

One man benefited from the development of these years, so much so that many have seen his influence behind them. Themistokles son of Neokles had been archon in 493/2, when he had demonstrated his interest in the naval future of Athens by building dockyards in the Piraeus. In 483 there was a major new find of silver at the mines of Laurion. Themistokles against opposition proposed using the money to build an entirely new fleet of triremes, ostensibly for the war against Aegina; in the next three years 200 triremes were built, giving Athens the largest fleet in Greece – twice the size of the Chian contingent at the battle of Lade, five times the size of the Corinthian fleet at Salamis and seven times that of her alleged rival Aegina. The programme was carried out under the supervision of 100 rich men, and was a remarkable feat at a time when the main timber supplies from north Greece were in Persian hands. The real purpose of this navy was not of course the war with Aegina, but defence against Persia – and beyond that, if defence should fail, emigration to the west. It was about this time that Themistokles named two of his daughters Italia and Sybaris, over which city Athens claimed ancestral rights (Herodotus 8.62). Themistokles' navy should have required 40,000 rowers, far more than Athens could provide even when all available men including hoplites were drafted: there was room for a mass emigration if necessary.

In thirty years Athens had transformed herself from a backward state still dominated by aristocratic families into the most advanced democracy in Greece, with the principles of selection by lot for office and the sovereignty of the assembly over the leadership well established. This development was reinforced by the creation of the new navy, which shifted the military epicentre away from the hoplite class to the people as a whole.

Marathon may have halted the Persian advance temporarily; more important were the revolt of Egypt in 486, and the death of Darius in the same year. His son Xerxes needed time to establish himself; a trilingual inscription from Persepolis lists the countries he ruled, including 'Ionians, those who dwell by the sea and those who dwell across the sea'. It continues:

> Saith Xerxes the King: when that I became king, there is among these countries which are inscribed above (one which) was in commotion. Afterwards Ahuramazda bore me aid; by the favour of Ahuramazda I smote that country and put it down in its place. And among those countries there was (a place) where previously false gods were worshipped. Afterwards by the favour of Ahuramazda, I destroyed that sanctuary of the daevas, and I made proclamation, 'The daevas shall not be worshipped'. Where previously the daevas were worshipped, there I worshipped Ahuramazda and Arta reverently.

> (Xerxes Persepolis H 28–41, Kent p. 151)

In 482 Babylon revolted, perhaps in protest against Xerxes' less tolerant religious policy.

Meanwhile the preparations for the invasion of Greece had begun in 484; they took four years. On the route to Greece a canal was dug through the promontory of Mt Athos (taking three years of labour); the river Strymon was bridged, and huge quantities of stores were amassed in depots along the coast. The most spectacular feat was the double floating bridge across the Bosphorus, resting on 360 and 314 ships respectively, moored and fastened by continuous rope cables about a mile long, and each weighing allegedly almost 100 tons. Ships could be removed to allow the passage of small vessels; brushwood was laid and sidescreens fitted to prevent panic by the animals crossing. The first pair of bridges was broken by storm (the occasion of Xerxes' famous act of arrogance in ordering the sea to be lashed); the second pair was the work of a Greek engineer. In 481 Xerxes wintered at Sardis, and set out on his great expedition in spring 480.

Herodotus' account of the Persian invasion in the last three books of his history is one of the greatest narratives in world literature. The subject in Greek eyes was the most important event of their past, the vindication of the freedom of the city-state against oriental despotism. Oral tradition preserved an account typical for a successful war: it rightly glorified the protagonists, and emphasized the great odds against which they had fought; it presented a unified picture of an event which symbolized Greek unity: although Athenian, Spartan and Corinthian stories have their different slants, they do not seem to have contradicted each other, and there is no sign that Herodotus was forced to distort their versions in order to create a coherent account. Indeed there was every reason to remember the great event, for the participation of individual states in it became the basis of inter-Greek diplomacy for the next two centuries; constant reiteration might improve a city's record, but in the competitive world of Greek politics it could not seriously distort it: the factual record is in its essentials accurate.

From this material Herodotus sought to create a story fit for heroes; he borrowed much from the narrative techniques of epic, for this was the new Trojan War; he also employed all the traditional devices of the *logos*-makers of Ionia. These techniques are especially used to give a vividness and immediacy to the Persian side, about which the Greeks were necessarily less well informed. Thus at the start of book 7 the young King Xerxes decides on conquest: two advisers appear, Mardonios who urges him on, and Artabanos who opposes the campaign: 'you see how the god strikes with his thunderbolt the tall, and will not allow them to display themselves, while small beings do not vex him; you see how the lightning throws down always the greatest buildings and the finest trees' (7.10). But the god sends a dream to Xerxes to lure him to his fate, and threatens Artabanos when he sleeps in Xerxes' bed; Artabanos is convinced. In the actual campaign his role is taken up by the exiled Spartan king Demaratos, who represents Greek

standards of independence and frugality against Persian syco-
phancy and luxury.

The same fascination with the Persian viewpoint can be
seen in Aeschylus' play *The Persians*, the earliest surviving
Greek tragedy, performed in 472 with Perikles as financial
backer. The central action of the play is the battle of Salamis,
in which Aeschylus and most of his audience had fought; but
it is the reception of this news in Persia which is portrayed on
stage, and its effect on the Persian court: the Greek victory is
seen as a Persian tragedy, and the play is an attempt to understand the Persian situation by translating it into Greek terms.
It is obvious that such an approach falsifies the Persian side of
the war: motives and actions are understood in Greek terms
and in accordance with the hoplite morality of excess and
divine envy.

The analysis of Persian logistics is equally suspect. Herodotus seems to have had some access to Persian documents, for
instance the list of provinces and their taxation (3.89ff); either
such a source or Greek military intelligence provided him with
a description of Persian army contingents (7.61ff) and an estimate of Persian naval strength (7.89ff). He also had access to
Persian oral tradition in for instance the account of the birth
and upbringing of Cyrus the Great (p. 239; 1.108ff) and the
detailed narrative (well supported by Persian inscriptions) of
the accession of Darius (3.70ff); it has plausibly been conjec-
tured that much of this information comes from Zopyros,
grandson of one of Darius' generals, who deserted to the
Athenians in the mid fifth century. But there is no obvious
sign of Persian oral tradition in the account of the Persian invasion, and such documentary evidence as Herodotus uses
seems to have consisted of general accounts of Persian strengths,
whose relevance to this particular campaign can be disputed.
Herodotus himself could find no detailed enumeration of
Xerxes' army, and offers only a total figure (derived from a
somewhat dubious story: 7.60) of 1,700,000; at least this is
considerably below contemporary Greek estimates, for the
epigram set up on the battlefield of Thermopylae boasted:

Four thousand Peloponnesians once fought three million here
(7.228). Herodotus' detailed figures for the Persian navy add up
to 1207 triremes, which is usually held to be the total naval
strength of Persia, rather than her actual strength in this war;

for Herodotus is at pains to have an unbelievable 600 of them wrecked before Salamis, the first battle where it would have been possible for the Greeks to estimate precisely their opponents. Modern estimates therefore suggest perhaps 200,000 for the army and 600 for the navy. The exact figures are not important; what is clear is that the Greek strategy in 480 was determined by the fact that they were overwhelmingly outnumbered on land, and unable to meet the enemy in pitched battle despite their superiority in armour and training; while at sea they were still inferior in numbers as well as in skill, though on this element there was more hope of victory.

The defence of Greece therefore rested on the extent to which a common strategy could be achieved; Herodotus follows tradition in minimizing the difficulties in creating a unified command, and in particular presents the Greek negotiations which led to its establishment as a timeless jumble of episodes. Two Greek congresses established the principles of action. At the first in 481 'those Greeks who held the better opinion about Greece came together for deliberation and exchange of pledges' (7.145). They agreed to end mutual feuds, in particular that between Athens and Aegina, and to send spies to Asia and ambassadors to the powerful uncommitted cities of Argos, Syracuse, Corcyra and Crete. They also agreed to give the command of the Greek forces to Sparta both on land and at sea; this reveals the extent to which the Peloponnesian League was the basis of the Greek resistance, and also the willingness of Athens to sacrifice her claims to the common interest. It was apparently now that an oath was taken to destroy those cities who joined the enemy without compulsion, and dedicate a tenth of the proceeds to Delphi (7.132).

The attempts to broaden the basis of the league against Persia failed. Argos, advised by Delphi, allegedly demanded impossible conditions, and in fact seems to have had an agreement with Persia (7.148ff); Crete was also warned off by Delphi (169); Corcyra promised help, but carefully failed to deliver her sixty ships. The case of Syracuse is more interesting.

Since about 505 a major tyranny had arisen at the city of Gela, under Kleandros and his brother Hippokrates; by 491 the Geloan empire extended over most of eastern Sicily, and Syracuse was the only major city still holding out. In that year Hippokrates was succeeded by his cavalry commander Gelon, who united himself by a double marriage tie to Theron, tyrant of Akragas. In 485 Gelon intervened in civil strife at Syracuse between the Gamoroi, the original settler aristocracy, and their native serfs the Killyrioi (7.155ff). He seized Syracuse and made it his capital, transferring the population of other cities to it, and handing Gela over to his brother Hieron. Thus by 481 virtually the whole of Greek Sicily was united under the control of three tyrants. Gelon allegedly offered a huge army to the mainland Greeks in return for the supreme command; in fact he was already preoccupied with the inevitable Carthaginian response to the unification of Greek Sicily. Hamilcar king of Carthage invaded in 480 with 300,000 troops (7.165). The fourth century historian Ephoros claimed that there was collusion between Carthage and Persia in the timing of the expedition (*F.G.H.* 70 Frag. 186), which is not impossible, for the Phoenicians must have been deeply worried by the influx of Greeks into the western Mediterranean which had resulted from the Persian pressure on Ionia; they may well have hoped to destroy Greek power simultaneously in east and west. At the same time of year, perhaps even on the same day as the battle of Salamis, Gelon and Theron decisively defeated Hamilcar at Himera, killing him and capturing the entire expeditionary force. The Carthaginians even feared an invasion of Africa; Gelon extracted 1000 talents as indemnity, and issued a famous series of victory coins, perhaps the most beautiful coins ever minted. The great temples of Akragas still stand as monuments to the suffering of the Carthaginian slaves, and individual citizens of Akragas are said to have possessed as many as 500 of them. In 474 Hieron defeated the Etruscans at the battle of Kyme, and the west was safe.

As a double insurance Gelon had sent a large sum of money to Delphi, to be presented to Xerxes if he won. Delphi in fact can be seen as consistently pro-Persian in this period, with her oracle constantly advising non-intervention or submission to Xerxes. When Athenian envoys arrived, even before they had put their question, the priestess counselled flight to the west, and only finally was prevailed upon to give a more ambiguous oracle, which ended :

> ... far-seeing Zeus grants to the Triton-born only a wooden wall to remain unsacked, which shall help you and your children. Yet do not await in peace the cavalry and the host of infantry that come from the mainland, but turn your back

and withdraw; still you shall face him again: O divine Salamis, you shall destroy the children of women, when either
Demeter is scattered or comes together.

(7.142)

Out of this defeatist prophecy with great difficulty Themistokles persuaded the Athenian people that the wooden wall
was the navy, and that, since Salamis was called divine rather
than hateful, the disaster prophesied would fall on the Persians:

The Athenians decided formally, taking counsel after the
oracle, to meet the barbarian invading Greece with their
ships and all their forces, in obedience to the god, together
with those of the Greeks who were willing.

(7.144)

The lapidary phrases read like a contemporary decree.

The second congress of the Greek allies took place at the
Isthmus in spring 480, and determined the strategy for the
coming year. The importance of the Thessalian cavalry led
them first to try to protect Thessaly by holding the northern
line of Mount Olympus, and an expedition of 10,000 hoplites
went to the vale of Tempe; but the pass could be too easily
turned, the station was only suitable for checking the enemy
by land, and an important section of the Thessalian ruling class
had long been pro-Persian. They withdrew to the Isthmus again,
and it was probably then that they decided to hold the Persians
on both elements at once, at Thermopylae and Artemisium,
and in second place at the Isthmus and Salamis. The choice of
these two lines was inevitable once a double strategy had been
decided on; but they also corresponded to an obvious division
of interest between the Peloponnesian states behind the Isthmus,
and the cities of central Greece, and especially Athens. This
natural division finds constant expression in the narrative of
Herodotus, and often threatened seriously the Greek resistance; indeed it may well be asked whether the Greek victory
was due to their precarious unity, to their enemy's mistakes,
to chance, or to the heroism and intelligence of individual
leaders. I shall not attempt to answer this question.

Certainly, to the modern strategist, Thermopylae and Artemisium seem to offer the best hope. The pass of Thermopylae
was difficult to turn, and could easily be held against superior

numbers; while at Artemisium the fleet could fight with their backs to the friendly island of Euboea, with safe harbours and an easy escape route down the channel between the island and the mainland, while their enemy had to moor or beach in an exposed bay. The only disadvantage was that the waters were too open to compensate fully for the superiority of the Persian fleet. Still this was the only place where army and fleet could deploy effectively side by side.

It is not easy to see whether the Greeks fully accepted such an analysis, or precisely what their strategy was on the two elements. Three factors make for uncertainty. The first is that since Herodotus tells the story of the two battles of Thermopylae and Artemisium separately, their detailed relationship is obscure. However it seems that the plan was to hold Thermopylae, while adopting a more offensive posture at sea: there were a number of raids on the Persian ships, and the Greeks finally accepted the Persian invitation to fight. Much must have depended on where the Persians chose to throw their emphasis. To them it must have been obvious that once Thermopylae had fallen, the Greek fleet would be forced to retire: their initial effort was therefore concentrated on land. On the other hand the exposed position of their fleet, reflected in the continuing stories of storm damage, made delay particularly dangerous at sea.

The second factor in the analysis of the Greek strategy is the problem of Greek numbers. At sea Artemisium was an all-out effort: the fleet consisted of 271 triremes with 53 apparently covering the line of retreat (8.1); this comprised the entire Athenian navy of 200 and roughly three quarters of the Peloponnesian fleet (including full contingents from Corinth and Megara, but not Aegina). The land numbers are a different matter. The figures given by Herodotus show only 300 Spartans, 2120 Arcadians and 400 Corinthians (the total of 4000 Peloponnesian troops in the inscription probably includes helots); in addition there were 1100 Boeotians and 1000 Phocians. This figure should be compared with the forces united for the battle of Plataea in 479: 38,700 men, mostly Peloponnesians. The discrepancy cannot be explained by the absence of 8000 Athenians, and perhaps others, fighting on board ship. There was too a clear reluctance on the part of Peloponnesian states to commit their troops so far north; many stayed behind to fortify the Isthmus, and the Spartans themselves claimed that their contingent was an advance force, while their main army was again delayed for the festival of the Karneia. One reason for the fall of Thermopylae was a lack of manpower; for the mountain track which turned the position was guarded only by the Phocians. Either then the plan to fight at the Isthmus was a genuine alternative, and Thermopylae only a holding position, or Greek unity split on geographical lines, and the Peloponnesian cities in particular failed to support the advanced position agreed on. The discrepancy between land and sea forces suggests the latter. If this is the correct alternative, then only the heroism of Leonidas saved the cause of unity, when there might so easily have been recrimination; after direct assault had failed, a Greek traitor told the Persians of the mountain path. When Leonidas heard that the position was turned, he dismissed the allies, but remained with his three hundred Spartans (and the Boeotians who refused to leave him), to die a hero's death:

Tell them in Lacedaemon, passer-by,
obedient to their orders, here we lie.

(7.228)

His gesture saved Greece; the Spartans had kept their word.

The third factor is the 'decree of Themistokles', an inscription discovered in 1959 in Troezen in the east Peloponnese opposite Attica. The stone is almost complete and relatively well preserved; it reads (with a few minor uncertainties) as follows:

Gods
It was resolved by the council and the assembly;
Themistokles son of Neokles of Phrearrhioi proposed:
To entrust the city to Athene protectress of Athens and all the other gods, to give protection and defence against the barbarian on behalf of the land. All the Athenians and the foreigners resident in Athens are to place their children and women in Troezen [21 letters missing] the founder of the land; they are to place the old men and the movable property on Salamis. The treasurers and the priestesses are to remain on the Acropolis guarding the possessions of the gods. All the rest of the Athenians and the foreigners who have reached military age are to embark on the 200 ships pre-

274

pared, and fight against the barbarian for the <u>freedom</u> of themselves and the rest of the Greeks, alongside the Lacedaemonians and Corinthians and Aeginetans and the others who are willing to share in the danger. The generals shall appoint 200 trierarchs (captains), one in charge of each ship, beginning tomorrow, from those who possess land and a home in Athens and who have legitimate children and are not more than fifty years old, and the lot shall determine their ships. They shall choose marines, ten for each ship, from those aged between twenty and thirty, and four archers, and they shall appoint by lot the skilled officers for the ships when they draw lots for the trierarchs. The generals shall write up the rest by ship on white boards, the Athenians from the deme registers, the foreigners from the list of names registered with the *polemarchos*. They shall write them up assigned to 200 divisions, up to the number of 100 (men per division), and shall add to each division the name of the trireme and of the trierarch and of the officers, so that they may know on which trireme each division shall embark. When all the divisions are listed and divided by lot among the triremes, the council and the generals are to fill all the 200 ships, sacrificing an offering to Zeus the all powerful, and Athene and (or 'of') Victory, and Poseidon the Saviour.

When the ships are filled they are to bring aid at Artemisium in Euboea with a hundred of them, and with a hundred of them they are to lie at anchor around Salamis and the rest of Attica and defend the land. In order that all the Athenians may defend themselves against the barbarian with a single mind, those who have been exiled for ten years are to go to Salamis and wait there until the people comes to a decision about them; but those [who have lost their rights?] ...

(*Greek Historical Inscriptions* no. 23=55F)

The date and purpose of the inscription are not seriously in dispute. It was carved in the late fourth or early third century BC, and set up at Troezen, one of the Athenian places of refuge (note the absence of Aegina at this point), as a reminder of the unity and courage that the Greeks had once shown in the face of a foreign invader. Its immediate aim was probably political rather than purely commemorative: its language recalls an occasion like that in 323 BC, when the Athenians decided to revolt from Macedonian rule on the news of the death of Alexander the Great:

> Immediately the orators, embodying the wishes of the mob, wrote a decree that the people should take counsel for the common safety of the Greeks and free the cities subject to garrisons; they should prepare 40 quadriremes and 200 triremes, that all Athenians up to the age of 40 should be mobilized, and three tribes should guard Attica, while seven should be ready for campaigns beyond the frontiers. They should send out envoys to visit the Greek cities and inform them that formerly the people, believing that all Greece was the common fatherland of the Greeks, had fought against the barbarians who came to enslave them, and that now too the people think it right to risk lives and money and ships on behalf of the common salvation of the Greeks.
>
> (Diodorus 18.10)

The language of this decree echoes that of the Themistokles decree; and it was most probably on this occasion (or another similar to it) that the Troezen inscription was carved by the people of Troezen, as a sign that they accepted the new alliance. The Themistokles decree had in fact been serving such propaganda purposes since at least 348, when the orator Aischines used it (Demosthenes 19.303: this is the earliest surviving reference to it). The obvious question arises, was it a forgery made in the interests of the call to political unity in the fourth century, when a number of other Persian War documents are known or thought to have been forged – for instance the obviously false 'decree of Miltiades', also used by Aischines?

On the issue of authenticity no agreement has been or ever will be reached. The decree is clearly intended to be that mentioned by Herodotus at 7.144 (p. 272). But form and language owe a great deal to the fourth century, and this debt is not just the consequence of a superficial reworking of an earlier document. The whole structure of the decree is literary; its coherence and organization are unparalleled in any genuine inscription of the period; it is a synthetic attempt to cover all aspects of the great event. Such arguments suggest at the least a fundamental reworking of whatever material was available. On the other side certain details seem implausible as inventions of a later forger; two are particularly important. The ships are to be filled 'up to the number of a hundred'; the standard number of rowers in a trireme was as far as is known always 200, and there is no reason to suppose that any forger would have thought otherwise. If the Athenian ships were to be only half full, this might suggest a serious shortage of manpower: in fact Herodotus says that 20 ships were lent to colonists from Chalcis (8.1); and on other grounds it might be reasonable to put the total adult male population in 480 at nearer 20,000 than 40,000, given the known total of hoplites as 8000. It is tempting to believe that this detail at least is genuine; if so, such a fact could only have been preserved in a document, which must have contained other details.

The second point is precisely the strategy implied in the decree, which splits the Athenian navy into two equal parts, and implies that Salamis and Artemisium were seen as equally important from the start; such a view seems to run counter to Herodotus. Paradoxically the conflict of evidence is easier to reconcile if the information in the decree is genuine: in that case the decree represents the plan, and Herodotus' narrative the actual course of the action; when it was seen that the Persians were not going to mount another Marathon landing, it became possible to send all ships to Artemisium. A vestige of this original division of forces might be detected in Herodotus, who mentions a squadron of 53 Athenian ships arriving on the last day of the battle (8.14); they had apparently been guarding the narrows of Euboea against a Persian encirclement. On the other hand if the decree is in this respect a forgery, its divergence from Herodotus is more serious, for a forger should compile his document in conformity with what he believed actually to have happened; the decree then becomes evidence for an alternative version of the events at the battle of Artemisium, and so a different account of the Greek strategy; yet no surviving literary source offers such an alternative. This uncomfortable conclusion might be avoided if it could be shown that the forger had special reasons for giving an unorthodox account of the strategy of the Athenians. For instance he may have wanted to include in his document references to both the great naval battles of the war: an unnatural striving after completeness is a common fault of forgers, and one which has already been noted in this document. Or the forger may have intended his document to endorse a particular strategy appropriate to his own day; here we might compare the strategy of split forces put forward in 323, a strategy which is there associated with the Persian War, and which may well go back to the 340s and the first production of this document. Such problems will ensure that the Greek strategy in the great Persian War remains a matter for debate.

The defeat in central Greece was not complete: significant damage had been inflicted on the Persian fleet, which was now little if at all superior to the Greeks in numbers. Nevertheless it meant the loss of Boeotia and the evacuation of Athens, which was sacked by the Persians. The final evacuation of Athens exhibits the typical cunning of Themistokles: instead of placing his non-combatants in the Peloponnese behind the relative safety of the Isthmus wall, he chose to keep them out of the hands of the Spartans; for only thus could the Athenians have a decisive and independent voice in the Greek strategy: Aegina, Troezen and Salamis were highly exposed places of refuge, but at least they were outside Spartan control. The Athenian fleet comprised well over half the Greek navy; by keeping it at Salamis, he forced the rest of the fleet to fight there. Similarly it seems that it was his stratagem of a secret message to the Great King which induced the Persians to desist from attempts at blockade (which would surely have been successful) and risk a pitched battle in the narrow waters of the bay of Salamis. Themistokles emerges as that favourite type of popular hero, the Trickster, a historical exemplification of the Greek culture figure Odysseus.

The Greek victory ended the first phase of the war. Half the Persian army withdrew with Xerxes, the rest wintered in north Greece under Mardonios; the Greeks now had control of the sea. The winter was spent in unsuccessful diplomatic attempts to detach the Athenians from the Greek side. In 479 Themistokles finally forced the Peloponnesians to risk their troops north of the Isthmus. The battle of Plataea, with its complicated manoeuvrings, shows the usual Spartan reluctance to fight and a lack of decisive generalship under Pausanias, nephew of Kleomenes and regent for Leonidas' infant son; but the courage and discipline of the hoplites of Sparta, Tegea and Athens won the day. It is typical of the nature of hoplite warfare that in this greatest of hoplite battles the Greeks lost only 159 men; 3000 Persians were captured, but the majority must have escaped under the protection of the Persian cavalry. On

e same day the Greek marines stormed the mainland beaches
Mycale off Samos, and destroyed the Persian fleet. The
eration of Ionia had begun.
The allies commemorated their victory in many monuments;
monides of Ceos, the creator of the victory ode, who had
en patronized in turn by the tyrants of Athens, the aristo-
ats of Thessaly and the Alkmeonids, found a new role in his
d age as author of epigrams for the dead. But the most moving
onument is that which stood at Delphi, until it was removed
Constantine the Great to his new capital of Constantinople
ght hundred years later, where it still stands in the ancient
ppodrome, illegible and unremarked among the splendours
Istanbul. Originally surmounted by a gold tripod, a bronze
lumn of three intertwined serpents is inscribed simply:

THESE FOUGHT IN THE WAR
There follow the names of thirty-one cities.
(*Greek Historical Inscriptions* no. 27=59F)

Myth and reality combine. Politically the Persian Wars
eated a new race of heroes, who had surpassed the achieve-
ents of their ancestors before Troy: the self-confidence of
e classical city-state, where man is the measure of all things,
as only one step short of arrogance (*hybris*), as the Greeks
emselves knew. In that sense the Persian Wars opened a
w epoch. But they also closed an old one. Greek culture had
en created from the fruitful interchange between east and
est; that debt was now forgotten. An iron curtain had de-
ended: east against west, despotism against liberty – the
chotomies created in the Persian Wars echo through world
story, and seem ever more likely to continue, as man revives
d ways and discovers new ones for tormenting his soul.

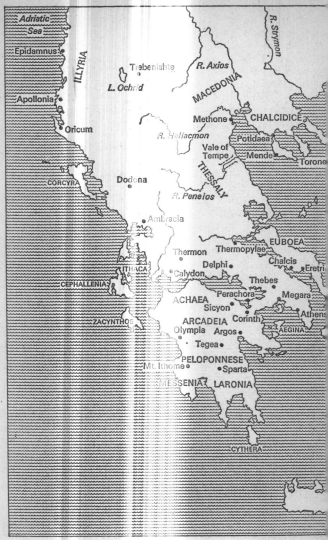

1. Greece and the Aegean

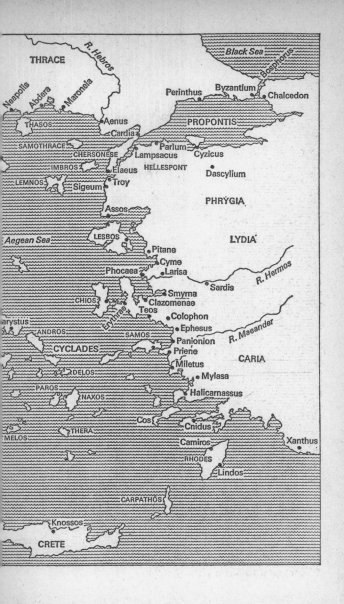

2. Greeks in the Western Mediterranean

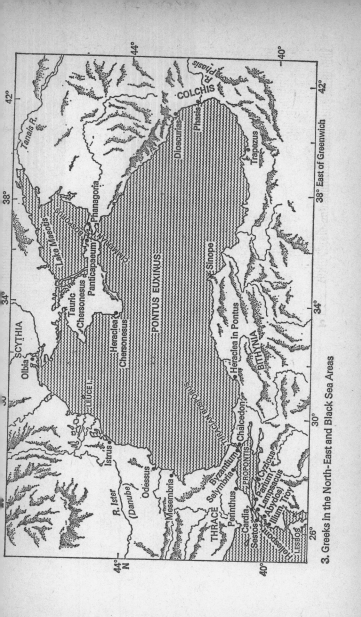

3. Greeks in the North-East and Black Sea Areas

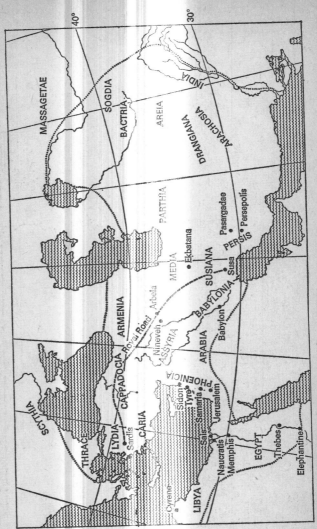

4. The Persian Empire in the Reign of Darius

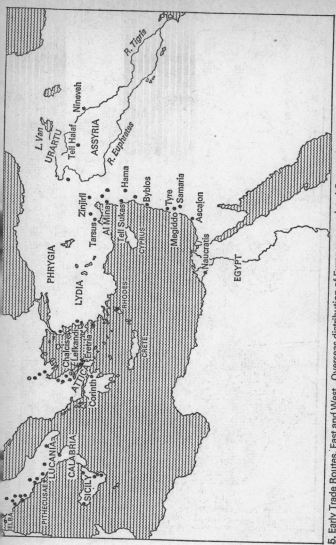

5. Early Trade Routes, East and West. Overseas distribution of European or related Geometric pottery

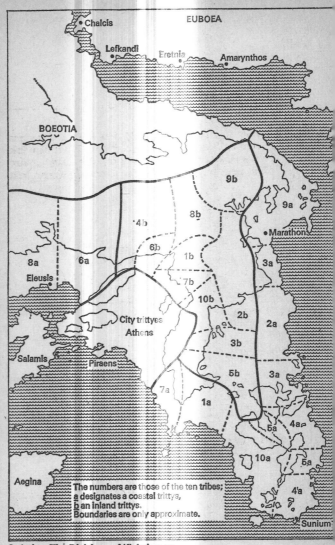

The numbers are those of the ten tribes;
a designates a coastal trittys,
b an inland trittys.
Boundaries are only approximate.

6. Attica: The Divisions of Kleisthenes

Date Chart

Before 500 BC most of the Greek dates given are more or less approximate; though those which are preceded by an asterisk are likely to derive from chronologically reliable lists, or are certain for other reasons. The majority of eastern dates rest on firm documentary foundations.

PALACE CULTURES

3000 Beginnings of Minoan culture in Crete
2200–1450 Middle Minoan palace culture in Crete
2100 Probable arrival of Mycenean Greeks in Greece
1600–1200 Mycenean palace culture in Greece
1460–1200 Hittite Empire in central Anatolia
1400 Rise of Assyria

THE DARK AGE

1250–1150 Breakdown of settled conditions in eastern Mediterranean
1220 Destruction of Troy VIIa
1200 Destruction of Mycenean centres in Greece
  Overthrow of Hittite Empire
  Repulse of Peoples of the Sea from Egypt
1150 Final destruction of Mycenae
1000 ? Dorian Invasion
1050–950 Ionian migration; colonization of Asia Minor coast
950 Beginnings of Iron Age in Greece: renewal of contacts with Cyprus
950–900 Proto-Geometric Pottery

THE GEOMETRIC AGE

900 onwards The expansion of Assyria, opposed by Urartu and the states of Syria and Palestine
875–750 Geometric Pottery
850–730 Athens the leading cultural centre in Greece
825–750 Decline of Lefkandi and foundation of Eretria
800+ Foundation of trading post at Al Mina
*776 First Olympic Games
775 Foundation of trading post at Pithecusae
753 Traditional date of foundation of Rome
750–700 Invention and diffusion of Greek alphabet
744–612 Assyrian Empire
734–680 Lelantine War
730–10 Spartan conquest of Messenia
*735 Foundation of first Sicilian colony: Naxos
*734 Foundation of Corcyra and Syracuse
720 Sargon of Assyria conquers Cilicia and Syria
*728–700 Catana, Leontini, Megara Hyblaea, Sybaris, Zancle, Tarentum, Croton founded in west
700+ Homer

THE ORIENTALIZING PERIOD

725–700 Early Proto-Corinthian Pottery
700+ Hesiod
Cimmerian invasion from south Russia into Asia Minor
destruction of Phrygian kingdom of Midas
Median monarchy founded
700–650 Middle Proto-Corinthian Pottery
Advent of hoplite tactics
696 Sack of Tarsus by Assyrians
687 Kingdom of Lydia founded by Gyges (687–52)
*683/2 Athenian archon list begins
680–40 Archilochos of Paros
Kallinos of Ephesus
669 Spartans defeated by Argives at battle of Hysiai
660 Byzantium founded
655–585 Tyranny at Corinth under Kypselos and Periandro
(625–585)

288

650+ Chigi vase
　Tyranny of Orthagoras of Sicyon
640 Tyranny of Theagenes of Megara
632 Attempted tyranny of Kylon at Athens
630 Foundation of Cyrene
670 onwards: Decline of Assyria
664 Foundation of Saite dynasty in Egypt under Psammetichus
　I (664–610)
650 Rise of Media under Phraates (650–625)
626 Independence of Babylon under Nabopolassar
612–09 Fall of Nineveh; Assyrian empire divided between
　Babylon and Media

THE ARCHAIC AGE

630–550 Ripe Corinthian Pottery
621 Drakon lawgiver at Athens
End of seventh century: Tyrtaios and Alkman of Sparta; Mim-
　nermos of Colophon; Stesichoros of Himera
620–570 Tyranny at Mitylene: Alkaios, Sappho and Pittakos
610 Thrasyboulos tyrant of Miletus
　Foundation of Naucratis
610–525 Attic Black Figure Pottery
600 Kleisthenes becomes tyrant of Sicyon
　Massalia founded by Phocaeans
597 Capture of Jerusalem by Nebuchadrezzar of Babylon (605–
　562)
　Exile of the Jews
595 Earliest Greek coins minted by Aegina
595–86 First Sacred War for control of Delphi
*594/3 Solon archon of Athens
*591 Expedition of Psammetichus II of Egypt to Nubia; Abu
　Simbel inscription
*585 28 May: Eclipse of sun predicted by Thales of Miletus
*582–73 Establishment of international Games circuit: Pythia
　582, Isthmia 581, Nemea 573
580 Temple of Artemis at Corcyra: first Greek stone temple
572 Marriage contest of Kleisthenes of Sicyon
About 570: Birth of Anakreon of Teos
569–525 Amasis king of Egypt
*566 Reorganization of Panathenaic festival

561 Peisistratos' first tyranny at Athens
560–50 Spartan war with Tegea: beginnings of Spartan alliance under Anaxandrides and Ariston (560–520)
560–46 Croesus king of Lydia
559–6 Miltiades the elder becomes tyrant in Thracian Chersonese
559 Cyrus becomes ruler of Persia
556 Birth of Simonides (556–468)
550 Cyrus conquers Media
   Battle of Champions between Sparta and Argos
548 Temple of Apollo at Delphi burned
546 Peisistratos' final tyranny at Athens (546–528)
   Cyrus conquers Lydia
545 The year the Mede arrived
Late sixth century: Theognis of Megara, Xenophanes, Pythagoras
539 Cyrus conquers Babylon; return of the Jews from exile
530 Death of Cyrus; accession of Cambyses
530 Attic Red Figure Pottery begins; Late Attic Black Figure 530–450
528/7 Death of Peisistratos; rule of Hippias at Athens
525 Death of Amasis of Egypt; Persian conquest
525–20 Fall of Polykrates tyrant of Samos
521 Darius seizes power in Persia
520–490 Kleomenes king of Sparta
518 Birth of Pindar (518–438)
514 Harmodios and Aristogeiton murder Hipparchos at Athens
512 Darius conquers Thrace
510 Expulsion of Peisistratids from Athens
509 (traditional) Overthrow of monarchy at Rome
*508/7 Isagoras archon at Athens; reforms of Kleisthenes
505 Beginning of tyranny at Gela
*501/500 Institution of ten generals at Athens
End of sixth century: Herakleitos of Miletus
499 Ionian Revolt from Persia
498 Sardis burned by rebels
   Earliest poem of Pindar (Pythian 10)
   Battle of Sepeia between Sparta and Argos
497 Crushing of revolt in Cyprus
494 Battle of Lade; sack of Miletus
*493/2 Themistokles archon at Athens; Phrynichos prosecuted for play Sack of Miletus

492 Return of Miltiades to Athens and prosecution for tyranny
491 Gelon tyrant of Gela
490 Death of Kleomenes of Sparta
   First Persian expedition; battle of Marathon
Early fifth century: Parmenides of Elea
*488 Gelon wins chariot race at Olympia
*487–3 Annual ostracisms at Athens
*487/6 Athenian archons chosen by lot
486 Death of Darius; accession of Xerxes
485 Gelon becomes tyrant of Syracuse
*484 First victory of Aeschylus
490–80 Birth of Herodotus
483 Digging of Athos canal; discovery of new silver vein at
   Laurion
480 Persian and Carthaginian invasions of Greece and Sicily.
   Battles of Artemisium, Thermopylae, Salamis and Himera
479 Battles of Platea and Mycale
478 (winter) Delian League against Persia founded under
   Athens' leadership
474 Hieron wins battle of Kyme against Etruscans
*472 *The Persians* of Aeschylus performed
461 Radical reforms of Ephialtes at Athens
   War between Athens and Sparta (First Peloponnesian War
   461–446)
449 'Peace of Kallias' traditionally marks the end of the war
   with Persia and transformation of the Delian League into
   the Athenian Empire
438 Death of Pindar

Primary Sources

Most of the individual authors are discussed in context in chapter 2; the following list offers brief notes for identification and gives the best or most easily available reliable translations:

ARISTOTLE (384–22 BC) from the Chalcidice (N. Greece). Philosopher and scientist, pupil of Plato and founder of the Peripatetic school. The literary works published in his lifetime have perished except for fragments; but the larger part of his 'esoteric' writings, probably lectures given within the school, have survived to be the most important single influence on western philosophy. The *Politics* (translated by Sir Ernest Barker, Oxford U.P. 1958; also in Penguin Classics and Loeb Classical Library) is the central text for Greek political and social institutions. The *Constitution of the Athenians* (trans. K. von Fritz and E. Kapp, Hafner 1966; J. M. Moore *Aristotle and Xenophon on democracy and oligarchy*, Chatto 1975) is the only surviving example of the 158 constitutions of Greek states compiled by Aristotle or under his direction; it was discovered on papyrus from Egypt in 1890.

ATHENAEUS (about AD 200) of Naucratis in Egypt, compiled from earlier literature a huge 'dialogue', the *Deipnosophistae* (Professors at dinner) containing much information about Greek eating and drinking habits, and quoting a number of lyric poets and other lost works. Parallel text and translation in Loeb Classical Library (Heinemann).

HERODOTUS (480s–420s BC) of Halicarnassus in Asia Minor. The first and greatest world historian: the second half of my book is essentially a commentary on this masterpiece. Translation in Penguin Classics and elsewhere.

HESIOD (about 700 BC) from Boeotia, the earliest poet to assert his own individuality, wrote *Theogony* and *Works and Days* (trans. R. Lattimore, Michigan U.P. 1978) in epic metre: see ch. 6.

HOMER (probably about 700 BC) epic poet and bible of the Greeks. For the question of Homer's poetic personality see chs. 2–3. The best translations are by R. Lattimore (*Iliad* Chicago U.P. 1951. *Odyssey* Harper 1965). For historical purposes and ease of reference there is an accurate but old-fashioned prose translation by Lang, Leaf and Myers (*Iliad* Macmillan 1901) and Butcher and Lang (*Odyssey* Macmillan 1903).

PAUSANIAS (about AD 150) author of a highly competent guide book to Greece, containing much information about early history and monuments. Translated by Peter Levi (Penguin Classics), or in Loeb.

PINDAR (518–438 BC) from Boeotia; lyric poet: see ch. 12. The best translation is by Sir Maurice Bowra in Penguin Classics.

PLUTARCH (about AD 50–120s) from Boeotia, eclectic philosopher, essayist and biographer. His 'moral essays' contain much antiquarian information; his lives of Lykourgos, Solon and Themistokles are fun but scarcely history. There is a complete translation in Loeb, selections in Penguin Classics.

STRABO (64 BC–AD 20s) from Pontus in Turkey: his *Geography* in 17 books, covering the known world, survives; translation in Loeb.

THUCYDIDES (450s–about 400 BC) of Athens, historian of the Peloponnesian War; for this early period he is chiefly interesting as a critic of Herodotus. There is an outstanding translation by R. Crawley (Everyman).

XENOPHON (about 428–about 354 BC) of Athens, amateur historian and philosopher, professional soldier. His *Constitution of the Spartans* is a highly idealized picture of the society where he spent almost thirty years in exile. Translation in J. M. Moore (above under Aristotle).

FRAGMENTS Much of the literary evidence for this period comes *Selection of Greek Historical Inscriptions* (Oxford U.P. 1969).

Many of these are available in translation in *Translated Documents of Greece and Rome* vol. 1; *Archaic Times to the end of the Peloponnesian War* by C. W. Fornara (Johns Hopkins U.P. 1977); I have given the Fornara numbers in brackets, distinguished by 'F'. In the printing of inscriptions, words missing or uncertain on the stone are given in square brackets, my own comments or explanations in round brackets.

FRAGMENTS Much of the literary evidence for this period comes from works which survive only in 'fragments', either quoted or referred to in later authors, or surviving partially on papyrus copies from the Graeco-Roman settlements in Egypt. These are the standard collections.

HISTORIANS F. Jacoby, *Die Fragmente der griechischen Historiker* (*F.G.H.*; 14 volumes, 1923–58, Brill of Leiden), the most important modern work in Greek history. There is no translation.

LYRIC POETS The continual discovery of new papyrus fragments has meant the continual re-editing of various parts of early Greek poetry; unfortunately for the historian the accepted divisions are metrical rather than convenient. Where possible I number the fragments according to the following standard modern editions.
E. Lobel and D. L. Page *Poetarum Lesbiorum Fragmenta* (Oxford U.P. 1955): for Sappho and Alkaios
D. L. Page *Poetae Melici Graeci* (Oxford U.P. 1962): for Alkman, Anakreon, Simonides
   The most important fragments from these two volumes are collected with the same numbering in D. L. Page *Lyrica Graeca Selecta* (Oxford Classical Texts 1968). See also the same author's *Epigrammata Graeca* (same series 1975) for the epigrams of Simonides.
M. L. West *Iambi et Elegi Graeci* (Oxford U.P. 1971–2): for Archilochos, Theognis, Kallinos, Mimnermos, Solon, Tyrtaios, and some of Xenophanes. West is also planning a selection in the Oxford Classical Texts series.
   In important cases I give also the numbers (distinguished by D) assigned in the previous standard edition, which is the last relatively complete one: E. Diehl, *Anthologia Lyrica Graeca*.

There is no adequate selection of these poets in translation known to me, though some are in R. Lattimore *Greek Lyrics* (Chicago U.P., 2nd edn, 1960).

PHILOSOPHERS H. Diels, W. Kranz *Die Fragmente der Vorsokratiker* (3 volumes, 5th and later editions from 1934 onwards). These are translated in K. Freeman *Ancilla to the Pre-Socratic Philosophers* (Blackwell 1948).

EASTERN SOURCES These are quoted from the following translated collections:
The New English Bible
J. B. Pritchard *Ancient Near Eastern Texts Relating to the Old Testament* (3rd edn, Princeton U.P. 1969).
G. G. Cameron *Persepolis Treasury Tablets* (Chicago U.P. 1948).
R. G. Kent *Old Persian* (2nd edn, American Oriental Society, Connecticut 1953).

Further Reading

The following general works can be recommended:
A. Andrewes *Greek Society* (Penguin 1971: for social institutions);
J. B. Bury and R. Meiggs *A History of Greece* (4th edn Macmillan 1975: a good narrative history);
L. H. Jeffrey *Archaic Greece* (Methuen 1976: a regional survey);
Alan Johnston *The Emergence of Greece* (Elsevier Phaidon 1976: outstanding illustrations).

For a fuller narrative see the two books by A. R. Burn, *The Lyric Age of Greece* (Arnold 1960) and *Persia and the Greeks* (Arnold 1962). Otherwise most of the books cited in detail below also offer the best general accounts of their particular areas of interest. In the Further Reading I have tried where possible to refer to English language publications, and have marked with an asterisk those contributions which can only be understood with a knowledge of Greek: I have used the device sparingly in the belief that only the most technical writing offers nothing to the non-linguist who is prepared to think a little.

1 Myth, History and Archaeology

The best account of Mycenean culture is Emily Vermeule *Greece in the Bronze Age* (Chicago U.P. 1964). The exploits of Schliemann and Evans should be read in their own words: Glyn Daniel *The Origins and Growth of Archaeology* (Pelican 1967) pp. 150–77 gives extracts. For Ventris and Linear B, see John Chadwick *The Decipherment of Linear B* (2nd edn, Cambridge U.P. 1967). Any discussion of the myths of the heroic age must start from M. P. Nilsson *The Mycenean Origin of Greek Mythology* (California U.P. 1932, reissued with a new introduction and bibliography 1972), where he established the Mycenean basis of the myths.

For the Dark Ages there is the sober guide of V. R. d'A. Desborough *The Greek Dark Ages* (Benn 1972); but the most stimulating book is A. M. Snodgrass *The Dark Age of Greece* (Edinburgh U.P. 1971), which argues for the theory that the change was due to internal factors, not a Dorian invasion. There are useful chapters in the third edition of the *Cambridge Ancient History* vol. II part 2 (Cambridge U.P. 1975), notably J. M. Cook on the Ionian migration (ch. xxxviii) and Chadwick's account of the Greek dialects (ch. xxxixa); other chapters place too much confidence in the detailed evidence of the legends.

2 Sources

For comparative studies of oral tradition, see Jan Vansina *Oral Tradition* (Eng. tr. Penguin 1973), and the two surveys of Ruth Finnegan, *Oral Literature in Africa* (Oxford U.P. 1970) and *Oral Poetry* (Cambridge U.P. 1977). These show that M. I. Finley is unnecessarily sceptical in his essay 'Myth, memory and history', *The Use and Abuse of History* (Chatto 1975) ch. 1. On the problems of the Homeric tradition see especially G. S. Kirk *The Songs of Homer* (Cambridge U.P. 1962) and the essays in *The Language and Background of Homer* (Heffer 1964) ed. Kirk. Milman Parry's papers are collected in *The Making of Homeric Verse* (Oxford U.P. 1971) ed. Adam Parry. For Hesiod see ch. 6. The best discussion of archaic literature in general is H. Fränkel *Early Greek Poetry and Philosophy* (Eng. tr. Blackwell 1975); see also C. M. Bowra *Greek Lyric Poetry* (2nd edn, Oxford U.P. 1961).

On the ancient historians the best general book on Herodotus is still A. Hauvette *Hérodote* (1894; there is an English translation); see also A. Momigliano 'The place of Herodotus in the history of historiography', *Studies in Historiography* (Weidenfeld 1966); O. Murray 'Herodotus and Hellenistic culture' *Classical Quarterly* 22 (1972) 200–13; Simon Pembroke 'Women in charge . . . the ancient idea of matriarchy' *Journal of the Warburg and Courtauld Institutes* 30 (1967) 1–35. On digressions in Thucydides see H. D. Westlake 'Irrelevant notes in Thucydides' *Essays on the Greek Historians and Greek History* (Manchester U.P. 1969). The fragmentary historians are discussed in L. Pearson *Early Ionian Historians* (Oxford U.P. 1939) and R. Drews

The Greek Accounts of Eastern History (Harvard U.P. 1973: perverse). The historians of Attica are studied by F. Jacoby, the greatest Greek historian of this century, in his book **Atthis* (Oxford U.P. 1949), and in the English introductions to this section of his monumental collection of the fragments of the Greek historians, **Die Fragmente der griechischen Historiker* III b Supplement (E. J. Brill 1954). For Aristotle's *Constitution of the Athenians* see the introduction to the translation of K. von Fritz and E. Kapp (Hafner 1950), and H. Bloch **'Studies in the historical literature of the fourth century' Harvard Studies in Classical Philology* Suppl. 1 (1940) 303–76. For inscriptions see A. G. Woodhead *The Study of Greek Inscriptions* (Cambridge U.P. 1959). The best introduction to archaic Greek archaeology is John Boardman *The Greeks Overseas* (2nd edn, Penguin 1973); for pottery styles and chronology see R. M. Cook *Greek Painted Pottery* (2nd edn, Methuen 1972).

3 and 4   The End of the Dark Age

The starting point for a study of the reality of Homeric society is M. I. Finley *The World of Odysseus* (1954, Pelican 1962). He regards it as belonging to the tenth and ninth centuries (which, using an older terminology, he calls 'the early Dark Age' rather than the mid or late Dark Age); he still defends this date in *Proceedings of the Classical Association* 71 (1974) 13–31, but in my view it is at least a century too high. A. M. Snodgrass emphasizes the elements contemporary to Homer in chapter 7 of *The Dark Age of Greece*; in 'An historical Homeric society?' *Journal of Hellenic Studies* 94 (1974) 114–25 he argues that the society is unhistorical in that it does not reflect any one period sufficiently clearly. Earlier literature emphasizes too much the question of Mycenean survivals.

There is an excellent archaeological survey of the period 900–700 in J. N. Coldstream *Geometric Greece* (Benn 1977); chapter 14 is especially important on the revival of interest in the heroic past under the influence of Homer; the Homeric burials at Salamis on Cyprus are described by V. Karageorghis *Salamis in Cyprus* (Thames & Hudson 1969). For the settlement at Emporio see J. Boardman *Excavations in Chios 1952–1955, Greek Emporio* (British School at Athens Suppl. 6, 1967). On the various words discussed see E. Benveniste *Indo-European Lan-*

guage and Society (Eng. tr. Faber 1973) 318ff (*basileus*), 172f (*phratria*), 203 (*einater*).

The role of the gift in primitive societies is analysed by Marcel Mauss *The Gift* (Eng. paperback edn, Routledge 1970); Homeric social and moral values are discussed in three important books, E. R. Dodds *The Greeks and the Irrational* (California U.P. 1951) ch. 1; A. W. H. Adkins *Merit and Responsibility* (Oxford U.P. 1960) chs. 2–3; H. Lloyd-Jones *The Justice of Zeus* (California U.P. 1971) chs. 1–2. The evidence for chariots, cavalry and mounted infantry in early Greece is discussed by P. A. L. Greenhalgh *Early Greek Warfare* (Cambridge U.P. 1973); more generally A. M. Snodgrass *Arms and Armour of the Greeks* (Thames & Hudson 1967) is a useful introduction.

On craftsmen and manual labour in early Greece see A. Aymard 'Hiérarchie du travail et autarcie individuelle dans la Grèce archaique' *Etudes d'Histoire Ancienne* (Presses Universitaires de France 1967) 316–33; J.-P. Vernant *Mythe et Pensée chez les Grecs* (Maspéro 1965) part 4. On justice in Hesiod see H. T. Wade-Gery *Essays in Greek History* (Blackwell 1958) 1–16. The significance of personification is discussed by T. B. L. Webster 'Personification as a mode of Greek thought' *Journal of the Warburg and Courtauld Institutes* 17 (1954) 10–21.

The excavations at Old Smyrna are reported by J. M. Cook and others in the *Annual of the British School at Athens* 53–4 (1958–9). On urbanization and the growth of population in the eighth century see Coldstream *Geometric Greece* ch. 12; A. M. Snodgrass *Archaeology and the Rise of the Greek State* (Inaugural Lecture, Cambridge U.P. 1977). Greek religion is the subject of a masterly survey by W. Burkert *Griechische Religion der archaischen und klassischen Epoche* (Kohlhammer 1977; Eng. tr. Blackwell forthcoming).

The Waigal Valley communities are described by Schuyler Jones *Men of Influence in Nuristan* (Seminar Press, London 1974).

5 Euboean Society and Trade

For questions of trade in early Greece see the Further Reading to chapter 12. On the Phoenicians there are two excellent surveys by D. Harden *The Phoenicians* (Penguin 1971) and S. Moscati *The World of the Phoenicians* (Cardinal 1973); for their trading and colonizing activities see also J. D. Muhly 'Homer and the Phoenicians' *Berytus* 19 (1970) 19–64; C. R. Whittaker 'The western Phoenicians: colonization and assimilation' *Proceedings of the Cambridge Philological Society* 200 (1974) 58–79. The Al Mina excavations are described by Sir Leonard Woolley *A Forgotten Kingdom* (Penguin 1953) ch. 10, and Boardman *The Greeks Overseas* ch. 3. At Tall Sukas, a Phoenician settlement on the coast some eighty miles south of Al Mina, there is Greek pottery from the eighth century and evidence for a strong Greek presence from the early seventh century onwards : P. J. Riis *Sukas* 1 (Copenhagen 1970) ch. 7 usefully surveys the evidence for Greeks in the Levant area in general.

The fundamental introduction to Etruria is M. Pallotino *The Etruscans* (revised Eng. edition, Penguin 1978). Pithecusae is being excavated by Giorgio Buchner who has known the site since childhood; the best account in English is by his collaborator David Ridgway 'The first western Greeks: Campanian coasts and southern Etruria' in *Greeks, Celts and Romans* edited by C. and S. Hawkes (Dent, 1973). More generally see D. and F. R. Ridgway (ed.) *Italy before the Romans* (Academic Press 1979). The excavations at Lefkandi are summarized in M. R. Popham and L. H. Sackett (ed.) *Excavations at Lefkandi, Euboea 1964–66* (British School at Athens 1968). The best discussions of the Lelatine War are by Boardman 'Early Euboean pottery and history' *Annual of the British School at Athens* 52 (1957) 1–29, and W. G. Forrest 'Colonisation and the rise of Delphi' *Historia* 6 (1957) 160–75; Boardman was responsible for the original identification of Euboean pottery on which the conclusions of this chapter are based; his hypothesis has been confirmed by the Lefkandi and Eretria excavations. The burials at Eretria are placed in their historical context by J. N. Coldstream 'Hero-cults in the age of Homer' *Journal of Hellenic Studies* 96 (1976) 8–17.

6 *The Orientalizing Period*

For the origins and significance of the custom of reclining at banquets see J.-M. Dentzer 'Aux origines de l'iconographie du banquet couché' *Revue Archéologique*, 1971, 215–58. Semitic loan words in Greek are discussed by O. Szemerényi 'The origins of the Greek lexicon: *ex oriente lux' Journal of Hellenic Studies* 94 (1974) 144–57. In art there is an excellent survey of the sources of the orientalizing style in Boardman *The Greeks Overseas* ch. 3; see also his brilliant characterizations of Geometric and orientalizing art in his *Pre-Classical: From Crete to Archaic Greece* (Penguin Style and Civilization series 1967) chs. 2 and 3. There is a good collection of drawings and photographs of comparative eastern material in E. Akurgal *The Birth of Greek Art* (Methuen 1968), though the text is not easy to follow.

There is a magnificent evocation of the cult of Adonis in Sir James Frazer's *The Golden Bough* part IV *Adonis Attis Osiris* (3rd edn., 1914), whose discussion of this cult remains fundamental though his more general theories have been superseded. Adonis is also the subject of the first full length study of a Greek cult by a disciple of the French anthropologist Claude Lévi-Strauss, M. Detienne *The Gardens of Adonis* (Eng. tr. Harvester Press 1978). I accept more of his general conclusions than of his reasons for them: it must be said that he often deliberately ignores much ancient evidence (hymns, ritual, art) even when it supports his theories, in favour of dubious structuralist hypotheses; see the review of G. S. Kirk *Times Literary Supplement* 18 August 1978 p. 922–3. D. L. Page *Sappho and Alcaeus* (Oxford U.P. 1955) 126ff denies a cult of Aphrodite in Sappho, wrongly in my opinion; the chapter on Sappho in Bowra *Greek Lyric Poetry* is more balanced.

On the relation between Hesiod and near eastern thought see the introductions and commentaries to the editions by M. L. West of the *Theogony* (Oxford U.P. 1966) and the *Works and Days* (Oxford U.P. 1978) (esp. pp. 172–7 for the ages of man); also G. S. Kirk *Myth, Its Meaning and Function in Ancient and Other Cultures* (Cambridge U.P. 1970) 213–51; *The Nature of Greek Myths* (Penguin 1974) ch. 11–12. The wholly Homeric nature of Hesiod's formulaic vocabulary is demonstrated by *G. P. Edwards *The Language of Hesiod in its Traditional Context* (Philological Society 1971). Most of the eastern texts discussed can be found in J. B. Pritchard *Ancient Near Eastern Texts Relating to the Old Testament* (3rd edn, Princeton U.P. 1969). On the various eastern and Greek views of the creation of the world see esp. G. S. Kirk and J. E. Raven *The Presocratic Philosophers* (Cambridge U.P. 1957) ch. 1.

For the Phoenician origins of the Greek script see G. R. Driver

Semitic Writing (3rd edn, Oxford U.P. 1976) part III; Woodhead *The Study of Greek Inscriptions* ch. 2, and the standard work on early Greek inscriptions, L. H. Jeffery *The Local Scripts of Archaic Greece* (Oxford U.P. 1961). The best study of the extent of Greek literacy refers primarily to the fifth century: F. D. Harvey 'Literacy in the Athenian Democracy' *Revue des Etudes Grecques* 79 (1966) 585–635; see also M. Lang *Graffiti in the Athenian Agora* (Agora Picture Book no. 14, American School at Athens 1974). The article by Jack Goody and Ian Watt of 1963 is reprinted in *Literacy in Traditional Societies* (Cambridge U.P. 1968) ed. Goody, which consists of papers discussing this theory in relation to other societies; see also Goody *The Domestication of the Savage Mind* (Cambridge U.P. 1977). The theories of another disciple of the Toronto School, E. A. Havelock, in *Preface to Plato* (Blackwell 1963) and elsewhere are interesting but less convincing, making much use of the concept of 'restricted literacy' for which there is no evidence in Greece.

7 Colonization

The Mediterranean has changed so much in the last generation as a result of industrial pollution and tourism that older works on its social geography are particularly valuable. The best introduction is the collection of essays from 1910 onwards by Sir John Myres *Geographical History in Greek Lands* (Oxford U.P. 1953) esp. chs. V–VIII; see also the Admiralty Handbooks of the Second World War to the area (for much of which Myres was responsible).

Two classic discussions of colonization are still fundamental: A. Gwynn 'The character of Greek colonization' *Journal of Hellenic Studies* 38 (1918) (on the importance of agriculture), and A. R. Burn 'The so-called "trade leagues" in early Greek history and the Lelantine War', vol. 49 (1927) 14–37. The best short up-to-date account is Boardman *The Greeks Overseas* chs. 5–6; see also in more detail A. J. Graham *Colony and Mother City in Ancient Greece* (Manchester U.P. 1964); T. J. Dunbabin *The Western Greeks* (Oxford U.P. 1948). For the role of Delphi in colonization see the article of Forrest (F.R.5); on the problems of the earliest Black Sea colonies see R. Drews 'The earliest

Greek settlements on the Black Sea' *Journal of Hellenic Studies* 96 (1976) 18–31.

The Thasos of Archilochos is evoked by its excavator J. Pouilloux in 'Archiloque et Thasos: histoire et poésie' *Archiloque* Colloques Fondation Hardt 10 (1964) 1–36. On Phocaean colonies see J.-P. Morel 'L' expansion Phocéenne en occident' *Bulletin de Correspondance Hellénique* 99 (1975) 853–96; the evidence for Corinth and her colonies is discussed in chapter 9. The new evidence for land distribution and exploitation in the western colonies is set out in the important article by the excavator of Megara Hyblaea, G. Vallet 'La cité et son territoire dans les colonies grecques d'occident' *Atti del 7 Convegno di Studi sulla Magna Grecia* (1968) 67–142; see also the articles in parts I–II of *Problèmes de la Terre en Grèce Ancienne* (Presses Universitaires de France 1973) ed. M. I. Finley. The foundation of Cyrene is discussed in Graham's book and also by him in 'The authenticity of the *horkion tōn oikisterōn* of Cyrene' *Journal of Hellenic Studies* 80 (1960) 94–111; L. H. Jeffery 'The pact of the first settlers at Cyrene' *Historia* 10 (1961) 139–47. The city's early history is well described in F. Chamoux *Cyrène sous la monarchie des Battiades* (*Écoles françaises d'Athènes et de Rome* 1953).

8   Warfare and the New Morality

The development of hoplite armour is the subject of A. M. Snodgrass *Early Greek Armour and Weapons* (Edinburgh U.P. 1964), on a basis of which in an important article he advocates a late date for the adoption of hoplite tactics, and seeks to minimize the political importance of the change: 'The hoplite reform and history' *Journal of Hellenic Studies* 85 (1965) 110–22; his arguments are met by two articles in vol. 97 (1977), by J. Salmon 'Political hoplites?' pp. 84–101, and P. A. Cartledge 'Hoplites and heroes: Sparta's contribution to the technique of ancient warfare', 11–27.

H. L. Lorimer 'The hoplite phalanx' *Annual of the British School at Athens* 42 (1947) 76–138 is still worth reading on the poetic evidence, though much archaeological evidence has since been discovered, notably the Argos grave of 1953. On the poetry of Tyrtaios see especially W. Jaeger 'Tyrtaeus on true aretē' *Five Essays* (Casalini Montreal 1966) 101–42 (originally published in German in 1932); B. Snell *The Discovery of the Mind* (Eng. tr. Blackwell 1953) ch. 8. It should be pointed out that Frag. 12, on which I have laid considerable emphasis, is thought by some to be later than Tyrtaios: against its genuineness (defended by Jaeger), see Fränkel *Early Greek Poetry and Philosophy* 337–9. On Homeric conceptions of patriotism see P. A. L. Greenhalgh 'Patriotism in the Homeric world' *Historia* 21 (1972) 528–37. On the manipulation of Homeric concepts by Tyrtaios see Snell **Tyrtaios und die Sprache des Epos* (Vandenhoeck & Ruprecht 1969).

9 Tyranny

The best general account of tyranny is A. Andrewes *The Greek Tyrants* (Hutchinson 1956), who originated the emphasis on the hoplites as a basic factor in the explanation of tyranny; see also the articles of Snodgrass, Salmon and Cartledge. The economic argument was put forward in a book now largely superseded (not least because of the new late date for the origins of coinage: chapter 13): P. N. Ure *The Origin of Tyranny* (Cambridge U.P. 1922). The Greek traditions on the disappearance of monarchy are discussed by Chester G. Starr 'The decline of early Greek kingship' *Historia* 10 (1961) 129–38.

For the early history of Corinth see C. Roebuck 'Some aspects of urbanization in Corinth' *Hesperia* 41 (1972) 96–127. The royal exposure myths have been collected by G. Binder *Die Aussetzung des Königskindes Kyros und Romulus* (A. Hain 1964); see my review in *Classical Review* 17 (1967) 329–32. For the Corinthian 'colonial empire' see Graham *Colony and Mother City* ch. 7; on the origins of the Doric temple see R. M. Cook 'The archetypal Doric temple' *Annual of the British School at Athens* 65 (1970) 17–9; A. W. Lawrence *Greek Architecture* (3rd edn, Penguin 1973) chs. 10–11. The ethnic factor in tyranny is emphasized by H. T. Wade-Gery *Cambridge Ancient History* III (1925) ch. 22. The tyranny at Mitylene is discussed in detail by D. L. Page *Sappho and Alcaeus* (Oxford U.P. 1955) part II.

There is an excellent account of the legend of Sparta in Elizabeth Rawson *The Spartan Tradition in European Thought* (Oxford U.P. 1969); but there is no wholly satisfactory account of the reality. The following can be recommended for their different approaches: W. G. Forrest *A History of Sparta 950–192 B.C.* (Hutchinson 1968: imaginative and political); G. L. Huxley *Early Sparta* (Faber 1962: antiquarian); H. Michell *Sparta* (Cambridge U.P. 1964: helpful on the social system); P. Oliva *Sparta and her Social Problems* (Prague 1971: a thoughtful Marxist approach by the leading Czech historian); Arnold Toynbee **Some Problems of Greek History* (Oxford U.P. 1969) part III, 'The rise and decline of Sparta' (the great historian returns to the studies of his youth: the study is full of insights but rather uncritical). The sceptical view of Spartan history is well stated by Chester G. Starr 'The credibility of early Spartan history' *Historia* 14 (1965) 257–72; see also M. I. Finley 'Sparta' *The Use and Abuse of History* ch. 10.

The classic modern discussion of the Great Rhetra is by H. T. Wade-Gery **'The Spartan rhetra in Plutarch Lycurgus VI' Essays in Greek History* 37–85; there is a vain attempt to defend the ancient date by N. G. L. Hammond **'The Lycurgean reform at Sparta' Journal of Hellenic Studies* 70 (1950) 42–64. For hoplites see Cartledge (F.R. 8). The excavations at Artemis Orthia were published in *Artemis Orthia* ed. R. M. Dawkins (Hellenic Society Supplementary Papers 1929); see most recently A. J. Holladay 'Spartan austerity' *Classical Quarterly* 27 (1977) 111–126. The new date for Alkman is discussed in M. L. West **'Alcmanica 1. The date of Alcman' Classical Quarterly* 15 (1965) 188–94; F. D. Harvey **'Oxyrhynchus Papyrus 2390 and early Spartan history' Journal of Hellenic Studies* 87 (1967) 62–73.

On the Spartan *agogē* see H. I. Marrou *A History of Education in Antiquity* (Eng. tr. Routledge 1956) ch. II: 'everything in classical Sparta began from a refusal of life'. On its anthropological aspects, the brilliant article on the *krypteia* by H. Jeanmaire 'La cryptie lacédémonienne' *Revue des Etudes Grecques* 26 (1913) 12–50 was followed by a more ambitious attempt to compare Greek and African initiation rites in *Couroi et Courètes* (Lille 1939: ch. 7 on Sparta); see also W. Den Boer

Laconian Studies (Amsterdam 1954) part III. For the Zulu parallels see E. A. Ritter *Shaka Zulu* (Longman 1955); K. F. Otterbein 'The evolution of Zulu warfare' reprinted in *Law and Warfare* ed. P. Bohannan (American Sourcebooks in Anthropology, New York 1967) 351-7. The problems of pseudo-archaism are discussed by Claude Lévi-Strauss in *Structural Anthropology* (Eng. tr. Penguin 1968) ch. VI: 'The concept of archaism in anthropology'.

11 Athens and Social Justice

The 'laws of Solon' are collected by E. Ruschenbusch **Solonos Nomoi* (*Historia* Supplement 9, 1966). On their survival see A. Andrewes **'The survival of Solon's Axones' *Phoros, tribute to B. D. Meritt* (Augustin, New York 1974) 21-8. C. Hignett *A History of the Athenian Constitution* (Oxford U.P. 1952) is not a standard history, but a polemical work aiming to prove that the author's theories are more reliable than the ancient evidence for Athenian constitutional history: it attempts consistently to downdate the institutions of Athenian democracy, and is chiefly useful for its extreme scepticism; chapter 1 discusses the ancient evidence, chapter 4 and appendix 4 the political reforms of Solon.

For Geometric Athens see Coldstream *Geometric Greece*, especially chapter 4. On Solon's conception of justice see Jaeger 'Solon's *Eunomia*' *Five Essays* (originally published in 1926); G. Vlastos 'Solonian justice' *Classical Philology* 41 (1946) 65-83. The background to the *seisachtheia* is best understood in relation to three fundamental articles by M. I. Finley: 'Homer and Mycenae: property and tenure' *Historia* 6 (1957) 133-59, reprinted in *Language and Background of Homer* ed. Kirk; 'La servitude pour dettes' *Revue Historique de Droit Français et Etranger* 43 (1965) 159-84; 'The alienability of land in ancient Greece' *The Use and Abuse of History* 153-60. On this last topic, which I have passed over although it is often thought to be important for the understanding of Solon's reforms, see also W. K. Lacey *The Family in Classical Greece* (Thames and Hudson 1968) appendix pp. 333-5.

Fustel de Coulanges *The Ancient City* was translated in 1874, and is available in various reprints; see also A. Momigliano

'The Ancient City of Fustel de Coulanges' *Essays in Ancient and Modern Historiography* (Blackwell 1977) 325–43. A similar but less satisfactory explanation of Solon can be found in W. G. Forrest *The Emergence of Greek Democracy* (Weidenfeld 1966) ch. 6. The theory of corn debt was put forward by A. French 'The economic background to Solon's reforms' *Classical Quarterly* 6 (1956) 11–25; for another view (not discussed) see N. G. L. Hammond 'Land tenure in Athens and Solon's *seisachtheia*' *Journal of Hellenic Studies* 81 (1961) 76–98. Calculations of the meaning of Solon's property qualifications can be found in Chester G. Starr *The Economic and Social Growth of Early Greece* (Oxford U.P. 1977) 152–6.

On Solon's political reforms see Hignett and Forrest (above); A. Andrewes *The Greek Tyrants* ch. 7. On the Chios inscription see L. H. Jeffery 'The courts of justice in archaic Chios' *Annual of the British School at Athens* 51 (1956) 157–67.

12 *Life Styles: the Aristocracy*

There is no description of archaic culture to match that of Jacob Burckhardt *Griechische Kulturgeschichte* IV (1902) ch. 3, unfortunately not available in English; see also A. Momigliano 'Introduction to the *Griechische Kulturgeschichte* by Jacob Burckhardt' *Essays in Ancient and Modern Historiography* 295–305; the general theory of culture as play in J. Huizinga *Homo Ludens* (Eng. tr. Routledge 1949) is clearly relevant to the archaic aristocracy. On athletics see H. A. Harris *Greek Athletes and Athletics* (Hutchinson 1964) esp. chs. 4 and 5. For Pindar and the victory ode see C. M. Bowra *Pindar* (Oxford U.P. 1964); H. Fränkel *Early Greek Poetry and Philosophy* 425–504. For the custom of reclining at the *symposion* see J.-M. Dentzer (F.R.6). A full study of the *symposion* is badly needed; Michael Vickers *Greek Symposia* (Joint Association of Classical Teachers, 1978) is a useful illustrated introduction. On symposiac pottery see John Boardman *Athenian Black Figure Vases* (Thames and Hudson 1974) esp. ch. 9 and 12; *Athenian Red Figure Vases: The Archaic Period* (Thames and Hudson 1975) esp. chs. 5 and 7. Anacreon is discussed in Fränkel ch. 6, and Bowra *Greek Lyric Poetry* ch. 7. Greek sexual attitudes are explored in a scholarly way for the first time in the important study of K. J. Dover *Greek Homosexuality* (Duckworth 1978). On sculpture see Boardman *Greek Sculpture: the Archaic Period* (Thames and Hudson 1978).

13 Life styles: the Economy

In my opinion the old controversy on the role of trade in early Greece, begun by J. Hasebroek *Trade and Politics in Ancient Greece* (Eng. tr. Bell 1933), has been largely outmoded by archaeological discoveries and the changes in our conception of political history; it was well summed up by E. Will 'Trois quarts de siècle de recherches sur l'économie grecque antique' *Annales* 9 (1954) 7-22, and by M. I. Finley in *2e Conférence Internationale d'Histoire Economique I. Trade and Politics in the Ancient World* (Mouton 1965) 11-35. There is a good factual account in Chester G. Starr *The Economic and Social Growth of Early Greece 800–500 B.C.*; but the facts should be related to two very different approaches, the modern economic analysis of Sir John Hicks *A Theory of Economic History* (Oxford U.P. 1969) chs. 3 and 4, and the anthropological concepts of Karl Polanyi *Primitive, Archaic and Modern Economies* (Doubleday Anchor 1968) ed. G. Dalton; on Polanyi, see S. C. Humphreys 'History, economics and anthropology: the work of Karl Polanyi' *Anthropology and the Greeks* (Routledge 1978) 31–75.

On craftsmen see Aymard and Vernant in F.R. 3–4; also A. Burford *Craftsmen in Greek and Roman Society* (Thames & Hudson 1972). For Sostratos of Aegina see F. D. Harvey 'Sostratos of Aegina' *Parola del Passato* 31 (1976) 206–14, and A. W. Johnston 'Trademarks on Greek Vases' *Greece and Rome* 21 (1974) 138–52. 'Ports of Trade in early societies' are discussed in Polanyi pp. 238–60; on Gravisca see the report of the excavator, M. Torelli 'Il santuario greco di Gravisca' *Parola del Passato* 32 (1977) 398–458. There are good accounts of Naucratis and the Greeks in Egypt in Boardman *The Greeks Overseas* ch. 4, and M. M. Austin *Greece and Egypt in the Archaic Age* (Proceedings of the Cambridge Philosophical Society Supplement 2, 1970); on the artistic influence of Egypt see also Boardman *Greek Sculpture* ch. 4.

On barter and money see W. S. Jevons 'Barter' in *Monetary Theory* ed. R. W. Clower (Penguin 1969) 25–9; Polanyi 'The semantics of money uses' 175–203. E. S. G. Robinson established the new date for the invention of coinage in 'The coins from the Ephesian Artemisium reconsidered' *Journal of Hellenic Studies* 71 (1951) 156–67. Other important articles are R. M. Cook 'Speculations on the origins of coinage' *Historia* 7 (1958) 257–62, and C. M. Kraay 'Hoards, small change and the origin of coinage' *Journal of Hellenic Studies* 84 (1964) 76–91. There has been no separate discussion of the origins and character of Greek slavery in the archaic period; for the figures given by Athenaeus see W. L. Westermann 'Athenaeus and the slaves of Athens' in *Slavery in Classical Antiquity* (Heffer 1960) ed. M. I. Finley 73–92. For public works in the sixth century see Chester G. Starr *Economic and Social Growth* 35–9; Lawrence *Greek Architecture* (F.R.9); Athenian public building is analysed by J. S. Boersma *Athenian Building Policy from 561/0 to 405/4 B.C.* (Groningen 1970) chs. 2–3. There is a good general book on the oracular shrines, H. W. Parke *Greek Oracles* (Hutchinson 1967); see also A. D. Nock 'Religious attitudes of the ancient Greeks' *Essays on Religion and the Ancient World* (Oxford U.P. 1972) 534–50; C. R. Whittaker 'The Delphic oracle: belief and behavior in ancient Greece – and Africa' *Havard Theological Review* 58 (1965) 21–47. For the political influence of Delphi see W. G. Forrest F.R.5, and 'The first sacred war' *Bulletin de Correspondance Hellénique* 80 (1956) 33–52.

14 The Coming of the Persians

For the history of Ionia see J. M. Cook *The Greeks in Ionia and the East* (Thames and Hudson 1962); G. L. Huxley *The Early Ionians* (Faber 1966). Major American excavations have been in progress at Sardis since 1958: only the first volume of the final report is yet published (1975); the best introduction to the remarkable discoveries is in the annual newsletters of the Field Director G. M. A. Hanfmann, published as *Letters from Sardis* (Harvard U.P. 1972). Relations between Lydia and the Ionians are discussed in A. R. Burn *The Lyric Age of Greece* (Arnold 1960) chs. 11 and 17.

There are numerous books on early Greek philosophy; G. S. Kirk and J. E. Raven *The Presocratic Philosophers* (Cambridge U.P. 1957) contains the main texts with translations and discussion. The best brief introduction is E. L. Hussey *The Pre-socratics* (Duckworth 1972). For the problem of 'origins' see H. Frankfort (ed.) *Before Philosophy* (Pelican 1949); F. M. Cornford *Principium Sapientiae: The Origins of Greek Philosophical Thought* (Cambridge U.P. 1952); J-P. Vernant *Les Origines de la Pensée Grecque* (Presses Universitaires de France 1962). On more philosophical issues see G. E. R. Lloyd *Polarity and Analogy: Two Types of Argument in early Greek Thought* (Cambridge U.P. 1966); *Early Greek Science: Thales to Aristotle* (Chatto 1970) ch. 1–4; D. J. Furley and R. E. Allen (ed.) *Studies in Presocratic Philosophy* (2 vols. Routledge 1970 and 1975); J. Barnes *The Presocratic Philosophers* (2 vols. Routledge 1979).

On the Persians see R. N. Frye *The Heritage of Persia* (Weidenfeld 1962). The Persepolis tablets are in process of publication: see R. T. Hallock 'The evidence of the Persepolis tablets', *Cambridge History of Iran* vol. 2 (forthcoming). The fundamental discussion of the relations between Persia and her subject peoples is J. L. Myres 'Persia, Greece and Israel' *Palestine Exploration Quarterly* 1952 8–22; see in detail for Greece A. R. Burn *Persia and the Greeks* (Arnold 1962). For the Cyrus legend see Binder and myself (F.R.9). For Ionians working at Persepolis as well as Susa see Fornara *Documents* nos. 45–6; for their influence on Persian monumental art see G. M. A. Richter 'Greeks in Persia' *American Journal of Archaeology* 50 (1946) 15–30; C. Nylander *Ionians in Pasargadae: Studies in Old Persian Architecture* (Uppsala U.P. 1970).

15   The Leadership of Greece: Sparta and Athens

For Sparta see F.R.10, and for the historical narrative Huxley *Early Sparta* ch. 5; Forrest *A History of Sparta* chs. 6 and 7. G. Dickins 'The growth of Spartan policy' *Journal of Hellenic Studies* 32 (1912) 21–42 is important for foreign policy; the main evidence for the fall of Kleomenes is discussed in W. P. Wallace 'Kleomenes, Marathon, the helots and Arkadia' vol. 74 (1954) 32–5.

For Kleisthenic democracy at Athens see in general H. T. Wade-Gery 'The Laws of Kleisthenes' *Essays in Greek History* 135–54; Hignett *A History of the Athenian Constitution* chs. 6–7; Forrest *The Emergence of Greek Democracy* chs. 8–9. The details of the reforms in relation to local government are discussed by A. Andrewes *'Philochorus on phratries' *Journal of Hellenic Studies* 81 (1961) 1–15; 'Kleisthenes' reform bill' *Classical Quarterly* 27 (1977) 241–8; D. M. Lewis *'Cleisthenes and Attica' *Historia* 12 (1963) 22–40; J. S. Traill *The Political Organization of Attica* (Hesperia Suppl. 14, 1975). For the ideology behind the reforms see G. Vlastos *'Isonomia' *American Journal of Philosophy* 74 (1953) 337–66; M. Ostwald *Nomos and the Beginnings of the Athenian Democracy* (Oxford U.P. 1969) esp. part III.

The Marathon campaign, being simple, has often been taken as a test case for the reconstruction of ancient battles: see A. W. Gomme 'Herodotus and Marathon' *More Essays in Greek History and Literature* (Blackwell 1962) 29–37; W. K. Pritchett *Marathon* (California U.P. 1960); N. Whatley 'On the possibility of reconstructing Marathon and other ancient battles' *Journal of Hellenic Studies* 84 (1964) 119–39; N. G. L. Hammond 'The campaign and the battle of Marathon' *Studies in Greek History* (Oxford U.P. 1973) 170–250. The relation between Marathon and the Parthenon frieze is suggested by John Boardman 'The Parthenon frieze – another view' *Festschrift für Frank Brommer* (P. von Zabern, Mainz 1977) 39–49.

On ostracism there is an excellent brief account by E. Vanderpool *Ostracism at Athens* (Cincinnati U.P. 1970); for details up to 1967 see Meiggs and Lewis *Greek Historical Inscriptions* no. 21; for the German finds of 1967 there is only the short reference of G. Daux in 'Chronique des fouilles en Grèce 1967' *Bulletin de Correspondance Hellénique* 92 (1968) 732–3.

16 The Great Persian War

There is an excellent detailed account of the Persian Wars in A. R. Burn *Persia and the Greeks*. On Herodotus' access to Persian information see J. Wells 'The Persian friends of Herodotus' *Studies in Herodotus* (Blackwell 1923) 95–111; on the organization of the Greek alliance see P. A. Brunt 'The Hellenic league against Persia' *Historia* 2 (1953/4) 135–63. The main inscriptions are collected by Meiggs and Lewis *Greek Historical Inscriptions* nos. 23–8, and in translation by Fornara *Documents* nos. 51–60. On the Themistokles decree most of the important points for and against authenticity were made in two articles, the first publication by M. H. Jameson 'A decree of Themistokles from Troizen' *Hesperia* 29 (1960) 198–223 (still the best detailed commentary), and C. Habicht 'Falsche Urkunden zur Geschichte Athens im Zeitalter der Perserkriege' *Hermes* 89 (1961) 1–35 (relating the document to others known or thought to be fourth century forgeries). For Sicily see T. J. Dunbabin *The Western Greeks* (Oxford U.P. 1948); M. I. Finley *Ancient Sicily to the Arab Conquest* (Chatto 1968).

General Index

For authors, inscriptions and sites see also Index of Sources

314

317

Index of Sources